FIONA VALPY

Die Sommer meines Lebens

atb aufbau taschenbuch

FIONA VALPY

Die Sommer *meines* Lebens

Roman

Aus dem Englischen
von Marie Rahn

atb aufbau taschenbuch

Die Originalausgabe unter dem Titel
Sea of Memories
erschien 2018 bei Lake Union Publishing, Seattle.

MIX
Papier aus verantwortungsvollen Quellen
FSC® C083411

ISBN 978-3-7466-3443-2

Aufbau Taschenbuch ist eine Marke
der Aufbau Verlag GmbH & Co. KG

1. Auflage 2018

Gesetzt aus der Sabon durch Greiner & Reichel, Köln
Druck und Binden CPI books GmbH, Leck, Germany
Printed in Germany

www.aufbau-verlag.de

In liebevoller Erinnerung
an meine Großmutter
E. T. (›Milly‹) Macdonald
1906–2008

Souvenir Subst. neutr.:
Gegenstand, geschenkt oder aufbewahrt,
der an etwas Vergangenes erinnert
(aus dem Frz.: se souvenir: sich erinnern)

In meiner Erinnerung gleicht jener Tag
dem Stück aus einem goldenen Tuch.
Das seidig glatte Meer erstreckte sich
bis zum fernen Horizont,
und der Wind brachte den
Strandhafer zum Glänzen.
Wir schlenderten am Wassersaum entlang und
badeten unsere Füße in Wellen, die wie leise Seufzer,
wie reine Versprechen, den Sand benetzten.
Eine Muschel, hell im dunklen Tanggeflecht,
barg die Sonne, den Mond und all die Sterne.
Ich trage sie immer bei mir, denn sie hält
jenen Tag auf ewig sicher verwahrt.

Ella Dalrymple

2014
EDINBURGH

Willkommen im Drumbeig-Seniorenheim steht auf dem Schild. Ich warte im strömenden Regen vor der Tür und neige mein Ohr angestrengt zur Sprechanlage, in der Hoffnung, irgendjemand hat die Klingel gehört und lässt mich hinein. Ich drücke mich dicht an die Wand, weil mir von der Regenrinne des schmalen Vordachs noch mehr dicke Tropfen auf den Rücken platschen. Der Wind reißt gelbe Blätter von den Platanen, die das graue Gebäude umgeben, und wirft sie gegen die Fenster, wo sie einen Augenblick kleben bleiben, bevor der Regen sie auf den Kies spült. Ungeduldig blicke ich auf meine Uhr, in Gedanken schon zu Hause – *Kommt Dan zurecht? Hat er Finns Medikamente auch nicht vergessen?* –, bevor ich noch einmal, diesmal länger, auf die Klingel drücke.

»Verzeihung, dass Sie warten mussten. Könnten Sie sich kurz hier eintragen?« Die Frau am Empfang reicht mir Stift und Klemmbrett. Ich ziehe mir meinen durchweichten Mantel aus, damit das Wasser aus meinem Ärmel nicht auf ihren polierten Schreibtisch tropft. »Waren Sie schon mal bei uns?«

Ich schüttle den Kopf und trage meinen Namen und das Datum ein. In die Spalte »Bewohner« schreibe ich den Namen meiner Großmutter: *Mrs. E. Dalrymple.*

Sie dreht das Formular um und liest. »Ach, Sie möchten zu Ella? Das ist aber schön. Sie gewöhnt sich gut ein, und ihr Sohn kommt sie regelmäßig besuchen. Sie wird sich sicher freuen.«

Schlechtes Gewissen macht sich in mir breit. Am liebsten würde ich ihr sagen, dass ich schlichtweg nicht früher kommen konnte: *Ich bin Lehrerin, wissen Sie, und mein Sohn hat gesundheitliche Probleme, da habe ich nur wenig Zeit ...* Doch ich schlucke die Worte hinunter und zwinge mich zu einem höflichen Lächeln, während ich mir mit den Fingern durch meine wirren Haare fahre, die sich in der Treibhausluft des Seniorenheims bereits zu kräuseln beginnen.

Ich bin nach einem Anruf meines Onkels Robbie hierhergekommen. »Sie würde dich sehr gerne sehen, Kendra, wenn du Zeit hättest. Sie hat eine Bitte. Aber ich muss dich warnen, momentan ist sie nicht besonders bei Kräften. Seit deinem letzten Besuch, als sie noch zu Hause war, hat sie sich verändert. Sie ist jetzt öfter mit den Gedanken woanders.« Sein Ton war sanft und doch so drängend, dass mein Schuldgefühl wuchs, weil ich sie noch nicht besucht hatte. Meine Mutter steht Ella nicht sehr nahe – wegen einer komplizierten Mutter-Tochter-Geschichte, über die wir nicht sprechen –, also hatten wir in meiner Kindheit und Jugend nicht viel Kontakt zu meiner Großmutter. Ich werde meiner Mutter auch nicht von diesem Besuch erzählen. Ich will nicht, dass sie sich verraten vorkommt, auch wenn mir nicht ganz klar ist, warum sie meinen Besuch überhaupt als Verrat empfinden könnte. Bestimmt würde sie, wie beiläufig ich es auch erwähnte, am Telefon schnauben und abrupt das Thema wechseln.

»Zweiter Stock, ganz am Ende des Flurs. Die letzte Tür auf der linken Seite«, erklärt mir die Empfangsdame mit nichtssagendem Lächeln.

Es liegt ein schwerer, durchdringender Geruch nach Kohl in der Luft, der sich unangenehm mit dem Duft von Lufterfrischer und Desinfektionsmittel mischt. Auf dem dicken blauen Teppich sind meine Schritte nicht zu hören. Da ich befürchte, im Aufzug Platzangst zu bekommen, nehme ich die Treppe und freue mich plötzlich über die Bewegung. Im zweiten Stock ist mir so warm, dass ich zu schwitzen anfange. Ich ziehe den Stoff meines Rollkragens etwas von meiner Haut und versuche, wieder zu Atem zu kommen. Wie kann sich meine Großmutter nur an ein Leben in derart stickiger Atmosphäre gewöhnen?, frage ich mich. Auch wenn es sauber und warm ist? Und ist das Personal auch freundlich? Vermisst sie nicht die Eigenständigkeit, die sie in ihrem Haus in Morningside hatte, mit den großen Räumen, den hohen Decken und all ihren Erinnerungsstücken? Oder bedeutet ihr das alles nichts mehr? Hat sie auch das vergessen, wie so vieles in letzter Zeit? Das Gedächtnis meiner Großmutter scheint Erinnerungen auszusortieren, wie sie auch Besitztümer aussortiert hat, um ihr Leben auf das Wesentliche zu reduzieren. Ihr gesamtes Dasein scheint geschrumpft zu sein.

Auf der letzten Tür links steht die Nummer 12 und darunter, auf einem Schildchen in einem Metallrahmen, *Ella Dalrymple*, mit Bleistift und in ordentlichen, kindlich runden Buchstaben. Das ist nicht Ellas elegante, kursive Handschrift, die mit jeder Weihnachtskarte immer zittriger wird.

Aus dem gegenüberliegenden Zimmer höre ich einen Fernseher, der viel zu laut gestellt ist. Hinter Ellas Tür herrscht hingegen tiefe Stille, selbst als ich direkt davor stehe.

Leise klopfe ich an. Vielleicht schläft sie ja. Dann kann ich eine Nachricht hinterlassen, mich davonschleichen, ohne sie zu stören, und rechtzeitig zu Hause sein, um nach Finn zu sehen, mit dem Abendessen anzufangen und einunddreißig Aufsätze zu korrigieren.

Ein Teil von mir möchte einfach kehrtmachen und gehen. Schließlich kann ich nun wahrheitsgemäß behaupten, ich hätte es versucht, und mein Gewissen wäre rein. Gleichzeitig widerstrebt es mir ein wenig, nach Hause zu fahren. So geht es mir in letzter Zeit öfter, und kaum habe ich die Schwelle zu unserer Wohnung übertreten, meide ich Dans Blick, nur um nicht seine niedergeschlagene Miene zu sehen, die er nicht verbergen kann, und sein Schuldgefühl zu spüren, weil ich wieder einmal erschöpft von einem langen Arbeitstag nach Hause komme. Dann werden wir beide so tun, als wäre alles in Ordnung. Er wird ein tapferes Gesicht machen und sich wegen seiner neuesten Bewerbung zuversichtlich geben, und ich werde mich bemühen, munter von meinem Tag zu erzählen und mit aufgesetztem Lächeln eine lustige Geschichte über einen meiner Schüler zum Besten zu geben. Aber wir werden es beide wissen. Obwohl wir einander schützen wollen, sind wir beide krank vor Sorge um unsere finanzielle Lage und noch mehr um die Zukunft. Was hält sie für unseren wunderbaren Sohn bereit, der manchmal unerreichbar scheint?

Finn war von Anfang an schwierig, und die Ärzte vermuteten zuerst, dass Koliken für seine Teilnahmslosigkeit, die sich mit schrecklichen Wutanfällen abwechselte, verantwortlich waren. Dann gaben sie dem Zahnen die Schuld und schließlich einem unbekannten Virus. Erst als er zwei Jahre alt war, erkannte man seine ›signifikanten Entwicklungsverzögerungen‹ und überwies uns an Spezialisten, die schließlich Autismus diagnostizierten. Seitdem ist jeder Tag ein ständiger Kampf, in dem wir versuchen, Finn dabei zu helfen, mit seiner Angst und seiner Wut klarzukommen, und von den Behörden mehr Hilfe für ihn zu bekommen. Zwar geben Dan und ich uns große Mühe, tagsüber zuversichtlich zu sein, doch nachts, wenn wir nebeneinander im Bett liegen, tut sich ein riesiger Abgrund zwischen uns auf. Es fühlt sich an, als würde jeder von uns in einem Meer voller Sorgen ertrinken und wäre nicht in der Lage, den Arm auszustrecken und den anderen ans rettende Ufer zu ziehen. Wir driften immer weiter auseinander, weil uns die Kraft schwindet, gegen die Strömung anzukämpfen, die uns nach unten zieht.

Eine Krankenschwester eilt vorbei und trägt etwas, das mit einem Handtuch abgedeckt ist. Als sie mir ein knappes, forsches Lächeln zuwirft, wende ich mich wieder Ellas Tür zu und klopfe ein wenig lauter. Die sanfte Stimme meiner Großmutter, die mittlerweile so kratzig klingt wie ihre alten Grammophonplatten, bittet mich hinein.

»Hallo Granny, ich bin's, Kendra. Ich wollte mal sehen, wie es dir so geht.« Meine Stimme klingt in meinen Ohren gekünstelt, übertrieben munter, um das schlechte Gewissen zu übertünchen.

Ich weiß nicht mal, ob sie mich erkennen wird. Als ich sie einmal bei ihr zu Hause besuchte, nannte sie mich Rhona, der Name meiner Mutter, und ihr Gesicht mit den vielen Falten erstrahlte vor lauter Erleichterung darüber, dass ihre Tochter endlich zu ihr gekommen war. »Ich bin Kendra, Rhonas Tochter, erinnerst du dich? Aber Mum wird dich bald besuchen, da bin ich sicher.« Und es ist höchste Zeit, dachte ich, sprach es aber nicht aus.

Meine Mutter war schon seit Jahren nicht mehr in Edinburgh und weigert sich, Granny zu besuchen. Sie hat alles auf Onkel Robbie abgewälzt, sogar den Umzug ins Seniorenheim und das Ausräumen und den Verkauf des Hauses.

Aber ich merke, dass Ella heute einen guten Tag hat. Ihre Augen leuchten, und ihr Verstand ist klar.

»Kendra, Liebes, wie schön! Komm und setz dich zu mir. Du bist ja tropfnass! Hier, häng deinen Mantel an die Heizung, dann kann er trocknen. Draußen ist es heute ziemlich ungemütlich.«

Als ich sie umarme, fällt mir auf, wie zerbrechlich sie ist, wie dünn sich die Haut ihrer Wange an meiner anfühlt.

Ich ziehe einen Stuhl heran und sehe mich um. Mit den wenigen persönlichen Gegenständen, die Ella von zu Hause hat mitbringen dürfen, haben Robbie und seine Frau Jenny das Zimmer mit den altrosafarbenen Wänden und dem beigen Teppich etwas gemütlicher gemacht.

Auch Ellas Bilder haben sie aufgehängt, darunter mein Lieblingsbild: ein Strand mit einem Segelboot. Es hängt so, dass Ella es vom Bett aus sehen kann. Auf dem Teppich liegen ein paar ihrer alten Läufer, deren Farben immer noch leuchten, obwohl sie an manchen Stellen schon etwas in die Jahre gekommen sind. Ihre Bücher und andere Kleinigkeiten schmücken die Regale. Aus dem Fenster sieht man

Baumwipfel, hinter denen in der Ferne das hell erleuchtete Edinburgh Castle schwebt wie ein Schiff auf der welligen See aus belaubten Ästen.

Auf dem Nachttisch neben ihrem Bett steht eine elegante Schale, deren dunkelblaues Glas von einer blitzförmigen Ader aus echtem Gold durchzogen ist. Darin liegt eine Handvoll Muscheln, die mich irgendwie rühren, obwohl sie eigentlich nichts Besonderes sind. Ich frage mich, welche Bedeutung sie für Ella haben. Vielleicht sind es kostbare Erinnerungen an längst vergangene Ferien, an Tage, die man inmitten von Sonne, Wind und Meer am Strand verbracht hat. Ich schlucke, weil ich plötzlich einen Kloß im Hals habe.

»Hast du dich schon eingewöhnt, Granny?«

Ich weiß, dass der Umzug schwer für sie war, dass er sich angefühlt haben muss wie das Eingeständnis einer Niederlage, wie ein Abschluss, und tatsächlich huscht ein Schatten über ihr Gesicht. Aber sie fasst sich schnell wieder und zeigt ihr übliches ruhiges Lächeln. »Eigentlich fände ich es gar nicht so schlimm, wenn nur nicht so viele alte Leute hier wären.«

Ich erwidere ihr Lächeln. »Verstehe. Ich nehme an, dass du dich mit deinen vierundneunzig Jahren selbst nicht zu den alten Leuten zählst?«

»Selbstverständlich nicht.« Gespielt entrüstet zieht sie die Augenbrauen in die Höhe. »Zwar sieht man es mir nicht an, aber in Wahrheit bin ich erst siebzehn. Ich glaube, dass in meinem Alter die Kraft der Erinnerungen darüber entscheidet, wie alt man sein möchte, und heute war ich in Gedanken wieder achtzehn Jahre alt.«

Ich werfe ihr einen prüfenden Blick zu und befürchte, sie könnte wieder einen ihrer Ausfälle haben, in denen ihr Gehirn die Verbindung zur Gegenwart verliert und sie stattdessen in die Vergangenheit entführt und sie immer mehr von uns entfremdet.

Aber ihre Augen sind klar und beobachten mich aufmerksam. Sie muss die Sorge in meinem Gesicht bemerkt haben, denn sie nimmt meine Hand und hält sie fest in der ihren.

»Keine Angst, Kendra. Ich ziehe dich nur auf. Heute bin ich ganz hier.«

Ich spüre, wie ich erröte. Ich lege meine zweite Hand auf ihre und wende mich ihr ganz zu. Die Erkenntnis, dass es ihr bewusst ist – dass sie ihre Gedächtnislücken bemerkt –, trifft mich. Ich kann nichts erwidern.

»Aber ich spüre, dass ich allmählich den Verstand verliere«, fährt sie fort. Sie tätschelt meine Hand, als ich zu protestieren versuche: *Nein, das ist doch nicht wahr!* Als könnten Lügen uns beiden die Situation erleichtern.

»Doch, Liebes, so ist es. Es hat doch keinen Sinn, das zu leugnen. Und aus diesem Grund möchte ich dich um einen Gefallen bitten. Du kannst doch gut mit Worten umgehen, und da ich nun mal hier bin« – sie verweist mit einem Kopfnicken auf das Zimmer mit den Habseligkeiten, die ihr noch geblieben sind –, »habe ich viel Zeit nachzudenken und einen Kopf voller Erinnerungen. Bevor ich sie alle vergesse und mir wirklich nichts mehr bleibt, sollst du sie für mich aufschreiben. Ich möchte dir meine Geschichte erzählen. Würdest du das für mich tun? Ich weiß, du wolltest immer Schriftstellerin werden. Das hier ist die Gelegenheit.«

»Du weißt doch, wie man sagt: ›Wer es kann, tut es; wer

es nicht kann, unterrichtet es.‹ Aber trotzdem würde ich sehr gerne deine Erinnerungen aufschreiben, Granny. Das Problem ist nur, dass ich nicht so viel Zeit habe. Ich könnte dich nur nach dem Unterricht besuchen, obwohl ich in den Ferien wahrscheinlich mehr Zeit haben werde. Andererseits ist da noch Finn …«

Ich verstumme, weil ich mich schon wieder schuldig fühle. Natürlich könnte ich versuchen, mir mehr Zeit für sie zu nehmen, aber Dan ist im Moment zu gestresst, weil er den ganzen Tag allein ist mit unserem Jungen, den wir über alles lieben, aber mit dem es nicht immer einfach ist. Ich weiß, dass die ständige Erinnerung daran, dass Finn *anders* ist, die qualvolle Sorge um die Zukunft unseres Sohnes … dass ihn das alles sehr trifft. Wie wird sich Finns Autismus im Laufe der Jahre entwickeln? Wer wird für ihn sorgen, wenn wir nicht mehr da sind? Wenn Dan sich nicht gerade um unseren Sohn kümmert, verbringt er jede freie Minute mit dem Schreiben von Bewerbungen, so aussichtslos es auch scheint. In letzter Zeit gab es für ihn nur schlechte Nachrichten: Kollegen, die ebenfalls entlassen wurden, und die ständigen Absagen, die ihn in eine Depression gestürzt haben.

Ella nickt, lässt meine Hände los und öffnet eine Schublade ihres Nachttischchens.

»Ich weiß, wie viel du zu tun hast, Liebes, und möchte dich nicht noch mehr belasten. Also habe ich Robbie gebeten, mir das hier zu besorgen.« Sie hält ein Diktiergerät in der Hand. »Ich werde meine Erinnerungen aufnehmen und dir dann die Kassetten geben, damit du zu Hause alles niederschreiben kannst, wenn du die Zeit dazu hast. Diese

Alben hier kannst du auch mitnehmen – vielleicht helfen sie dir dabei, dir alles bildlich vorzustellen und die Menschen und Orte zum Leben zu erwecken.«

Neben ihrem Bett stehen eine mit Kordel verschnürte Schuhschachtel und ein größerer Pappkarton, der etliche Fotoalben enthält. Ich nehme das oberste, schlage es in der Mitte auf und sehe auf einem Foto meine Mutter als junges Mädchen, das mir ernst entgegenblickt. Darunter steht in Grannys ordentlicher Schrift – in weißer Tinte – *Rhona, im Alter von acht Jahren.*

Als ich aufschaue und Ellas Blick begegne, frage ich mich wieder einmal, was zwischen meiner Mutter und meiner Großmutter vorgefallen ist. Es fühlt sich an, als befände sich zwischen ihnen ein unüberwindbares Eisfeld, voll tiefer Spalten, die das Leben zwischen ihnen gegraben hat.

Ella legt ihre Hand auf meine, umfasst sie fester als eben und sagt in drängendem Ton:

»Bitte, Kendra. Mir läuft die Zeit davon. Würdest du meine Geschichte aufschreiben, bevor es zu spät ist, bevor ich alles vergesse und niemand mehr da ist, der es erzählen kann?«

Wieder blicke ich auf das Foto im Album, auf das Mädchen in ordentlicher weißer Bluse und mit gestreifter Schulkrawatte, mit glatten, straff aus dem Gesicht frisierten blonden Haaren und dunklen, unergründlichen Augen. Und da begreife ich, dass meine Großmutter mich nicht nur um etwas bittet, sondern mir gleichzeitig auch etwas anbietet. Vielleicht Erklärungen. Ganz sicher jedoch Einblicke.

Als ich auf den Karton mit den Fotoalben blicke, wird mir bewusst, wie wenig ich über das Leben meiner Großmutter weiß. Weil zwischen ihr und meiner Mutter kein Kontakt bestand, habe ich als Kind wenig Zeit mit Granny verbracht, und erst als ich für meine Ausbildung am Moray House nach Edinburgh kam, Dan kennenlernte und ihn heiratete, besuchte ich meine Großmutter öfter. Allerdings war ich so mit meinem eigenen Leben beschäftigt, dass Ella nur eine ältere Verwandte für mich war, die ein schlechtes Gewissen bei mir auslöste.

Daher finde ich die Aussicht faszinierend, all diese Alben durchzublättern und mehr über die Vergangenheit meiner Mutter und meines Onkels zu erfahren. Sicher werde ich auch Fotos von meinem Großvater finden, an den ich mich nur noch schemenhaft erinnere. Er starb, als ich sieben war. Ich erinnere mich noch an die lange Fahrt von London zu seiner Beerdigung und an eine kalte schottische Kirche, an meine weinende Mutter, die mein Vater nicht trösten konnte; und danach erinnere ich mich an Shortbread und Orangensaft in Grannys Haus. Wir blieben nicht über Nacht bei ihr, obwohl Platz genug gewesen wäre. »Bleiben wir lieber bei Robbie«, sagte meine Mum zu Dad, und ihre Stimme klang plötzlich laut und schrill.

Als ich mit meinen Gedanken in die Gegenwart zurückkehre, sehe ich, dass meine Großmutter mich eindringlich ansieht.

»Okay, abgemacht«, sage ich lächelnd, und Ella strahlt vor Erleichterung.

»Das hatte ich gehofft! Hier sind die ersten zwei Kassetten, außerdem habe ich Robbie gebeten, dir auch so ein Gerät zu kaufen, damit du sie zu Hause abspielen kannst.« Sie legt einen dicken Umschlag auf die Fotoalben im Karton.

»Ach, und Kendra, erzähle meine Geschichte auf deine Art. Nimm meine Worte und Bilder und mach eine richtige Geschichte daraus. Nutze dein Talent, damit andere sie lesen und verstehen können.«

Langsam nicke ich und bemerke erneut den dringlichen Unterton in ihrer Stimme.

In dem Moment sind gleich zwei Augenpaare erwartungsvoll auf mich gerichtet: Ellas und die Augen meiner Mutter, die ich auf dem Foto in meinem Schoß mustere.

ERSTER TEIL

1938
ÎLE DE RÉ

An der Mole stand ein junges Mädchen und sah zu, wie die Fähre, die sie zur Insel bringen würde, sich ruhig durch die blauen Wellen auf die Anlegestelle zuschob.

Sie stellte den Reisekoffer aus hellem Leder ab und streifte sich die steife Weste von den Schultern, befreite sich von ihrer Enge und genoss die Wärme der französischen Sonne auf ihrer Haut. Ihre Arme waren blass, denn der Winter im Norden war lang gewesen, und einen Frühling hatte es dieses Jahr kaum gegeben. Jetzt fühlte sie sich wie ein Schmetterling, der sich aus seiner zähen Verpuppung kämpft, plötzlich seine Flügel entdeckt und sie ausbreitet, um Wärme, Licht und Farbe aufzunehmen.

Eine Brise – der sanfte Atem des endlosen Atlantiks, der sich hinter der flachen Insel bis ans Ende der Welt erstreckte – fuhr in ihr honigfarbenes Haar, das ihr über die Schultern fiel, und kühlte ihren Nacken und ihre erhitzten Wangen.

Von Edinburgh war es eine lange Reise voller neuer und aufregender Eindrücke gewesen. Sie hätte sich erschöpft fühlen müssen, doch die Aussicht auf ihre Gastgeber machte sie nervös. Die näher kommende Fähre verstärkte ihre Aufregung. Im Nachtzug nach London hatte ihre Mutter tief geschlafen. Sie hatte darauf bestanden, Ella bis zum

Umsteigen in den Fährzug zu begleiten, obwohl Ella protestiert und gesagt hatte, dass sie mit siebzehn alt genug sei, um allein zu reisen. Die regelmäßigen Atemzüge ihrer Mutter aus der Koje über ihr hatten sich mit dem Rattern der Räder auf den Gleisen und dem gelegentlichen Donnern eines entgegenkommenden Zugs vermischt.

Aber Ella, die an die Stille ihres Zimmers am grünen Stadtrand von Edinburghs Süden gewöhnt war, hatte kaum ein Auge zugetan. Sie musste ständig an den Sommer und seine Möglichkeiten denken, die verheißungsvoll vor ihr lagen. Also verbrachte sie eine schlaflose Nacht in ihrer engen, hin und her schwankenden Koje mit der gestärkten Bettwäsche und einer grauen Wolldecke und übte im Stillen französische Redewendungen. Sie war zwar die Beste in ihrer Klasse und erntete nur Lob von Mademoiselle Murray, allerdings war ihr schon aufgefallen, dass das Französisch ihrer Lehrerin von einem starken schottischen Akzent durchdrungen war, denn wie anders hatte die Sprache auf den Grammophonplatten von Maurice Renard geklungen, die ihre Mutter so häufig spielte. Sie versank dabei gern in Erinnerungen an ihre Zeit als junges Mädchen in Paris, als sie den Sänger persönlich hatte auftreten sehen. »Weißt du, Ella, wenn man eine Fremdsprache wirklich gut sprechen will, muss man Zeit in dem Land verbringen, in dem sie gesprochen wird«, hatte sie erklärt. »Auch, um die Kultur zu verstehen.«

Und so hatte ihre Mutter in der letzten Weihnachtszeit ihrer alten Freundin Marianne Martet geschrieben und sie gefragt, ob Ella sie wohl für ein, zwei Wochen in Frankreich besuchen dürfe.

»Es kommt noch besser«, hatte sie irgendwann verkündet. »Statt sie nur vierzehn Tage lang in Paris zu besuchen, lädt sie dich ein, den ganzen Sommer mit ihrer Familie in ihrem Ferienhaus auf der Île de Ré zu verbringen. Sechs volle Wochen mit ihren Zwillingen! Stell dir vor, dann wirst du Französisch sprechen, als wäre es deine Muttersprache!«

Insgeheim war Ella ein bisschen enttäuscht. Sie hatte sich auf die Eleganz von Paris gefreut und einen Artikel in der *Picture Post* über die berühmte Weltausstellung verschlungen, die die Stadt im Vorjahr veranstaltet hatte. Von der Île de Ré hatte sie dagegen noch nie gehört. Ihr dicker Weltatlas zeigte, dass es sich um eine von mehreren winzigen Inseln handelte, die aussahen, als wären sie vom französischen Festland abgebrochen und in den Atlantik gefallen. Dennoch blieb es in jedem Fall ein Abenteuer, vor allem für ein Mädchen, das sein Heimatland noch nie verlassen hatte.

Die Planung hatte Wochen in Anspruch genommen. Sie hatten drei Badeanzüge besorgen müssen, dazu neue Unterwäsche und mehrere leichte Baumwollkleider, die hübscher waren als alles, was Ella je zuvor getragen hatte.

»Aber du musst wegen deiner hellen Haut aufpassen«, hatte ihre Mutter sie ermahnt. »Vergiss nie, deinen Sonnenhut zu tragen, sonst bekommst du noch Sommersprossen, und dann wirst du es bereuen.«

Am Tag vor ihrer Abreise hatte ihr Vater sie mit einem kleinen Reisekoffer überrascht. »Ich habe gehört, dass jede junge Dame, die ins Ausland reist, so etwas braucht«, sagte er lächelnd. Mit dem kleinen Schlüssel, den sie an einem Band um ihren Hals trug, konnte sie das Messingschloss öffnen und den Deckel aufklappen, hinter dem sich ein mit kirschroter Seide gefüttertes Inneres verbarg, in dem mehrere Fläschchen mit silbernen Schraubverschlüssen, einige Pinsel und ein kleiner ovaler Spiegel mit schmalen Lederriemen befestigt waren. Es war gerade genug Platz für ein Nachthemd und die wichtigsten Utensilien, die sie für die Fahrt brauchte. Alles andere hatte sie, ordentlich gefaltet und in Seidenpapier eingeschlagen, im großen Koffer untergebracht.

Die Fähre drosselte ihr Tempo, als sie sich der Mole näherte, und mit einem Mal brach im Hafen hektische Betriebsamkeit aus. Ein Matrose trug ihr Gepäck an Bord und warf ihr über die Schulter einen anerkennenden Blick zu, als sie ihr Köfferchen hochhob und ihm auf die Fähre folgte. Ein Mann mit einer Baskenmütze stellte einen Käfig voller gackernder Hühner in den Schatten des Ruderhauses und lächelte Ella zu, als er auf der harten Holzbank an der Reling Platz nahm. Und dann ertönte lautes Rufen, Menschen winkten zum Abschied, und schon wurden die Leinen gelöst, und die Fähre begann ihre Rückreise zur Insel.

Ella ging zum Bug, um ihrem Ziel entgegenzublicken, einem blassen Streifen Land, der fast in den Wellen zu versinken schien. *Bei einem Unwetter muss doch alles überspült werden*, dachte Ella. Da sie die Warnungen ihrer Mutter noch im Ohr hatte, drückte sie den Hut fest auf den Kopf, denn auf dem Wasser war der Wind stärker und drohte ihn ihr zu entreißen und über die Wellen tanzen zu lassen. Als sie mit der Zungenspitze über ihre trockenen Lippen fuhr, schmeckte sie Salz. Der Himmel über ihr war tiefblau – ganz anders als die graue Wolkendecke über Edinburgh, die sie gewohnt war –, und sie legte den Kopf in den Nacken, um dem Flug einer Möwe hoch über ihr zu folgen.

Ohne die Möwe aus den Augen zu lassen, drehte sie den Kopf und sah, wie sich das Festland hinter der schäumenden Kielwelle immer weiter entfernte. Einen Augenblick lang hatte sie das eigenartige Gefühl, sie wäre tatsächlich über den Rand der Welt gekippt, und die hektischen Stationen ihrer Reise – Edinburgh, London und Paris – gehörten einem ganz anderen Universum an, das sie nun hinter sich gelassen hatte.

Als sich die Fähre einen Weg durch die Wellen pflügte und die weißen Strände der Île de Ré immer näher kamen, musste Ella an die Gemälde von William Turner denken, die sie im Kunstunterricht gesehen hatte. Im milchigen Licht eines Frühsommerabends schillerte das Meer in Lapislazuli und Türkis. Die Insel vor ihr war mit dichten grünen Pinienwäldern bewachsen und sah in der Sonne aus, als wäre sie aus Weißgold geschmiedet. Ella atmete tief die salzige Luft ein und wünschte plötzlich, die Überfahrt würde nie enden und sie könnte immer in diesem Schwebezustand bleiben, so frei wie die Vögel, die im atemberaubend blauen Himmel über ihr segelten.

Aber viel zu schnell legte die Fähre an der Mole des Hafens an, wo unter dem Lärm von Menschen und Möwen Fracht auf ein größeres Schiff verladen wurde.

Die Passagiere nahmen ihr Gepäck und strömten von Bord. Der Mann mit der Baskenmütze balancierte den Hühnerkäfig auf einem Fahrrad und schob es über eine kurze Gangway an Land.

Ella griff nach ihrem Gepäck und ging, ein bisschen wackelig auf den Beinen, von Bord. Marianne Martet hatte geschrieben, man werde sie abholen, aber Ella hatte keine

Ahnung, nach wem sie Ausschau halten sollte. Ihre Mutter hatte ihre alte Freundin als sehr schön und lebhaft beschrieben, mit großen Augen und dunklen Locken. In ihren Briefen hatte Marianne erzählt, dass ihre Zwillinge – Caroline und Christophe – achtzehn Jahre alt waren und sich auf eine Freundin für den Sommer freuten.

Als sich die Menschenmenge zerstreute und die Autos, die die Fähre verlassen hatten, sich über die staubige Straße entfernten, fiel Ella am hinteren Ende der Mole ein Karren mit einem Esel auf. Wohl um die Menge überblicken zu können, standen darauf ein Mädchen mit einem kastanienbraunen, wilden Lockenschopf und ein Junge, dem Haarsträhnen in die Augen fielen, und winkten in ihre Richtung. Das Sonnenlicht warf Schatten ins Gesicht des Jungen und betonte seine markanten Gesichtszüge. Beide strahlten eine so gelassene Schönheit aus, dass Ella sie sofort ins Herz schloss und jegliche Beklommenheit verlor.

Das Mädchen trug eine kurzärmlige Bluse und eine Hose, unter der ihre gebräunten Beine zu sehen waren, und der Junge eine weite Hose und ein Hemd, wie man es von Fischern kannte. Mit einem Mal fühlte sich Ella in ihrer adretten Kostümjacke und dem Kleid mit dem weiten Rock viel zu eingezwängt und förmlich.

Christophe und Caroline sprangen vom Karren und liefen auf sie zu. Zur Begrüßung streckte Ella Caroline die Hand entgegen und wurde rot, als diese sie auf beide Wangen küsste. Verwirrt und mit verrutschtem Hut wandte sie sich zu Christophe und zögerte, weil sie nicht wusste, was die Etikette verlangte. Ihr Gesicht fühlte sich noch heißer an, als er ihr ebenfalls einen Kuss auf beide Wangen drückte. Um ihre Verlegenheit zu überspielen, presste sie den Sonnenhut fest auf ihren Kopf und war dankbar für seine breite Krempe.

»Eleanor Lennox. Herzlich willkommen!« Christophes Augen strahlten vor Vergnügen, als er sich bückte, um ihren großen Koffer anzuheben.

»Sagt bitte einfach Ella zu mir, so nennen mich alle, außer ich habe etwas verbrochen.«

»Ich glaube nicht, dass ein Mädchen wie du je etwas verbrechen könnte«, lachte er. »Dafür wirkst du viel zu nett und adrett! *Oh là là*, und in diesem Koffer stecken eindeutig jede Menge weiterer Kostüme! Das kann die arme Anaïs unmöglich auch noch schleppen. Wir müssen neben dem Karren herlaufen.«

»Bitte achte gar nicht auf ihn, er zieht dich nur auf.« Caroline nahm Ellas Hand. »Dein Kleid ist wunderschön, genau wie dein Koffer. Du musst uns entschuldigen, hier auf der Insel sind wir immer so *décontractés* und zwanglos. Das ist eine herrliche Abwechslung von unserem Leben in Paris. Wir vergessen einfach, wie man sich vornehm kleidet.«

»Ja, ja, aber was genau ist eigentlich Kultiviertheit?« Christophe verstummte kurz und stellte den schweren Koffer hinter dem Karren auf dem Weg ab. »Ich behaupte, so wie hier auf der Île de Ré sollte das wahre Leben eigentlich sein, und das ganze Getue in Paris ist nur Theater. In der Stadt gibt es unzählige Leute, die alles andere als kultiviert sind. Und was die große weite Welt betrifft«, fuhr er fort, und seine Augen blitzten plötzlich auf, weil ihm das Thema offenbar am Herzen lag, »so haben wir zum einen die Faschisten in Spanien, die ihre eigenen Landsleute umbringen, und zum anderen die Deutschen, die jedes Versprechen von Versailles brechen, die sich wieder bewaffnen und dann Österreich annektieren. Sie wollen ihr Reich vergrößern – niemand weiß, was sie vorhaben, aber es kann nichts Harmloses sein. Paris wird von Flüchtlingen überflutet, und unsere eigenen Verwandten mussten aus Angst vor Verfolgung ihre Heimat verlassen. Ganz Europa befindet sich im Aufruhr. Wie kann man das als kultiviert bezeichnen?«

Im Schutz ihrer Hutkrempe betrachtete Ella sein attraktives Gesicht, das noch ausdrucksvoller wurde, je leidenschaftlicher er sprach. Um seiner Überzeugung Nachdruck zu verleihen, gestikulierte er mit seinen starken, sonnengebräunten Händen.

»Komm schon, Christophe«, sagte Caroline sanft und legte ihm ihre schmale, ebenfalls sonnengebräunte Hand auf den Arm. »Jetzt ist nicht der rechte Zeitpunkt für eine politische Tirade. Eleanor ist nach der langen Reise bestimmt müde, und Maman wartet schon auf uns.«

Mit einem resignierten Seufzer bückte sich Christophe, um den Koffer wieder aufzunehmen, und hievte ihn auf den kleinen Holzkarren. Der dumpfe Schlag ließ den hellgrauen Esel, der vom Wegesrand Grasbüschel rupfte, innehalten und sie verwirrt aus dunklen, verträumten Augen anschauen.

»Anaïs, darf ich dir Miss Eleanor Lennox und ihren Riesenkoffer vorstellen?«, verkündete Christophe mit großer Geste und streichelte die weichen Ohren und das Maul des Esels und fasste ihn dann am Geschirr, um ihn in einem weiten Kreis zu führen, bis der Karren richtig stand.

»Guten Tag, Anaïs. Du bist ja eine Schönheit.«

»Steigen Sie ein, Miss Eleanor Lennox. Ihr Wagen wartet.« Christophes funkelnde Augen standen im Gegensatz zu seiner förmlichen Aufforderung.

»Wie ich schon sagte: Ich heiße Ella. Und ich laufe lieber. Schließlich habe ich eine Ewigkeit im Zug gesessen. Ich möchte mir gerne die Beine vertreten.« Insgeheim hatte Ella Angst, ihr Koffer könnte wirklich zu schwer sein, aber sie wollte diesem scharfzüngigen französischen Jungen nicht zeigen, dass sie seine Scherze ernst nahm.

Jetzt betrachtete er sie, als wäre er überrascht, dass sie sich nicht von ihm einschüchtern ließ. Sie spürte, wie er die anmutige Silhouette von ihrer Taille bis zu ihrem Arm musterte, mit dem sie immer noch ihren Hut festhielt, damit er nicht von der Meeresbrise erfasst wurde. Herausfordernd sah sie ihn mit ihren klaren grünen Augen an, und sie ahnte nicht, dass er in diesem Moment ihre fließenden Kurven und die windzerzausten Haare am liebsten mit einem Bleistift auf Papier gezeichnet hätte. Mit einem Mal wurde seine Miene ernst, und er nickte. »Also gut, dann Ella. Und Anaïs dankt dir für deine Rücksichtnahme.«

Als sie den Hafen verließen, wurde aus der Straße schnell ein unbefestigter Weg, fast schon ein Pfad, den die Räder zahlloser Karren in das Gras gegraben hatten, das den rieselnden Sand darunter zusammenhielt. Ellas enge Lederschuhe wurden immer staubiger. Neidisch blickte sie auf die weichen Baumwollschuhe von Caroline und Christophe, die im Vergleich zu den tiefen Abdrücken ihrer Absätze kaum Spuren hinterließen. Zu Hause, in ihrer vertrauten Welt, war es ihr so wichtig erschienen, die richtige Garderobe für diese Sommerferien auszuwählen. Ihre Mutter sah das ebenso, denn sie hatte, als Ella im Schuhladen verschiedene Paare anprobiert hatte, erklärt, dass die Pumps mit dem kleinen Absatz – die in ihrer konservativen Familie normalerweise mit einem Stirnrunzeln betrachtet worden wären – wirklich *chic* genug für Frankreich seien. Und jetzt, nur wenige Minuten nach ihrer Ankunft, war Ella schon klar, dass diese Garderobe für die Île de Ré vollkommen falsch war.

Die drei schlenderten neben dem Karren her und folgten dem Pfad, der schnurgerade, unbehindert von Hügeln oder Tälern, über die flache, dicht über dem Meeresspiegel liegende Insel verlief. Im weichen Licht der Abenddämmerung leuchteten stolz aufragende Stockrosen vor den weiß getünchten Mauern der Fischerhütten, die hier und dort den Weg säumten. Die Farben der Blumen – himbeerrot, zitronengelb, pflaumenblau und apricot – leuchteten, als wäre das Licht hier viel klarer als auf dem Festland. Ella zog die Krempe ihres Huts etwas tiefer, denn die untergehende Sonne blendete sie und war, obwohl es schon spät war, immer noch wärmer, als Ella es selbst vom mildesten schottischen Sommer kannte. Sie hatte das Gefühl, als entfalte sich in all dem Licht und der Wärme ihr Körper wie eine junge Pflanze. Sie spürte, wie ihre Kleider, ihre steifen Lederschuhe, ihr Hut und ihre Handschuhe sie beengten.

Als sie den kleinen Ort Sainte-Marie-de-Ré erreichten, fragte sich Ella, wie weit sie wohl noch gehen mussten. An ihrer Ferse bildete sich mittlerweile eine Blase, und langsam bereute sie, dass sie das Angebot, auf dem Karren zu fahren, ausgeschlagen hatte. Endlich bog der kleine Esel selbständig in einen noch schmaleren Pfad ein, der kaum sichtbar zwischen zwei weißen Cottages verlief.

»Was sind das für Pflanzen?«, fragte Ella und zeigte auf die grünen Reihen vor den Häusern.

»Das sind Weinreben«, erklärte Christophe. »Siehst du, die ersten Trauben bilden sich schon.«

»Ich wusste gar nicht, dass Wein so nah am Meer wächst.«

Christophe nickte. »Doch, einige der besten Weingärten befinden sich am Meer. Die Seeluft tut den Trauben genauso gut wie den Menschen.«

Plötzlich konnten sie hinter dem Strandhafer, der die niedrigen Dünen bedeckte, das Meer sehen, dessen unzählige kleine Wellen das Licht der Sonnenstrahlen wie glitzernde Diamanten reflektierten. Rechts von ihnen sahen sie ein hübsches, einstöckiges Haus, kaum größer als die Häuschen, an denen sie vorbeigekommen waren, leuchtend weiß mit Fensterläden in einem Blau, das an die Farbe von Gischt erinnerte. In den hohen Fenstern spiegelte sich das Gold der sinkenden Sonne.

Christophe öffnete das kleine Tor in der niedrigen Mauer, die einen Blumengarten umgab, und führte Anaïs zur offen stehenden Haustür, so dass der Wind vom Meer sanft in die zarten, weißen Gardinen fahren konnte.

Christophe zerrte den Koffer vom Karren. »Lassen wir den erst mal hier. Ich bringe ihn hinein, wenn ich Anaïs versorgt habe. Komm, altes Mädchen, befreien wir dich von deinem Geschirr.«

Als er den Esel ums Haus führte, erschien eine lächelnde Frau im Türrahmen. Sie hatte dieselben warmen Augen und wilden Locken wie Caroline und streckte Ella beide Hände entgegen.

»*Bienvenue*, Ella. Wir freuen uns sehr, dass du hier bist. Ich hätte dich überall erkannt, du bist deiner Mutter wie aus dem Gesicht geschnitten. Bitte nenn mich Marianne, wir sind hier nicht förmlich. Du bist nach der langen Reise bestimmt erschöpft, aber in den nächsten sechs Wochen musst du nicht weiter gehen als zum Strand oder in den Ort. Caroline wird dir dein Zimmer zeigen, damit du dich vor dem Abendessen noch ein bisschen frisch machen kannst.«

Ella folgte Caroline über gebleichte Eichendielen durch einen Flur und warf neugierige Blicke in die Zimmer, an denen sie vorbeigingen. Dieses Haus am Meer unterschied sich vollkommen von ihrem Zuhause in Morningside, einem Stadtteil von Edinburgh, mit den schweren Samtvorhängen und den dunklen Mahagonimöbeln. Die Zimmer waren strahlend weiß gehalten mit hellen Deckenbalken und wenigen schlichten Möbeln, die kaum zusammenpassten und doch elegant wirkten.

Die Mädchen stiegen eine breite Treppe hinauf, deren Holzstufen leise unter ihren Füßen knarrten, und Caroline öffnete eine Tür auf der linken Seite des dämmrigen Korridors. Auch hier blähten sich ihnen weiße Gardinen entgegen, als sie das Zimmer betraten, und auf einmal fühlte sich Ella wie auf einem Schiff, das mit vollen Segeln durch das Wasser glitt.

Ein verblichener Flickenteppich auf den Holzdielen war der einzige Farbtupfer in dem hellen Zimmer. Auf dem Nachttisch verströmte ein Blumenstrauß aus Geißblatt und Rosen einen zarten Duft. Ella nahm ihren Hut ab und ließ sich dankbar auf den Quilt aus Baumwolle sinken, der auf ihrem Bett ausgebreitet war. Sie streifte sich die Schuhe ab und wackelte mit den Zehen, über denen sie weiße Seidenstrümpfe trug. Auf der anderen Seite des Zimmers reflektierte der Spiegel eines Kosmetiktischs die letzten Sonnenstrahlen und ließ sie auf den Gardinen tanzen. Über dem schmiedeeisernen Bett hing in einem schmalen Goldrahmen ein Aquarell von einem Segelboot, das über das aquamarinblaue Meer auf die niedrigen Dünen des Ufers zu flog.

»Das ist aber schön!«, sagte Ella und zeigte darauf. »Man kann fast den Wind und die Sonne spüren und das Meer riechen.«

Caroline nickte und setzte sich neben sie auf das Bett. »Das Bild hat Christophe gemalt. Es verbindet seine beiden Leidenschaften: Malen und Segeln. In letzter Zeit ist er in beidem ziemlich gut geworden, aber sag ihm das nicht, sonst steigt es ihm zu Kopf.«

Die beiden Mädchen kicherten, als sie ein lautes Poltern auf der Treppe hörten. Christophe stieß die Tür auf und zerrte Ellas Koffer hinter sich ins Zimmer. »Wer soll was nicht sagen?«, fragte er mit breitem Grinsen. Ohne auf eine Antwort zu warten, warf er sich neben seiner Schwester aufs Bett. »Puh, jedenfalls sind Anaïs und ich sehr erleichtert, dass wir diesen fetten Mühlstein erst mal ein paar Wochen nicht zu sehen bekommen.«

»Ella hat nur dein Bild von *Bijou* bewundert«, sagte Caroline und wies mit dem Kinn auf das Gemälde.

»Morgen fahren wir mit ihr raus«, erwiderte Christophe lächelnd. »Sie ist eine wahre Schönheit.«

Ella fand es erstaunlich, wie sein Gesicht sich mit jeder

Äußerung zu verändern schien und seine Gefühle erkennen ließ. Der Ausdruck in seinen dunklen Augen konnte innerhalb weniger Sätze von Belustigung zu Nachdenklichkeit wechseln, wie das Meer, das sich verdunkelte, wenn der Wind dicke Wolken darübertrieb, um kurz darauf wieder im Sonnenlicht zu erstrahlen. Ella hingegen hatte von ihren Eltern gelernt, ihre Gefühle zu verbergen. Aber den Zwillingen schien eine solche Zurückhaltung fremd, und Ella spürte, wie ihr Herz sich ein wenig weitete, um für alle Eindrücke offen zu sein – anders, als es ihr in ihrer behüteten Kindheit in Edinburgh möglich gewesen war. Sie hatte das Gefühl, als entfalte sich etwas in ihr, direkt unterhalb ihres Brustkorbs, und sie wurde von dem plötzlichen Drang überwältigt, ihre Jacke aufzuknöpfen und ihr Kleid zu lockern, um Platz zu machen für das, was in ihr Herz wollte.

Ein köstlicher Duft nach leckerem Essen drang von unten in ihr Zimmer.

»*Allons*, Christophe. Lassen wir Ella ein paar Minuten allein, damit sie sich vor dem Abendessen noch ausruhen und auspacken kann.« Caroline lächelte Ella an. »Du musst dich nicht umziehen, außer du möchtest es nach der langen Reise. Wir bleiben, wie wir sind. Es war mein Ernst, als ich sagte, dass wir hier sehr entspannt sind. Das Bad ist die nächste Tür auf der rechten Seite, falls du dich frisch machen willst, direkt gegenüber. Komm runter, wenn du fertig bist. Wir sind entweder in der Küche oder sitzen auf der Terrasse hinter dem Haus.«

Nachdem Ella eilig ihre Kleider in den großen Schrank in der Ecke des Zimmers geräumt und ihre ordentlich gefaltete Unterwäsche in eine hübsche cremefarbene Kommode mit rosa Rosengirlanden gelegt hatte, machte sie sich auf die Suche nach dem Bad.

Sie bürstete ihr windzerzaustes, dunkelblondes Haar, bis es glatt um ihr ernstes, ovales Gesicht fiel. Obwohl sie sich an den Rat ihrer Mutter gehalten hatte, war es der Sonne und dem Wind dennoch gelungen, ihre Wangen unter der Hutkrempe mit einem goldenen Schimmer zu überziehen. Als sie sich im schwindenden Abendlicht etwas genauer betrachtete, entdeckte sie mindestens fünf Sommersprossen auf ihrem Nasenrücken. Sie schüttelte den Kopf über sich selbst, als sie die Sorgenfalte auf ihrem Gesicht bemerkte. »Es hat doch keinen Sinn, sich die nächsten sechs Wochen über Sommersprossen Gedanken zu machen«, ermahnte sie ihr Spiegelbild streng. »Hier auf der Île de Ré sind wir *très décontractés.*« Sie lächelte. »Und Ihr *accent Français* klingt schon sehr viel besser, Mademoiselle Lennox.«

Sie wusch sich die Hände mit cremiger Seife, und als sie sie mit einem weißen Leintuch abtrocknete, fühlten sie sich besonders weich an. Dann hängte sie ihre Kostümjacke in den Schrank, legte sich, falls es kühl werden würde, eine Baumwollweste um die Schultern und eilte nach unten, durch die Küche hinaus auf die Terrasse.

Hinter dem Haus lag ein großer Garten, der von hohen, weiß getünchten Mauern umgeben war. Darüber blühte Geißblatt, aus dem wohl auch der Blumenstrauß in ihrem Zimmer gebunden war, und sein Duft mischte sich mit dem von Jasmin, dessen sternförmige Blüten sich über eine schmiedeeiserne Pergola über der Terrasse rankten. Am hinteren Ende des Gartens konnte Ella durch ein offenes Tor Anaïs sehen, die zufrieden unter den Bäumen eines kleinen

Obstgartens graste. Marianne, Caroline und Christophe saßen an einem breiten Holztisch, der mit weißem Leinen und Besteck mit elfenbeinfarbenen Griffen eingedeckt war. In der Mitte des Tisches stand ein bemalter Steinkrug mit einem Strauß Rosen in einem satten Rosa und daneben ein Kristallkrug mit Wasser und eine Flasche Rotwein. Durch die stille Abendluft hörte man, wie die Kirchturmglocke in Sainte Marie die achte Stunde schlug.

Christophe hatte sein Kinn auf die Hand gestützt und zeichnete etwas in ein Skizzenbuch, schlug es aber hastig zu, als Ella näher kam.

»Komm«, Marianne klopfte auf den Stuhl neben sich, »setz dich zu mir, Ella, und erzähl mir von deiner Mutter. Es ist schon so viele Jahre her, seit ich sie das letzte Mal gesehen habe, aber du weckst all die glücklichen Erinnerungen an meine Zeit in Edinburgh in mir, als ich in deinem Alter war. Caroline, reich Ella doch die Oliven. Möchtest du ein Glas Wein mit uns trinken? Wir können ihn mit Wasser verdünnen, falls du es nicht gewohnt bist, etwas Alkoholisches zu trinken.«

Der tiefdunkle Wein in dem schweren Kristallglas färbte sich rubinrot, als Madame Martet etwas Wasser aus dem Krug dazugab. Ella nippte erst zögernd daran und versuchte, so zu wirken, als würde bei ihr zu Hause zu jedem Abendessen ein Château Talbot gereicht, wie sie auf dem Etikett der Flasche lesen konnte. Selbst verdünnt war der Wein schwer und vollmundig, und auch die letzte Anspannung wegen der Reise und der Vorfreude auf diesen Sommer fiel von ihr ab und schwand mit dem letzten Tageslicht, während sich die Nacht über die Insel senkte.

Im Schein einer Laterne, die Marianne zusammen mit einer Platte *Blanquette de Veau* auf den Tisch gestellt hatte, warf Ella einen verstohlenen Blick auf Christophe. Schatten spielten auf seinem Gesicht, und seine Augen schienen von innen heraus zu leuchten. Als er aufsah und sich ihre Blicke trafen, spürte sie eine zarte Verbindung zwischen ihnen. Um ihre Überraschung zu überspielen, wandte sie ihre Aufmerksamkeit dem Essen zu und beantwortete Carolines Fragen über das Leben in Schottland.

Als schließlich die Abendluft merklich abkühlte, erschauerte Ella leicht und musste gähnen. Marianne bemerkte es und sagte lächelnd: »Kommt, es ist Zeit, ins Bett zu gehen. Ich glaube, wir waren alle etwas aufgeregt wegen Ellas Besuch. Selbst ihr, meine redseligen Zwillinge, seid heute Abend ziemlich still. Lasst alles so stehen, Sandrine wird sich morgen früh darum kümmern. Schlaft gut, meine Lieben. Das Wetter soll morgen schön werden, ihr könnt mit *Bijou* eine lange Segeltour unternehmen. Wenn ihr wollt, bereite ich euch ein Picknick vor.«

In ihrem Zimmer im ersten Stock lag Ella zwischen weichen Baumwolllaken und starrte in die Dunkelheit. Die Nachtluft brachte einen salzigen Duft herein und bewegte sanft die Gardinen. Durch eine Lücke zwischen den Fensterläden sah sie zu, wie der Vollmond immer höher stieg und einen silbernen Lichtstrahl über die Dielen und ihre Bettdecke warf. Der riesige Ozean direkt hinter den Dünen reflektierte das Mondlicht und schuf ein seltsames, traumartiges Zwielicht, als würde bereits um Mitternacht die Dämmerung einsetzen. Das leise Geräusch der Wellen schürte ihre Vorfreude auf den vor ihr liegenden Sommer.

Es ist gar nicht richtig dunkel, war Ellas letzter Gedanke, bevor sie einschlief.

Sie wachte auf, als jemand – Christophe vermutlich – die Marseillaise pfiff, während er die Treppe ins Erdgeschoss hinunterging, und jemand anderes – Caroline oder Marianne – ihn zum Schweigen brachte.

Golden und nicht mehr silbrig wie in der Nacht fiel ein heller Lichtstrahl schnurgerade durch die Lücke zwischen den Fensterläden. Die Sonne hatte den Mond abgelöst. Ella sprang aus dem Bett und lief über den Flickenteppich zum Fenster, legte den schweren Metallriegel der Fensterläden um und stieß sie auf. Sofort strich eine warme Brise über ihre nackten Arme und wehte den feinen Saum ihres Nachthemds um ihre Fußknöchel. Sonnenstrahlen drangen überraschend warm in das Zimmer.

Ella zog sich ihren Rock und eine Bluse an, kämmte sich und eilte nach unten.

Wie am Abend zuvor stand in der Küche die Flügeltür zur Terrasse offen, durch die gerade eine stämmige, grauhaarige Dame mit einer weißen Schürze über einem Rock aus gestreiftem Drillich hereinkam. Sie trug ein leeres Tablett und klackerte mit ihren Holzschuhen über die Terracottafliesen. »Bonjour, Mademoiselle. *Enchantée.*« Förmlich reichte sie Ella ihre kräftige, raue Hand und strahlte sie an. Caroline kam direkt hinter ihr herein und stellte die Frau, die sich nun zur Spüle wandte, als Sandrine vor.

»Komm, Ella, auf der Terrasse gibt es Frühstück«, sagte

Caroline und nahm zwei Kannen vom Küchentisch. Als sie unter die vom Jasmin beschattete Pergola traten, verkündete sie: »*Voilà*, ich bringe Ella und Kaffee.«

»Da bist du ja, meine Liebe. Hast du gut geschlafen?« Marianne reichte Ella den Brotkorb, während Caroline für jeden von ihnen duftenden pechschwarzen Kaffee in Schälchen goss und sie mit heißer, cremiger Milch auffüllte. Ella zögerte, da sie zum Frühstück an eine Schale Porridge gewöhnt war und ihren Tee normalerweise aus feinem Porzellan trank. Vorsichtig machte sie es Marianne nach, die ihr Kaffeeschälchen mit beiden Händen anhob und daran nippte. Der Kaffee war köstlich und machte sie ebenso munter wie das Frühstück an der frischen Seeluft. Christophe riss sein Brot in kleine Stücke und tunkte sie in seine Kaffeeschale, aber Ella bestrich ihres lieber wie Caroline dick mit Butter und Kirschmarmelade.

»Bist du schon mal gesegelt?«, fragte Christophe mit vollem Mund.

Ella schüttelte den Kopf. »Nein, noch nie.«

»Keine Sorge. Sie ist ein prächtiges Boot und ganz leicht zu manövrieren. Wir zeigen dir, wie es geht.«

»Aber ich mache mir etwas Sorgen um deine schöne Kleidung«, sagte Marianne und lächelte sie freundlich an. »Caroline, könntest du Ella nicht etwas von dir leihen? Außerdem müssen wir dir am Wochenende auf dem Markt ein Paar Espadrilles kaufen. Die sind wie geschaffen für den Strand und das Segelboot.«

Eine Stunde später nickte Christophe anerkennend, als er Ella half, in das Ruderboot zu klettern, das er neben einem kleinen Anleger für sie festhielt. Barfuß und mit ihren Sandalen in der Hand, ergriff sie seine ausgestreckte Hand und stieg in das Holzboot, das sie zur *Bijou* bringen würde, einer hübschen kleinen Yacht, die an ihrem Anker auf den Wellen wippte.

»In dieser Kleidung siehst du fast aus wie eine Französin«, bemerkte er lächelnd und ließ ihre Hand erst los, als sie sicher auf einer der Holzbänke saß. Sie trug ein weites Hemd mit blauen und weißen Streifen und kurze Baumwollhosen von Caroline. Ihre Haare hatte sie mit einem blauen Band zusammengebunden, das im Wind flatterte.

Ella erwiderte sein Lächeln und fühlte sich wohl in den neuen Kleidern. In einer fremden Sprache zu sprechen, neue Kleider zu tragen und etwas zu tun, was sie noch nie zuvor getan hatte, verstärkte das ungewohnte Gefühl von Freiheit; sie konnte hier jemand ganz anderes sein als in Edinburgh.

Christophe nahm den Picknickkorb und eine große Strohtasche mit Handtüchern und Pullovern entgegen, die Caroline ihm reichte. Er half seiner Schwester ebenfalls ins Boot, stieß sie mit den Rudern vom Anleger ab und wendete den Bug zur *Bijou*.

An Bord des Segelboots fühlte sich Ella tollpatschig, während die anderen ruhig und geschickt alles vorbereiteten und das Picknick unter Deck in der winzigen Kabine verstauten. Die *Bijou* war wirklich eine Schönheit mit ihrer schlanken, eleganten Silhouette, dem Deck aus geöltem Teakholz und einem Rumpf in makellosem Weiß.

»Sie ist ein Original, es gibt kein anderes Boot wie sie«, erklärte Christophe mit hörbarem Stolz. »Grandpère hat sie vor zehn Jahren nach seinen eigenen Vorstellungen bauen lassen. Maman hat sie zusammen mit dem Haus geerbt. Sie verbringt schon seit ihrer Kindheit regelmäßig Zeit auf der Île de Ré. Grandpère hat uns allen das Segeln beigebracht. Allerdings mag Papa das Meer nicht besonders, und da Maman sich lieber um ihren Garten kümmert, habe ich jetzt die Verantwortung für *Bijou.*«

Als Caroline die Leinen von der Ankerboje löste, zog Christophe das Ruder zu sich, worauf sich der Bug der *Bijou* dem offenen Meer zuwandte und der Wind sich in ihren Segeln fing. Sie bahnten sich, langsam zunächst, ihren Weg vorbei an den anderen Booten, die im Schutz der Hafenbucht ankerten, bis sie das offene Meer erreichten. Mit einem Mal spürte Ella, wie der Wind zunahm und ihr Haarband in ihrem Nacken flatterte.

Und plötzlich schienen sie zu fliegen.

Glitzernde, gischtgekrönte kleine Wellen tauchten vor ihnen auf und bespritzten sie mit feinem Sprühnebel, als die *Bijou* sich hindurchpflügte. Eine Möwe, die vor dem schwindelerregenden Blau des Himmels weiß wie eine Kirschblüte leuchtete, ließ sich mit weit ausgebreiteten tintenblauen Flügeln von einer Luftströmung in die Höhe tragen, und Ella spürte, wie ihr plötzlich vor purer Lebensfreude leicht ums Herz wurde. Sie legte den Kopf in den Nacken, um dem Flug der Möwe zu folgen, und schloss kurz die Augen, um sich von der Sonne das Gesicht liebkosen zu lassen. Alle Gedanken an Sonnenhut und Sommersprossen waren vergessen.

Christophe lenkte sie in eine Strömung, die sie in südlicher Richtung von der Insel wegführte. Er lehnte sich gegen die Reling des Boots und stieß seine Schwester an. »Schau mal, Caroline, ich glaube, unser Gast hat Spaß.«

Ella strahlte die beiden an. »Es ist wunderbar! Es fühlt sich an, als würden wir durch das Wasser fliegen.«

Christophe nickte. »Für mich ist es immer wie ein Tanz. Die See ist eine ausgezeichnete Tanzpartnerin. Heute ist sie bester Stimmung, siehst du? Sie trägt Pailletten. Wir tanzen einen Quickstep. An manchen Tagen ist sie ruhiger, sanfter, dann trägt sie Seide, und wir tanzen Walzer. Aber sie kann auch launisch sein. Wenn sie einen Paso Doble oder einen Tango tanzt, voller Inbrunst und Leidenschaft, müssen wir vorsichtig sein und alles aufbieten, was die *Bijou* kann, um mit ihr Schritt zu halten.«

Caroline lachte. »Und wenn sie sich in einen wirbelnden Teufel verwandelt und es wirklich stürmisch wird, dann lassen wir sie alleine tanzen.«

»Bereitmachen zum Kreuzen«, befahl Christophe plötzlich und schirmte mit der Hand die Augen ab. Caroline löste die Leine, mit der das Segel bedient wurde, und wandte sich zu Ella. »Wenn er sagt ›bereit‹, dann müssen wir uns ducken, damit der Segelbaum über uns hinwegschwingen kann. Wir wollen schließlich keinen Schlag auf den Kopf kriegen.«

Ella folgte Carolines Beispiel und kroch geduckt unter dem Segelbaum hindurch auf die andere Seite des Boots. Dann änderte die *Bijou* die Richtung und segelte zurück zum Festland, so dass die niedrigen Dünen der Insel vor ihnen lagen. Die Sonne wärmte Ellas Rücken und drang durch den weichen Stoff ihrer Bluse. Ihre Haut glühte geradezu von der Wärme, dem Wind und dem feinen Sprühnebel, der jedes Mal vor ihnen aufwallte, wenn eine Welle gegen den Bug des Segelboots klatschte.

Trotzdem erschauerte sie leicht, als sie noch einmal an Carolines Worte dachte. An diesem Tag war die See ruhig, doch das kleine, über das Wasser gleitende Holzboot kam ihr mit einem Mal ziemlich unbedeutend vor. Unter der glitzernden Oberfläche des Wassers lauerten geheimnisvolle dunkle Tiefen mit starken, unsichtbaren Strömungen.

Dann fühlte sie sich albern, weil sie an einem solchen Tag so düstere Gedanken beschäftigten, an einem Tag voller Sonne und Lebensfreude und dem Gefühl von Freiheit. Als der Wind eine lange Haarsträhne aus ihrem Zopf löste und in ihr Gesicht flattern ließ, schüttelte sie den Kopf, um sie zusammen mit den störenden Gedanken loszuwerden. Sie streckte einen Arm aus und hielt ihre Finger über die Gischt der Wellen, um sich abzukühlen, bis sich eine Gänsehaut wie goldene Sandkörnchen auf ihrem Arm ausbreitete.

Als sie den Kopf wandte, um die schaumigen Spuren der Kielwelle zu betrachten, spürte sie Christophes dunkle Augen auf sich. Sie schienen so unergründlich wie die See, in einem Moment leuchteten sie, nur um sich in der nächsten Sekunde zu verdüstern. Obwohl sie spürte, wie eine feine Röte ihre Wangen überzog, erwiderte sie ruhig seinen Blick. In diesem Augenblick spürte sie etwas Mächtiges zwischen ihnen, als entwickelte sich aus dem Gefühl von Verbundenheit vom Abend nun eine Anziehung, so stark wie die Gezeiten. Instinktiv wusste sie, dass es zwecklos wäre, dagegen anzukämpfen. Nie zuvor hatte sie etwas Vergleichbares erlebt, wusste aber, dass sie sich nicht dagegen wehren konnte, selbst wenn sie gewollt hätte. Und sie spürte, dass sie sich auch nicht dagegen wehren wollte.

Mit ruhiger Stimme, die nichts von ihrem inneren Aufruhr preisgab, sagte sie lächelnd: »Glaubst du wirklich, ich könnte lernen, mit der *Bijou* zu segeln?«

Eine Weile antwortete er nicht, schaute sie nur wie gebannt an. Schließlich rutschte er auf seiner Bank ein Stück beiseite, damit sie sich neben ihn setzen und das Ruder übernehmen konnte. Mit allen Sinnen nahm sie wahr, wie er seinen starken, sonnengebräunten Arm um sie legte, um ihr zu helfen, den Kurs zu halten.

»Nur kleine Bewegungen, nicht ruckartig. Sie reagiert sofort. Versuch, sie ein bisschen von dir wegzuschieben – ja genau, siehst du, wie sie sich in den Wind dreht? Und wie wir langsamer werden? Du musst ein wenig damit spielen, dann spürst du, wann du die richtige Position hast, damit der Wind die Segel greift. Behalte dieses Band am Segel im Auge: Es soll nicht flattern, sondern waagerecht in der Luft stehen. Ja, so ist es gut.«

Eine Stunde später segelten sie in eine von Dünen geschützte Bucht und warfen Anker. Außer ein paar Fischerbooten, die in der Ferne zielstrebig vorbeifuhren, war niemand dort. Die *Bijou* schaukelte mit gerafften Segeln sanft im Wasser. Der Wind schien sich gelegt zu haben, und die Sonne stand hoch am Himmel, fast direkt über der Mastspitze.

»Lasst uns zuerst schwimmen und dann essen.« Caroline zog sich schon das Oberteil über den Kopf, unter dem sie einen Badeanzug trug. Auch Christophe zog sich aus und sprang mit einem Freudenschrei von der Reling, tauchte mit seinem schmalen Körper anmutig und fast ohne Spritzer ins Wasser. Ella wünschte, sie wäre so vorausschauend gewesen, ihren Badeanzug auch schon unter den Kleidern zu tragen. Jetzt holte sie ihn aus der Strohtasche und stand einen Moment unschlüssig da.

»Du kannst dich in der Kabine umziehen«, sagte Caroline, und Ella kletterte unter Deck. Rasch zog sie sich um, kehrte zurück an Deck und band die Träger ihres Badeanzugs im Nacken zusammen. Sie hatte ihn gerade erst gekauft, weiß mit gelben Margeriten und viel hübscher als der zweckmäßige marineblaue, den sie immer beim Schwimmunterricht getragen hatte.

Sie setzte sich auf den Bootsrand und ließ ihre Beine über dem Wasser baumeln. Kleine Wellen klatschten spielerisch gegen ihre Füße, als wollten sie sie fassen und in die Tiefe ziehen. Obwohl sie in der Schule eine der besten Schwimmerinnen gewesen war, überkam sie Beklommenheit. Hier war viel mehr Wasser unter ihr und um sie herum, und es gab kein rettendes Ufer, an dem sie sich ausruhen könnte. Wo war Miss Campbell, die Sportlehrerin, wenn man sie mal brauchte?

Ella drehte sich um, klammerte sich an den Bootsrand und ließ sich langsam ins Meer gleiten. Sie keuchte auf, als das kalte Wasser ihren von der Sonne gewärmten Körper umschloss, aber einen Moment später genoss sie die angenehme Frische. Sie stieß sich vom Boot ab und wagte ein paar Schwimmzüge. Das Salzwasser fühlte sich angenehm an, und sie schwamm zu Christophe und Caroline, die in einiger Entfernung auf dem Rücken trieben und ihr entgegenblickten.

»Himmlisch!«, rief Ella etwas außer Atem, als sie die beiden erreichte, und drehte sich ebenfalls auf den Rücken, um zurück zum Land zu blicken.

Als sie das Bild, das sich ihr bot, erkannte, breitete sich langsam ein Lächeln auf ihrem Gesicht aus. »Ach«, rief sie, »das ist doch das Motiv auf dem Gemälde, das über meinem Bett hängt, nicht wahr? Ich erkenne es an der Linie der Dünen und daran, wie die Bucht geschwungen ist.«

Christophe nickte und schien sich zu freuen. »Ja, stimmt.«

»Du hast ein gutes Auge«, bemerkte Caroline und trat Wasser. »Kennst du dich mit Kunst aus?«

»Ich hatte Kunst nur in der Schule. Aber in Edinburgh besuche ich gerne Galerien und Ausstellungen.«

»Vielleicht solltest du dir einen Beruf suchen, der mit Kunst zu tun hat, so wie ich demnächst. Ich werde mich in Paris bei ein paar Galerien und Museen um ein Praktikum bewerben, um alles über die Restaurierung von Bildern zu lernen.«

»Ich wusste nicht mal, dass es so etwas gibt. Aber das klingt viel interessanter als die Ausbildung zur Sekretärin, die ich im Herbst anfangen werde. Meine Mutter hält das für das Beste. Mit meinem Französisch könnte ich vielleicht eine Stelle im Diplomatischen Dienst ergattern. Ich glaube nicht, dass ich gut genug zeichnen kann, um im Kunstbereich zu arbeiten. Ich wüsste auch nicht, was meine Eltern sagen würden, wenn ich ihnen mitteilte, ich hätte es mir anders überlegt und wollte jetzt Bilder restaurieren! Und du, Christophe, was hast du vor? Außer ein berühmter Künstler zu werden?«, fügte sie scherzend hinzu. »Wirst du wie Caroline in einem Museum arbeiten?«

Sein Blick verdüsterte sich und wurde unergründlich. »*Non*«, erwiderte er knapp und mit einer Bitterkeit, die sie bislang noch nicht von ihm kannte. »Papa ist der Ansicht, dass nur junge Frauen sich mit Kunst beschäftigen sollten, bis sie eine passende Partie machen. Ich hingegen soll in seine Fußstapfen treten und in der Bank arbeiten. Es ist schon alles arrangiert. Wie auch immer«, fuhr er fort, »verderben wir uns nicht den Tag mit solchen Gedanken. *Allons-y*, zurück zum Boot, lasst uns etwas essen!« Er kraulte los und spritzte Wasser auf die Mädchen, die aufschrien, weil ihre Haare nun vollkommen nass waren. Der Ernst des Augenblicks verflog.

Sie kletterten über das Heck auf die *Bijou*, Christophe ganz mühelos als Erster, ehe er den Mädchen half. Während Ella sich mit einem Handtuch die Haare abtrocknete, breiteten Caroline und Christophe auf dem Vorderdeck das Picknick aus, das sie im Korb mitgebracht hatten. Ella bemerkte, dass sie riesigen Hunger hatte.

In zufriedenem Schweigen saßen die drei unter dem provisorischen Sonnensegel, das Christophe über ihnen gespannt hatte, und aßen Brot mit goldener Kruste, weichen, pikanten Käse und die saftigsten, tiefroten Tomaten, die Ella je gesehen hatte. Noch nie hatte ihr etwas so gut geschmeckt.

Das alles spülten sie mit kühlem Wasser hinunter, und dann reichte Caroline jedem von ihnen einen sonnengewärmten Pfirsich mit süßem, weißem Fruchtfleisch, das so reif war, dass Ella der Saft über das Kinn und die Finger tropfte.

Satt lagen sie im Schatten, angenehm schläfrig von der Sonne, der Seeluft und der Wärme des Nachmittags. Ella schirmte mit einem Arm die Augen vor dem grellen Licht ab, schaute hinauf in das beinahe unwirkliche Blau des Himmels und lauschte dem Klang der Wellen, die leise gegen den Rumpf der *Bijou* schlugen. Sie spürte, wie das Boot sanft unter ihr schaukelte, und schloss ihre Augen, nur für einen Moment ...

Sie hatte keine Ahnung, wie lange sie geschlafen hatte, aber der Stand der Sonne hatte sich verändert, und die *Bijou* hatte sich am Anker ein wenig gedreht. Ein Sonnenstrahl stahl sich unter das Sonnensegel und ließ ihre Haare leuchten, die ihr immer noch etwas feucht vom Schwimmen über die Schulter fielen und die Margeriten ihres Badeanzugs bedeckten. Sie fuhr mit der Zungenspitze über ihre Lippen, schmeckte das Salz und wandte den Kopf, um nach den anderen zu sehen. Caroline schlief zusammengerollt neben ihr und atmete gleichmäßig. Christophe hingegen saß mit angezogenen Beinen da und beugte sich über sein Skizzenbuch, das auf seinen Knien lag. Sein Stift bewegte sich in raschen, leise kratzenden Strichen über das raue Papier und zog sichere, geschickte Linien. Als Christophe aufsah, trafen sich ihre Blicke. Er wirkte erschrocken, als wäre er ganz woanders gewesen und Ella hätte ihn jetzt ruckartig in die reale Welt zurückgeholt. Wortlos lächelte sie und legte mit einem Blick auf Caroline den Finger auf die Lippen. Er nickte und erwiderte ihr Lächeln. Sie streckte die Hand mit der stummen Bitte aus, ihr das Skizzenbuch zu geben. Er wurde rot, schüttelte den Kopf und schloss das Buch. Aber Ella blieb hartnäckig, zog ihre Hand nicht zurück und hielt seinen Blick mit ihren Augen fest. Er gab es ihr widerstrebend, und sie legte sich auf den Rücken und hielt das kleine Buch über ihrem Kopf, während sie die Seiten durchblätterte.

Die ersten Skizzen waren Szenen von der Insel: Landschaften mit Dünen und Strandhafer im Vordergrund und dem Meer dahinter; eine Reihe Fischerhütten mit Stockrosen vor weißen Mauern; der Obstgarten hinter dem Haus, mit der grasenden Anaïs unter den Bäumen; Caroline und Marianne auf der Terrasse, Caroline in ein Buch vertieft, seine Mutter mit einer Näharbeit auf ihrem Schoß. Aber dann blätterte Ella eine Seite um und sah ein junges Mädchen auf einem Anleger vor sich, das sich mit einer Hand den breitkrempigen Hut auf den Kopf drückte, während der Wind sich in seinem Rock verfing. Und auch auf jeder darauffolgenden Seite befand sich eine Skizze von Ella. Manche bestanden nur aus ein paar Strichen, die eine Geste oder einen Ausdruck festhielten, in denen sie sich wiedererkannte. Bei anderen Zeichnungen hatte Christophe offenbar mehr Zeit gehabt, sie waren detaillierter.

Auch die letzte Skizze im Buch zeigte sie, wie sie auf der *Bijou* schlief, mit einem Arm über den Augen, ihre Finger leicht gekrümmt, unschuldig und vertrauensvoll, und so liebevoll gezeichnet, dass ihr der Atem stockte.

Als Caroline sich bewegte, schlug Ella schnell das Skizzenbuch zu und gab es Christophe zurück. Er stand auf, streckte die verkrampften Beine aus und stieß seine Schwester sanft mit den nackten Zehen an.

»Kommt schon, ihr Schlafmützen. Es ist Zeit zurückzufahren.« Dann setzte er die Segel und bereitete das Boot vor, während Ella ihn geistesabwesend betrachtete und ihr die Bedeutung und Schönheit dessen dämmerte, was sie gerade gesehen hatte.

2014
EDINBURGH

»Ist dir auch warm genug, Granny?« Ich lege einen feinen Wollschal um Ellas Schultern, bevor ich mich neben ihr auf der Bank niederlasse.

»Mir geht's gut. Mach nicht so ein Theater, Kendra. Es ist so schön hier, was für eine gute Idee!«

Obwohl schon Herbst ist, ist die Luft an diesem Nachmittag noch mild, und der Himmel leuchtet in einem tiefen Blau. Die letzten gelbbraunen Blätter hängen bewegungslos an den Bäumen an diesem seltenen windstillen Tag. Ich habe vorgeschlagen, dass wir uns im Garten des Pflegeheims treffen, anstatt wie sonst in der stickigen Atmosphäre von Ellas Zimmer zu bleiben. Die Dame am Empfang lächelte zwar verwundert, während sie den Schlüssel für die Hintertür aus einer Schublade holte, aber Ella war sofort einverstanden. Jetzt sitzen wir mit den Rücken an der grauen Steinmauer, die eine gepflegte Rasenfläche mit rechteckigen Rosenbeeten umgibt, wo sich zwei späte Blüten hartnäckig an die Stängel klammern, und wenden unsere Gesichter der tiefstehenden Sonne zu.

Ella seufzt vor Behagen. »Wie herrlich! Irgendwie kommt einem alles viel kostbarer vor, wenn man ahnt, dass es bald verlorengeht.«

Ich weiß nicht, ob sie damit auf den nahenden Winter

oder etwas Endgültigeres anspielt. Ich ergreife ihre zarte Hand, um sie zu trösten, aber stattdessen beruhigt das Gefühl von ihrer Hand in meiner eher mich. Plötzlich habe ich einen Kloß im Hals und weiß nicht, ob die sanfte Berührung das auslöst oder die Vorstellung, meine Großmutter zu verlieren. Wenn ich so darüber nachdenke, erinnere ich mich auch nicht mehr, wann Dan und ich zum letzten Mal Händchen gehalten oder uns außer einem kurzen Kuss auf die Wange nahegekommen waren. Grannys Berührung macht mir plötzlich bewusst, wie gerne ich Finns Hand in meiner halten würde; wie viel es mir bedeuten würde, ihm Sicherheit und Liebe zu geben, ihn trösten zu können. Ich schlucke mühsam und drücke sanft Ellas Hand.

Sie lächelt und blickt auf unsere verschränkten Finger. »Jetzt sieh dir mal an, wie schön glatt deine Haut im Gegensatz zu meiner ist. Und dann meine grässlichen Altersflecken! Die viele Sonne in meinem Leben fordert ihren Tribut. Aber es ist so schön, sie wieder zu spüren!«

Als sie die Augen schließt, frage ich mich, ob das Gefühl der warmen Sonne auf ihrem Gesicht sie in die aufregenden Tage ihres ersten Sommers auf der Île de Ré zurückbringt.

Als könnte sie meine Gedanken lesen, sagt sie: »Wie kommst du mit dem Schreiben voran?«

»Gut. Soll ich dir nächstes Mal das mitbringen und vorlesen, was ich bis jetzt geschrieben habe?«

Sie lässt meine Hand los, tätschelt sie kurz und rückt das Tuch um ihre Schultern zurecht. »Nein, ich vertraue dir. Außerdem sollst du die Geschichte auf deine Art erzählen. Wenn alles fertig ist, kannst du es mir vorlesen. Aber du darfst mir ruhig Fragen stellen. Einige meiner Erinnerungen sind in letzter Zeit lückenhaft, also habe ich vielleicht etwas vergessen, als ich in dieses Gerät geplappert habe.«

Ich schüttle den Kopf. Ihre Aufzeichnungen sind zusammenhängend und verständlich, ich kann sie leicht zu einer Geschichte spinnen. Die Fotos helfen mir dabei, mir alles bildlich vorzustellen. Auf Band klingt Ellas Stimme sogar ungewohnt kräftig, als hätten ihre Erinnerungen eine größere Bedeutung für sie als ihr gegenwärtiges Leben.

Ella schließt wieder die Augen und sagt leise: »Manchmal braucht es Zeit, Menschen richtig kennenzulernen, und nicht immer gelingt es uns. Andere hingegen sind einem schon nach einer Sekunde vertraut. So ging es mir mit Christophe und Caroline. Vermutlich hatte das auch mit unserer Unschuld zu tun ... Jugendfreunde, die erste Liebe ... Je länger man lebt, desto komplizierter wird alles. Aber in jenem Sommer verliebte ich mich in das Leben selbst, Kendra, nicht nur in die Insel und in die Familie Martet, sondern in die Möglichkeiten und die Hoffnung, die das Leben in sich birgt. Auf einmal ahnte ich, was das Leben sein könnte.« Sie wirft mir einen durchdringenden Blick zu, als könnte sie mir direkt in die Seele schauen. »Hast du je so empfunden?«

Im herbstlichen Sonnenlicht sehe ich ihre Augen in einem dunklen Grün leuchten, mit goldenen Sprenkeln. Genau wie Finns, denke ich, und ich spüre, dass sie den Schatten der Traurigkeit über mein Gesicht huschen sieht, bevor ich ihn mit einem Lächeln übertünchen kann.

»Ja, als ich Dan kennenlernte. Ich hatte schon vorher ein paar Beziehungen, aber nichts Ernstes. Als ich ihn traf, wusste ich es sofort, genau wie du sagtest. Und damals spürten wir auch die Hoffnung und die Zuversicht der Jugend. Aber du hast recht, dann kommt das Leben dazwischen, und die Hoffnung wird unter all dem begraben, was einem widerfährt. Und die Zuversicht schwindet ebenfalls ...« Ich verstumme, weil meine Kehle plötzlich wie zugeschnürt ist. Ich erlaube mir nicht oft, mir einzugestehen, wie schwierig momentan alles ist.

Eine Weile sitzen wir schweigend da, dann nimmt Ella wieder meine Hand und drückt sie sanft. »Man darf nie die Hoffnung verlieren, Kendra. Selbst wenn alles andere verloren ist. Ein Leben ohne Hoffnung ist ein trostloses Dahinvegetieren. Erst die Hoffnung macht uns menschlich, ohne sie verlieren wir das Gefühl dafür, wie es ist, lebendig zu sein.«

Ich nicke. »Aber manchmal wäre es leichter, denn Hoffnung kann auch weh tun.«

Sie wirft mir einen Blick aus ihren leuchtend grünen Augen zu. »Ich weiß. Aber ich habe selbst erfahren, dass es besser ist, auch dann etwas zu fühlen, wenn man alles verloren hat, selbst den Schmerz.«

Ihre Worte – und die tiefe Traurigkeit in ihrer Stimme – erinnern mich an die Entfremdung zwischen ihr und meiner Mutter. Hofft Ella immer noch darauf, sich mit ihrer Tochter zu versöhnen, bevor es zu spät ist? Ihr Wunsch, dass ich ihre Geschichte aufschreibe, scheint etwas damit zu tun zu haben, aber den Zusammenhang verstehe ich noch nicht. Vielleicht gibt es ihr auch Hoffnung, mir ihre Geschichte zu erzählen und zu wissen, dass sie nach ihrem Tod auf Papier weiterbestehen wird. Zumindest erkennt sie dadurch noch einen Sinn in ihrem Leben – oder will sie mir nur eine Ablenkung von dem trostlosen Trott liefern, in den ich geraten bin? Eigentlich hatte ich angenommen, ich würde mit meinen Besuchen *ihr* einen Gefallen tun, aber mittlerweile habe ich den Eindruck, dass ich dabei mehr bekomme, als ich gebe …

Als die letzten Sonnenstrahlen hinter der Mauer verschwinden, fällt ein Schatten auf Ellas Gesicht. Sie erschaudert leicht. »Komm, es war schön, aber jetzt lass uns wieder hineingehen.«

Ich helfe ihr von der Bank hoch und reiche ihr meinen Arm, um sie zur Hintertür zu begleiten. »Ich bringe dich auf dein Zimmer. Es ist ohnehin schon fast Zeit zum Abendessen.«

»Danke, Kendra, für die frische Luft und für deinen Besuch. Ich habe auch eine neue Kassette für dich. Ach, und ein paar Briefe von Caroline.« Als wir die Hintertür erreichen, bleibt sie stehen und wendet sich zurück zu den im Schatten liegenden Beeten, aus denen die letzten weißen Rosen hervorleuchten. »Glaubst du, Finn würde diesen Garten mögen?«, fragt sie. »Vielleicht könntest du ihn ja mal mitbringen?«

»Vielleicht bei gutem Wetter. Er geht sehr gern mit seinem Vater in den Schrebergarten. Allerdings muss man ihn behutsam mit neuen Orten vertraut machen. Alles Fremde löst Angst in ihm aus. Wir müssen mal sehen.« Dabei weiß ich im Grunde, dass ihn das Pflegeheim mit den seltsamen Gerüchen, den engen Korridoren und den unbekannten Menschen erschrecken und er es hassen würde.

Ella drängt mich nicht, sondern erwidert lächelnd: »Nun, ich hoffe, ich sehe ihn einmal wieder.«

1938
ÎLE DE RÉ

Tag für Tag gewöhnte sich Ella mehr an den ruhigen Rhythmus des Sommers auf der Île de Ré. Wenn sie nicht vor den Sandstränden der Insel segelten, fuhren sie mit den Fahrrädern über die Feldwege, bis die von Salzebenen und Sanddünen geprägte Landschaft ihr vertrauter schien als ihr Zuhause in Edinburgh.

Der Kirchturm von Sainte Marie, der zwischen saftigen grünen Weingärten und goldenen, mit rotem Mohn gesprenkelten Kornfeldern steil in den Himmel ragte, wies ihnen auf ihren Ausflügen ans Meer immer den Weg zurück. Die Aquarellfarben von Meer und Himmel prägten sich Ella ein. Sie liebte alles auf der Insel: die weißen Fischerhütten und die riesige Zitadelle am Hafen von St. Martin; die Spitzen der Stockrosen, die die schmalen Kopfsteinpflastergassen schmückten, und die Felder aus Wildblumen – Kornblumen, Wilde Möhren und Stranddisteln –, die die Feldwege säumten. Von den Austernbänken bis zu den Salzmarschen, wo das kostbare weiße *fleur de sel* mit Holzrechen aufgehäuft wurde, damit es in der Sonne bleichen konnte, und wo kleine, zottige Esel wie Anaïs in den Salzpfannen arbeiteten und lustige karierte Hosen trugen, die sie vor dem Salz und den Fliegen schützten und mit denen sie aussahen, als kämen sie aus dem Zirkus.

Als sie eines Tages durch La Flotte radelten, kamen sie am *préventorium* vorbei, einem Erholungsheim für Tuberkulosekranke, vor dem Kinder auf Liegestühlen in der Sonne lagen und von einer streng wirkenden Pflegerin mit gestärkter Haube und Schürze bewacht wurden.

»Sie sind wegen der gesunden Luft hier auf der Insel«, erklärte Caroline. »Manche erholen sich hier von der Tuberkulose, andere von einer Anämie. Dafür gibt es keine bessere Kur als Sonne und Seeluft.« Im Vorbeifahren winkten sie den Kindern zu, die ihren Gruß jauchzend erwiderten, bis die Pflegerin sie missbilligend zum Schweigen brachte. Ella war überzeugt, dass diese Insel genau der richtige Ort war, um wieder zu Kräften zu kommen, denn sie selbst blühte regelrecht auf, und Wind und Sonne, denen sie bei ihren täglichen Ausflügen ausgesetzt waren, hatten das Blond ihrer Haare aufgehellt und ihre Haut mit einem goldenen Schimmer überzogen.

Nachrichten von der Außenwelt erreichten sie nur in unregelmäßigen Abständen. Hin und wieder kam ein Brief von Ellas Mutter, in dem sie sich nach ihren Fortschritten in Französisch erkundigte und vom alljährlichen Urlaub in Elie berichtete; und manchmal hörte man im Flur gedämpft das Radiogramm aus dem Wohnzimmer, wo Marianne vor der Nachmittagshitze Zuflucht suchte und sich von der Gartenarbeit erholte. Doch immer wenn Caroline ihre Mutter fragte, ob es Neuigkeiten aus Paris gebe, schüttelte Marianne den Kopf und lächelte, konnte dabei aber nicht die Traurigkeit in ihren dunklen Augen verbergen. »Nur noch mehr Irrsinn«, war alles, was sie sagte.

Ihre Tage waren sorglos und bestanden aus Picknicks am

Strand, Ausflügen mit ihren angerosteten Fahrrädern oder Segelabenteuern mit der *Bijou.* Es war, als hielte das Wasser, das sie vom Festland trennte, die Außenwelt fern.

Christophe, Caroline und Ella wurden unzertrennlich und verbrachten jede Minute zusammen. Ein mächtiges Band schien Ella und Christophe mehr und mehr zueinander zu ziehen, aber Caroline war immer bei ihnen. Mit ihrem ruhigen Wesen vervollständigte sie ihr Trio, und gleichzeitig wurde sie zu einer unauffälligen Anstandsdame.

Als die drei eines Tages in den Dünen hinter dem Haus saßen, sprach sie aus, was alle spürten: »Es ist komisch, Ella, bevor du kamst, hatte ich das Gefühl, Christophe und ich wären zwei Hälften eines Ganzen. Aber jetzt weiß ich, dass du uns noch gefehlt hast, und ich kann mir nicht mehr vorstellen, wie es ohne dich wäre.«

Ella nickte ernst. »So geht es mir auch. Ich will nicht einmal daran denken, dass ich euch am Ende des Sommers verlassen muss. Versprecht ihr, dass ihr mir schreibt? Ich werde euch Briefe nach Paris schicken, wenn ich wieder zu Hause in Edinburgh bin.«

Sie schmiedeten Pläne. Die Zwillinge würden sie in Schottland besuchen, und Ella müsste auf jeden Fall auch den nächsten Sommer wieder auf der Île de Ré verbringen.

»Von jetzt an jeden Sommer, unser Leben lang«, verkündete Caroline und zeichnete ihre Namen in den Sand. Als sie sich zu Christophe wandte, lag ein Schimmern in ihren Augen. »Ella muss unbedingt nächstes Jahr nach Paris kommen. Wenn wir beide erst mal anfangen zu arbeiten, werden wir ohnehin einen Großteil des Sommers in der Stadt verbringen – lange Ferien wird es erst mal nicht mehr geben, fürchte ich. Aber wir werden dir die Stadt zeigen, und du kannst dein Französisch verbessern – obwohl du es mittlerweile schon fast fließend sprichst. Vielleicht gefällt es dir ja so gut, dass du dir vorstellen könntest, nach deiner Ausbildung als Sekretärin dort zu arbeiten.« Sie sprang auf und wischte sich den Sand von den Shorts. »Ich gehe zu Maman und sage ihr, sie soll sofort an deine Mutter schreiben und dich für nächstes Jahr einladen. Dann haben wir etwas, worauf wir uns freuen können.«

Christophe rollte sich auf den Bauch, betrachtete Ella, und ein Lächeln breitete sich langsam auf seinem Gesicht aus. Sie waren so selten allein, dass Ella etwas verlegen wurde.

»Kommst du uns denn wirklich besuchen, Ella? Wenn du das versprechen könntest, wäre die Rückkehr nach Paris nicht so unerträglich.«

Mit der scharfen Kante einer Schwertmuschel zog Ella den Umriss der Namen nach, die Caroline in den Sand gezeichnet hatte. Der Wind hatte bereits etwas Sand darüber geweht und die Buchstaben verwischt, als würde er den Strand zurückerobern.

Ella spürte ein Gefühl in sich aufsteigen, das ihr die Kehle zuschnürte. Sie brachte kein Wort hervor. Unwillkürlich streckte Christophe die Hand aus und strich sanft mit dem Finger über ihre Wange. Sie sah ihm in die Augen, ergriff seine Hand und streichelte über seinen von der Sonne gebräunten Handrücken.

Sie lächelte. »Ich verspreche es.«

Und auf einmal war das letzte Wochenende ihres Inselsommers gekommen. In einer Woche würde sie packen müssen, um in ihr altes Leben, in die Wirklichkeit zurückzukehren.

Es herrschte drückende Schwüle, da vom Meer ausnahmsweise kein Wind wehte, und die Luft war schwer und stickig. Eine dunkle, drohende Wolkenbank baute sich am Horizont auf.

Ella spürte am Frühstückstisch, dass die Stimmung sich verändert hatte, was nichts mit dem Wetterumschwung zu tun hatte. Christophes und Carolines Vater sollte an diesem Tag eintreffen, und Christophe wirkte niedergeschlagen. Monsieur Martet wollte zumindest die letzte Ferienwoche mit ihnen auf der Insel verbringen, da er wegen seiner Stelle bei der Bank den Sommer in Paris verbracht hatte. Zwar wirkten Marianne und Caroline nicht so bedrückt wie Christophe, aber dennoch angespannt, und ihr Geplauder über die Pläne für die kommenden Tage wirkte gezwungen. Der Höhepunkt der Woche würde eine *soirée dansante* sein, ein Wohltätigkeitsball im ehemaligen Gouverneurssitz in Saint Martin, in dem nun das Préventorium untergebracht war. Er galt als wichtigstes gesellschaftliches Ereignis der Saison. Marianne wollte sichergehen, dass sie alle etwas Passendes zum Anziehen hatten.

»Aber Christophe, ich hatte dich doch gebeten, einen Anzug einzupacken. Du weißt, wie wichtig Papa dieser Ball ist. Es ist für einen guten Zweck, und er wird dort etliche seiner Geschäftsfreunde treffen.«

»Aber warum muss ich dann dorthin? Keiner von Papas Geschäftsfreunden wird mit mir sprechen. Es ist alles so steif und förmlich. Außerdem ist das unser letzter Abend auf der Insel, wieso können wir da nicht machen, was wir wollen?«

»Du weißt, dass es in diesem Jahr besonders wichtig für dich ist, an dem Ball teilzunehmen. Schließlich wirst du in ein paar Wochen in der Bank arbeiten, und diese Geschäftsfreunde könnten dir sehr nützlich sein. Sie werden erwarten, dass du dich dort mit deiner Familie zeigst. Um Himmels willen, Christophe, bitte verärgere Papa nicht schon am Tag seiner Ankunft. Er hat so wenig Urlaub, da wollen wir ihm diese Woche doch möglichst angenehm machen.« In einem Tonfall, der signalisierte, dass jeder Widerspruch zwecklos war, fuhr sie fort: »Ich glaube, in meinem Kleiderschrank hängt noch einer deiner alten Anzüge, den du letzten Sommer hier vergessen hast. Vielleicht könnte ich aus der Hose ein Stück Saum herauslassen. Hoffen wir, dass er dann passt. Und Hemd und Krawatte kannst du dir von Papa leihen.«

»Dann sehe ich aus wie ein dressierter Affe!«

»Nun, solltest du wirklich lächerlich aussehen, ist das ganz allein deine Schuld«, gab seine Mutter gereizt zurück.

Vom Meer drang dumpfes Donnergrollen herüber, leise, aber bedrohlich.

»Was für ein Mistwetter!« Christophe konnte sich nicht mehr beherrschen und zerrupfte die Brioche auf seinem Teller zu einem Haufen Krümel. »Wir können heute nicht mal segeln gehen.«

»Wieso nehmt ihr euch nicht die Fahrräder und macht ein Picknick am Leuchtturm? Den hast du noch nicht gesehen, oder, Ella?«

»Nicht von Land aus, nur aus der Ferne an Bord der *Bijou*. Es wäre bestimmt interessant, hinaufzusteigen und einen anderen Blick auf die Insel zu bekommen.« Ella war dankbar über Mariannes Themenwechsel, um Christophe von seiner schlechten Laune abzulenken.

~

Erhitzt und müde kehrten sie erst spät von ihrer langen Fahrradtour zurück und fuhren mühsam durch Luft, die sich für Ella so dick wie Porridge anfühlte. Als sie um die Rückseite des Hauses bogen, waberte ihnen Zigarrenrauch entgegen und überlagerte die abendlichen Düfte von Geißblatt und Jasmin. Auf der Terrasse stand Monsieur Martet etwas steif in seinem dunklen Anzug, und Ella hatte das Gefühl, als wäre er in ihre Inselidylle eingedrungen und hätte die unangenehme Erinnerung an die Welt da draußen mitgebracht.

Er drehte sich um und schaute zu ihnen herüber, machte aber keine Anstalten, ihnen entgegenzukommen. Er wartete, während sie ihre Räder gegen die Mauer des kleinen Schuppens lehnten, in dem Anaïs' Karren und ein paar Gartengeräte untergebracht waren. Als Ella sich unter seinem schweigenden Blick der Terrasse näherte, fühlte sie sich unordentlich und zerzaust. Nervös wischte sie ihre sandigen Hände an ihrer Shorts ab und strich sich die Haare hinter die Ohren. Sie wünschte, sie wäre für ihre erste Begegnung mit Carolines und Christophes Vater besser gekleidet.

Caroline war zuerst bei ihm und stellte sich auf die Zehenspitzen, um ihm einen Kuss auf beide Wangen zu drücken.

Christophe wirkte verlegen und hielt sich abseits, während seine Schwester Ella vorstellte. »Papa, das ist Ella.«

Monsieur Martet streckte die Hand aus und ergriff die ihre, die vor Aufregung feucht war. »*Je suis ravis de faire votre connaissance, Mademoiselle Ella.*« Ich freue mich, Sie kennenzulernen. Er siezte sie, lächelte dabei aber so freundlich, dass sich an seinen Augenwinkeln kleine Fältchen bildeten. Eigentlich wirkte er aus der Nähe eher müde als streng.

Hinter ihm kam Marianne aus dem Haus. »*Oh là là*, ihr kommt ganz schön spät. Ich habe mich schon gefragt, ob ihr vom Rand der Insel gekippt und ins Meer gefallen seid! Geht und macht euch frisch fürs Abendessen. Aber vorher stellt ihr besser die Räder in den Schuppen. Es sieht so aus, als könnte es heute Nacht ein Unwetter geben.«

Wie zur Bestätigung zuckte ein Blitz hinter den Dünen übers Meer, so schnell wie die Zunge einer Schlange, und Sekunden später grollte der Donner, als wollte er die schwüle Abendluft erzittern lassen.

Sie aßen dennoch draußen zu Abend. »Riskieren wir es«, hatte Marianne gesagt. »Wenn das Unwetter kommt, können wir ja mit unseren Tellern ins Haus laufen.« Die Dunkelheit senkte sich über sie, brachte aber nicht die Kühle mit sich, die Ella erwartet hatte. Im Gegenteil, die Luft schien noch schwüler und drückender zu werden, und Ella merkte, dass sie kaum Appetit auf das *Bar au beurre blanc* auf ihrem Teller hatte.

»Was gibt es Neues von unserer Cousine Agnès?«, unterbrach Caroline das Schweigen, das die feuchtwarme Nachtluft noch bedrückender machte.

Monsieur Martet schüttelte den Kopf und wischte sich den Schnurrbart mit einer Serviette ab. »Noch nichts. Wie du weißt, hat die französische Regierung alle Grenzen geschlossen. Jetzt ist es für Flüchtlinge noch schwieriger, ins Land zu gelangen. Aber ich schreibe immer noch Briefe und bin zuversichtlich, die Familie mit Hilfe meiner Kontakte in der Bank nach Paris holen zu können.« Er tätschelte seiner Frau tröstend die Hand.

Caroline wandte sich zu Ella und erklärte: »Mamans Verwandte aus Österreich werden eine Weile bei uns bleiben. Da ihre Heimat jetzt zu Deutschland gehört, ist es für sie sehr schwierig geworden. Deshalb wollen sie nach Frankreich ziehen.«

Christophe nahm sich noch eine Kartoffel von der Servierplatte. »Das wird ein Spaß. Agnès ist vollkommen neurotisch, und ihr Mann ist ein Langweiler.«

»Es ist ja nur so lange, bis sie in Paris eine eigene Wohnung gefunden haben. Außerdem sind ihre Kinder sehr nett«, erwiderte seine Schwester.

»Und du wirst doch ohnehin die meiste Zeit in der Bank sein.« Monsieur Martets Bemerkung hing schwer über dem Tisch und brachte erneut alle zum Schweigen.

Vorsichtig versuchte Ella, das Thema zu wechseln. »Ich wünschte, ich hätte letztes Jahr die Weltausstellung in Paris sehen können. War sie wirklich so großartig, wie alle sagen?«

Erneut tupfte Monsieur Martet sich mit der Serviette über den Schnurrbart, bevor er antwortete: »Es war in der Tat recht beeindruckend. Aber die Deutschen haben einen vollkommen lächerlichen Pavillon errichtet. Neben dem

Eiffelturm, als wollten sie ihn in den Schatten stellen, ein Wettstreit mit dem russischen Pavillon. Manche fanden ihn elegant und *modern*« – er sprach das Wort voller Verachtung aus –, »aber ich halte die monumentale Nazi-Architektur für unmenschlich, sowohl was die Größe, als auch was die Gestaltung betrifft. Es war einfach nur eine Zurschaustellung von Macht, was wohl auch beabsichtigt war.«

»Wir haben den spanischen Pavillon besucht«, sprudelte es aus Christophe hervor. »Da hing ein Bild von Pablo Picasso, das geradezu revolutionär war.«

Sein Vater schüttelte den Kopf. »Ich fand es schrecklich. Es bestand nur aus Ecken, Strichen und Fratzen und ergab keinen Sinn. Ich verstehe auch nicht, wieso man etwas so Abscheuliches in einem Kunstwerk darstellen sollte. Ein brutales Massaker im Spanischen Bürgerkrieg ist wohl kaum etwas, was man sich gerne ansieht.«

Christophe erwiderte scharf: »Aber ist es nicht der Zweck von Kunst, eine Geschichte zu erzählen, für die Worte nicht mehr ausreichen? Und das hat Monsieur Picasso mit *Guernica* sicher erreicht.«

Als langanhaltendes dumpfes Donnergrollen ertönte, blickte Marianne besorgt zum Himmel und streckte die Hand aus. »War das ein Regentropfen?«

Monsieur Martet ignorierte seine Frau und bedachte seinen Sohn mit einem missbilligenden Blick. Er seufzte. »Darüber haben wir doch schon gesprochen. Es würde dir gut anstehen, etwas weniger Zeit mit Kunst und mehr Zeit mit Nachrichten aus der Wirtschaft zu verbringen, *mon fils*. In der Bank wartet schon ein Schreibtisch auf dich. Und ab Herbst wirst du für nichts anderes mehr Zeit haben als für deine Arbeit. Du solltest allmählich deine Skizzenbücher weglegen und dich auf das Wesentliche konzentrieren.«

Christophe holte Luft, um ihm zu widersprechen, als plötzlich ein Blitz grell über den Himmel zuckte und im selben Moment der Donner so laut grollte, dass sie alle aufsprangen. Ella schüttete Wasser über ihren Rock, doch als sie die Flecken mit der Serviette abtupfen wollte, gesellten sich auch schon dicke Regentropfen dazu.

»*Vite!* Ins Haus!« Eilig räumten sie die Teller ab, um möglichst schnell dem Platzregen zu entkommen, der so unvermittelt begonnen hatte, als hätte jemand einen Wasserhahn aufgedreht.

Als Ella in dieser Nacht in ihrem Bett lag und auf den Donner und das Trommeln des Regens lauschte, die sogar das Rauschen des Meeres hinter den Dünen übertönten, wirbelten unzählige Gedanken wie in einem Kaleidoskop durch ihren Kopf. Der Sommer näherte sich dem Ende. Aber wie sollte sie in das kühle, triste Grau von Edinburgh zurückkehren, mit seinen rußigen Gebäuden, wo es längst Herbst war und die Blätter von den Bäumen fielen? Mit einem Mal fand sie die Vorstellung unerträglich, eingesperrt in einem muffigen Raum vor einer Schreibmaschine zu sitzen. Und wer würde sie sein, wenn sie nach Hause zurückkehrte? Gewiss nicht die Ella Lennox, die vor all den Wochen von der Waverley Station aufgebrochen war.

Bei dem Gedanken, Christophe zu verlassen, zog sich ihr Herz so schmerzlich zusammen, dass sie es kaum aushalten konnte. Sie hatten sich bisher nur harmlose Küsse auf die Wangen gegeben, wie man sie in Frankreich zur Begrüßung und zum Abschied verteilte. Und doch schien es ein unausgesprochenes Versprechen zwischen ihnen zu geben – die Strömung, die sie unaufhaltsam zueinander zog. Als er am Strand ihr Gesicht berührt hatte, hatte sie das Gefühl gehabt, etwas zwischen ihnen wäre elektrisch aufgeladen, mächtig wie ein blitzartiges Aufleuchten.

Sie befreite sich von der dünnen Baumwolldecke, ihre Arme und Beine waren heiß von der gewittrigen Luft.

Es schien ihr unmöglich, die Insel zu verlassen. Und doch wusste sie, dass sie nicht bleiben konnte. Dieser Sommer hatte alles verändert, und die vorhersehbare Zukunft, die in Edinburgh auf Ella wartete, war mit dem Wind verschwunden, der über den Atlantik blies und den Strandhafer auf den Dünen hin und her schwanken ließ.

»Denk an den nächsten Sommer in Paris … an nichts anderes … dann werden wir wieder zusammen sein.«

Irgendwann schien der Sturm nachzulassen, und sie fiel in einen erhitzten, unruhigen Schlaf, in dem verwirrende Träume sich über sie legten.

~

»Komm schon, Christophe! Benoît ist gleich da!« Caroline sprang vor lauter Aufregung auf der Stelle und hielt an der Haustür nach Sandrines Ehemann Ausschau, der ihnen hin und wieder von seinem Fischerboot aus zuwinkte, wenn sie mit der *Bijou* auf dem Wasser trieben, während er mit Eimern voller Hummer beschäftigt war. Aber an diesem Abend hatte er auf Monsieur Martets Bitte hin einen der neuen Mietwagen von der Inselwerkstatt gemietet und würde sie zum Ball bringen. »Oh, Ella, du siehst hinreißend aus!«

»Danke, du aber auch, Caroline.« Die Mädchen trugen Abendkleider mit weiten Röcken, die ihre schmalen Taillen betonten und ihnen um die Knöchel schwangen, als sie im schmalen Flur herumwirbelten. Sie versuchten schon mal ein paar Tanzschritte, während sie ungeduldig auf die anderen warteten. Carolines Kleid war aus korallenroter Seide, und ihre wilden Locken hatte sie mit zwei Perlmuttkämmen gebändigt. Ellas Satinkleid hingegen schimmerte in blassem *Eau-de-nil*, einem hellen Minzton, und betonte die goldenen Sprenkel in ihren Augen – vielleicht war es aber auch nur die Vorfreude auf die Soirée und einen Tanz mit Christophe, die sie so zum Leuchten brachte.

Arm in Arm posierten die Mädchen, während Monsieur Martet sie mit seiner neuesten Errungenschaft fotografierte, einer Leica, die auch Farbfotografien machen konnte.

»Papa, wenn wir wieder in Paris sind, müssen wir einen Abzug für Ella machen, den ich ihr schicken kann«, rief Caroline.

Nach einer Woche auf der Insel wirkte ihr Vater – sehr attraktiv in seinem Frack – ein wenig entspannter, und sein Gesicht hatte Farbe bekommen, so dass es in Kontrast zu seinem grauen Haar stand. Ella bemerkte dennoch seinen wehmütigen Blick, mit dem er die Mädchen in ihren prachtvollen Kleidern betrachtete, wie sie miteinander lachten. Vor zwanzig Jahren hatte er schon einmal die Schrecken des Krieges miterlebt und gehofft, so etwas würde sich nie mehr wiederholen. Ella wusste, dass er genug Schlimmes gesehen hatte, um die kostbaren glücklichen Momente zu schätzen; er schien sie sich einzuprägen und sie wie die Fotos, die er mit seiner Kamera geschossen hatte, bewahren zu wollen gegen drohende dunklere Zeiten.

Als die Kirchturmuhr von Sainte Marie sieben Uhr schlug, sah Ella zu, wie Marianne mit beinahe königlicher Anmut die Treppe herunterschritt und wie ihr Mann wieder seine gewohnte Haltung annahm und ihr mit dem Cape aus goldener Spitze half, das zu ihrem fließenden Abendkleid passte. Unendlich zärtlich strich er ihr eine dunkle Haarlocke aus dem Gesicht, die sich aus ihrem Chignon gelöst hatte, und neigte sich zu ihr, um ihr einen Kuss auf ihre helle Haut zu drücken. Er bot ihr seine Hand und sagte: »Komm, meine Schöne, deine Kutsche wartet.«

Marianne, Caroline und Ella rafften ihre langen Röcke und folgten dem sandigen Pfad zu Benoîts Wagen.

»Komm schon, Christophe!«, rief Caroline erneut, diesmal noch ungeduldiger, und warf einen Blick über ihre Schulter.

Endlich hörten sie Schritte die Treppe herunterpoltern. Christophe trug einen dunklen Anzug, den Marianne geändert hatte, aber er war barfuß, und sein Hemd war am Hals offen. In der einen Hand trug er ein Paar schwarze Lederschuhe und in der anderen eine Krawatte und Kragenknöpfe. Er stieg zu den Mädchen in den Wagen und fing an, sich fertig anzuziehen.

»Tut mir leid«, murmelte er und bemühte sich, die Kragenknöpfe in die engen Löcher zu zwängen. »Ich habe die Zeit vergessen.«

Sein Vater runzelte die Stirn.

Marianne nahm Christophe den zweiten Knopf ab, befestigte ihn geschickt am Hemdkragen und strich ihrem Sohn liebevoll durchs Haar, damit es ihm nicht mehr in die Augen fiel. »So. Jetzt binde dir die Schuhe zu, sonst stolperst du über die Schnürsenkel und fällst auf die Tanzfläche.«

Die Sonne stand schon tief und warf lange Schatten auf die dicht gedrängten Gebäude am Hafen, als sie die dicke Stadtmauer passierten und durch die schmalen Straßen von Saint Martin fuhren. Die Spätsommerluft war mild, und am silbrig blauen Himmel ließen sich Mauersegler in ihrem nie endenden Flug treiben.

Sie hielten vor einem prächtigen Tor, durch das bereits andere elegant gekleidete Gäste in den Park des Palais des Gouverneurs strömten. Ella schüttelte die Falten aus ihrem Kleid, strich sich über den feinen mintfarbenen Satin und versuchte, gegen ihre Aufregung anzukämpfen.

Monsieur Martet nahm den Arm seiner Frau und führte sie zu den offen stehenden Eingangstüren des hochherrschaftlichen Gebäudes. Christophe ahmte seinen Vater nach und bot jedem der Mädchen einen Arm, den sie, lachend über seine gespielte Wichtigtuerei, ergriffen, um sich dann dem Strom der ankommenden Gäste anzuschließen.

Dunkle, in geometrische Formen geschnittene Eibenhecken betonten die weißen Mauern des ehemaligen Gouverneurspalastes, doch die formale Strenge des Gartens wurde aufgelockert durch Büschel von Lavendel und Margeriten, deren blasse Blüten sich im Abendwind bewegten. Ein paar Jahre zuvor hatte der Staat das Gebäude zum Kauf angeboten, und eine reiche Familie aus der Champagne hatte daraus ein Ferienheim für mittellose Stadtkinder geschaffen, denen ein paar Wochen Sonne und Seeluft guttun würden.

Mittlerweile waren die Kinder nach Hause gefahren, und das Haus bot die passende Kulisse für ein letztes Sommerfest, bei dem die finanziellen Mittel für das nächste Ferienlager gesammelt werden sollten.

Im Haus selbst standen alle Fenster und Flügeltüren offen, damit die kühle Luft in die hohen Räume dringen konnte, wo ein Streichquartett allmählich vom Geplauder der zahlreichen Gäste übertönt wurde.

Kellner kreisten mit Champagner zwischen den Gästen, deren Lachen von den stuckverzierten Decken widerhallte.

Ella musste sich zu Caroline lehnen, um sie zu verstehen, während sie auf Gesichter in der Menge zeigte, die sie aus Paris kannte. Christophe unterdrückte ein Gähnen.

»Ah, oui, ganz Paris ist hier. Wieso müssen wir unseren kostbaren letzten Abend damit verschwenden, uns mit ihnen zu unterhalten, wenn wir doch sowieso bald zurückfahren und sie dort sehen?«

Gerade, als er sich ein weiteres Glas Champagner vom Tablett eines Kellners nahm, tauchte Marianne neben ihm auf. »Stell das wieder zurück, Christophe. Ich bin sicher, du hast schon zwei Gläser getrunken. Papa möchte, dass du zu ihm kommst, um einen der Bankdirektoren kennenzulernen. *Allons-y!*« Sie nahm ihn fest bei der Hand und bahnte sich mit ihrem peinlich berührten Sohn einen Weg durch die Menge.

Ella ließ ihren Blick durch den Saal schweifen und bemerkte die üppigen Liliengestecke zu beiden Seiten eines großen Kamins. Dahinter konnte man einen Blick auf eine lange, schneeweiß eingedeckte Festtafel erhaschen, auf der riesige Platten mit Austern standen.

Welch ein Überfluss, dachte sie, *nach all den Jahren der Entbehrungen. An einem Abend wie diesem kann man sich kaum vorstellen, dass es jemals wieder Armut auf der Welt geben könnte.*

Caroline stupste sie an. »Wieso bist du so ernst?«

Lachend schüttelte Ella den Kopf. »Ach, es ist nicht wichtig. Wann wird wohl getanzt?«

»Bald. Zuerst hält der Leiter des Préventoriums noch seine Rede, und dann, wenn alle Formalitäten ordnungsgemäß über die Bühne gebracht wurden, kann die Band anfangen …«

Wie aufs Stichwort hörten die Musiker in ihrer Ecke auf zu spielen, und verhaltener Applaus erklang, als ihre Gastgeber die Bühne betraten und ihre Gäste begrüßten.

Zufrieden stellte Ella fest, dass sie fast jedes Wort der Rede verstand. Ihr Sommer auf der Insel hatte sich eindeutig gelohnt. Nächstes Jahr würde sie schon ihr Sekretärinnendiplom haben. Damit könnte sie vielleicht tatsächlich versuchen, sich um eine Stelle in Paris zu bewerben und eine passende Wohnung in Carolines und Christophes Nähe zu finden. Sie sah sich schon durch die Straßen von Paris gehen, in einem eleganten Kostüm und in hohen Schuhen, deren Absätze über das Pflaster klackerten, während sie zu einem wichtigen Termin in irgendeiner Botschaft eilte. Kurz kamen ihr Zweifel, ob ihre Eltern das zulassen würden, aber darum würde sie sich kümmern, wenn sie wieder in Edinburgh war.

Erneuter Applaus riss Ella aus ihren Gedanken, als der Direktor seine Rede beendet hatte. Der Ballsaal leerte sich, da die Gäste entweder zum Buffet oder auf die Terrasse strömten, wo sie an kleinen Tischen das Essen genossen und mit noch mehr Champagner hinunterspülten.

Die Musiker versammelten sich wieder und stimmten, mit Verstärkung eines Akkordeonspielers, einen Walzer an. Wie aus dem Nichts tauchte Christophe neben Ella auf und legte seinen Arm um ihre Taille. »Lass uns tanzen«, sagte er, »solange die anderen sich die Teller vollladen und wir die Tanzfläche für uns haben.«

Er führte sie in die Mitte des Saals, wo sie ganz allein waren und über die Tanzfläche glitten, umgeben von der warmen, nach Lilien und Meer duftenden Luft. Die Musiker lächelten einander zu und schienen mit noch mehr Inbrunst zu spielen, sosehr rührte sie der Anblick von jugendlicher Anmut und Schönheit – und die Zärtlichkeit, mit der Christophe Ella ansah, während er sich in ihrem Blick verlor.

»Deine Augen sind so grün«, flüsterte er leise, so dass nur Ella es hören konnte. »Wie das Meer an der Stelle, wo es plötzlich tiefer wird, mit goldenen Sprenkeln von der Sonne. Wenn wir für immer so weitertanzen könnten, würde ich nur zu gern darin versinken.«

Sie lächelte und umfasste fester seine Schulter, woraufhin er sie noch enger an sich zog.

Für Ella, die geradezu beseelt war von Glück, Liebe und von einem einzigen Glas Champagner, ging der Abend viel zu schnell vorbei.

Christophe tanzte mit seiner Schwester und seiner Mutter, und Monsieur Martet führte Ella in einem höchst korrekten Foxtrott um die Tanzfläche, doch sie bemerkte, dass Christophe ihre Nähe suchte und bei jeder Gelegenheit vor ihr auftauchte, um erneut mit ihr zu tanzen.

Irgendwann brachen die ersten Gäste auf, und Monsieur Martet verkündete nach einem Blick auf seine Taschenuhr, dass es auch für sie Zeit sei zu gehen.

Während der Heimfahrt waren sie still, da jeder in seine Gedanken versunken war – Erinnerungen an den Abend und Pläne für die Rückkehr nach Paris am nächsten Tag.

»Gute Nacht! Danke für einen wunderschönen Abend.« Ella gab Monsieur und Madame Martet am Fuß der Treppe einen Gutenachtkuss und blickte sich dann nach Christophe um, weil sie auch ihm gute Nacht wünschen wollte. Da er jedoch verschwunden war, stieg sie mit vom Tanzen müden Beinen die Treppe zu ihrem Zimmer hinauf.

Erleichtert streifte sie die Schuhe ab, denn ihre Füße waren nach einem Sommer, in dem sie nur in weichen Espadrilles oder barfuß herumgelaufen war, nicht mehr daran gewöhnt, eingezwängt zu werden. Noch im Abendkleid nahm sie ihre Haarbürste und glättete ihre Haare, die nach den vielen Wochen in der Sonne helle Strähnen bekommen hatten.

Sie hielt inne und legte die Bürste nieder, als etwas ans Fenster schlug. Es klang, als würde jemand Steinchen ans Holz der Fensterläden werfen. Sie stieß die Läden auf und blickte hinaus. Dort unten, im fahlen Licht des Mondes, stand Christophe und schaute zu ihr herauf. Er legte den Zeigefinger an seine Lippen und bedeutete ihr, hinunterzukommen.

Barfuß raffte Ella den Rock ihres Kleides und schlich auf Zehenspitzen die Treppe hinunter. An der Haustür ergriff Christophe ihre Hand, und seine Augen leuchteten im Mondlicht.

»Unsere letzte Nacht ist viel zu kostbar, um sie zu verschlafen. Komm mit mir an den Strand!«

Hand in Hand rannten sie den sandigen Weg durch die Dünen hinunter bis zum Strand, wo dunkle Wellen sich mit schweren Seufzern über den silbrigen Sand wälzten.

Der Mond war voll und warf einen Lichtschein über das Meer, vom fernen Horizont bis zu der Stelle, wo die Wellen ihre Füße überspülten. »Schau mal, heute trägt die See ein Tuch aus weißer Seide«, sagte Ella und zeigte auf das Wasser. »Es sieht aus, als könnten wir ihre Oberfläche betreten und mit ihr bis ans Ende der Welt tanzen.«

»Ich wünschte, das ginge«, murmelte Christophe. »Aber eigentlich würde ich lieber mit dir tanzen.«

Er breitete die Arme aus, und sie trat zu ihm, ließ den Saum ihres Satinkleides fallen und kümmerte sich nicht darum, dass der feuchte Sand und das Salzwasser es ruinieren würden. Sie legte ihren Kopf auf seine Schulter, und dann tanzten sie im Mondlicht, begleitet nur vom Rauschen der Wellen und dem klagenden Ruf eines Brachvogels.

Als sie schließlich innehielten, bückte Christophe sich und hob etwas aus dem Sand auf.

»Für dich«, sagte er und reichte es ihr. Das Mondlicht fing sich in den Rillen des weißen Gegenstands auf Ellas Handfläche: Es war eine Jakobsmuschel, deren Hälften noch geschlossen waren.

Sie schlenderten über den Strand, bis sie den trockenen Sand an den Dünen erreichten, und setzten sich. Christophe zog seine Jacke aus und legte sie Ella um die Schultern. An die Düne gelehnt, schloss er sie in seine Arme und zog sie zu sich. So leise, dass die Wellen am Ufer seine Worte fast übertönten, sagte er: »Was hast du bloß an dir, Ella aus Edinburgh? Wieso löst du nur solche Gefühle in mir aus? Es ist, als könnte ich endlich sehen, dass es doch ein Licht am Ende des Tunnels gibt. Dass ich im Leben vielleicht doch eine andere Bestimmung habe, als in einer Bank zu arbeiten. Du weckst den Mut in mir, härter für das zu kämpfen, was mir wichtig ist.«

Sie schmiegte ihren Kopf in seine Armbeuge und nickte. »So fühle ich auch. Dieser Sommer hat mich aufgeweckt und mir die Augen für all die Möglichkeiten geöffnet, die das Leben bietet. Ich habe erkannt, dass ich mehr vom Leben erwarte, als ich mir bisher vorstellen konnte ... bis ich hierherkam ... bis ich dich traf.«

Ellas Augen schimmerten im Mondlicht, als sie ihn ansah und sich ihre Gesichter näherten. Sie spürte seine weichen Lippen auf ihren. Ihr wurde schwindelig, und mit einem Mal fühlte sie sich, als wären sie Seevögel, die über den im Mondlicht schimmernden Ozean flogen.

Der Strandhafer raschelte, als der Wind hindurchfuhr, und Ella öffnete ihre Hand, um die Muschel zu betrachten. Christophe drehte sie sanft um, so dass die glatten Innenseiten der Muschelhälften zu sehen waren.

»Meine Mutter nennt diese Muscheln ›Neptuns Medaillon‹, verstehst du? Sie sieht aus wie ein Medaillon, das man um den Hals trägt. Ich wünschte, ich könnte dir eines aus Silber schenken, dann würden wir Bilder von uns hineinstecken und könnten immer zusammen sein, auch wenn wir getrennt sind.«

»Neptuns Medaillon. Das gefällt mir.« Ella nickte. »Ich werde gut darauf achtgeben.«

Er wickelte sich eine ihrer Haarsträhnen um den Finger und strich mit dem Daumen über die seidige Glätte.

»Jetzt weiß ich, an wen du mich erinnerst!«, rief er plötzlich aus. »Seit ich dich zum ersten Mal auf dem Anleger sah, hatte ich das Gefühl, dass du mir vertraut bist oder mich an etwas erinnerst, aber ich kam einfach nicht darauf. Dabei habe ich mit jeder einzelnen Zeichnung von dir versucht, es zu erfassen ... Aber jetzt hab ich's. Du erinnerst mich an ein Bild von Botticelli: *Die Geburt der Venus*. Hast du es mal gesehen? Eine junge Göttin, geboren aus dem Schaum des Meeres, steht auf einer Muschel wie dieser hier und wird an das Ufer einer magischen Insel gespült. Genau wie du übers Wasser hierherkamst, auf die Île de Ré, damit wir einander begegnen. Du bist meine Venus, und eines Tages werde ich ein Bild von dir malen, genau wie Botticelli: ein Bild, das den Menschen zeigt, dass es nichts Wichtigeres gibt als Schönheit.«

Ella lächelte und wandte ihm wieder ihr Gesicht zu. Sie küsste ihn und hatte das Gefühl, dass ihre Herzen sich miteinander verbanden, wie die zwei Hälften der Muschel in ihrer Hand.

2014
EDINBURGH

Heute war ein guter Tag: ein Tag ohne Wutanfälle und Geschrei; ein Tag, an dem Finn sich nicht vor einer Welt zurückzieht, die er nicht versteht und die ihn so erschreckt, dass er aus Angst an seinen Haaren reißt und sich das Gesicht zerkratzt, bis es blutet. Für die meisten Menschen ein normaler Tag, aber für uns sind solche Tage selten und besonders.

Jemand hat Dan von einem Gemeinschaftsprojekt erzählt, als er mit Finn im Schrebergarten arbeitete. Es wird von der Gemeinde finanziert und stellt ein Stück Brachland am Stadtrand zur Verfügung, auf dem ein Garten für Kinder mit besonderen Bedürfnissen entstehen soll.

»Wenn wir an der frischen Luft sind, ist Finn viel ruhiger«, schwärmte Dan, als wir an diesem Abend vor unseren Spaghetti Bolognese saßen. »Das Graben in der Erde und das Pflanzen scheinen ihm Sicherheit zu geben. Offenbar ist das etwas, was er versteht, worin er einen Sinn erkennen kann. Vielleicht erdet ihn die Arbeit, im wahrsten Sinne des Wortes.«

Es ist schon spät. Ich lese noch einige von Ellas Briefen, während Dan den Topf abtrocknet und die Hände am Küchentuch abwischt, bevor er es über den Griff der Ofenklappe hängt.

Auf der Kommode neben ihm steht zwischen Schlüsselbund und einem Stapel Rechnungen ein gerahmtes Foto, das meine Mutter, Finn und mich kurz nach seiner Geburt zeigt. Nur wenige Tage, nachdem wir mit ihm das Krankenhaus verlassen hatten, wusste ich schon nicht mehr weiter, weil Finn weder essen noch schlafen wollte. In den Babybüchern, die ich mir besorgt hatte, klang alles so einfach, warum also schaffte ich das nicht? Wieso brüllte mein winziger Sohn vor Wut und Schmerz, wenn ich ihn an meine Brust legen wollte? Wieso konnte ich ihn nicht beruhigen, obwohl ich ihn stundenlang auf dem Arm wiegte, ihm vorsang und ihm sanft den Rücken streichelte? Nachdem ich irgendwann meine Mutter angerufen und ihr vor Frustration und Erschöpfung schluchzend gestanden hatte, dass ich Finn einfach nicht stillen konnte, stieg sie sofort in den nächsten Zug und kam zu uns. Und wie immer beruhigte mich schon ihre Anwesenheit, während sie Fläschchen zubereitete und mir behutsam zeigte, wie ich meinen kleinen Jungen trösten konnte. Sie gab mir mein Selbstvertrauen zurück, so wie sie es auch in meiner Kindheit und Jugend immer getan hatte. Nun, da ich selbst Mutter bin, erinnere ich mich an all die Momente, in denen sie mir entweder gut zuredete oder mich aufmunterte, wenn sich die Schule oder Freundschaften zu wahren Seifenopern entwickelten, und wie sie mich sanft, aber entschieden durch die schwierigen Phasen der Pubertät und der Abschlussprüfungen navigierte.

Auf dem Foto halte ich den schlafenden Finn im Arm. Meine Mutter sitzt neben mir auf der Sofalehne und umfasst schützend meine Schultern. Ich lächle Dan zu, der das Foto schießt – die Erschöpfung ist mir anzusehen –, aber meine Mutter Rhona betrachtet voller Liebe ihre Tochter und ihren Enkel.

Es fällt mir schwer, die zwei Facetten meiner Mutter in Einklang zu bringen: Wie kann jemand, der so liebevoll und warmherzig ist, seine eigene Mutter aus seinem Leben ausschließen? Während ich das Foto betrachte, begreife ich, dass etwas sie sehr verletzt haben muss, dass sie sich auf so drastische Weise schützen will.

Dan folgt meinem Blick und rückt das Bild zurecht, damit ich es besser sehen kann. Ich lächle ihn an, während ich meinen angespannten Nacken massiere, und lege die Briefe beiseite. Das Papier ist mit den Jahren leicht vergilbt, aber Christophes krakelige und Carolines geschwungene Handschriften sind immer noch deutlich zu lesen, und in all ihren Worten spüre ich ihre tiefe Liebe zu Ella.

Paris, 1. September 1938

Ma chère Ella,
schon nach meinem ersten Tag in der Bank habe ich das Gefühl, in einem Gefängnis gelandet zu sein. Ich schreibe Dir das, während ich so tue, als notierte ich mir Informationen zu unseren Kunden. Ich vermisse Dich mehr denn je, und dies ist die einzige Möglichkeit, nicht den Verstand zu verlieren, sondern morgen wieder hierherzukommen und von vorne anzufangen. Die Vorstellung, dies mein Leben lang tun zu müssen, ist unerträglich. Aber die Gedanken an Dich lassen mich glauben, dass alles möglich ist: dass irgendwann der Tag kommen wird, an dem wir wieder zusammen sind, und dass ich tatsächlich einen Weg finden werde, von meiner Kunst zu leben. Das Wissen, dass

Du mich verstehst und an mich glaubst, gibt mir die Kraft weiterzumachen.

Im Geiste bin ich auf der Bijou *und segle bis zu der Stelle auf dem Meer, wo es die Farbe Deiner Augen annimmt. Die Erinnerungen an den vergangenen Sommer werden mir durch die trostlosen Tage helfen, an denen ich in diesem öden Büro eingesperrt bin, bis ich Dich wiedersehe. Obwohl Du in Edinburgh arbeitest und ich hier in Paris, wissen wir doch genau, dass hinter diesen Mauern ein ganz anderes Leben auf uns wartet. Mein Herz schlägt gleich ein wenig schneller, wenn ich an unsere Nacht in den Dünen denke und mir vorstelle, wie wundervoll es sein wird, Dich wieder zu küssen.*

Verzeih, dass meine Schrift verwischt ist: Monsieur Arnaud, mein Kerkermeister, kam sich erkundigen, ob ich noch weitere Erklärungen zur Buchhaltung benötige, und gab mir ein Schreiben mit all den Vorschriften unserer Bank, damit ich sie zu Hause durcharbeiten kann. Daher musste ich den Brief schnell unter das Hauptbuch schieben. Ich nickte nur und lächelte, obwohl ich ihm am liebsten gesagt hätte, dass ich nicht die geringste Absicht habe, diese Vorschriften zu lesen, da ich heute Abend am Bild eines wunderschönen Mädchens arbeiten werde, das ich in diesem Sommer auf der Île de Ré kennengelernt habe und das mein Herz erobert hat.

Wir werden jetzt alle erlöst, wegen guter Führung frühzeitig nach Hause geschickt, daher werde ich zur Post eilen, um Dir dies hier zu senden.

Und dazu all meine Liebe.

Christophe

Auf dem Weg durch den Flur bleibe ich vor Finns Zimmer stehen. Christophes Brief mit all seinen Träumen von einem anderen Leben hat mir wieder bewusst gemacht, wie sehr wir selbst in unserer schwierigen Lage gefangen sind. Ich frage mich, ob wir aufs Land ziehen könnten. Wäre das Leben dort leichter? Andererseits arbeitet Dan hier in der Stadt – das heißt, sobald er wieder eine Stelle findet –, und momentan müssen alle Rechnungen von meinem Gehalt bezahlt werden. Außerdem haben wir hier die nötige Unterstützung für Finn und einen Platz an einer Sonderschule, wo er besser zurechtkommt. Wir können uns nicht leisten, all das zu verlieren. Wir schaffen es gerade so, den Kopf über Wasser zu halten, und bei jeder größeren Veränderung könnten wir untergehen. Also werde ich mich vorläufig mit dem Schrebergarten und einem Gartenprojekt auf einem Stück Brachland begnügen und mich darüber freuen, dass heute ein guter Tag war und Finn friedlich in seinem Bett schläft.

Das Nachtlämpchen wirft sein Licht in die Dunkelheit und bannt die Schrecken der Nacht. Im Schlaf entspannen sich Finns Finger ein wenig, anstatt sich wie so oft zu Fäusten zu ballen, weil die Angst vor allem Unverständlichen, die jeder neue Moment mit sich bringt, ihn verfolgt. Unter seinen abgekauten Fingernägeln sieht man einen dunklen Rand von der Erde, der auch nach dem Baden nicht verschwand und den ich nicht mit der Nagelbürste entfernen durfte. Aber heute Nacht schläft unser Sohn tief und fest und zuckt dabei nicht wie sonst. Das Licht fällt auf sein Gesicht und betont seine von der frischen Luft leicht geröteten Wangen und die dunklen Halbmonde unter seinen Augen, die fast wie Blutergüsse wirken. Auf Zehenspitzen gehe ich über den Teppich mit den lächelnden Elefanten und neige mich vor, um ihn sanft auf die Stirn zu küssen, so sanft wie eine Sommerbrise, um ihn ja nicht aufzuwecken. Aber ich will auch nicht die kostbare Gelegenheit verpassen, ihm meine Liebe zu zeigen, weil er es mich nicht lässt, wenn er wach ist.

Als ich wieder aus dem Zimmer schleiche, blickt mir Dan entgegen und nimmt meine Hand. Seine starken, von der Gartenarbeit rauen Finger umschließen für einen flüchtigen Augenblick lang die meinen, bevor er sie wieder loslässt und den Flur hinuntergeht.

Ja, heute war ein guter Tag. Das muss fürs Erste genügen.

3, Rue des Arcades, Paris
20. September 1938

Liebste Ella,
wir vermissen Dich alle schrecklich! Schön, dass deine Heimreise gut verlaufen ist. Mittlerweile hast Du bestimmt deine Ausbildung zur Sekretärin begonnen, und wir können uns in Zukunft auf sehr ordentliche, sauber getippte Briefe von Dir freuen. Ich hoffe, all Deine Kollegen sind freundlich (aber doch nicht so freundlich, dass Du uns und Dein Versprechen vergisst, uns im nächsten Jahr hier in Paris zu besuchen).

Die Arbeit im Louvre macht mir riesige Freude. Abgesehen vom Leiter der Restaurierungsabteilung, der streng, unerbittlich und furchterregend ist und mir ständig über die Schulter schaut, sind die Mitarbeiter alle sehr nett, und ich lerne viel. Natürlich durfte ich noch nicht selbst an richtigen Bildern arbeiten, aber bei schwierigeren Projekten Pinsel und Malerspachtel anreichen (denn es gibt hier ziemlich knifflige Operationen, fast wie in der Chirurgie!) und danach das Atelier aufräumen. Ich kann es gar nicht erwarten, Dir zu zeigen, was hier hinter den Kulissen vorgeht.

Anbei die versprochenen Fotos, die Papa gemacht hat. Christophe hat sich eines von Dir im Abendkleid stibitzt, und ich weiß, dass er es unter seinem Kopfkissen aufbewahrt. Von uns allen vermisst er Dich am meisten. Vielleicht schreibt er Dir das auch in seinen langen Briefen an Dich – er verrät nie, was drinsteht. Aber vielleicht ist er auch nur ein typischer Junge, der nie mit dem wirklich Wichtigen herausrückt! Erzähle ihm nicht, dass ich das gesagt habe: Wenn wir darüber sprechen, dass Du wieder in Edinburgh bist, ist er ohnehin schon ziemlich empfindlich.

Je t'embrasse, liebste Freundin.

Bisous, Caroline xx

~

3, Rue des Arcades, Paris
1. Januar 1939

Liebe Ella,
frohes neues Jahr! Hoffen wir, dass 1939 uns allen Frieden und Glück bringt, obwohl Paris immer noch von Flüchtlingen aus dem Osten überflutet wird, die sich wegen der Situation in Deutschland zunehmend Sorgen machen. Aber einen neuen Krieg will doch keiner, und gewiss wird die

Vernunft siegen, bevor etwas Schlimmes passiert, nicht wahr? Christophe ist nicht so optimistisch, allerdings hat er in letzter Zeit ohnehin ständig schlechte Laune, weil er seine Arbeit in der Bank hasst und das Mädchen, das er liebt, vermisst.

Wenigstens steht Dein Besuch im August jetzt fest, und so können wir alle uns darauf freuen. Und ich freue mich ganz besonders, weil ich meine liebe Freundin wiedersehen und ihr Paris zeigen kann, weil wir wieder zur Île de Ré fahren werden und weil mein armer Bruder nicht mehr wie ein liebeskrankes Hündchen im Haus herumschleichen muss, sondern endlich besserer Laune sein wird.

Maman und Papa senden Dir alles Liebe, genau wie ich. (Ich würde Dir auch Christophes Liebe senden, weiß aber, dass er es selbst tut – außerdem würde ich wohl kaum einen Umschlag finden, in dem genug Platz dafür wäre!)

Deine Freundin
Caroline xx

Paris, 5. Juli 1939

Ma chère Ella,
ich schicke Dir diese Postkarte mit dem Bild der Mona Lisa, um schon mal Deine Vorfreude auf Deinen Besuch zu wecken. Ich kann es kaum erwarten, Dir die berühmteste Bewohnerin des Louvre mit ihrem geheimnisvollen Lächeln persönlich vorzustellen … Mittlerweile darf ich an echten Gemälden arbeiten (natürlich nicht an so bedeutenden wie diesem hier), und wenn Du kommst, zeige ich Dir ›meinen‹ Cherub in der unteren Ecke eines Bildes eines unbekannten Künstlers der Renaissance. Endlich Ruhm!

À bientôt (wie glücklich ich bin, das schreiben zu können!)

Caroline xx

1939
PARIS

Sie kam sich ziemlich weltgewandt vor, als sie mit ihrem cremefarbenen Reiseköfferchen in der Hand aus dem Zug stieg. Rasch musterte sie die Gesichter in der Menge, die sich von allen Seiten an ihr vorbeidrängte, auf der Suche nach Christophe und Caroline, die ihr versprochen hatten, sie abzuholen.

Ein Träger brachte ihr restliches Gepäck und stellte es neben ihr ab. Es war Anfang August, und die Luft war heiß und drückend. Sie sog den Duft von Paris ein. Er unterschied sich von der Luft in Edinburgh oder London und war ein Gemisch aus Kaffee und Zigarettenrauch, mit einer Kopfnote aus französischem Parfum und einem deutlichen Hauch von Abwässern. Sie zog die Jacke aus, die sie im Zug getragen hatte, und stopfte sie in ihren Koffer.

Lange Sekunden vergingen, während sie als Einzige reglos inmitten einer wimmelnden Masse auf dem Bahnsteig stand und die leise Stimme zu ignorieren versuchte, die ihr zuflüsterte: *Was ist, wenn er nicht kommt? Was ist, wenn er sich in eine andere verliebt hat? Was, wenn seine Gefühle nur dem magischen Sommer auf der Insel geschuldet waren und im hellen Licht eines Pariser Sommertags alles ganz anders aussieht?*

Da entdeckte sie ihn. Er bahnte sich einen Weg über den

Bahnsteig, als schwömme er gegen die Strömung auf sie zu. Sie rannte los, ließ sich von der Menge zu ihm treiben und warf sich in seine Arme. Und als er sie küsste, lösten alle Zweifel sich auf wie Nebel in der Sonne. Die Monate des Wartens hatten ein Ende, und die Erinnerung an ihre letzte Nacht auf der Île de Ré überflutete sie, als sie ihre Finger in sein Haar grub und seine heißen Lippen auf ihren spürte. In diesem Augenblick begriff sie, dass Raum und Zeit sie nicht trennen konnten: Sie gehörten zusammen wie zwei Hälften eines Ganzen, ob an einem windgepeitschten Strand, auf einer hektischen Straße in der Stadt oder einem heißen, schmutzigen Bahnsteig in einer Menge missbilligend dreinschauender Mitreisender. Als sie Christophe anlächelte, sah sie dieselbe Gewissheit auch in seinen Augen.

»Wo ist Caroline?«, fragte sie, als er mit der einen Hand ihr Gepäck nahm und den anderen Arm um ihre Taille schlang, um sie noch näher an sich zu ziehen, während sie als Letzte auf dem Bahnsteig Richtung Ausgang schlenderten.

»Sie wartet im Salon de Thé auf uns, auf der gegenüberliegenden Straßenseite. Sie hat mir gestattet, einen kurzen Moment alleine mit dir zu verbringen, allerdings musste ich versprechen, dich danach direkt zu ihr zu bringen.« Er grinste. »Sie meinte, die ersten fünf Minuten dürfe ich dich für mich allein haben, aber danach müsse ich dich für die gesamte Dauer deines Besuchs mit ihr teilen.«

Sie überquerten die bevölkerte Straße und strebten auf die großen Fenster der Teestube zu. Als Ella die Tür aufschob, umfing sie der himmlische Duft frisch gebackener Macarons. Einen Augenblick später fand sie sich in Carolines inniger Umarmung wieder.

Lachend und plaudernd, atemlos vor Glück und dem Drang, sofort alle Neuigkeiten auszutauschen – trotz der vielen Briefe, die Ellas Vater als ›die täglichen Depeschen von der anderen Seite des Kanals‹ bezeichnet hatte –, bestellten sie frischen Tee und einen Teller mit Gebäck, und dann ließ Ella sich glücklich zwischen den beiden nieder.

Caroline schenkte goldenen Darjeeling in eine Porzellantasse und reichte sie Ella. »Nimm dir ein Éclair. Dafür ist Paris berühmt. Aber jetzt erzähl: Hast du die Abschlussprüfung bestanden? Bist du jetzt offiziell eine ausgebildete Sekretärin?«

Ella nickte und stach mit ihrer Kuchengabel in das Gebäckstück aus Brandteig. »Du hast recht, es ist köstlich. Ja, ich habe bestanden, war im Maschineschreiben sogar die Schnellste in meiner Klasse. Mein Steno lässt noch einiges zu wünschen übrig, aber es reicht, um mich durchzumogeln. Ich habe meiner Mutter gesagt, ich würde mich nach meiner Rückkehr im Herbst um eine Stelle bemühen. Aber ich möchte mich auch hier in Paris nach Arbeit umschauen, vielleicht bei der britischen Botschaft. Da meine Eltern mich am liebsten nicht weiter als bis zur New Town in Edinburgh gehen lassen würden, möchte ich erst mal herausfinden, ob ich in Paris überhaupt Chancen hätte, bevor ich ihnen beibringe, dass ich eine Weile hier leben möchte. Sie machen sich wegen der Lage in Europa ohnehin schon ziemliche Sorgen. Vater sagt, Deutschland mache ihn nervös, obwohl Großbritannien und Frankreich den Einmarsch in die Tschechoslowakei abgesegnet haben.«

»Natürlich machen sie sich Sorgen.« Caroline nippte an ihrem Tee und stellte ihre Tasse sorgfältig auf die Untertasse. »Aber wir sind ja auch hier und können dich unterstützen. Du kannst bei uns wohnen, so lange du willst. Maman und Papa werden sich über deinen Besuch sehr freuen.«

»Erzähl mir vom Louvre«, bat Ella, und ihre Augen leuchteten vor lauter Vorfreude darauf, das Museum mit all seinen Schätzen sehen zu können. Unter dem Tisch griff Christophe nach ihrer Hand und hielt sie fest.

»Ich kann es gar nicht erwarten, dir alles zu zeigen«, erwiderte Caroline. »Allein die Ausstellungsräume sind schon faszinierend, aber noch interessanter ist, was hinter den Kulissen passiert.«

»Woran arbeitest du momentan?«

»Ich nehme eine kleine Ausbesserung an einer italienischen Madonna von einem unbekannten Renaissance-Künstler vor. Eine Zeitlang herrschte große Aufregung, weil man dachte, es könnte ein Fra Angelico sein, aber jetzt wird das Bild nur seiner Schule zugeordnet. Dennoch, eine schöne Vorstellung.«

»Und wie läuft es in der Bank?« Ella wandte sich zu Christophe und drückte seine Hand unter dem Tischtuch aus Damast. »Hat Monsieur Dupont dir verziehen, dass du neulich den Kaffee über das Hauptbuch verschüttet hast?«

Christophe seufzte und steckte sich ein weiteres Stück Éclair in den Mund. »Nein, er ist nicht gerade jemand, der einem schnell verzeiht. Aber schlimmer noch ist, dass er Papa alles erzählt hat, also konnte ich mir eine weitere Predigt über mangelnde Sorgfalt anhören. Aber wie soll ich sorgfältig mit etwas umgehen, das ich verabscheue? Etwas, das mich vom Malen abhält? Ich beneide dich so, Caroline.«

Seine Schwester tupfte sich einen Mundwinkel mit der Serviette ab. »Das erzählst du mir jeden Tag«, seufzte sie. »Aber wie du weißt, ist Papa nicht bereit, deine künstlerische Laufbahn zu finanzieren. Also musst du wenigstens so lange bei der Bank bleiben, bis du genug Geld gespart hast, um unabhängig zu sein, dann kannst du machen, was du willst. In der Zwischenzeit versuche wenigstens, Papa nicht gegen dich aufzubringen. Du weißt doch, dass er sich Sorgen macht. Und solange Ella bei uns ist, lass uns all das doch einfach vergessen und jeden Augenblick genießen.«

Sie nahmen ihre Sachen, und mit Ellas Koffer in der Hand, zog Christophe die Tür auf, um wieder hinaus in die Augusthitze zu treten.

»Fahren wir mit der Straßenbahn?«, fragte Ella, der die Schienen im Kopfsteinpflaster auffielen.

»Nein, die meisten wurden stillgelegt. Heutzutage fahren fast alle mit der Métro. Und das Verkehrsmittel der Zukunft ist natürlich das Auto.« Er stellte ihr Gepäck am Bordstein ab und hob den Arm, um ein Taxi aus dem vorbeiströmenden Verkehr heranzuwinken.

»Rue des Arcades, Nummer 3 bitte, Monsieur.«

Auf dem glatten Leder des Rücksitzes hakte sich Ella bei ihren Freunden unter und spähte aufgeregt durch das Fenster, vor dem sich Paris ihr zum ersten Mal zeigte. Sie wollte alle Eindrücke in sich aufnehmen.

~

Im Haus der Martets auf der Rue des Arcades herrschte dieselbe Atmosphäre heiterer Eleganz wie in ihrem Haus auf der Île de Ré, nur wirkte hier alles viel förmlicher. Das große cremefarbene Stadthaus hatte ein schieferfarbenes Mansardendach und mehrere Balkons mit schmiedeeisernen Geländern.

Marianne öffnete die schwarze Haustür mit den glänzenden Messingverzierungen und schloss Ella herzlich in die Arme. »Herein mit dir, liebe Ella. *Bienvenue!* Wie war deine Reise? Und wie geht es deiner Mutter?« Ihre dunklen Locken, die sie wie beim Ball zu einem Chignon zusammengebunden hatte, schienen von mehr silbrigen Strähnen durchzogen zu sein als noch im Vorjahr – oder wirkte es nur so im Pariser Abendlicht?

Im Salon standen alle Flügeltüren offen, um die Nachtluft hereinzulassen und den Raum mit den hohen Decken zu lüften. Durch die Fenster mit ihren exotischen Vorhängen aus dunkelgelber Seide mit einem Muster aus chinesischen Blumen und Vögeln sah man in den gegenüberliegenden Häusern die ersten Lichter angehen, da sich allmählich die Dämmerung über die Stadt senkte. Am einen Ende des Salons stand auf einem ovalen Tisch eine Vase mit langstieligen Lilien, deren Duft die warme Luft erfüllte und in Ella Erinnerungen an jenen perfekten letzten Abend auf der Insel weckte, an dem Christophe und sie zusammen Walzer getanzt hatten.

Er hatte neben ihr Platz genommen und lächelte, als ihre Blicke sich trafen. Sie fragte sich, ob er gerade ebenfalls an diesen Abend dachte. An das Mondlicht, das sich über die Dünen ergoss. An ihren Tanz am Strand. Ihre Küsse im

Strandhafer. Wie sehr sie sich danach sehnte, mit ihm allein zu sein, seine Berührung zu spüren.

Monsieur Martet eilte herein und rieb sich die Hände. »Ah, Ella, mein Mädchen, da bist du ja! Willkommen in Paris! Wir haben uns alle auf deinen Besuch gefreut, besonders Caroline und Christophe, wie du dir vorstellen kannst. Komm, ich mache dir einen Drink. Marianne trinkt am liebsten Negroni – möchtest du den mal probieren?«

Ella war unschlüssig, da dieses Angebot in Edinburgh undenkbar wäre. Was in aller Welt würden ihre Eltern sagen, wenn sie wüssten, dass ihre Tochter vor dem Abendessen Cocktails trank? Aber es klang so kultiviert, und schließlich war sie jetzt in Paris und bereit, alles auszukosten, was diese Stadt ihr zu bieten hatte. Also ergriff sie das Glas, das Monsieur Martet ihr reichte, und nippte vorsichtig an dem dunkelroten Getränk. Der Geschmack war etwas völlig Neues für sie, eine faszinierende Mischung aus süß und bitter, erfrischend, aber auch ziemlich stark.

»Schmeckt er dir?«, erkundigte sich Monsieur Martet, und die Spitzen seines Schnurrbarts hoben sich zu einem Lächeln.

»Ja, sogar sehr. Allerdings belasse ich es wohl lieber bei einem, sonst komme ich bestimmt nicht mehr vom Sofa hoch.« Er lächelte sie noch breiter an, und sie spürte, wie die Atmosphäre, die ihr seit seinem Erscheinen etwas angespannt vorgekommen war, wieder lockerer wurde. Vielleicht lag es aber auch nur an dem warmen Abend, dem berauschenden Getränk und der Gewissheit, dass Christophe ganz nah bei ihr saß, dass sie sich entspannte und ihr Kopf sich mit einem Mal ganz leicht anfühlte.

Sie lehnte sich in die weichen Kissen des Sofas zurück und sah zu, wie Monsieur Martet seiner Frau ihren Cocktail reichte, der in den letzten Sonnenstrahlen, die durch die Fenster hereindrangen, in einem satten Karminrot aufleuchtete. Marianne streckte die Hand danach aus, und als sie ihren Mann ansah, lächelten sie einander so liebevoll an, dass Ella darüber errötete, diesen zärtlichen Augenblick beobachtet zu haben. Einen Ausdruck solch tiefer Gefühle hätte sie dem distanzierten und ständig beschäftigten Monsieur Martet kaum zugetraut. Sie sah Christophes Eltern in einem neuen Licht und erkannte, dass es in ihrer Beziehung unbekannte Tiefen gab. Vielleicht ergänzten sich ihre unterschiedlichen Charaktereigenschaften zu einem perfekten Gleichgewicht: Mariannes sanftes und freundliches Wesen mit ihrem Sinn für die Künste neben der Entschiedenheit und Pragmatik ihres Mannes ergaben ein harmonisches Gesamtbild.

Christophe stupste sie an. »Ella, du wirkst so gedankenverloren. Komm zurück zu uns!«

Sie lächelte, als sie seine Hand auf ihrem Arm spürte, und erwiderte: »Ich glaube, das liegt am Cocktail, oder vielleicht auch nur daran, dass ich jetzt in Paris bin. Es steigt mir zu Kopf.«

Beim Abendessen drehte sich das Gespräch unausweichlich um die Neuigkeiten aus Deutschland. »Paris wird immer noch von Flüchtlingen überflutet«, erklärte Marianne. »Die Menschen haben Angst, dass Deutschland ihre Grenzen nicht respektieren wird, nicht einmal nach der letzten Erweiterung. Außerdem gibt es Gerüchte, dass die Juden im Osten verfolgt werden. Meine Cousine Agnès konnte zwar ihre Familie nach Paris bringen, aber sie hat immer noch Angst vor dem, was passieren könnte, wenn der Nationalsozialismus sich ausbreitet. Meine Familie hat jüdische Wurzeln, und auch Agnès hat – anders als ich – einen jüdischen Mann geheiratet.« Sie schenkte ihrem Mann über den Tisch hinweg ein Lächeln. »Es gibt vieles, wofür unsere Liebe einstehen muss, nicht wahr, chéri?«

Ella dachte darüber nach, während sie den Steinbutt auf ihrem Teller zerteilte. Sie hatte nicht gewusst, dass Marianne jüdische Wurzeln hatte, und fühlte sich unaufmerksam deswegen. Allerdings waren sie im letzten Sommer nie in die Kirche gegangen, was ihr Gefühl von Freiheit nur noch mehr beflügelt hatte.

Als könnte sie ihre Gedanken lesen, sagte Caroline: »Wie du sicher bemerkt hast, Ella, sind wir keine besonders gläubige Familie. Mamans Vater war Jude, aber Grandmère war Katholikin. Sowohl Mamans als auch Papas Familie lösten sich vor ein, zwei Generationen von ihrer Religion. Wenn ich sehe, was heutzutage in einigen Teilen der Erde passiert, sind wir ohne Religion vielleicht besser dran. Macht dir diese Vorstellung Angst?«

Ella dachte einen Augenblick nach. »Nein. Ihr alle scheint an die Wahrheit und an die Schönheit zu glauben. Und vielleicht ist das der einzige Glaube, der zählt. Meine Eltern bestanden zwar immer darauf, jeden Sonntag den Gottesdienst zu besuchen, aber ich muss zugeben, dass ich das nie als besonders spirituelle, erhebende Erfahrung empfunden habe. Wenn ich jetzt darüber nachdenke, habe ich nie etwas gespürt, was einer beinahe göttlichen Erhabenheit so nahekam wie der letzte Sommer auf der *Bijou*.«

Christophe strahlte. »Seht ihr, sie versteht das. Das Göttliche findet man in der Schönheit und Freiheit. Nur das zählt.«

Monsieur Martet gab leise ein missbilligendes Geräusch von sich, aber als Ella ihn über den Tisch hinweg ansah, wirkte er nicht verärgert. Er lächelte seine Frau im Licht der Kerzen an und versicherte ihr mit seinem Blick deutlicher, als er es mit Worten gekonnt hätte, dass er sie mit Leib und Seele liebte.

Im Vergleich zu ihrer Heimat kam ihr das Leben in Paris beinahe schwerelos vor. Aber die Stadt zeigte zwei Gesichter. Der erste Eindruck war der, den sie erwartet hatte. Es war das Paris, das sie von den Fotos und Artikeln aus der *Picture Post* und dem *National Geographic* kannte: elegant, kultiviert, glamourös. Mit Caroline und Marianne besuchte sie Läden und Galerien, bewunderte die neuesten Pariser Modestile und gewöhnte sich daran, starken schwarzen Kaffee aus winzigen Tassen zu bestellen, wann immer sie ein Café betraten, um sich einen Moment auszuruhen. Außerdem besuchte sie Caroline im Louvre und lernte innerhalb weniger Stunden in den labyrinthischen Ausstellungsräumen mehr über Kunst als in ihrer gesamten Schulzeit. Sie holten Christophe von der Arbeit ab und schlenderten am Ufer der Seine entlang, um die Boote zu beobachten, die den Fluss hinauf- und hinunterfuhren, oder um die Bilder der Künstler zu bewundern, die vor der Notre Dame ihre Staffeleien aufgestellt hatten, um die Kathedrale oder ihr im Fluss schimmerndes Spiegelbild zu malen. Ella genoss jeden einzelnen Moment, besonders aber diese Spaziergänge am frühen Abend, wenn sie Christophes Hand halten und über seine neuesten Missetaten in der Bank lachen durfte. Hin und wieder ließ Caroline sie unter einem Vorwand allein, und dann suchten sie sich ein stilles Plätzchen am Ufer und küssten sich unter den staubigen Blättern einer der Platanen, die die Straßen säumten – unter dem gelegentlichen Beifall und den ermutigenden Zurufen vorbeifahrender Schiffer.

Aber die Stadt hatte auch eine andere Seite. Inmitten all der Pracht und Heiterkeit bevölkerten Gruppen verloren wirkender Flüchtlinge die Straßen von Paris: mit blassen, ausdruckslosen Gesichtern, erschüttert darüber, sich plötzlich an einem vollkommen fremden Ort zu befinden, angespült wie Treibgut, ihrer Heimat und all ihrer Habseligkeiten beraubt. Im Gepäck hatten sie nicht nur ihre schäbigen Koffer und ausgebeulten Reisetaschen, sondern auch die lebhafte Erinnerung an eine Bedrohung, die sich direkt vor der Ostgrenze Frankreichs verdichtete.

Als Ella das Leben in Paris allmählich immer vertrauter wurde, hatte sie den Eindruck, dass Besorgnis die Stadt beherrschte. Zwar gingen die Bürger ihrem alltäglichen Leben nach, aber mit einer gewissen Zerstreutheit, weil ihre Aufmerksamkeit sich immer häufiger auf Neuigkeiten aus Deutschland richtete. In diesem Sommer in Paris lagen Normalität und eine wachsende Beunruhigung dicht beieinander.

Im Haus der Martets verbrachte Ella einen ganzen Tag damit, Marianne beim Waschen und Ausbessern von Kleidern zu helfen, die Christophe und Caroline längst abgelegt hatten. »Cousine Agnès konnte nicht viel aus Österreich mitnehmen, daher kann sie das hier vielleicht für ihre Kinder gebrauchen.«

»Wie alt sind sie denn?«, erkundigte sich Ella, während sie den Saum eines Rocks flickte.

»Albert ist zwölf und Béatrice zehn. Es sind liebe Kinder. Der Junge ist ziemlich ernst und fleißig und steckt die Nase immer in ein Buch. Seine Schwester ist viel fröhlicher, ein wahrer Sonnenschein mit einem Lockenkopf wie Carolines. Du wirst sie bestimmt mögen. Wenn ihr von der Insel zurückkommt, laden wir sie an einem Sonntag zum Mittagessen ein, dann wirst du sie kennenlernen.« Sie seufzte. »Ich wünschte, ich könnte euch begleiten, aber in diesem Sommer gibt es einfach zu viel zu tun hier in Paris. Dennoch freue ich mich, dass ihr fahren könnt, und sei es nur für eine Woche.« Sie verstummte kurz, legte die Schere nieder, mit der sie einen Faden abschneiden wollte, und ergriff Ellas Hand. »Du gehörst für uns zur Familie, Liebes. Wir freuen uns sehr, dass du bei uns bist. Vor allem meinen Sohn machst du sehr glücklich, und das erfüllt auch mein Herz mit Freude.«

Ella wurde rot. Sie hob den Blick von ihrer Näharbeit und betrachtete Marianne. »Er macht mich auch sehr glücklich.« Sie sah, dass Marianne verstand, was sie damit sagen wollte, und dass sie dieselbe Hoffnung für die beiden hegte wie Ella und Christophe selbst: die Hoffnung auf eine gemeinsame Zukunft.

Marianne nickte lächelnd. Dann griff sie nach einem von Christophes Hemden und sagte: »So, dann schauen wir mal, ob wir diesen Kragen wieder präsentabel machen können …«

Plötzlich wurde die Haustür so heftig aufgestoßen, dass sie zusammenzuckten. Marianne legte das Hemd in den Korb zurück und erhob sich.

Sie hörten, wie Caroline die Treppe heraufrannte und rief: »Maman! Ella! Wo seid ihr?« Sie kam hereingestürzt und wirkte aufgewühlt, einige ihrer Locken hatten sich aus ihren Haarklammern gelöst. »Ich habe Neuigkeiten! Ich arbeite gerade an einem besonderen Projekt – leider streng geheim, daher darf ich keine Einzelheiten verraten –, aber wir bringen einige Kunstwerke aus dem Museum in andere Gegenden Frankreichs, wo es sicherer ist – nur für den Fall, dass die Deutschen auf die dumme Idee kommen, uns anzugreifen.«

»Du meine Güte, Caroline, ich bitte dich! Dazu wird es doch sicher nicht kommen!«, rief ihre Mutter aus, obwohl Ella auffiel, dass sie ihre Hand unbewusst an die Knopfleiste ihrer weißen Bluse gelegt hatte, als wollte sie ihr Herz beruhigen, das panisch darunter schlug. »Du weißt doch, dass Adolf Hitler jetzt einen anderen Ton anschlägt. Es steht überall in den Zeitungen.«

»Tut mir leid, Maman, aber wir machen das nur für den Fall, dass Monsieur Hitlers Worte nicht das Papier wert sind, auf dem sie geschrieben wurden. Ich weiß, es wirkt ein wenig extrem, aber Monsieur le Directeur sagt: Vorsicht ist die Mutter der Porzellankiste. Er meint, es sei wie beim Bau der Arche: Noah musste damit beginnen, noch bevor es zu regnen anfing, als noch niemand glaubte, sie würde notwendig sein. Und hoffen wir, dass es in diesem Fall wirklich nicht notwendig ist.« Sie wandte sich zu Ella. »Aber ich werde Hilfe von dir und Christophe brauchen. Wir müssen unser Vorhaben tarnen, damit wirklich nur sehr wenige Menschen wissen, wo die Kunstwerke versteckt sind. Es darf auf keinen Fall offensichtlich sein, dass wir Gemälde im ganzen Land verteilen. Ich habe geholfen, ein paar davon zu verpacken. Und da kam mir eine geniale Idee! Am Montag fahren wir doch nach La Pallice, um von dort die Fähre zur Insel zu nehmen. Eines der Kunstwerke soll ins Château de Chambord gebracht werden, was auf unserem Weg liegt. Also werden wir es dorthin bringen, aber so tun, als würden wir auf unserer Reise nur einen kleinen Zwischenstopp einlegen, um etwas zu besichtigen. Selbstverständlich wird uns ein Wachmann des Museums begleiten. Man würde uns niemals erlauben, allein mit einem Kunstwerk im Kofferraum loszufahren. Es wird alles ganz harmlos aussehen, als wären wir zwei Pärchen auf dem Weg in die Ferien, die wie ganz normale Reisende das Château besichtigen. Direkt hinter Chambord setzen wir den Wachmann an einem Bahnhof ab, damit er wieder nach Paris zurückfahren kann. Und wir fahren wie geplant weiter nach La Pallice. Eine perfekte Tarnung.«

Marianne schüttelte den Kopf. »Das ist einfach lächerlich, Caroline. Ich glaube, dein Museumsdirektor übertreibt ein wenig. Und was könnte so kostbar sein und ein derart bizarres Unterfangen rechtfertigen? Es gibt doch sicher Hunderte von Kunstwerken, die geschützt werden müssten. Wollt ihr wirklich unzählige Grüppchen im ganzen Land herumfahren lassen? Das Ganze kommt mir nicht wie ein besonders guter Plan vor.«

»Nein, Maman, die meisten Kunstwerke werden später umziehen, wenn es wirklich nötig werden sollte, und zwar in Lastwagen. Und jetzt lässt man nur ein paar ausgewählte Kunstwerke verschwinden, die viel zu kostbar sind, um ihren Verlust zu riskieren. Ich weiß, das Ganze hört sich bizarr an, aber du musst zugeben, dass wir auch in bizarren Zeiten leben.«

Marianne ließ ihre Hand wieder auf den Nähkorb in ihrem Schoß sinken. Sie lächelte, wenn auch etwas traurig. »Nun, wie könnte ich mich einer derart wichtigen Staatsangelegenheit in den Weg stellen? Du musst es wohl tun. Aber bitte fahrt vorsichtig. Und ruft mich von der Insel an, damit ich weiß, dass ihr gut angekommen seid, ja?«

Caroline schlang ihrer Mutter die Arme um den Hals und küsste sie. »Natürlich! Komm, Ella, ich glaube, Christophe ist von der Arbeit zurück. Weihen wir ihn ein.«

~

Am Sonntagabend packten sie die Koffer. Caroline mahnte: »Nehmt nicht zu viel mit, im Kofferraum wird nicht viel Platz sein. Das Paket ist ziemlich sperrig. Auf der Insel brauchen wir sowieso kaum etwas – Ella kann sich ein paar von den Sachen leihen, die schon dort sind.«

Ganz früh am nächsten Morgen, noch bevor die Stadt erwacht war, fuhr Christophe mit dem Auto – einem glänzenden Peugeot, die neueste und heißgeliebte Errungenschaft seines Vaters – vor dem Haus vor. Sie verstauten ihr Gepäck im Kofferraum und fuhren dann vorsichtig durch die leeren Straßen bis zum Seiteneingang des Louvre. Caroline eilte hinein und kehrte nur wenige Minuten später in Begleitung zweier Männer zurück, die eine Holzkiste trugen.

Behutsam luden sie sie in den Kofferraum und arrangierten das Gepäck so, dass alles sicher verstaut war. Caroline schüttelte einem der Männer die Hand, hörte aufmerksam zu, nickte, als er ihr letzte Anweisungen gab, und kam dann zur Fahrertür. »Tut mir leid, Christophe, aber auf Anordnung des Direktors muss der Wachmann des Museums ans Steuer. Das ist Grégoire. Es macht dir doch nichts aus, oder? Du kannst dich zu Ella auf den Rücksitz setzen.«

Christophe stieg aus und schüttelte dem Wachmann die Hand, dann tauschten sie die Plätze. Caroline nahm neben Grégoire Platz, dann setzte sich der Wagen langsam in Bewegung und bog erneut in die Straßen von Paris ein, zuerst in südliche und dann in westliche Richtung. Christophe beugte sich vor und klopfte seiner Schwester auf die Schulter. »So, jetzt kannst du es uns ja sagen. Was ist in der Kiste?«

Aber Caroline schüttelte nur den Kopf und warf einen Blick zu Grégoire, dessen Augen auf die Straße gerichtet waren, während er sich vorsichtig einen Weg durch den dichter werdenden Verkehr bahnte. »Ehrlich gesagt, ist es vielleicht besser, ihr wisst es nicht. Tut mir leid«, erwiderte sie und blickte mit einem spitzbübischen Lächeln über die Schulter. »Aber ihr beide seid wirklich nur zur Tarnung dabei. Derart geheime Informationen dürft ihr eigentlich gar nicht wissen.«

»Ach, komm schon, Caroline! Du kannst es uns doch sagen, schließlich waren wir so nett, dir bei deiner Geheimoperation zu helfen.«

Doch seine Schwester presste die Lippen zusammen und schüttelte energisch den Kopf. »Nein. Hier steht viel mehr auf dem Spiel als nur meine Stelle. Und jetzt hör auf, Fragen zu stellen, damit sich Grégoire aufs Fahren konzentrieren kann. Einen Unfall können wir jetzt wirklich nicht gebrauchen.«

Irgendwann ließen sie die Vorstadt von Paris hinter sich und erreichten die Landstraße in Richtung Loire.

Wie glücklich und zufrieden ich hier bin, dachte Ella, als sie neben Christophe auf dem Rücksitz saß und die vorbeiziehende Landschaft betrachtete, während Caroline und Grégoire vorne über Museumsangelegenheiten sprachen. Sie freute sich auf das Loiretal und darauf, das Paket in Chambord abzuliefern, wo sie hoffentlich auch die Gelegenheit hatten, das Château zu besichtigen. Und heute Abend noch würden sie auf der Fähre sein und zur Île de Ré übersetzen. Sie legte ihre Schläfe an die kühle Glasscheibe des Seitenfensters und sah zu, wie die Platanen an der langen, geraden Straße vorbeisausten: Bäume, die Kaiser Napoleon vor über einem Jahrhundert hatte anpflanzen lassen, damit seine Armeen in ihrem Schatten zu den Schlachtfeldern marschieren konnten. Sie wollte sich gar nicht vorstellen, dass erneut Armeen durch Frankreich marschieren könnten.

Sie spürte hin und wieder Christophes Blicke, als wollte er sich ihr Profil einprägen. Das Spiel von Licht und Schatten ließ ihre Wangenknochen, ihre Lippen, ihre Wimpern wie ein Relief wirken.

Ein lautes Krachen, gefolgt von einem regelmäßigen Klackern unterbrach ihre Tagträumerei, ehe das Auto plötzlich langsamer wurde. Grégoire hielt am Straßenrand und stieg aus. Er öffnete die Motorhaube, warf einen Blick darunter und fluchte leise, richtete sich wieder auf und sagte zu Caroline: »Sieht aus, als hätten wir ein Problem mit dem Getriebe. Kein guter Zeitpunkt für einen Motorschaden!«

»Oh, *mon Dieu*!« Ella hörte die Panik in Carolines Stimme. »Was machen wir denn jetzt? Wenn dem Bild etwas geschieht …«

Grégoire bewahrte Ruhe. »Keine Sorge, wir lassen das reparieren.« Er zeigte auf einen Kilometerstein direkt vor ihnen. »Bis zum nächsten Ort ist es nicht weit. Vielleicht kann uns dort jemand bei der Reparatur helfen. Ich kenne mich ein wenig mit Autos aus, weil mein Cousin eine Werkstatt in der Nähe von Paris hat, in der ich früher mitgearbeitet habe.« Er wischte sich die Hände an seinem Taschentuch ab. »Wir werden den Wagen schieben müssen. Mademoiselle Martet, Sie können sich ans Lenkrad setzen. *Allons-y*. Mademoiselle Lennox, wenn Sie möchten, können Sie im Wagen sitzen bleiben.«

Während er und Christophe sich die Jacken auszogen, stieg Ella aus dem Wagen.

»Non, merci. Ich helfe, den Wagen zu schieben. Ich bin zwar nicht besonders stark, aber wenigstens sorge ich nicht noch zusätzlich für Gewicht.«

Christophe warf ihr ein anerkennendes Lächeln zu, bevor er seine Schulter gegen den hinteren Kotflügel stemmte. Grégoire nahm seinen Platz auf der anderen Seite ein, und dann rollte der Wagen langsam auf die Straße zurück.

»Gott sei Dank ging es nicht die ganze Zeit bergauf!«, keuchte Grégoire, als sie das Dorf erreichten und vor einem Gasthof hielten, außer dem es im ganzen Ort nur noch eine Bäckerei zu geben schien. »Ich frag mal hier nach, Mademoiselle Martet.«

Ein paar Minuten später kam er mit dem Gastwirt zurück, der einen Werkzeugkasten trug. Die beiden Männer beugten sich unter die Motorhaube, und eine ganze Weile hörte man nur dumpfe Schläge und hin und wieder einen Fluch.

Dann tauchte Grégoire kopfschüttelnd wieder auf.

»Tja, wir haben festgestellt, wo das Problem liegt. Genau wie ich dachte, hat es was mit dem Getriebe zu tun. Ein Teil des Schwungrads hat sich gelöst und den Mechanismus beschädigt. Wir brauchen ein Ersatzteil. Ich werde meinen Cousin anrufen und nachfragen, ob er eins besorgen kann. Wenn ja, springe ich in den Zug zurück nach Paris und komme so schnell wie möglich wieder. Keine Sorge, Mademoiselle Martet, noch ist nicht alles verloren.«

Unruhig tigerte Caroline die Straße auf und ab. »Ich fasse es einfach nicht. Oh, *mon Dieu*!«

Beschwichtigend legte Christophe ihr die Hand auf den Arm. »Beruhige dich, Caroline. Wie es aussieht, hat Grégoire doch alles im Griff. Er bekommt den Wagen schon wieder hin. Im schlimmsten Fall liefern wir unser Paket eben nicht heute, sondern morgen in Chambord ab und verpassen nur einen Tag auf der Île de Ré. Halb so schlimm.«

Schließlich kehrte Grégoire zurück und ging mit Caroline auf die andere Straßenseite, um sich neben einer Hecke flüsternd mit ihr zu unterhalten. Am Ende nickte sie, und er eilte in den Gasthof zurück, um alles zu arrangieren.

»Alles geklärt?« Christophe streckte die Hand aus und wollte den Kofferraum öffnen und das Paket herausholen.

»Nein!« Caroline hielt ihn auf.

»Wieso bist du nur so aufgeregt? Das sieht dir gar nicht

ähnlich. Was auch immer in dieser Kiste ist, muss schon etwas ganz Besonderes sein.« Plötzlich verstummte er, und als ein alarmierter Ausdruck über Carolines Gesicht huschte, schien ihm etwas zu dämmern, und ein entzücktes Lächeln breitete sich über sein Gesicht aus.

»Du willst mir doch nicht sagen, das ist die …«

Bekümmert nickte Caroline kaum merklich und wisperte: »Die *Mona Lisa.*« Ella trat zu ihr und legte ihr den Arm um die Schultern, weil der Ernst der Lage plötzlich beide Mädchen überwältigte. Caroline unterdrückte ein Schluchzen, und auch Ella wusste nicht, ob sie über diese Situation weinen oder lachen sollte.

In diesem Augenblick tauchte Grégoire aus dem Gasthof auf und schlug dem Wirt leicht auf den Rücken. »Es ist alles organisiert. Mein Cousin kann das Ersatzteil besorgen. Dieser nette Herr hier fährt mich zum Bahnhof von Orléans. Morgen früh komme ich zurück – mein Cousin wird mich bringen und bei der Reparatur helfen –, und dann können wir unsere Reise fortsetzen. Wir verlieren nur einen halben Tag unserer Ferien.« Er bedachte die drei mit einem Blick, der sie ermahnte, ihre Tarnung aufrechtzuerhalten. »Christophe, könnten Sie uns helfen, den Wagen ums Haus zu schieben? Dann steht er in der Nacht nicht auf der Straße.«

»Glücklicherweise haben wir noch ein freies Zimmer für Sie«, strahlte der Wirt. »Für die jungen Damen habe ich ein schönes Doppelzimmer. Ich fürchte jedoch, der junge Herr wird mit einer Dachkammer vorliebnehmen müssen, da wir ausgebucht sind. In der letzten Augustwoche ist fast immer alles besetzt, weil die Ferien zu Ende sind und alle wieder nach Paris zurück wollen. Aber da das hier ein Notfall ist, und nur für eine Nacht …«

»Das wäre schön. Wir sind Ihnen sehr dankbar für Ihre Hilfe.« Caroline riss sich zusammen.

»Soll ich Ihnen mit dem Gepäck helfen?« Der Wirt ging einen Schritt auf den Kofferraum zu.

»Nein, danke, das schaffen wir schon.« Christophe legte ihm die Hand auf den Arm und hielt ihn zurück. »Wir bringen den Wagen erst mal hinters Haus, und dann werden Grégoire und ich ein paar Sachen ausladen.«

Vorsichtig trugen die beiden Männer die Holzkiste nach oben. »In die Dachkammer«, flüsterte Christophe drängend. »Ich werde sie mit meinem Leben verteidigen! Außerdem ist sie dort vor den neugierigen Blicken anderer Gäste geschützt.«

Widerstrebend gab Caroline zu, dass dies wohl das Sicherste war, und dann verabschiedeten sie sich von Grégoire, der zum nächsten Bahnhof aufbrach.

Beim Abendessen brachte Caroline kaum einen Bissen hinunter und schob nur das Essen auf ihrem Teller hin und her.

»Entspann dich, *ma sœur*«, sagte Christophe und schenkte ihr noch ein Glas von dem schlichten Landwein ein, den ihnen der Wirt zusammen mit ihrem Essen serviert hatte. »Grégoire wird morgen schon ganz früh zurück sein. Das Beste wäre, du schläfst heute Nacht gut, damit du morgen für weitere Abenteuer gerüstet bist! Jetzt trink das, dann gehen wir schlafen. Ich glaube, wir sind alle ziemlich geschafft.«

Während die Nacht hereinbrach, lag Ella in ihrem Bett und lauschte, wie Carolines Atem immer langsamer und leiser wurde, bis sie schließlich einschlief. Auch die Geräusche in der Pension verstummten allmählich. Der Mond ging auf und warf sein sanftes Licht durch die Ritzen der Fensterläden. Ella aber konnte nicht einschlafen und drehte sich unruhig hin und her.

Schließlich stand sie auf und schlich auf Zehenspitzen durch den Flur und die schmale Treppe zum Dachboden hinauf. Sie wollte die Tür zu Christophes Zimmer öffnen, aber sie war abgeschlossen. Mit laut pochendem Herzen klopfte sie zaghaft an. Sofort ertönte ein Flüstern von der anderen Seite: »Bist du das, Ella?«

»Ja.«

Leise wurde der Schlüssel im Schloss gedreht, und Christophe zog die Tür auf. Er winkte sie herein und schloss direkt hinter ihr wieder ab. Er legte seinen Zeigefinger an die Lippen und zeigte wortlos zum Kaminsims in der Ecke der winzigen Dachkammer. Durch die offenen Fensterläden fiel das Mondlicht auf das Bild.

Ella keuchte auf, denn sie traute ihren Augen kaum.

Jetzt legte Christophe seinen Zeigefinger an ihre Lippen, damit sie nichts sagte. Er führte sie zum schmalen Bett, das nur eine rostige Liege mit einer durchgelegenen Matratze war. Sie setzten sich dicht nebeneinander darauf, lehnten sich gegen die zusammengerollte Bettdecke und betrachteten das berühmteste Gemälde der Welt, dessen Farben nur vom Mondlicht erhellt wurden.

Ella wandte sich zu Christophe und lächelte, weil es so wundersam war, derartige Schönheit in so schlichter, fast ärmlicher Umgebung zu sehen. Sie erkannte, dass dies das wahre Leben war und man Schönheit an den unwahrscheinlichsten Orten fand.

Da nahm Christophe sie in seine Arme, und sie versanken in der Nacht, weit entfernt vom Treiben der Welt.

Ella wachte auf, als der Morgen anbrach und die kleine Dachkammer mit dem weichen Licht der Dämmerung erfüllte. Sie weckte Christophe mit einem sanften Kuss. Schläfrig zog er sie an sich und strich ihr lächelnd die Haare aus dem Gesicht. Als er sie in seine Arme zog, wünschte sie, es würde nie enden.

Dennoch flüsterte sie lächelnd: »Ich muss gehen, Christophe, bevor Caroline aufwacht. Und du musst sie sicher verstauen.« Sie zeigte auf das Bild auf dem Kaminsims. »Bevor jemand mitbekommt, dass sie hier die Nacht verbracht hat.«

Er nickte. »Keine Sorge, ich habe mir gemerkt, wie sie eingepackt war. Aber wir haben noch ein bisschen Zeit. Bleib noch, nur ein paar Minuten …«

Schließlich riss sie sich von ihm los und schlich zurück zu ihrem Zimmer, wo Caroline immer noch tief und fest schlief. Sie schlüpfte zwischen ihre Laken und lag dort, während langsam die Sonne aufging, beobachtete den Tanz der Staubkörnchen, als die ersten Sonnenstrahlen durch die Fensterläden drangen, und erinnerte sich an die zurückliegende magische Nacht. Sie kam ihr nun vor wie ein Traum, und unwillkürlich schlang sie ihre Arme um sich, weil ihr bewusst war, dass sie und Christophe etwas Kostbares miteinander teilten, das sich nicht in Worte fassen ließ.

Sie blickte hinüber zu Caroline. Sie bewegte sich und wachte mit einem Seufzer auf, lag erst eine Minute still da und richtete sich dann, als ihr dämmerte, wo sie war, blitzartig auf. Ella lächelte.

»Guten Morgen. Hast du gut geschlafen?«

»Ich glaube schon.« Caroline streckte sich und gähnte. »Obwohl ich sehr merkwürdige Träume hatte. Und du?«

Ella nickte. »Ich hatte auch einen sehr aufregenden Traum. Aber jetzt habe ich Lust auf ein ausgedehntes Frühstück, bevor Grégoire zurückkommt. Lass uns mal sehen, was es so gibt.«

Nachdem sie sich gewaschen und angezogen hatten, gingen sie hinunter in den Speisesaal. »Meinst du, wir sollten nachschauen, ob Christophe schon wach ist?« Caroline zögerte auf dem Treppenabsatz, als wollte sie hinauf ins Dachzimmer gehen.

Ella ergriff ihre Hand. »Nein, lass ihn schlafen. Wir können ihn nach dem Frühstück suchen, falls er bis dahin noch nicht aufgetaucht ist.« Auf gar keinen Fall wollte sie, dass Caroline ihn dabei ertappte, wie er die Kiste wieder zuschraubte.

Der Wirt brachte ihnen Krüge mit Kaffee und warmer Milch und stellte einen Korb mit Brot und Croissants vor sie hin. »Der junge Mann ist bereits zurück. Ist wohl sehr früh aufgebrochen. Er und sein Cousin sind draußen und reparieren den Wagen. Sie sind bestimmt bald fertig.«

Caroline lächelte erleichtert und griff nach einem Stück Baguette mit goldener Kruste.

»Ich hoffe, ihr habt mir was übriggelassen?«, ertönte Christophes Stimme. Er zog sich einen Stuhl heran und wuschelte Caroline durchs Haar. »Grégoire meint, sie seien fast fertig. Sie haben den Wagen so weit repariert, dass er uns nach La Pallice und zurück bringt, und in Paris kann er dann gründlich in einer Werkstatt untersucht werden. Grégoire hat uns einen guten Preis versprochen, wenn wir uns für die Werkstatt seines Cousins entscheiden.«

Nach dem Frühstück holten Grégoire und Christophe die Kiste aus der Dachkammer und verstauten sie sicher im Kofferraum. Dann brachen sie nach Chambord auf, und der Wirt winkte ihnen nach.

Zwei Stunden später fuhr der Wagen die lange baumgesäumte Allee zum Château hinauf, und Ella drückte ihr Gesicht ans Fenster. Vor ihnen ragte das Schloss in die Höhe, dessen Türme in der flachen Landschaft am Fluss weithin sichtbar waren. Nachdem Grégoire dem Pförtner am Tor Dokumente gezeigt hatte, wies dieser sie an, nicht durch den Besuchereingang zu fahren, sondern durch ein Seitentor. Dort erwartete sie ein anderer Mann, der mit Grégoire die Kiste ins Château brachte. Nachdem sie sich die Hände geschüttelt hatten, wandte sich der Mann an Caroline: »Wir werden gut darauf aufpassen, Mademoiselle. Und bitte richten Sie Monsieur le Directeur aus, dass wir uns schon auf weitere Lieferungen freuen.«

Grégoire warf einen Blick auf seine Uhr. »Möchten Sie noch das Schloss besichtigen oder brechen wir gleich wieder auf? Gegen Mittag fährt ein Schnellzug von Tours nach

Paris – wenn Sie schnell weiterreisen wollen, könnte ich den noch erreichen.«

Widerstrebend wandte Ella ihren Blick von den prächtigen Mauern und einer Wand voller Kunstwerke ab, die sie von dem engen dunklen Büro aus sehen konnte.

»Ja, wir brechen direkt auf«, sagte Christophe und nickte. »Wir haben noch eine lange Fahrt vor uns und müssen La Pallice unbedingt erreichen, bevor die letzte Fähre ablegt. Schließlich wollen wir doch nicht noch einen Tag auf der Île de Ré verlieren!«

Sie erreichten das Haus in den Dünen, als die Sonne am Horizont verschwand, schließlich im Meer versank und den Himmel mit ihren letzten Strahlen purpurrot färbte. Als sie aus dem Wagen stiegen, holte Ella tief Luft und genoss den salzigen Geruch und das leise Rauschen der Wellen.

Caroline füllte mit einer Kelle die von Sandrine vorbereitete *garbure* – einen Eintopf mit Hühnchen und Gemüse aus Sandrines Garten – in Keramikschalen. Christophe schenkte ihnen Wein ein, und Ella lächelte, so sehr freute sie sich auf die kostbaren Tage auf der Insel, die jetzt vor ihnen lagen.

Sie saßen bis spät in der Nacht draußen und beobachteten, wie tausend Sterne am Himmel erschienen, nippten an ihrem Wein und atmeten den süßen Duft von Jasmin und Geißblatt ein. Ella sprach wieder über ihren Traum, nach Paris zu ziehen, sobald sie die Erlaubnis ihrer Eltern hätte. Noch vor ihrer Heimfahrt nach Edinburgh wollte sie sich nach möglichen Stellen erkundigen. Christophe erzählte von einer Beförderung in der Bank, durch die er hoffentlich bald genug Geld sparen könnte, um nicht mehr von seinen Eltern abhängig zu sein. Und Ella fragte sich, ob er noch weitere, unausgesprochene Zukunftspläne hegte, in denen auch sie vorkäme, und Ferien auf der Île de Ré, die von Sonne, Seeluft und Liebe erfüllt sein würden.

~

In stillschweigendem Einverständnis ignorierten sie in dieser Woche alle Neuigkeiten von der Außenwelt, kehrten den Unruhen und Konflikten Europas einfach den Rücken und hofften, der drohende Krieg könnte mit diplomatischer Hilfe abgewendet werden. Ihre Tage verbrachten sie mit all den Dingen, die sie am liebsten mochten: mit Ausflügen mit den Fahrrädern über die Insel und Picknicks an ihren Lieblingsorten, mit dem Lesen auf der Terrasse und dem Zeichnen im warmen Sonnenschein des Spätsommers, mit der Ernte sonnengereifter Früchte im Obstgarten – weiche Feigen und die letzten duftenden Pfirsiche –, während Anaïs zufrieden an trockenen Grashalmen kaute. Lange Abende, gefüllt mit Plänen und Erinnerungen, wobei die Zwillinge Ella mit Geschichten aus vergangenen Sommern auf der Insel zum Lachen brachten. Und natürlich segelten sie über das tiefblaue Meer, ließen die *Bijou* munter vor dem Wind kreuzen, die dabei den Rumpf so aus den Wellen hob, als wollte sie, ermutigt von den kreischenden Seevögeln über ihr, die Segel ausbreiten und fliegen.

Es war ein Sonntag Anfang September, und schon jetzt war das Licht weicher geworden und überzog die gemähten Kornfelder mit einem goldenen Schimmer. Die Salzhügel, die in den flachen Pfannen am Nordwestufer zusammengeharkt worden waren, blendeten wie frisch gefallener Schnee. Ella, Christophe und Caroline kamen von einem Fahrradausflug zurück und fuhren im goldenen Licht der tiefstehenden Nachmittagssonne durch die menschenleeren Gassen von Sainte-Marie-de-Ré, die von leuchtenden, papierdünnen Blüten der Stockrosen gesäumt waren.

Als sie mit Gläsern voll kaltem Wasser auf der Terrasse saßen und die Kirchturmglocke läutete, warf Christophe träge einen Blick auf seine Uhr. »Komischer Zeitpunkt«, bemerkte er. »Es ist doch erst fünf.« Sie nippten an ihrem Wasser. Aber als die Glocke immer weiter läutete, beharrlich und scheinbar endlos, setzten sie ihre Gläser ab.

Beunruhigt warf Caroline ihrem Bruder einen Blick zu. »Christophe ...?«

Die drei standen auf und liefen ins Wohnzimmer, um das Radiogramm einzuschalten. Sie hörten gerade noch das Ende einer Verlautbarung, konnten jedoch den Inhalt der Worte kaum fassen, die den friedlichen Raum erfüllten und von den Wänden mit den Aquarellen längst vergangener Sommer widerhallten.

»Heute Morgen hat Frankreich, gemeinsam mit unserem Alliierten Großbritannien, den Deutschen ein Ultimatum gestellt und den Rückzug aus Polen gefordert. Das Ultimatum ist verstrichen, daher waren Frankreich und Großbritannien gezwungen, Deutschland den Krieg zu erklären.«

Fassungslos starrte Ella durch das offene Fenster, an dem sich die weißen Gardinen leicht im Wind blähten. Ihr Blick ging über die Weingärten hinweg zu dem himmelwärts ragenden Kirchturm von Sainte Marie, während sich die Nachricht über die ganze Insel verbreitete. Ein Taubenschwarm stob auf und zerstreute sich, und die Vögel stürzten einzeln zur Erde herab, als suchten sie Schutz vor einem Sturm.

An diesem Abend hatten sie keinen Appetit, und Caroline begann früh, im Haus aufzuräumen. Worte waren überflüssig. Sie begaben sich auf ihre Zimmer, um ihre Sachen zu packen und alles für die Rückreise am nächsten Morgen vorzubereiten. Instinktiv wussten sie, dass sie nach Paris mussten, um zu planen, was als Nächstes zu tun war.

Ella war ziemlich flau im Magen, und sie verspürte plötzlich eine fast kindliche Sehnsucht nach ihren Eltern und hätte nur zu gerne von ihnen gehört, dass sie keine Angst haben müsse, dass alles wieder gut werde.

Christophe erschien neben ihr, nahm sie bei der Hand, schnappte sich eine Decke, die über einem der Terrassenstühle hing, und führte sie wortlos durch die Dünen zum Strand. Dort saßen sie zusammen, während die Sonne über dem Meer unterging und die Dunkelheit sich über sie legte. Als die Luft kühler wurde, zog er sie an sich und schlang die Decke um ihre Schultern.

Sie sahen zu, wie ein Stern nach dem anderen am Nachthimmel erschien und ihr Licht vom tintenschwarzen Ozean reflektiert wurde, und sie lauschten den Wellen, die an diesem Abend kaum Trost spendeten, als lägen in ihrem Wispern die Warnungen vor unsichtbaren Bedrohungen: Kriegsschiffen und U-Booten.

Ella wandte sich zu Christophe und küsste ihn auf seine salzigen Lippen. »Du weißt, dass wir zusammenbleiben, ganz gleich, was geschieht, nicht wahr?«, sagte sie.

Sie bemerkte einen Ausdruck tiefer Traurigkeit in seinen

Augen. »Ich werde nicht von dir verlangen, in Paris zu bleiben, meine liebste Ella. Fahr bitte so schnell wie möglich nach Schottland zurück, mir zuliebe. Deine Eltern werden das ohnehin verlangen. Dort wirst du viel sicherer sein. Es ist mein größter Wunsch, dass du in Sicherheit bleibst, damit du zu mir zurückkommen kannst, wenn der Krieg vorbei ist.«

»Aber …«

Er legte ihr seinen Zeigefinger sanft auf die Lippen und unterbrach ihren Protest. »Bitte, Ella.«

Als er sie küsste, schmiegte sie sich eng an ihn, weil sie den drängenden Wunsch hatte, ihm alles zu geben – und noch mehr.

Schließlich schliefen sie eng umschlungen ein, ihr Atem beruhigte sich und wurde eins mit dem leisen Rauschen der Wellen.

~

Die Heimreise nahm Ella kaum wahr. Alles war derartig eilig organisiert worden, dass es fast ein kleiner Schock war, plötzlich wieder am Bahnhof von London zu stehen und auf den Nachtzug nach Edinburgh zu warten. Auf der Fähre hatte sie sich fast wie eine Vertriebene gefühlt, als gehörte auch sie zu den Flüchtlingen, die jetzt nach Paris strömten.

Bei ihrer Ankunft im Haus der Martets in Paris hatte bereits ein Telegramm aus Edinburgh auf sie gewartet. »Komm nach Hause. Senden Dir Geld. Bitte um Bestätigung.«

Es ging ein Telegramm nach Edinburgh zurück, um Ellas Eltern zu informieren, dass sie am nächsten Tag mit dem Zug über London zurückfahren und am darauffolgenden Morgen an der Waverley Station eintreffen werde.

Sie war entsetzlich traurig darüber, dass ihre Pläne, in Paris zu bleiben, derart abrupt durchkreuzt worden waren. Und es brach ihr das Herz, Christophe verlassen zu müssen. Ihre Trennung empfand sie wie einen körperlichen Schmerz. Am Gare du Nord hatte er sie heftig an sich gedrückt und ihr ins Ohr geraunt, dass er sie nicht gehen lassen wolle.

»Ich komme zurück«, hatte sie flüsternd versprochen. »Genau wie du gesagt hast. Wenn der Krieg vorbei ist, werden wir zusammen sein.«

Er hatte lächelnd auf sie herabgeblickt und ihr das Haar aus der Stirn gestrichen, um einen Kuss darauf zu drücken. »Ich muss dir etwas sagen, Ella. Da die Zukunft so ungewiss ist, kann ich von dir keinerlei Versprechen verlangen … ich weiß, ich verdiene dich gar nicht, und bis ich nicht finanziell unabhängig bin, kann ich auch nicht erwarten …« Er verstummte, war zum ersten Mal um Worte verlegen.

Ella stellte sich auf die Zehenspitzen und küsste ihn. »Du musst nichts mehr sagen. Wenn dein Herz fühlt, was meines fühlt, dann ist ohnehin alles besiegelt. Habe ich recht?«

Er blickte ihr tief in die Augen, las in ihnen und nickte.

»Ich bin froh, dass wir das besprochen haben«, sagte sie, nahm seine Hand und drückte sie. Die Pfeife des Schaffners ertönte. »Ich schreibe dir. Ich liebe dich.«

»*Je t'aime*, Ella Lennox«, flüsterte Christophe. Dann stand er da und beobachtete verzweifelt, wie der Zug den Bahnhof verließ.

Ella presste ihre Hand gegen die Fensterscheibe ihres Abteils, als könnte sie sie ihm trotz der Distanz entgegenstrecken, die sie immer schneller voneinander entfernte.

2014
EDINBURGH

Es hat eine Woche fast generalstabsmäßiger Vorbereitung erfordert, Ella zum Schrebergarten zu bringen.

»Wieso warten wir nicht bis zum Frühjahr, wenn dort mehr wächst?«, fragte Dan, als ich es vorschlug. »Oktober ist nicht gerade der beste Monat für einen Besuch.«

»Weil sie dann vielleicht nicht mehr in der Lage dazu sein wird«, erwiderte ich und verdrängte die Vorstellung, dass sie dann vielleicht überhaupt nicht mehr da sein könnte. »Diese Ferien sind möglicherweise die letzte Gelegenheit.«

»Wieso lädst du sie nicht zum Tee in unsere Wohnung ein?«

Ich schüttelte den Kopf. »Allein die Treppenstufen wären zu viel für sie. Außerdem geht es doch vor allem darum, dass sie Finn sieht. Hier zu Hause würde er sich in seinem Zimmer verstecken, aber im Schrebergarten könnt ihr beiden ganz normal arbeiten, und sie könnte euch zuschauen. Außerdem ist sie gerne an der frischen Luft. Zwei Fliegen mit einer Klappe.«

Zu meinem Erstaunen schien dieses eine Mal alles so zu laufen wie geplant. Ich setzte zuerst Dan und Finn mit einem Picknickkorb und dem Campingkocher ab, damit sie schon mal die rostigen Liegestühle aufstellen konnten, während ich Ella abholte.

Jetzt bahnt sie sich ihren Weg zwischen den Beeten hindurch, drückt ihren Stock sorgfältig in den Rindenmulch des Pfads, um das Gleichgewicht zu halten, und bewundert die leuchtenden Chrysanthemen im Nachbargarten. Dan kommt uns entgegen und begrüßt sie, während Finn unbeirrt Kartoffeln ausgräbt und sie in einen Korb neben sich legt.

Dankbar lässt sich Ella auf einen der Stühle sinken und holt tief Luft, um den Duft nach Erde und Herbstlaub aufzunehmen.

»Oh!«, ruft sie aus und wendet ihr Gesicht den süß duftenden gelben Blüten des Geißblatts zu, der sich am Schuppen hinaufwindet. »Bei diesem Geruch geht mir das Herz auf!«

Finn blickt kurz auf, um zu sehen, was sie meint, und widmet sich dann mit neuer Konzentration seinen Kartoffeln.

»Tja, dies ist zwar nicht Marianne Martets Garten auf der Île de Ré«, sage ich lächelnd, »aber zumindest erlaubt uns das Wetter ein Picknick.«

Ich lege ihr eine Decke über die Knie und mache mich daran, die Suppe auf dem Campingkocher aufzuwärmen.

»Was für ein Abenteuer.« Ella betrachtet den Garten mit den ordentlichen Gemüsereihen, Dans und Finns ganzer Stolz. »Aber jetzt erzählt mir mal, was ihr hier angepflanzt habt.«

Dan zeigt ihr die Zwiebeln, den Grün- und den Rosenkohl, der an Weihnachten gegessen werden soll, und die Kartoffeln.

»Sieht nach einer guten Ernte aus«, bemerkt Ella. Zu

meiner Erleichterung scheint sie zu spüren, dass sie Finn nicht direkt ansprechen sollte.

»Siebenundfünfzig«, sagt Finn, ohne aufzublicken. »Und einen Kürbis haben wir auch. Aber nur einen. Die anderen Blüten haben wir abgemacht, damit der eine ganz groß wird. Ich will ihn später messen.«

Dan und ich tauschen einen Blick aus. Offenbar hat unser Sohn Ella akzeptiert und empfindet ihr gegenüber nicht das Unbehagen, das er sonst bei Fremden verspürt. Die Arbeit in der frischen Luft, bei der er mit den Händen in der Erde herumwühlen kann, scheint ihn wirklich zu beruhigen.

Ich serviere Schälchen mit dampfender Suppe und eine Platte mit belegten Broten. Finn sucht sich eines mit Marmite aus, bei dem ich die Ränder entfernt und das ich in perfekte Quadrate geschnitten habe, denn nur so findet es seine Zustimmung. Ella knabbert an einem Dreieck mit Ei und Mayonnaise, und Dan verschlingt eines mit Käse und Gewürzgurke, während er Ella von dem Gartenprojekt erzählt, bei dem er mit Finn an zwei Nachmittagen pro Woche nach der Schule mitarbeitet. Finn kaut an seinem Sandwich, summt leise vor sich hin, schwingt seine Füße mit den Gummistiefeln hin und her und beobachtet die silbrigen Fäden des Distelflaums, die im blassen Sonnenschein tanzen.

Eine Stunde später packe ich die Reste zusammen und bereite alles vor, um Ella pünktlich zu ihrem Mittagsschläfchen ins Pflegeheim zurückzubringen, während Dan das Werkzeug reinigt und in den Schuppen zurückbringt. Da geht Finn plötzlich zu seiner Urgroßmutter. In der Hand hält er einen kleinen Geißblattzweig mit einer einzelnen süß duftenden Blüte. Vorsichtig legt er ihn auf die karierte Decke auf ihrem Schoß.

»Das kannst du mit nach Hause nehmen«, sagt er, »damit dir auch da das Herz aufgeht.«

Als Ella die Hand danach ausstreckt, schnürt mir nicht nur Finns rührende Geste die Kehle zu, sondern auch der Anblick seiner kindlichen, etwas schmutzigen Finger neben ihren faltigen Händen. Und als sie lächelt und ihn ganz kurz anschaut, sehe ich, dass die beiden wirklich die gleichen grünen Augen mit den goldenen Sprenkeln haben.

»Nach einem so schönen Tag kann mir doch nur das Herz aufgehen«, sagt sie. »Danke, Finn.«

1940
EDINBURGH

»Komm vom Fenster weg, Ella, denk an die Verdunklung«, tadelte ihre Mutter sie sanft. »Dieses Silvester gibt es ohnehin nichts zu sehen, weil kein Licht erlaubt ist und alle im Haus bleiben müssen. Da fallen die Neujahrswünsche aus.«

Draußen war es bitterkalt geworden, und ein scharfer Frost hatte das Kopfsteinpflaster mit Raureif überzogen, so dass es im Mondlicht schimmerte. Im Gegensatz zu den Straßenlaternen konnte man den Mond allerdings nicht ausschalten. Ella seufzte, weil sie plötzlich Lust auf ein großes Stück Weihnachtskuchen mit Zuckerglasur überkam, aber den würde es nun auch nicht mehr geben, da alles rationiert wurde.

»Ich bezweifle, dass Mr. Hitler ausgerechnet Morningside bombardiert, bloß weil ich nachsehen wollte, ob jemand draußen ist und das alte Jahr verabschiedet.« Allerdings fand der erste Luftangriff auf die britischen Flottenstützpunkte im Oktober im Firth of Forth an Schottlands Ostküste statt. Man konnte sich nirgendwo sicher fühlen. Sie zog die schweren Samtvorhänge wieder zu und gesellte sich zu ihren Eltern an den Kamin.

Ihre Mutter las eine Broschüre des Scottish Women's Rural Institute von Edinburgh, in der es um das Einkochen von Marmelade ging. »Mein Vorsatz fürs neue Jahr ist, hiermit zum Erfolg des Krieges beizutragen«, sagte sie und zeigte ihrem Mann und ihrer Tochter die Broschüre. »Wir bekommen Sonderzuteilungen Zucker und so viele Gläser, wie wir füllen können. Allerdings weiß nur Gott, was wir im Januar einkochen sollen. Aber hier steht auch ein Rezept für Karottenmus, wenn wir also ein paar Orangen auftreiben könnten ... es soll gut gegen Nachtblindheit sein.« Sie warf Ella über die Brille hinweg einen Blick zu. Briefe aus Frankreich trafen seit Kriegsbeginn nur noch selten ein, und vor lauter Sorge war Ella nur noch ein Schatten der blühenden jungen Frau, die nach dem Sommer von der Île de Ré zurückgekommen war.

Ihr Vater legte den *Scotsman* beiseite und bestückte das Feuer mit einer weiteren Schaufel Kohle, die bis Mitternacht reichen sollte. Einen Augenblick lang zog dichter, braungrauer Rauch den Schornstein hinauf, bis das Feuer wieder aufflammte.

Ella griff nach der Zeitung und überflog zerstreut die Meldungen.

»Du könntest uns helfen, Ella«, sagte ihre Mutter und reichte ihr die abgegriffene Broschüre. »Mrs. Macpherson meint, in Zeiten wie diesen müssen alle mit anpacken. Vielleicht lenkt es dich ein bisschen ab, wenn du eine Aufgabe hast, selbst wenn es nur Einkochen ist. Es gibt auch Termine am Wochenende, wenn du nicht arbeiten musst.«

Ellas Arbeit in der Versicherungsagentur ihres Vaters sorgte tatsächlich nicht für Ablenkung. Ihr Vater hatte erklärt, Ellas Kenntnisse würden dringend benötigt, da seine frühere Sekretärin, die einschüchternde Miss McIntyre, einen Tag nach der Kriegserklärung gekündigt hatte, um in einer Munitionsfabrik zu arbeiten.

Geistesabwesend legte Ella das Heftchen weg, das ihre Mutter ihr gegeben hatte, weil sie völlig in einen der Zeitungsartikel vertieft war. Mit einem Mal schimmerte in ihren Augen etwas von dem alten Feuer auf.

»Weißt du was, Mama? Ich glaube, du hast recht. Ich muss mir wirklich eine Aufgabe suchen. Papa, es tut mir leid. Ich weiß, dass Versicherungen ein wichtiges Rädchen im Getriebe dieses Landes sind, wie du immer sagst, aber ich kann einfach nicht länger im Büro herumsitzen. Sieh dir diesen Artikel an, hier melden sich Frauen zum Kriegsdienst. Selbstverständlich nur in unterstützender Funktion. Und es werden weitere Rekrutinnen gesucht. Ich schließe mich dem WAAF an.« WAAF stand für Women's Auxiliary Air Force, den militärischen Ersatzdienst für Frauen.

Ihr Vater nahm ihr die Zeitung ab und überflog den Artikel. Darunter befand sich ein Foto mit dem Aufruf: *Dienen Sie im Frauenhilfskorps der Luftstreitkräfte!*

Schließlich legte er die Zeitung beiseite und wandte sich zu seiner Tochter, die ihn flehentlich ansah. Ihr Gesicht war schmal und blass, aber ihr Ausdruck lebhafter als in den letzten Monaten.

»Wenn es dir wirklich ernst damit ist, Ella, denken wir darüber nach.« Er hob die Hand, um ihren aufgeregten Ausruf zu unterbrechen. »Aber nur unter einer Bedingung: Du wirst nur dort arbeiten, wenn du hier in Schottland bleiben kannst. Ich erlaube nicht, dass du weit von zu Hause wegziehst, denn dazu bist du zu jung, und wir möchten dich von Zeit zu Zeit sehen und uns vergewissern, dass es dir gutgeht.«

Ella schlang ihm die Arme um den Hals und gab ihm einen dicken Kuss auf die Wange. »Danke, Papa, danke!«

Die Uhr auf dem Kaminsims schlug Mitternacht.

»Nun«, sagte ihr Vater und erhob sich, zog ein Taschentuch aus seiner Hosentasche und wischte sich über die Augen. Dann füllte er zwei Gläser mit dem süßen Sherry vom Beistelltisch und reichte sie Ella und ihrer Mutter. »Ich möchte einen Toast ausbringen. Auf 1940! Auf uns alle, mögen wir in Sicherheit bleiben, und möge dieser elende Krieg bald enden.« Er hielt kurz inne und räusperte sich. »Und auf unsere Freunde in der Ferne.«

»Unsere Freunde in der Ferne«, wiederholte Ella, trank ihren Sherry aus und gab ihren Eltern einen Gutenachtkuss. Sie rannte auf ihr Zimmer, um Caroline und Christophe von ihren Plänen mit der Royal Air Force zu schreiben.

~

Ella klopfte an die Tür des nüchtern eingerichteten Büros der RAF Gulford. Sie hatte ihre dunkelblonden Haare zu einer ordentlichen Frisur gebunden und umklammerte ihre Handtasche mit ihrem Diplom und den Empfehlungen vom Buchanan's Secretarial College.

»Herein!«, bellte eine Stimme, und dann stand sie vor Geschwaderoffizier Macpherson, der Ehrfurcht gebietenden Schwägerin der Vorsitzenden vom Scottish Rural Women's Institute, wo Ellas Mutter Marmelade für die Truppen einkochte.

»Also, Eleanor, Sie wollen sich für die Women's Auxiliary Air Force bewerben.« Miss Macpherson breitete die Dokumente vor sich auf dem Schreibtisch aus und fixierte Ella mit stählernem Blick. »Auf diesem Stützpunkt gibt es etliche freie Stellen, und wir könnten hier im Büro von Gulford eine Sekretärin gut gebrauchen. Danke, Victoria, stellen Sie das Tablett nur ab.« Sie verstummte und starrte eine junge Frau durchdringend an, die in der blauen Uniform der Air Force gerade zwei Tassen Tee hereingebracht hatte und Ella jetzt angrinste, anstatt sofort zu den Aktenschränken im Vorraum zurückzukehren.

Ella nahm die Tasse, die ihr gereicht wurde, und blickte durch das Fenster hinter Miss Macphersons Schreibtisch auf ein menschenleeres, von Kartoffelackern umgebenes Flugfeld mit ein paar Wellblechhütten und einem Behelfshangar am Ende der Landebahn. Der Himmel an diesem kalten Wintertag war trüb und grau, und die steife Brise von der Nordsee ließ eine Windhose wild um den Mast flattern wie ein Hund, der seinen eigenen Schwanz jagt. Eine Silbermöwe, die auf dem Stoppelrasen neben der Landebahn gekauert hatte, flatterte schwerfällig mit den Flügeln, erhob sich in die Lüfte und legte sich anmutig in die Kurve, bevor sie Richtung Meer verschwand.

»Wir brauchen auch Funkerinnen, falls Sie das interessiert, eine wichtige Aufgabe. Ich bin sicher, Sie würden sich schnell einarbeiten.«

Ella trank einen Schluck Tee, der ziemlich schwach und gerade mal lauwarm war, und nahm allen Mut zusammen.

»Danke, Miss Macpherson. Ich bin gerne bereit, jede Stelle anzunehmen, die Sie mir anbieten können. Ich bin fest entschlossen, die WAAF zu unterstützen, und bedanke mich, dass Sie mir die Möglichkeit dazu geben.« Ihr war sehr wohl bewusst, dass lediglich die Verbindungen ihrer Mutter sie so weit gebracht hatten, und sie wollte ihr Glück nicht überstrapazieren.

»Aber …« Ella zögerte.

»Ja, meine Liebe?«

»Ich würde sehr gerne etwas Praktischeres tun. Mit den Flugzeugen, meine ich. Ich habe gelesen, dass es so genannte ›Rigger‹ gibt, Hilfsmechaniker, die das Flugzeug flugbereit machen und es bei Start und Landung einweisen. Mir ist klar, dass ich keine Vorkenntnisse habe, aber ich lerne schnell. Und ich könnte draußen sein, an der frischen Luft.«

Miss Macpherson presste entschieden die Lippen zusammen. »Hm, verstehe.« Sie lächelte etwas grimmig. »Nun denn, Eleanor, wie Sie wollen. Schauen wir mal, aus welchem Holz Sie geschnitzt sind. Aber es würde mich nicht wundern, wenn Sie mich in ein paar Wochen anflehten, Sie zu einer angenehmeren Stelle in einem warmen Büro zu versetzen.«

Ella strahlte. »Oh nein, das werde ich nicht, Miss Macpherson, versprochen. Vielen Dank, dass Sie mir diese Chance geben.«

Ihre Vorgesetzte stand auf, rückte den Saum ihrer Uniform zurecht und streckte ihr die Hand entgegen. »Willkommen bei der RAF Gulford, Eleanor. Jetzt besorgen wir Ihnen eine Uniform und suchen ein Quartier für Sie.«

Als die beiden jungen Frauen ihre feuchten Mäntel auszogen und an die Haken im schmalen Flur ihrer Unterkunft hängten, winkte ihre Hauswirtin Jeanie Cochrane sie in die Küche. »Da ist ein Brief für dich gekommen, Ella.« Sie reichte ihr einen dünnen Umschlag mit Christophes Handschrift und wandte sich wieder ihrem Eintopf zu, der aus gewürfelten Zwiebeln und Karotten bestand und nur die wenigen Stücke von grauem Fleisch mit Fettrand enthielt, die die Rationierung vorsah. »Ist wohl von deinem jungen Mann aus Frankreich, was?«

»Wie geht es denn dem sagenhaften Christophe?« Vicky nahm ihre Kappe ab und fuhr sich mit den Fingern durch die dunklen Locken, die der Aprilwind auf ihrer Fahrt mit dem Fahrrad zerzaust hatte. Sie seufzte. »Es ist so romantisch, einen Freund im Ausland zu haben. Ich wette, französische Männer behandeln ihre Freundinnen viel besser als britische. Ich suche mir auch einen Freund im Ausland. Es geht das Gerücht, dass bald polnische Piloten auf den Stützpunkt kommen, obwohl Polen bestimmt nicht so romantisch sind wie Franzosen.« Vicky war von ihrer Stelle in der Ablage zur Funkerin aufgestiegen, was ihr Zugang zu interessanten und nützlichen Informationen verschaffte.

»In zwanzig Minuten gibt's Abendessen. Ich muss nur noch die Kartoffeln aufsetzen.« Jeanie wandte sich ihrem kleinen Sohn Doug zu, der vom Spielen mit seinen Freunden hereinkam, die ebenfalls von ihren Müttern zum Abendessen gerufen worden waren. »Nicht so schnell, junger Mann. Du kannst dir erst mal die Hände waschen und den Tisch decken. Lass die Mädchen mal fünf Minuten in Ruhe, ja?«

Da sein Vater auch in der Army war und sich irgendwo in einem Ausbildungscamp in den Highlands befand, genoss Dougie den Freiraum im Haushalt der Cochranes. Ella wusste, dass er durch die Ankunft zweier hübscher WAAFs bei seinen Freunden im Dorf Eindruck gemacht hatte. Sie hatte mitbekommen, wie er ihnen erzählte, er selbst sei zwar nicht an Mädchen interessiert, aber Archies großer Bruder Tam halte sie für ›gar nicht so üble Bräute‹. Ella und Vicky verwöhnten Dougie, und wenn sie in ihrer Ration Süßigkeiten hatten, gaben sie ihm welche ab. Ella wusste, dass er insgeheim hoffte, sie könnte ihm durch ihre Arbeit an den Flugzeugen irgendwann mal zu einem Flug verhelfen.

Ella drückte den Brief an ihre Brust und rannte nach oben, während Vicky bei Jeanie und Dougie in der Küche blieb, um ihr etwas Privatsphäre zu gewähren.

Wenig später klopfte sie an ihre Zimmertür. »Das Essen steht auf dem Tisch. Zeit, dich von deinem französischen Geliebten loszureißen.« Vicky spähte hinein. »Ach, Ella, Schätzchen, was ist denn los?«

Ella lag zusammengerollt auf ihrem Bett, hielt den zerknitterten Brief in ihrer Faust und weinte in ihr Kissen. Vicky setzte sich neben sie und streichelte tröstend ihre Schulter.

Ella grub in der Tasche ihres Arbeitsoveralls nach einem ölverschmierten Taschentuch und putzte sich die Nase. »Er hat sich bei der Armee gemeldet«, sagte sie bekümmert, glättete sorgfältig Christophes Brief und faltete ihn so, dass er in die Zigarrenschachtel passte, die sie in der Kommode zwischen ihren beiden Betten aufbewahrte. Als sie die Schachtel öffnete, drang ihr der schwache Geruch von Monsieur Martets Feierabendzigarre, von französischer Möbelpolitur und weißen Lilien in die Nase, der sie immer an das Pariser Haus der Martets erinnerte. Sachte berührte sie die Muscheln, die auf Christophes Briefen und Carolines Postkarte mit der Mona Lisa lagen: eine Schwertmuschel, eine ausgebleichte Austernmuschel und Neptuns Medaillon, das Christophe ihr in jener ersten Nacht in den Dünen geschenkt hatte.

Sie wischte sich über die Augen und wandte sich ihrer Freundin zu. »Ich hatte schon damit gerechnet, aber dennoch gehofft, irgendetwas – eine wichtige Aufgabe in der Bank etwa – werde ihn daran hindern. Oder Plattfüße. Irgendetwas, das ihn an seinem Schreibtisch in Paris in Sicherheit halten würde.«

Vicky nickte mitfühlend. »Ja, aber du weißt doch, dass die Franzosen nun, da Hitler vor ihrer Tür steht, jeden diensttauglichen Mann brauchen.«

Das wusste Ella so gut wie jeder andere. In letzter Zeit übten die beiden Geschwader, die momentan in Gulford stationiert waren, neue Manöver. Bis dahin hatten die Jagdflugzeuge der Royal Air Force trainiert, Torpedos über dem Firth of Forth abzuwerfen, um die britische Flotte zu beschützen, die sich angeblich in der Scapa-Flow-Bucht versteckte. Aber in den letzten zehn Tagen übten die Flugzeuge, die sie in die Luft schickten, Gefechtsmanöver, und Sandy, der Oberfeldwebel der Luftwaffe, der mit ihnen im Hangar arbeitete für den Fall, dass ein Flugzeug mehr als nur gewartet werden musste, hatte erklärt, dies sei ein Zeichen dafür, dass die Jungs bald woanders eingesetzt würden. »Aye, wahrscheinlich in Holland oder Frankreich.

Aber jetzt, kleine Ella, reich mir mal den Schraubenschlüssel, damit für die Jungs alles sicher ist, wenn sie diesem Adolf Hitler einen gewaltigen Arschtritt verpassen.«

Vicky reichte Ella ihre Haarbürste. »Komm, bring dich mal ein bisschen auf Vordermann. Und beeil dich, sonst wird Jeanies Eintopf kalt. Christophe wird schon zurechtkommen, und wir sorgen dafür, dass unsere Jungs sie unterstützen. Wenn alle Alliierten zusammenarbeiten, können die Deutschen einpacken. Bis zum Sommer ist alles vorbei, und dann kannst du deinen Christophe heiraten und glücklich mit sechs Kindern in Paris leben. Und vergiss nicht: Ich will Brautjungfer sein.«

Ella lächelte matt, löste den geflochtenen Knoten, den sie zur Arbeit trug, und glättete die welligen Strähnen, die noch feucht vom Regen und ihren Tränen waren.

»Kommt ihr? Sonst isst Dougie auch noch euer Essen auf!«, rief Jeanie von unten. Die beiden stürmten nach unten.

Am nächsten Morgen stellte Ella wie üblich ihr Rad neben dem Hangar ab, meldete sich zum Dienst und suchte nach Sandy, um sich von ihm die Tagesorder abzuholen. Es war noch kühl, obwohl Ostern bereits hinter ihnen lag und auf den Weiden die ersten Lämmchen auf ihren wackligen Beinchen froren. Aber zumindest wurde es morgens schon früher hell. Im Januar und Februar war sie mit ihrem Fahrrad noch in der Dunkelheit zum Flugplatz gefahren, und die bitterkalte Winterluft hatte ihre Hände trotz der Wollhandschuhe, die ihre Mutter gestrickt hatte, so kalt werden lassen, dass sie das Gefühl hatte, sie wären an den Griffen festgefroren. Ihre Nase und die Wangen waren vor Kälte knallrot gewesen. Sie hatte Frostbeulen an Fingern und Zehen bekommen, weil sie sie zu schnell an der Wärmflasche aufgewärmt hatte, die Jeanie ihnen gegeben hatte, um die Feuchtigkeit aus den Laken zu vertreiben. Selbst mit den zusätzlichen Decken, die ihre Mutter ihr geschickt hatte, konnte sie kaum einschlafen, so sehr fror sie. Dafür wurde ihr bei der Arbeit umso schneller warm, wenn sie die Flugzeuge des Stützpunkts prüfte, sie wieder auftankte und, an eiskalten Tagen, den Motoren mit Batterien Starthilfe gab. Manchmal, wenn die Motoren während einer Inspektion laufen mussten, befahl Sandy Ella und einer der anderen Mechanikerinnen, sich je auf eine Seite des Heckruders zu setzen, damit das Flugzeug nicht abhob. »Festhalten, Mädels!«, rief er dann und kletterte ins Cockpit. »Wenn eine von euch runterfällt, fliegt die andere direkt vom Festland ins Meer, bevor sie überhaupt weiß, wie ihr geschieht!«

»Morgen, Ella«, nickte Sandy ihr an diesem Morgen zu, als sie den Hangar betrat. »Sind die anderen Mädels schon da? Könntest du sie bitte mal zusammenrufen? Wir haben heute etwas Wichtiges zu besprechen.«

Es war genau das eingetreten, was er vorhergesagt hatte: Die beiden Geschwader wurden wie vermutet auf Stützpunkte in Europa verlegt. »Lasst uns heute Morgen alles besonders gewissenhaft prüfen, damit die Jungs einen guten Start haben, ja?«

Gegen Mittag wurden die Hawker Hurricanes aufgereiht und zum Abflug vorbereitet. Als Ella das letzte Jagdflugzeug betankt hatte, küsste sie ihre Finger, die nach Benzin rochen, und legte sie auf die Maschine. Der Pilot, der darauf wartete, ins Cockpit steigen zu können, grinste ihr zu. »Wie wär's denn stattdessen mit einem Kuss für mich? Bei Gertie ist das verschwendete Liebesmüh, die kann deinen Kuss nicht so erwidern wie ich!«

Sandy schüttelte den Kopf. »So leid es mir tut, Kumpel, aber der Kuss geht nicht an dich, sondern an ihren Freund in Frankreich. Also sorg dafür, dass du sicher rüberkommst und ihn übergeben kannst. Und dann verpass den Deutschen in unserem Namen eine Abreibung.«

Das Dröhnen der Motoren zerriss die Stille, hallte vom Wellblech der winzigen Hütten wider und wurde immer lauter, als die Flugzeuge auf die Startbahn einbogen. Während sie sich in die Luft erhoben, winkten Ella und die anderen des Bodenpersonals ihnen nach, und selbst Geschwaderoffizier Macpherson kam heraus und salutierte, bevor sie ihre schnatternde Schar Hilfskräfte wieder ins Büro scheuchte.

Als das letzte Flugzeug in den Himmel stieg, zog der Pilot noch einmal eine Schleife über dem Flugplatz, bevor er an Höhe gewann und Richtung Südwesten abdrehte. Ella sah zu, wie die Hawker Hurricane immer kleiner wurde, bis sie wie ein Spielzeugflugzeug aussah und in den Wolken verschwand. »Beschütze ihn«, flüsterte sie und faltete ihre rissigen Finger wie zum Gebet zusammen. »Beschütze sie alle.«

3 Rue des Arcades
Paris, 10. April 1940

Ma chère Ella,
wie ich Dich und unsere sorglose Zeit in Paris und auf der Insel vermisse! Diese Tage scheinen schon so lange zurückzuliegen, obwohl sie mir wirklicher vorkommen als der Alptraum, der um uns herum herrscht.

Ich schreibe Dir in aller Eile, da ich nur einen Tag Urlaub habe und nach Hause gekommen bin, um mich von Maman, Papa und Caroline zu verabschieden (die Dir die allerherzlichsten Grüße ausrichten lassen). Ich habe jetzt meine Grundausbildung abgeschlossen und werde der zweiten Armee Frankreichs zugeteilt.

Carolines Arbeit im Museum geht trotz aller Unruhen weiter wie bisher, und es wird Dich freuen, zu hören, dass weitere Pakete wie das, das wir im letzten Sommer ausgeliefert haben, sicher beim Empfänger gelandet sind. Es mag merkwürdig erscheinen, dass immer noch Menschen ins Museum gehen, während das Leben um sie herum in Aufruhr ist, aber ich nehme an, es gibt ihnen Halt, durch unsere friedlichen Galerien zu schlendern und sich in der Kunst zu verlieren.

Papa hat versucht, Maman zu überreden, auf die Île de Ré zu fahren, weil es für sie dort sicherer ist, aber sie weigert sich, da er und Caroline wegen ihrer Arbeit in Paris bleiben müssen. Außerdem möchte sie auch mir so nah wie möglich sein, selbst wenn es nur in Paris ist.

Wir alle versuchen, gute Miene zum bösen Spiel zu machen. Aber in Wahrheit haben wir Angst – und das kann ich nur Dir gegenüber zugeben. Frankreich hat diesen

Krieg nicht gewollt, denn der letzte Weltkrieg ist uns noch allzu deutlich in Erinnerung. Wir haben damals so viele Männer verloren, dass sich das Land kaum davon erholt hat. Die jetzt einberufene Armee besteht aus viel zu vielen alten Männern und halbwüchsigen Jungen. Aber uns bleibt keine andere Wahl. Daher bete ich, dass uns allen nichts geschieht und ich meine Familie schon bald wiedersehe.

Ich bete auch für Dich, meine geliebte Ella. Danke, dass ihr uns eure tüchtigen Piloten schickt. Wenn ich zum Himmel hinaufblicke, werde ich wissen, dass ihr uns beschützt. Mit eurer Hilfe und unserer Entschlossenheit wird die Maginot-Linie standhalten, und die Freiheit wird über diese grausame und irrwitzige Unterdrückung triumphieren.

Je t'embrasse très fort, ma chère Ella, genau wie Papa, Maman und Caroline.

Mit all meiner Liebe, für immer der Deine

Christophe

»Es geht los.« Vicky hatte sich kurz von ihrem Funkgerät losgerissen, um die Neuigkeit weiterzugeben. »Es wurde gerade aus London verlautbart. Sie schicken unsere Jungs von den Stützpunkten auf dem Kontinent los. Die Deutschen greifen uns an allen Fronten an. Offenbar zu Lande und in der Luft. In Belgien gibt es heftige Gefechte, offenbar konzentriert sich da einiges, soweit ich es verstehe, aber auch in Nordfrankreich tobt es.«

»Hast du was über die Ardennen gehört?« Ella konnte nur flüstern, da ihr vor lauter Angst die Kehle wie zugeschnürt war. Von den wenigen Nachrichten, die sie erreicht hatten, wusste sie, dass die zweite Armee Frankreichs zu den Bataillonen geschickt worden war, die die Maginot-Linie verteidigten.

»Nein, nichts Genaues. Bislang nur über Belgien im Allgemeinen. Tut mir leid, aber ich muss zurück, bevor Miss Macpherson bemerkt, dass ich gar nicht auf der Toilette bin. Sobald ich mehr erfahre, lasse ich es euch wissen.«

»Also gut, Mädel«, grummelte Sandy und warf Ella unter seinen buschigen Augenbrauen einen Blick zu. Er hatte gemerkt, wie ihr alles Blut aus dem Gesicht gewichen war. »Hilf mir mal bei dem Propeller, ja?«

Der Mai hatte freundlicheres Wetter mit sich gebracht, und an diesem Tag verbreitete die Sonne sogar etwas Wärme. Die Blüten einiger Schlüsselblumen lugten aus dem Gras an der Landebahn hervor, während die immer noch frische Brise vom Meer sanft an den grüngrauen Flanken des neuesten Flugzeuggeschwaders auf der RAF Gulford entlangstrich.

»Komm schon, Ella, bring das Werkzeug mit, dann helfen wir der alten Lady hier wieder in die Lüfte.«

~

Ella wartete verzweifelt auf Nachrichten, aber es kamen keine. Oder zumindest keine von Christophe und auch nicht von Caroline. Kein Brief, keine Karte, nichts.

Allerdings erfuhr sie Neuigkeiten aus den Zeitungen und in der Wochenschau im Kino. Am Ende war alles ganz schnell gegangen: Die Schlacht um Frankreich dauerte nur etwa sechs Wochen, die erfüllt waren von Berichten über Panik, Chaos und heftige Schlachten.

Als Ella am letzten Sonntag im Mai nach Hause fuhr, setzten sie und ihre Eltern sich vor dem Radiogramm zusammen. Der König nahm an einem besonderen Gottesdienst in der Westminster Abbey teil, da ein nationaler Feiertag für »unsere Soldaten, die in Frankreich in höchster Gefahr sind« ausgerufen worden war. Es war eine verzweifelte Maßnahme, die mehr über die Geschehnisse jenseits des Ärmelkanals verriet, als es die Berichterstattungen in den Zeitungen vermochten.

Danach saß Ella mit ihrer Familie am Esstisch beim Sonntagsmahl, obwohl sie kaum einen Bissen von dem herunterbringen konnte, was ihre Mutter gekocht hatte.

»In der Zeitung steht, die Alliierten seien im Norden von Frankreich abgeschnitten worden. Die Panzerdivisionen konnten wohl die Verteidigungslinien an der Somme durchbrechen. Jetzt sind Tausende dort gestrandet und werden zum Ärmelkanal zurückgetrieben«, bemerkte Mr. Lennox und legte Messer und Gabel nieder, weil er den Kampf mit dem knorpligen Stück Fleisch auf seinem Teller aufgab.

»Die armen Männer. Aber man kann doch sicher etwas unternehmen, um sie zu retten?« Ellas Mutter faltete ihre Serviette und legte sie seufzend neben ihren Teller.

»Es tun schon alle ihr Bestes, Mama. Aber da die Schlachten ununterbrochen andauern und wir so viele Flugzeuge verloren haben, ist es schwer zu entscheiden, wohin die restlichen Maschinen geschickt werden sollen.«

Als Ella später zum Bus nach Gulford aufbrach, umarmte ihre Mutter sie innig. »Hier.« Sie gab ihr ein Päckchen aus Fettpapier, das mit einer Kordel verschnürt war. »Teekuchen, den du mit Vicky und Jeanie teilen kannst. Achte darauf, vernünftig zu essen, ja? Es ist jetzt mehr denn je deine Pflicht, dich bei Kräften zu halten, um deine Arbeit zu erledigen.«

Als Ella und Vicky am nächsten Morgen am Stützpunkt eintrafen, empfing sie Geschwaderoffizier Macpherson an der Tür zum Büro.

»Endlich gute Neuigkeiten, Mädchen!« Ihre Vorgesetzte strahlte übers ganze Gesicht. »Mr. Churchill hat gestern Abend verkündet, dass Operation Dynamo begonnen hat. Jedes seetüchtige Schiff an der Südküste ist abbeordert worden, um die Truppen aus Dünkirchen zu evakuieren. Tausende sind bereits gerettet. Unsere Jungs werden nach Hause geholt.«

Bei jeder Neuigkeit von den Schiffen, die versuchten, die britischen, französischen und belgischen Truppen an diesen verzweifelten Tagen Ende Mai zurückzuholen, dachte Ella an die *Bijou*, stellte sich vor, wie ähnlich kleine Boote zu Hilfe kamen, und hoffte wider besseres Wissen, dass Christophe es irgendwie zum Pas de Calais geschafft hatte und gerettet worden war. Sie betete für ein Wunder und fühlte sich schuldig, weil sie sich nicht mehr über die Rettung Hunderttausender Männer freute, sondern nur auf Nachricht von dem einen wartete. Aber es kam keine.

Und dann, zwei Wochen später, erreichte sie doch eine Nachricht, die ihr das Herz stocken ließ. Paris war gefallen. Frankreich war nun in deutscher Hand.

»Komm schon, Ella, begleite uns doch.« Vicky steckte sich vor dem Spiegel ihres Zimmers die Haare hoch. »Du musst ja nicht tanzen, wenn du keine Lust hast – obwohl bei dir, weiß Gott, wesentlich mehr Piloten Schlange stehen würden als für jede andere von uns. Aber ein Abend in Gesellschaft Gleichaltriger tut dir sicher gut, besser, als hier mit Jeanie und Doug zu hocken, Nachrichten zu hören und sich Sorgen zu machen.«

Vicky setzte sich neben Ella aufs Bett und kämmte ihr die zerzausten Locken. »Ich weiß ja, wie schwer es für dich ist, von Christophe getrennt zu sein, und dass du ihn schrecklich vermisst. Aber er würde auch nicht wollen, dass du zu Hause bleibst und dir gar keinen Spaß erlaubst. Schließlich ist es irgendwie auch deine patriotische Pflicht, unsere Soldaten bei Laune zu halten – so sehe ich das zumindest. Los! Komm mit, tanzen. Es wird dir gefallen, und du kannst ein bisschen Ablenkung gebrauchen.«

»Tut mir leid, Vicky, ich kann einfach nicht.«

»Nun, Miss Lennox, ich bin sehr enttäuscht von Ihnen.« Vicky konnte den strengen Ton von Geschwaderoffizier Macpherson ziemlich gut nachahmen. »Ich erwarte von meinen Untergebenen ein bisschen mehr Kampfgeist.«

»Meinen Kampfgeist behalte ich mir für meine Arbeit vor«, seufzte Ella. »Ich weiß, ich muss ziemlich niedergeschlagen auf dich wirken. Aber ich fühle mich so kraftlos. Als ich in Frankreich war, habe ich einen Blick auf das Leben erhascht, das ich hätte haben können. Es war so verheißungsvoll, ein ganz neuer Anfang lag vor mir. Und jetzt hat mir der Krieg alles zerstört. Ich weiß, das klingt schrecklich selbstsüchtig angesichts dessen, was so viele Menschen durchmachen müssen. Aber ich habe Angst, dass nach dem Krieg auch das vorbei ist. Ich kann mir nicht vorstellen, wie mein Leben aussehen soll, wenn ich nicht wieder mit Christophe zusammen sein kann.«

Vicky tätschelte ihr Hand. »Keine Angst, Ella. Das Leben geht weiter – komme, was da wolle. Auch wenn dieser verdammte Krieg alles verändert, werden wir am Ende doch siegen. Und dann wird es dir gutgehen, und Christophe auch, da bin ich sicher.« Sie stand auf und zog sich den engen Rock zurecht, der ihr die Hüften hochgerutscht war. »So, sind meine Nähte gerade?« Sie drehte sich um, damit Ella die Rückseite ihrer Strümpfe begutachten konnte. »Letzte Chance, deine Meinung zu ändern und mitzukommen. Nein? Na dann, viel Spaß beim Schimmeln vor dem Radio!«

Ella schüttelte lächelnd den Kopf. »Ich hab noch einen weiteren Kontakt vom Roten Kreuz, an den ich schreiben kann. Das werde ich heute Abend erledigen.«

In all den Monaten ohne Nachricht von den Martets hatte sie alles Menschenmögliche versucht, herauszufinden, was mit ihnen geschehen war. Wie besessen wartete sie vor dem Radio oder im Kino auf Nachrichten über Paris oder das unbesetzte Frankreich, für das die Reste der französischen Armee unter General de Gaulle von England aus kämpften. Sie bestürmte Vicky und die anderen Funkerinnen am Stützpunkt, ihr jede noch so kleine Neuigkeit zu verraten, und sie schrieb Briefe an alle, die möglicherweise Informationen aus Frankreich bekommen konnten.

Allerdings stieß sie bei ihren Nachforschungen fast ausschließlich auf Ärger und Ungeduld. »Miss Lennox, unsere wichtigste Aufgabe ist es, den Familien britischer Soldaten Nachrichten zu übermitteln – sofern es uns gelingt. So leid es uns tut, haben wir weder die Ressourcen noch die Möglichkeit, vermisste französische Soldaten aufzuspüren.«

Sie wusste, sie suchte in einem sehr großen und sehr chaotischen Heuhaufen nach der Nadel, doch da sie nichts anderes unternehmen konnte, setzte sie ihre Suche unbeirrt fort.

Um sie herum ging der Krieg immer weiter und wurde grimmiger, als die Deutschen sich mit ihrer gefürchteten Luftwaffe auf England konzentrierten. Am ersten Juli erschienen deutsche Flugzeuge am Himmel über Großbritannien und bombardierten Wick, einen der nördlichsten Stützpunkte in Schottland. Viele Menschen fanden an diesem Tag den Tod, trotz der tapferen Gegenwehr durch die Piloten der Jagdflugzeuge, die Ella von ihrem Stützpunkt aus starten sah.

Die Luftschlacht um England tobte während des gesamten Sommers und zog sich bis in den Herbst hinein. Es herrschte Urlaubssperre, und auf der RAF Gulford arbeiteten die Menschen mehr als je zuvor. Jedes Mal, wenn Ella einem weiteren startenden Geschwader nachwinkte, schien ihr das ohrenbetäubende Dröhnen der Motoren wie ein Widerhall ihrer eigenen Verzweiflung und Sehnsucht, der Krieg möge endlich aufhören. Der Schmerz, wenn sie sah, dass bei der Rückkehr des Geschwaders Flugzeuge fehlten, war unerträglich.

Sie versuchte, sich nur auf ihre Arbeit zu konzentrieren, und hakte systematisch eine Aufgabe nach der anderen auf ihrer Checkliste ab. Sie alle wussten, dass die Hawker Hurricanes viel weniger aufregend waren als die Spitfires, die als die Rennpferde des Himmels galten. Aber wie Sandy zu Ella sagte: »Wenn's drum geht, einen deutschen Bomber vom Himmel zu holen, ist mir 'ne Hurricane lieber. Die sind wesentlich robuster, und guck dir doch an, wie viele es trotzdem noch zurück schaffen, obwohl sie schrottreif geschossen wurden.«

Doch sie alle wussten, dass die Hauptgefahr für die Flugzeuge das Feuer war. Der Pilot saß direkt hinter dem Benzintank, und schon mehr als einer der Jungs aus Gulford war grausam verbrannt, weil ein Schuss das Armaturenbrett vor ihnen getroffen hatte. Der Krieg war eine Lotterie, die von Willkür und Grausamkeit geprägt war. Viele Leben wurden abrupt und viel zu früh beendet. ›Vermisst‹ hieß es dann, und die Angehörigen mussten mit Verlust und Trauer zurechtkommen, ohne einen Abschluss, ohne eine Leiche, die sie begraben, ohne eine Grabstätte, an der sie trauern konnten. Ehemänner, Söhne und Brüder lösten sich einfach in Luft auf.

Ella vergrub sich in ihre Aufgaben und arbeitete in jenem Sommer so unermüdlich, dass sie kaum bemerkte, wie der Herbst kam. Und mit einem Mal war es Zeit, die Kartoffeln auf den Äckern rund um den Stützpunkt zu ernten, und der Wind vom Meer wurde wieder beißender und betäubte ihre Finger, während sie Schrauben anzog und Reifen flickte. Und als der September in den Oktober überging, fiel ihr auf, dass es früher dunkel wurde.

Endlich ließen die Luftangriffe über den britischen Städten nach, zahlreiche Stukas der Luftwaffe wurden von den Hurricanes vom Himmel geholt, die die RAF Gulford und Hunderte weitere Stützpunkte im ganzen Land entsendet hatten.

Und obwohl Ella dankbar war, dass nicht mehr so viele Piloten starben, sehnte sie sich doch danach, sich in ihre Arbeit stürzen zu können, von morgens bis abends von Flugzeug zu Flugzeug zu rennen, um nicht mal eine Minute nachdenken zu müssen. Denn dann überfielen sie Bilder von Christophe, wie er verletzt oder tot irgendwo lag, und in den langen, dunklen Nächten quälten sie Alpträume von dem Leid der Martets, die im besetzten Frankreich leben mussten.

Auf den Herbst folgte der Winter, und mit einem Mal war es wieder Frühling. Im März geriet Schottland ins Taumeln, als Clydebank bombardiert wurde und unzählige Zivilisten ihr Leben verloren. Da Ella nicht mehr wusste, an wen sie sich sonst noch wenden sollte, um etwas über Christophes Schicksal zu erfahren, begann sie wieder von vorne und bestürmte die Organisationen, denen sie bereits geschrieben hatte. Sie schaffte es dank Sandy sogar, Kontakt zu der Agentin einer Sondereinsatztruppe zu bekommen, die angeblich nach Frankreich geschickt werden sollte, und flehte sie an, etwas über die Familie Martet, wohnhaft in der Rue des Arcades 3, herauszufinden, falls sie es bis nach Paris schaffte. Aber auch das brachte nichts.

An einem Sommertag, als nicht mal der blaue Himmel und die Schäfchenwolken über der RAF Gulford die Schrecken des endlosen, sich nach Russland ausdehnenden Krieges vertreiben konnten, räumte Ella wie üblich ihr Werkzeug auf und fuhr mit dem Fahrrad zu ihrer Unterkunft zurück. Als sie die Küche betrat, setzte ihr Herz einen Moment aus, denn ihre Eltern saßen am Tisch und tranken Tee, den Jeanie ihnen gekocht hatte. Dass sie so unangekündigt gekommen waren, konnte nur eines bedeuten.

Ihre Mutter kam zu ihr und umarmte sie so sanft und zärtlich, dass Ella glaubte, ihr Herz würde in tausend Stücke zerspringen. Und dann reichte sie ihr einen Umschlag, der an ihr Haus in Morningside adressiert war und einen spanischen Poststempel trug. Darin steckten eine kurze Nachricht und ein längerer Brief.

Die Nachricht stammte von Monsieur Martet, der Ellas Eltern darum bat, den beigefügten Brief von Caroline zu lesen und Ella beizustehen.

Mit zitternden Fingern und kaum in der Lage zu atmen, faltete Ella den Brief auseinander. Sie zögerte; es widerstrebte ihr, ihn zu lesen, obwohl er doch Nachrichten enthielt, auf die sie über ein Jahr gewartet hatte. Wenn sie die Worte las, würden sie wirklich wahr werden. Und vielleicht wäre es besser, sich zumindest die Hoffnung zu erhalten, anstatt zu wissen und aufzugeben.

14. Juli 1941

Liebste Ella,
ich schreibe diesen Brief, obwohl ich nicht weiß, ob er Dich je erreichen wird, genau wie all die anderen, die ich im Laufe des letzten Jahres geschrieben habe. Vielleicht hast Du sie bekommen, aber ohne eine Antwort ist das ungewiss. Daher muss ich es weiter versuchen, denn ich weiß, Du denkst an uns, fragst Dich, wie es uns geht, und machst Dir Sorgen. Ich habe jetzt etwas Hoffnung, dass dieser Brief zu Dir durchkommen wird, denn nun sind wir auf der Insel, und Benoît wird ihn mitnehmen, wenn er rausfährt, um sich um die Hummer zu kümmern. Wie eine Flaschenpost wird dieser Brief vom Wasser des Atlantiks transportiert,

von Fischerboot zu Fischerboot weitergegeben werden bis nach Spanien, von wo aus Nachrichten wie meine auf konventionellem Wege weitergeschickt werden können. Ich werfe meine Flaschenpost in die stürmischen, gefährlichen Fluten und hoffe, diesmal wird sie Dich erreichen.

Wenn Du einen meiner Briefe bekommen hast, weißt Du schon über Christophe Bescheid. Ich möchte keine Wunden aufreißen, die sicher noch nicht verheilt sind, obwohl ich ständig darum bete, dass die Zeit bei uns allen ihr Wunderwerk verrichtet, damit wir endlich einen Tag erleben, an dem uns nicht der Schmerz über seinen Verlust beinahe um den Verstand bringt. Aber falls keiner meiner Briefe Dich erreicht hat, dann muss ich es Dir erneut mitteilen. Christophe ist im Mai des vergangenen Jahres, in den ersten Tagen der Schlacht um Frankreich, ums Leben gekommen. Uns blieb nur noch ein Zettel von ihm, auf den er unsere Pariser Adresse gekritzelt hat. Er wurde uns zusammen mit dem Schreiben vom Roten Kreuz zugestellt, in dem stand, dass Christophe in einer Maschinengewehrsalve starb, ohne das Bewusstsein wiedererlangt zu haben, als die Deutschen kurz vor Sedan in den Ardennen angriffen. Der Zettel steckte in seiner Jackentasche, auf der sein Name stand, so dass er eindeutig identifiziert werden konnte. Er wurde mit seinen Kameraden, die ebenfalls an diesem Tag fielen, weit entfernt auf einem Feld auf der anderen Seite des Kanals beerdigt, so dass wir ihn nicht besuchen und Blumen auf sein Grab legen können. Aber eines Tages wird das möglich sein, und dann wird er lächelnd auf uns herunterblicken und wissen, wie sehr wir alle ihn lieben, obwohl er für immer von uns gegangen ist.

Nach der Nachricht von seinem Tod blieben wir noch in Paris. Maman war untröstlich, weigerte sich aber, Papa und mich zurückzulassen, obwohl wir sie anflehten, auf die Île de Ré zu fahren. Papa hatte noch in der Bank zu tun, und die Nazis öffneten den Louvre am Ende des letzten Sommers wieder, um zu zeigen, wie zivilisiert sie als Besatzungsmacht sind – eine Farce, um in der Öffentlichkeit gut dazustehen, da sie etliche Galerien schließen ließen und, da bin ich überzeugt, überall Kunstwerke gestohlen haben, um sie nach Deutschland zu schaffen.

Aber jetzt, liebe Ella, muss ich Dir noch etwas Schreckliches schreiben. Im Mai wurde Maman abgeholt. Wir haben alles Menschenmögliche getan, um herauszufinden, wohin sie geschickt wurde. Alle Bürger jüdischer Abstammung werden deportiert, und wir befürchten, dass sie sich jetzt in einem Lager in Drancy befindet. Als es geschah, war sie gerade zu Besuch bei ihrer Cousine Agnès. Sie und ihre Kinder wurden ebenfalls mitgenommen, daher können wir nur hoffen, dass sie, wo auch immer sie sein mögen, nicht getrennt wurden. Dann wäre Maman zumindest im Kreise ihrer Lieben und nicht allein, und sie könnten sich gegenseitig in dem beistehen, was sie durchmachen müssen.

Papa und ich sind auf die Insel geflohen. In diesen schrecklichen Zeiten, in denen es nur noch Angst und furchtbare Verluste gibt, halten wir es in Paris nicht länger aus. Dennoch befinden wir uns weiterhin im besetzten Teil von Frankreich, und die Île de Ré ist ein strategisch wichtiger Punkt in der deutschen Verteidigungslinie, daher ist die Insel übersät mit Betonbunkern und Stacheldraht. Aber Du weißt ja, dass dieser Ort schon immer etwas Wildes,

Unbezähmbares an sich hatte, und das ist auch heute noch so. Ohne die Ausgangssperre und die Sperrzonen würde man hier kaum bemerken, dass wir uns im Krieg befinden. Wir leben hier sehr schlicht und zurückgezogen und halten uns aneinander fest, bis dieser Alptraum, in dem wir uns befinden, endlich ein Ende hat.

Bete für uns, liebe Ella, so wie wir für Dich beten. Bete darum, dass Maman am Ende unversehrt zu uns zurückkehrt. Ich weiß, diese Nachrichten werden Dir, genau wie uns, das Herz brechen. Vielleicht ist dies der einzige Trost, der uns geblieben ist: das Wissen, dass wir in unserem Schmerz und Kummer nicht allein sind, weil so viele andere in diesem schrecklichen Krieg furchtbare Verluste hinnehmen mussten.

Möge dieser Brief seinen Weg zu Dir finden, und mögest Du im Kreise Deiner Lieben sein, wenn Du ihn liest. Die Vorstellung, dass Du leidest, ist für mich unerträglich. Und ich weiß, Christophe würde das auch nicht wollen. Er würde sich wünschen, dass Du Dein Leben weiterlebst, ein Leben voller Schönheit, Freude und Liebe. Bitte versuche es, ihm und uns zuliebe.

Je t'embrasse très fort, ma chère Ella.

Mit all meiner Liebe

Caroline xxx

2014
EDINBURGH

Heute liegt Ella in ihrem Bett, gebettet auf mehrere schneeweiße Kissen, weil sie zu erschöpft ist, um aufzustehen und in ihrem Lehnstuhl zu sitzen. Die Pflegerin hat mich schon vorgewarnt, dass sie vielleicht nicht lange wach bleiben kann, da sie die ganze vergangene Woche in ihre Erinnerung versunken war, die sie langsam von uns entfernen. Aber ich habe noch so viele Fragen an sie, und obwohl ich versuche, mich zurückzuhalten, ist mir gleichzeitig bewusst, dass mir die Zeit davonläuft. Wenn ich ihre Geschichte zu Papier bringen will, muss ich diese Fragen stellen, bevor es zu spät ist. Als Ella anfängt, von ihren Erinnerungen zu sprechen, klingt ihre Stimme ein bisschen zittrig.

»Der Krieg brachte Veränderungen mit sich, die wir uns nie hätten vorstellen können, Veränderungen unseres Alltags und Veränderungen der gesamten Welt: Alles, was wir bisher gekannt hatten, alles, was wir für selbstverständlich hielten, wurde durch diesen schrecklichen Krieg aus den Angeln gehoben. Plötzlich erkannte man, dass es keinerlei Gewissheiten gab, dass plötzlich alles unvertraut wirkte und so viel zerstört war … Aber in der Zerstörung liegt auch eine gewisse Freiheit. Denn wer will noch behaupten, zu wissen, was richtig und was falsch ist, wenn das Leben jeden Augenblick enden kann? Wenn einem diese Tatsache täglich auf grausame Weise vor Augen geführt wird? Als ich Carolines Brief las, dachte ich an die unzähligen Familien, die solche Briefe gelesen hatten oder am nächsten Tag lesen würden oder am übernächsten ... Ich dachte an Monsieur Martet und Caroline, die diese schreckliche Nachricht lesen und dann ertragen mussten, dass auch noch Marianne ihnen entrissen wurde. Und ich fragte mich, wie das Leben für uns überhaupt noch weitergehen sollte.«

Ich suche in meinem Beutel nach einem Taschentuch, wische mir über die Augen und frage mich, wieso ich in letzter Zeit so häufig mit den Tränen kämpfe. Auch nachts weine ich still in mich hinein, wenn ich wach liege, auf Dans leise Atemzüge lausche und mir die wachsende Kluft zwischen uns immer bewusster wird. Ich weine um unsere Liebe, die zwischen Bergen von Bügelwäsche, Finns Spielzeug und der Last unserer Sorgen verlorenging, die sich wie Treibholz nach einer Flut auftürmen.

Und ich weine auch um Christophe, seit ich letzten Abend Carolines Brief gelesen habe. Während ich ihre Worte in den Computer eingab, strömten mir die Tränen übers Gesicht.

Ella umfasst meine Hand. »Aber weißt du, Kendra, Liebes, man hat die Wahl. Entweder lässt man sich vom Schmerz überwältigen, sein Leben davon bestimmen – und vielleicht sogar beenden –, so dass man nur noch dahinvegetiert, oder man findet einen Weg, es zu ertragen, damit umzugehen und weiterzuleben. Wie du selbst weißt, kann man nicht immer wählen, was das Leben einem beschert. Aber man hat immer die Wahl, wie man damit umgeht. Carolines Worte zeigten mir das; sie wurden zu meinem Rettungsanker, als ich jenen Brief las: ›Und ich weiß, Christophe würde das auch nicht wollen. Er würde sich wünschen, dass Du Dein Leben weiterlebst, ein Leben voller Schönheit, Freude und Liebe. Bitte versuche es, ihm und uns zuliebe.‹ Mir wurde klar, dass ich ihre Bitte ernst nehmen musste, ihr und ihrem Vater zuliebe. Denn wenn ich das tun konnte, könnte sie es vielleicht auch. Das war eine Art Pakt zwischen uns. Und dieser Pakt band uns noch enger aneinander, als es uns selbst als Schwägerinnen möglich gewesen wäre.«

Sie schließt die Augen, und ihr Gesicht wirkt wächsern vor dem schneeweißen Kissen.

»Granny?« Ihre Lider flattern kurz und öffnen sich, obwohl ich sehen kann, dass die Erinnerung sie davonträgt, in eine andere Zeit, an einen anderen Ort. Als sie die Augen wieder schließt, huscht ein Lächeln über ihr Gesicht. Ich muss mich nah über sie beugen, um zu verstehen, was sie flüstert: »Rhona? Mein liebes Mädchen. Danke, dass du gekommen bist.«

ZWEITER TEIL

1942
SCHOTTLAND

Nicht lange nachdem Ella Carolines Brief bekommen hatte, wurde sie von Staffelkommandant Johnstone, dem leitenden Offizier des Stützpunkts in Gulford, angesprochen. Sie brachte gerade vor dem Hangar in einem der Flugzeuge eine Batterie an, als sie ihn in ihre Richtung kommen sah. Ella nahm Haltung an, er salutierte ebenfalls und schaute sich genauer an, womit sie gerade beschäftigt war.

»Die Arbeit mit den Flugzeugen gefällt Ihnen, nicht wahr, Gefreite Lennox?«

»Ja, Sir, sehr sogar.«

»Ich weiß, dass Sie ausgezeichnete Arbeit leisten. Ihre Vorgesetzten sind voll des Lobes über Ihr Engagement und Ihre Leistungen. Sie meinen, Sie seien mit ganzem Herzen dabei.«

Ella nickte und senkte kurz den Blick. Seit sie von Christophes Tod erfahren hatte, fühlte sie sich manchmal so leer, als könne sie ihr Herz nur noch in ihre Arbeit stecken – oder das, was davon übrig war. An manchen Tagen brachte sie kaum die Kraft auf weiterzumachen.

Der Wind, der über den Flugplatz wehte, brachte das schwache Rufen der Möwen mit sich. Als Ella sich eine lose Haarsträhne unter ihre Kappe steckte, zitterte ihre Hand, denn wieder einmal wurde sie heimgesucht von Christophes Gesicht, das in jener Nacht in den Dünen so nah an ihrem gewesen war, und von der Liebe in seinen Augen, die wie das Mondlicht geschimmert hatten. Noch immer konnte sie nicht glauben, dass sein Körper zerschmettert und heimatlos in einem anonymen Grab in Frankreich lag.

Sie blinzelte, um das Bild zu vertreiben, und versuchte, sich auf ihre Arbeit und den Offizier zu konzentrieren, der jetzt direkt vor ihr stand.

»Mir wurde ebenfalls mitgeteilt, dass Sie Französisch sprechen«, fuhr Staffelkommandant Johnstone fort.

»Ja, Sir.«

»Was würden Sie davon halten, sich an einer etwas anderen Aufgabe zu versuchen?«, fragte er beiläufig, doch sie merkte, dass seine Worte sorgfältig gewählt waren. »Einer meiner Kollegen sucht für einen Spezialauftrag jemanden, der Französisch spricht.«

Interessiert sah Ella ihn an. »Nun, das käme darauf an, Sir. Meine Aufgabe gefällt mir, weil ich das Gefühl habe, damit wirklich auf dem Kontinent helfen zu können. Jedes Flugzeug, das ich losschicke, wirkt direkt in den Verlauf des Krieges ein. Ich würde gerne helfen, aber nur, wenn ich damit tatsächlich etwas bewirken könnte.«

Die Fältchen um die Augen ihres Vorgesetzten vertieften sich, als er mit einem breiten Lächeln antwortete: »Oh, keine Sorge, Gefreite Lennox. Ich wage zu behaupten, dass Sie immer noch etwas bewirken könnten. Außerdem glaube ich, dass Ihre Aufgabe Ihnen eine bessere Verbindung zu Frankreich ermöglichen würde.«

»In diesem Fall würde ich gerne mehr erfahren, Sir.«

»Ausgezeichnet. Dann führe ich jetzt die erforderlichen

Telefonate. Geschwaderoffizier Macpherson wird Ihnen in Kürze Ihre Order geben.« Er salutierte zackig. »Und in der Zwischenzeit …«

»Ja, Sir?«

Er tätschelte den Rumpf der Hurricane. »Machen Sie weiter so.«

~

Ella verspürte leichtes Bedauern, als sie ihren blauen Arbeitsoverall gegen die schicke Uniform tauschte, die die meisten WAAFs trugen. Bevor sie den Stützpunkt Gulford verließ, hatte sie in Vorbereitung ihrer neuen Aufgabe eine Grundausbildung am Funkgerät erhalten. Als sie am ersten Tag der Ausbildung ins Büro der RAF Gulford kam, hatten ein paar Piloten sie von Kopf bis Fuß gemustert. Einer nahm sogar seine Zigarette aus dem Mund und pfiff leise durch die Zähne. Als Miss Macpherson erschien und ihm einen ihrer eisigen Blicke zuwarf, stand er jedoch sofort stramm und salutierte.

»Bevor Sie uns verlassen, weihen wir Sie noch in die Grundkenntnisse eines Funkers ein.« Trotz ihres forschen und nüchternen Auftretens hatte Ella das Gefühl, Miss Macpherson könnte sie vermissen. Ihr jedenfalls würde ihre Vorgesetzte fehlen.

Vicky war über Ellas Versetzung hin und her gerissen. »Ich wusste, dass du in einer richtigen Uniform umwerfend aussehen würdest.« Als sie sich an diesem Morgen angezogen hatten, hatte sie geradezu gestrahlt. »Ich zeige dir, wie das Funkgerät funktioniert. Aber eigentlich will ich überhaupt nicht, dass du gehst. Du wirst mir schrecklich fehlen.« Sie umarmte Ella, um zu überspielen, dass ihr Tränen in die Augen stiegen.

»Wir bleiben in Kontakt«, versprach Ella, als sie Sandy zum Abschied umarmte. Er sagte nichts, da es ihm offenbar die Sprache verschlagen hatte. Stattdessen räusperte er sich laut und tätschelte ihr den Rücken. Dann hielt er sie auf Armeslänge von sich und lächelte sie an. »Wenn du es satt hast, hinterm Schreibtisch zu hocken, kommst du sofort zurück. Ich bewahre dir deinen Werkzeugkasten auf, Mädel.«

~

Der Lkw der Army ruckelte über die endlose gewundene Schotterstraße, die durch das schroffe Land führte, und musste hin und wieder ein paar Schafen ausweichen. Ella, der aus Nervosität und Reisefieber ohnehin schon flau war, drehte sich jedes Mal der Magen um. Die Fahrt von Edinburgh an die wilde Westküste Schottlands hatte einen ganzen Tag gedauert, und als sie endlich auf die holprige Zufahrt von Arisaig House einbogen, wurde es bereits dunkel.

Das graue Gemäuer, das Ella zwischen hohen Kiefern erspähte, stand vor steil aufragenden Hügeln und wirkte mit seinen verdunkelten Fenstern etwas unheimlich. Sie reckte den Hals, um durchs Fenster den Uhrenturm besser sehen zu können, der die Durchfahrt bewachte und dessen vergoldete Zeiger auf die elfte Stunde zurückten. Als der Lkw hielt, senkte sich Stille über sie, die nur von den Geräuschen des abkühlenden Motors und dem leisen, klagenden Ruf eines Nachtvogels unterbrochen wurde, der vom Meer zu ihnen heraufdrang. Eine Tür ging auf und warf ein Rechteck aus Licht auf den Kies. Ella stieg aus und ging darauf zu.

»Willkommen in Arisaig, Miss Lennox.« Der Offizier in Uniform musterte sie beifällig. »Nach der langen Fahrt sind Sie bestimmt müde und hungrig. Wir besorgen Ihnen was zu essen. Da es schon spät ist, melden wir Sie direkt an und organisieren einen Fahrer, der Sie in Ihre Unterkunft bringt. Sie wohnen in Back of Keppoch, das ist nicht weit von hier.«

Als Ella sich an einem langen Tisch in einer höhlenartigen Küche niederließ, merkte sie, wie ausgehungert sie war. Ihr Magen hatte sich etwas beruhigt, obwohl sie immer noch nervös war, als sie das Schinkenbrot aß, das eine Ordonnanz in khakifarbenem Pullover serviert hatte.

Eigentlich wusste sie immer noch nicht genau, was sie hier erwartete. Ihre Einführung in Edinburgh war mehr als vage gewesen. Wie befohlen hatte sie sich im North British Hotel mit einem gewissen Mr. Brown getroffen. Als sie den Salon betreten hatte, hatte er sich erhoben, und trotz seines tadellosen Benehmens war ihr sein bewundernder Blick aufgefallen, als sie ihm die Hand gab. Obwohl er keine Uniform trug, konnte er nicht verhehlen, dass er Mitglied des Militärs war. Er war groß und kräftig und sah aus, als wäre er viel lieber im Freien als im Salon eines schicken Hotels. Als Ella ihr Schiffchen abnahm und über ihren ordentlichen Haarknoten strich, fiel ihr auf, dass er mit seinen klassischen Gesichtszügen und dem beruhigenden Lächeln ziemlich attraktiv war.

Während sie Tee tranken, sagte er: »Es geht um ein besonderes Projekt. Wir entwickeln eine neue Funktechnik für die Front. Dazu brauchen wir jemanden, der fließend Französisch spricht, technisches Verständnis hat und sowohl Neulinge ausbildet als auch Instruktionen zusammenfasst, die über unsere Kontakte am anderen Ende weitergegeben werden. Ich fürchte, mehr darf ich Ihnen im Moment nicht verraten, Miss Lennox. Sie verstehen sicher, dass auf ganz unterschiedliche Art gegen die Achsenmächte gekämpft wird. Manche unserer Methoden müssen vertraulich bleiben. Ihre unbedingte Diskretion bei diesem Projekt ist erforderlich. Wenn Sie Ihren Stützpunkt an der Westküste erreicht haben, werden Sie alles erfahren, was Sie wissen müssen. Sind Sie bereit, unter solchen Bedingungen zu arbeiten?«

Sie hatte genickt. »Mr. Brown, solange ich mit meiner Arbeit unsere Truppen in Frankreich unterstützen kann, freue ich mich, Ihnen zu helfen.«

»Nun denn, ausgezeichnet. Dann melde ich mich, sobald ich Ihren Transport organisiert habe. Bitte halten Sie sich für Montag abreisebereit.« Er stand auf und drückte ihr die Hand. »Danke für Ihre Unterstützung, Miss Lennox.«

Ella hatte seinen Blick gespürt, als er auf der Treppe des Hotels stand und sie, die Schultern in ihrer blauen Uniformjacke gestrafft und die Haare ordentlich unter dem WAAF-Schiffchen festgesteckt, die Princess Street hinunter zur Bushaltestelle gegangen war.

Als der Offizier in der Küche von Arisaig House ihren leeren Teller sah, nickte er beifällig. »Sie hatten bestimmt großen Hunger, so schnell, wie Sie aufgegessen haben! Möchten Sie noch etwas? Eine Tasse Tee vielleicht? Für uns beide bitte, Sergeant McKay«, bat er die Ordonnanz.

Als Ella an ihrem Tee nippte, musterte sie über den Rand ihrer dampfenden Tasse hinweg ihre Umgebung. An diesem vollkommen neuen, fremden Ort weit weg von Edinburgh und Gulford fühlte sie sich plötzlich ziemlich orientierungslos.

»Haben Sie vielleicht noch Fragen zu Ihrer Aufgabe hier?« Der Offizier stellte seinen Becher auf dem Tisch ab und nahm sich einen Keks von dem Teller, den die Ordonnanz ihnen gebracht hatte.

Ella lachte. »Darf ich denn jetzt Fragen stellen?«

»Nun, da Sie sicher in Arisaig angekommen sind, ja.«

»Also gut. Was genau mache ich hier? Ich weiß nur, dass es sich um ein geheimes Projekt handelt, das mit dem Funkverkehr zu tun hat, und dass ich etwas ins Französische übersetzen soll.«

Er nickte. »Erlauben Sie, dass ich von Anfang an erzähle. Haben Sie je vom SOE gehört?«

»Dem Special Operations Executive? Ja, es gibt Gerüchte über eine Sondereinsatztruppe des Nachrichtendiensts, und ich hatte tatsächlich mal mit einer angeblichen Agentin zu tun, obwohl ich nie mehr darüber erfahren habe.«

Die Ordonnanz, die ihr Tee nachschenkte, brach in lautes Gelächter aus. »Oh, die gibt's wirklich.«

»Danke, Sergeant McKay, das reicht jetzt.« Der Offizier unterbrach die Erklärungen der Ordonnanz. »Nun, jedenfalls sind wir das SOE, wie auch immer Sie uns nennen mögen. Arisaig ist eines der Ausbildungszentren des SOE, wo wir unsere Agenten für ihren Einsatz an der Front vorbereiten. Die Abgeschiedenheit dieses Orts ermöglicht uns Geheimhaltung, und die raue Umgebung ist perfekt für unsere Zwecke geeignet. Und was ist nun Ihre Aufgabe? Die Organisation hat eine neue Technologie entwickelt, das so genannte S-Phone. Das ist ein drahtloses UHF-Duplex-Funktelefonsystem, mit dem unsere Agenten mit ankommenden Piloten kommunizieren können. Dadurch können sie sichere Abwurfzonen in Frankreich leichter lokalisieren. Dadurch werden die Landungen und Abwürfe von Agenten und Nachschub besser koordiniert. Sie werden mit Ihren Französischkenntnissen unsere Agenten hier ausbilden und Instruktionen für unsere Kollegen in Frankreich übersetzen, die lernen müssen, mit den Empfangsgeräten zu arbeiten, die wir ihnen schicken. Sie kommen mit den besten Empfehlungen, Miss Lennox. Wie Sie sehen, haben wir unsere Hausaufgaben gemacht.«

Ella war leicht schwindelig, weil ihr müder Verstand am Ende dieses langen Tages Schwierigkeiten hatte, so viele Informationen aufzunehmen. Vielleicht machte ihr auch ihre Anspannung zu schaffen.

»Für heute Abend sollte das erst mal reichen. Morgen früh werden Sie gründlicher ins Bild gesetzt. Sergeant McKay bringt Sie jetzt zu Ihrem Quartier, und morgen früh werden Sie um Punkt neun Uhr abgeholt. Achten Sie darauf, ein anständiges Frühstück zu bekommen«, fügte er grinsend hinzu. »Sie werden es brauchen.«

»So trifft man sich wieder, Miss Lennox.« Der Mann, der sie vor ihrer Unterkunft erwartete, streckte ihr die Hand entgegen.

»Mr. Brown. Mit Ihnen hatte ich hier nicht gerechnet.«

Als er lächelte, zogen sich seine Fältchen bis zu seinen Augen. Sie waren strahlend blau, und seine gebräunte Haut ließ darauf schließen, dass er seine Tage meist im Freien verbrachte – ein Eindruck, den sie schon im Salon des Hotels gewonnen hatte.

»Eigentlich lautet mein Name Angus Dalrymple.«

Sie lachte. »Das hätte ich mir denken können. Heißen all ihre Undercover-Agenten Mr. Brown?«

»Nein«, erwiderte er gespielt würdevoll. »Manche von uns heißen auch Mr. Jones. Ich glaube, es gibt sogar ein oder zwei Mr. Smith.«

»Ich freue mich, Sie richtig kennenzulernen, Angus Dalrymple.« Als Ella ihm die Hand gab, nahm sie seinen festen Händedruck wahr und fragte sich, ob ihm die Schwielen an ihrer Hand von ihrer Arbeit am Flugplatz auffielen.

»Rein mit Ihnen«, sagte er und wies zum Wagen, einem als ›Tilly‹ bekannten Nutzfahrzeug. Es war ein so schöner Morgen, dass Ella einen Moment innehielt, um sich umzuschauen. Im Osten war die Sonne über den Hügeln aufgegangen, deren Heidelila einen starken Kontrast zu dem dunklen Grün der Nadelwälder in den Senken bildete; in der entgegengesetzten Richtung konnte man eine Bucht mit goldenem Sand erkennen und dahinter mehrere karstige blaugraue Inseln, die auf einem atemberaubend blauen Meer zu schweben schienen. Ein schwacher Geruch nach Seetang vermischte sich mit dem Rauch des Torffeuers, der aus dem Schornstein des Cottage stieg. Über sich hörte sie den klagenden Ruf einer Möwe, der sie an die vielen Segelausflüge auf genau diesem Meer, nur tausend Meilen weiter südlich erinnerte. Sie atmete tief die klare, saubere Luft ein und bemerkte den Unterschied zu dem kohlenstaubgeschwängerten Dunst in Edinburgh und dem Benzingeruch in Gulford, der trotz der ständigen Brise von der Nordsee allgegenwärtig gewesen war.

Sie fuhren über die holprige Straße Richtung Arisaig House und entfernten sich immer weiter vom Meer. Im Licht des herrlichen Sommertags wirkte das Gebäude wesentlich weniger unheimlich als am Vorabend, denn seine quadratischen Fenster blitzten im Sonnenschein.

»Kommen Sie«, sagte Angus, »jetzt stelle ich Sie Ihren Kollegen vor.«

Das Haus wirkte einladend und elegant. Die Morgensonne fiel auf glänzende Eichendielen und eine breite Treppe, die in die oberen Stockwerke führte. Angus Dalrymple ging mit ihr in den Salon, wo eine Gruppe sich um einen Mahagonitisch scharte, auf dem sich Papierstapel und ein Apparat befanden, der aus einem geschwungenen Metallkasten mit einer Antenne, mehreren kleinen Batterien, die mit Riemen zusammengehalten wurden, aus einem Kopfhörer und einem kleinen Mikrophon bestand. Ella erkannte ein Funkgerät, obwohl es wesentlich kompakter aussah als die, an denen sie auf der RAF Gulford ausgebildet worden war.

»Harry, Dougal, Anja, George, Stefan: Das ist Ella.« Ihr fiel auf, dass keine Nachnamen genannt wurden, wahrscheinlich war das hier üblich. Sie alle trugen Zivil, so dass sie sich in ihrer WAAF-Uniform plötzlich fehl am Platz fühlte.

Tatsächlich stellte sie in den nächsten Tagen fest, dass sie nach der strengen Disziplin auf der RAF Gulford hier in Arisaig wie durch einen Kaninchenbau in ein Wunderland gestürzt war, wo Gruppen unterschiedlichster Menschen merkwürdige Dinge zu ungewöhnlichen Tages- und Nachtzeiten zu tun schienen. Keiner zuckte auch nur mit der Wimper, wenn von der anderen Seite des Hügels hinter dem Haus eine Explosion zu hören war. Beim Mittagessen saß sie neben einem Mann, der mit Tarnfarbe auf dem Gesicht die herzhafte Rinderbrühe trank, die Sergeant McKay serviert hatte. Es war nicht unüblich, kleine Sonderkommandos mit gefährlich wirkenden Messern auf das Haus zukriechen zu sehen, während sie im Salon lernte, wie die Komponenten des S-Phone funktionierten. Und als eines Tages zwei Frauen aus dem Dorf zur Küchentür kamen, um Hering zu verkaufen, brach Sergeant McKay plötzlich mitten im Gespräch in lautes Gelächter aus und rief: »Sehr gut, Alf! Charlie! Fast hättet ihr mich getäuscht!«

Sie lernte schnell, dass man hier keine Fragen stellte. Es hatte ohnehin keinen Sinn, da man nie eine präzise Antwort auf die Frage bekam, was genau all diese Menschen eigentlich machten. Vielleicht wussten die meisten das von den anderen ebenfalls nicht. Manchmal wirkte die Lage ziemlich chaotisch, da ein ständiges Kommen und Gehen herrschte. Hin und wieder erlitt das Projekt mit dem S-Phone einen Rückschlag, aber dennoch verlor Angus Dalrymple nicht seine amüsierte Zuversicht. Daher nahm Ella an, dass alles zu einem Plan gehörte, über den irgendwer irgendwo die Kontrolle hatte.

Da es kaum Gelegenheiten gab, unter Leute zu kommen, kehrte Ella normalerweise am Abend in ihre Unterkunft in Back of Keppoch zurück, um zu lesen oder ihren Eltern zu schreiben, dass sie eine ganz normale Ausbildung zur Funkerin absolviere. Eines Tages, nachdem sie Wildbret zum Essen bekommen hatten (eine der Kommandoübungen bestand darin, sich an ein Reh anzupirschen und es nur mit dem Messer zu erlegen), schob Angus seinen Stuhl zurück und sagte: »Also, wir haben heute gute Fortschritte gemacht, daher glaube ich, wir haben uns einen Drink verdient.«

Die anderen jubelten begeistert, und dann zwängten sie sich in zwei Tillys, die die lange Schotterstraße den Hügel hinunterfuhren, bis sie eine Ansammlung weißer Cottages erreichten, die sich ans dunkle Ufer schmiegten. Da draußen alles verdunkelt war, musste Ella blinzeln, als Angus die Tür zum Gasthaus aufstieß und sie in den hellen, warmen Schankraum traten. Lautes Stimmengewirr – in mindestens drei verschiedenen Sprachen und dem örtlichen schleppenden Akzent – und Gelächter empfingen sie.

An einem Tisch in der Ecke, den eine Gruppe von Offizieren in khakifarbenen Uniformen geräumt hatte, als Ella und Anja auftauchten, tranken sie dunkles, bitter schmeckendes Bier – außer Whiskey das einzige Getränk im Angebot. Es fühlte sich gut an, einmal etwas ganz Normales zu tun, als willkommene Unterbrechung ihres täglichen Trainings und der ständigen Erinnerungen an den Krieg. Als Ella erneut den Bierkrug hob, um einen Schluck zu trinken, spürte sie, dass Angus sie von der anderen Seite des Tischs anblickte. Mit seinem Lächeln, den klaren, blauen Augen und dem markanten, wettergegerbten Gesicht erinnerte er sie an die rauen Hügel und das kristallblaue Meer, die Arisaig umgaben und schützten, als wäre er direkt der schroffen Landschaft um sie herum entsprungen.

Sie erwiderte sein Lächeln und wandte sich dann Anja zu, um sich nach ihrer Familie in Polen zu erkundigen. Anja erzählte, dass ihre Eltern noch dort seien, doch sie und ihr Bruder hätten bei der Invasion der Deutschen die Flucht ergriffen. »Und jetzt wollen wir darum kämpfen, unser Land zurückzubekommen. Mein Bruder ist bei der Air Force. Bei unserem letzten Kontakt war er in England stationiert, in Norfolk. Weißt du, wo das ist?«

Ella nickte und freute sich über Anjas lustigen Akzent. »Und deine Eltern?«

»Meine Mutter ist Lehrerin und mein Vater Ingenieur. Er ist Vorarbeiter in einer Fabrik, die die Deutschen übernommen haben. Dort wird Kriegsgerät hergestellt. Mein Vater sorgt dafür, so oft wie möglich Fehler einzubauen. Vor kurzem habe ich den hiesigen Ausdruck dafür gelernt: ›Sand ins Getriebe streuen‹.« Sie grinste. »Wie man sieht, gibt es unterschiedliche Wege zu kämpfen.« Dann wurde sie wieder ernst. »Ich habe Neuigkeiten von einem Freund meines Bruders gehört, der zu Hause im Untergrund arbeitet. Mein Vater hat mit den Arbeitern zu tun, die jeden Tag von den Gefangenenlagern in die Fabrik geschickt werden. Es heißt, es seien wandelnde Leichen. Die Bedingungen in den Lagern sollen unmenschlich sein. Ein Grund mehr, so schnell wie möglich meine Ausbildung zu beenden und zurückzukehren, um selbst etwas Sand ins Getriebe zu streuen.«

Ella stieß mit Anja an. »Ich wünsche dir viel Glück. Und deiner Familie. Auf den Sand im Getriebe!«

Der Abend neigte sich dem Ende zu, und sie traten hinaus. Nachdem Angus die Tür hinter sich zugezogen hatte, wurde es schlagartig dunkel und still. »Springen Sie ins Auto, Ella, ich bringe Sie schnell nach Hause.«

»Ich kann auch laufen. Es ist hell genug, um die Straße zu sehen.« Es war fast Vollmond und der Himmel wolkenlos, aus tiefschwarzer Seide, bedeckt mit Tausenden von Sternen.

»Es macht mir nichts aus«, beharrte er. »Ist doch nur fünf Minuten entfernt.«

Vor ihrem Cottage schaltete er den Motor aus, und dann saßen sie eine Weile schweigend da und lauschten dem Rauschen der Wellen, die ein Stück hinter dem Haus ans Ufer schlugen. In der Bucht war das Meer ruhig, und der Mond zeichnete einen Pfad zu den Inseln.

Ella spürte, wie Angus ihr Profil betrachtete, während sie gedankenverloren zum Meer blickte. Eine einzelne Träne zog eine silbrige Spur über ihre Wange, bevor sie sie wegwischte. Er streckte die Hand aus und umschloss mit seinen starken, geschickten Fingern die ihren. Und wie er so ihre Hand hielt, spürte sie, wie seine Berührung ihre Haut wärmte, so wie die ersten Sonnenstrahlen im Frühjahr die gefrorene Erde auftauen.

Sie lehnte sich zu ihm und streifte leicht mit ihren Lippen über seine Wange. Und dann, ohne ein Wort, öffnete sie die Tür und stieg aus. Er bewegte sich nicht, sondern sah zu, wie sie am Eingang des weißen Cottage innehielt und sich lächelnd zu ihm umdrehte. Als er grüßend die Hand hob, lagen seine Augen im Schatten verborgen. Erst nachdem sie die Küche betreten hatte, wo der Ofen leise Geräusche von sich gab, und die Tür hinter sich zudrückte, hörte sie, wie der Wagen angelassen wurde und losfuhr und wie das

Brummen des Motors immer leiser wurde, während sie die Treppe zu ihrem Zimmer hinaufstieg.

~

Schließlich kam der Tag, an dem das S-Phone getestet werden sollte. Die ganze Projektgruppe versammelte sich am Ufer des Meeres. Es war fast Mittsommer, und so hoch im Norden gab es noch bis weit in den Abend hinein Tageslicht, da die Sonne erst nach zweiundzwanzig Uhr unterging. Anja trug das Funkgerät. Die Batterien hatte sie sich um die Taille, den Apparat selbst vor die Brust geschnallt. Sie setzte die Kopfhörer auf, steckte die Antenne ins Funkgerät und warf einen Blick auf ihre Armbanduhr. Es war kurz vor halb neun, dem Zeitpunkt, an dem die RAF ihnen ein Flugzeug schickte, das seine Runden über ihnen drehen sollte, damit sie abwechselnd üben konnten, den Piloten zu verschiedenen Abwurfzonen zu navigieren.

»Alles klar.« Angus gab Anja das Signal zum Start. »Der Funkverkehr kann beginnen.«

Sie wussten, dass das Flugzeug von Westen her über das Meer kommen würde, daher wandte sie ihr Gesicht der Abendsonne zu, die sie alle in ihr leuchtend goldenes Licht hüllte. Anja drehte den Knopf auf dem Funkgerät und meldete sich übers Mikrophon. Erst hörte sie statisches Rauschen und dann, laut und deutlich, die Antwort des Piloten vom Funkgerät im Flugzeug. Mit den verschlüsselten Koordinaten, die man ihr vorher gegeben hatte, lenkte Anja den Piloten, und plötzlich tauchte das Flugzeug im Tiefflug über der Insel Eilan Bàn und dem Loch nan Ceall auf und flog über die Gruppe am Strand hinweg. Sie winkten ihm jubelnd zu, und dann übergab Anja das Funkgerät an Stefan, damit er es versuchen konnte.

Angus bestand darauf, dass Ella es ebenfalls probierte. »Dann wissen Sie genau, wie es in der Praxis funktioniert, und können die Instruktionen in der Übersetzung präziser formulieren.« Ella hatte zwar bereits einen ersten Entwurf der Übersetzung angefertigt, doch nach der Benutzung des S-Phone machte sie sich noch ein paar zusätzliche Notizen. Wenn erst einmal alles fertig war, würde sie dafür verantwortlich sein, die französischen Anweisungen nach einem SOE-Code zu verschlüsseln. Angus hatte ihr erklärt, dass die fertige Version auf Seide gedruckt werden würde, da man sie als Futter in einem Kleidungsstück verstecken konnte und sie auch nicht so verräterisch raschelte, falls der Kurier angehalten und durchsucht würde.

Zu ihrer aller Erleichterung waren die Tests erfolgreich. Danach flog der Pilot ein letztes Mal im Tiefflug über den Strand, neigte die Maschine zum Gruß zur Seite und verschwand dann hinter den Hügeln in die Nacht.

Harry packte das Funkgerät weg, und die anderen gingen zum Haus zurück, während Ella sich noch eine letzte Notiz machte, bevor sie ihre Sachen in ihren Rucksack zurücksteckte. Sie war dem Beispiel der anderen gefolgt und hatte schon nach dem ersten Tag ihre Uniform gegen zwanglosere Kleidung ausgetauscht, die vor allem bei der Arbeit im Freien bequemer und praktischer war. Es fühlte sich gut an, wieder Hosen zu tragen, erinnerte es sie doch an ihren Arbeitsoverall am Stützpunkt von Gulford.

Als die Sonne in der Ferne hinter den Inseln Eigg und

Rum versank, wurde die Luft merklich kühler, daher holte sie eine weiche Wolljacke aus ihrem Rucksack. Angus, der auf sie gewartet hatte, während die anderen zurückgingen, nahm sie ihr wortlos ab und half ihr, hineinzuschlüpfen.

»Danke.« Sie lächelte ihn an.

»Gern geschehen.«

Eine Minute standen sie schweigend da und sahen zu, wie die sinkende Sonne den westlichen Horizont in Rosa- und Rottöne tauchte.

»Die Tests sind gut gelaufen«, bemerkte Ella, der das Schweigen plötzlich unangenehm wurde.

»Allerdings«, nickte Angus, ohne den Blick vom fernen Horizont abzuwenden.

Ella zog ihre Jacke enger zusammen, schlang die Arme um sich und wandte sich wieder dem Sonnenuntergang zu. Die Wellen rauschten leise ans Ufer, während das schwindende Licht die Hügel erst purpur und dann grau färbte. Ella musste an Caroline denken, die sich weit im Süden desselben Meeres auf einer anderen Insel befand. Betrachtete auch sie von dem weißen Haus mit den blaugrauen Fensterläden aus den Sonnenuntergang? Und wo war Marianne? Konnte sie dort, wo sie war, überhaupt die Sonne sehen?

»Ein Penny für Ihre Gedanken«, sagte Angus leise.

Sie wandte sich zu ihm und schüttelte kaum merklich den Kopf. »Ich musste an Freunde in Frankreich denken. Weil ich mich frage, wie ihr Leben jetzt aussieht. Es kommt mir alles so weit weg und so lang her vor.« Sie blickte erneut übers Wasser, wo die Spiegelungen verblassten.

»Sie müssen ihn sehr vermissen«, sagte er leise und betrachtete ihr Profil.

Darauf schwieg Ella einen Moment.

Er wusste Bescheid.

Selbstverständlich wusste er Bescheid. Wie der Offizier ihr am ersten Abend gesagt hatte, hatten sie ihre Hausaufgaben gemacht. In gewisser Weise war es auch eine Erleichterung, Angus nichts von Christophe erzählen, nicht erklären zu müssen, welche Gefühle er in ihr geweckt hatte und wie es ihr seit seinem Tod ging. Sie hätte ohnehin nie die richtigen Worte dafür gefunden.

Sie nickte, froh darüber, dass Angus sie verstand. Und es überkam sie das Gefühl, dass hier jemand vor ihr stand, der stark genug war, mit diesem Wissen umzugehen, vielleicht sogar stark genug, um ihr dabei zu helfen, es zu ertragen.

Als die Sonne endgültig am Horizont verschwand, wandte sie den Blick ab und sah ihn erneut an. Zum ersten Mal seit über zwei Jahren nahm sie einen anderen Mann richtig wahr, betrachtete ihn nicht nur als Kollegen. Und der Mann, den sie sah, war tatsächlich stark genug, ihren Schmerz und ihre Trauer zu erfassen, teilzuhaben und ihr darin beizustehen.

Und das, so erkannte sie plötzlich, war etwas wirklich Besonderes.

Als ihre Blicke sich trafen, merkte sie, wie sich tief in ihrem Herzen etwas rührte. Ein Gefühl, das sie nie wieder zu spüren geglaubt hatte. Sie stellte sich auf die Zehenspitzen, so dass ihre Stiefelspitzen Halbmonde in den feuchten Sand gruben, und drückte ihre Lippen auf seine. Er schlang seinen Arm um ihre Taille und zog sie an sich, und sie schmiegte sich in seine schützende Umarmung.

Hier konnten sie die Stürme auf dem Meer hinter den

dunstigen Inseln nicht mehr erreichen. Sie nahm Zuflucht in seinen Armen und spürte endlich, wie ihr Herz wieder ganz sacht zu schlagen begann.

2014
EDINBURGH

»Großvater war beim Geheimdienst? Und du auch? Ich fasse es nicht, dass wir das nicht wussten! Oder weiß Mum davon? Und Robbie?«

Ella schüttelt den Kopf. »Vieles von damals durfte erst viel später an die Öffentlichkeit gelangen. Da wir uns daran gewöhnt hatten, nicht darüber zu sprechen, war es leichter für uns, die Dinge einfach ruhen zu lassen. Rhona und Robbie wussten nur, dass ihr Vater im Krieg bei der Army und ich bei der Women's Auxiliary Air Force gewesen war. Allerdings ist für Kinder alles, was vor ihrer Geburt geschah, Vergangenheit, daher interessierten sie sich auch kaum dafür.«

»Unglaublich.« Ich sehe meine Granny in ganz anderem Licht. Heute wirkt sie etwas kräftiger als bei meinem letzten Besuch. Wenn ich sie so in ihrem Lehnstuhl sitzen sehe, mit pastellfarbener Wolljacke und Tweedrock, mit daunenweichem weißem Haar und im Schoß gefalteten Händen, kann ich mir einfach nicht vorstellen, dass sie einst Flugzeuge repariert und geheime Funkgeräte bedient hat. »Ich wette, Großvater sah sehr gut aus. Kein Wunder, dass du dich trotz deiner Trauer um Christophe in ihn verliebt hast.«

Etwas trübt Ellas Blick, und mit einem Mal scheint sie ganz weit weg zu sein. Vielleicht sieht sie Menschen und

Orte, die sie zurück in die ferne Vergangenheit ziehen. Aber als ich ihre Hand nehme, um sie wieder zurückzuholen, schärft sich ihr Blick, und sie sieht mich an.

»Angus hatte ein großes Herz. Das erkannte ich sofort. Er war mir ein wichtiger Halt und gab mir Kraft. Er war jemand, auf den ich mich verlassen konnte, als auf nichts in der Welt mehr Verlass zu sein schien. Außerdem hatte er eine unvergleichbare Energie! Das war noch etwas, was wir gemeinsam hatten: den Drang, immer weiterzumachen. Mir gefiel seine ruhige Entschlossenheit, für das zu kämpfen, was richtig ist, der Finsternis und Zerstörung ein Ende zu setzen, Leben zu retten.« Sie hält inne. »Auch mir hat er das Leben gerettet, in vielerlei Hinsicht. Er hat meine Tage wieder mit Licht erfüllt und mir so vieles geschenkt, für das es sich zu leben lohnte.«

Sie lässt meine Hand los und greift nach dem kleinen Aufnahmegerät, das auf ihrem Nachttisch liegt. »Aber dazu bald mehr … hier ist die nächste Kassette. Ich hoffe, du langweilst dich nicht schon?«

Ich lache. »Langweilen, Granny? Im Gegenteil! Ich kann es kaum erwarten, den nächsten Teil zu hören.« Ich stecke die Kassette in meine Tasche und ziehe mir den Mantel an.

»Richte Dan und Finn liebe Grüße aus. Und bitte sag Finn, dass ich sein Geißblatt immer noch habe.« Der kleine Zweig steht in einer Vase an ihrem Bett, wo sie den schwachen Duft riechen kann. Aber mittlerweile lässt die Blüte ihre Blätter hängen, und einige sind schon abgefallen und liegen auf den Muscheln in der blauen Schale, die von einem goldenen Blitz durchschossen ist.

1942
SCHOTTLAND

Zum ersten Mal wirkte Angus unsicher. Sie befanden sich in einer Einsatzbesprechung und gingen die letzten Instruktionen mit den SOE-Agenten durch, die das erste S-Phone zu den Widerstandsgruppen in den besetzten Gebieten bringen sollten, als ein Offizier in Uniform an die Tür klopfte und Angus eine Nachricht überreichte. Als er sie las, wich alles Blut aus seinem Gesicht, und er wandte sich kurz von den anderen ab, die ihn erwartungsvoll ansahen. Zwar wirkte er gefasst, als er sich ihnen wieder zuwandte, aber seine Augen waren voller Schmerz und Trauer.

»Es tut mir leid, Ihnen mitteilen zu müssen, dass der Abwurf über dem Loiretal verschoben werden muss. Es gab einen Zwischenfall. Wir haben unsere wichtigste Agentin vor Ort verloren, die das erste Empfangsgerät abholen und es zu einem ihrer Kontaktmänner in einer Widerstandsgruppe bringen sollte.«

Sie alle wussten, dass dieser Teil Frankreichs eine besonders wichtige Abwurfzone war. Eigentlich hatten sie geplant, mit einem Flugzeug im Vichy-Frankreich, der unbesetzten Zone, zu landen, und sich mit der SOE-Agentin zu treffen, die dann mit dem Empfangsgerät in die besetzte Zone zurückkehren sollte. Die französische Résistance spielte eine entscheidende Rolle beim Versuch der Alliierten, in Frankreich Fuß zu fassen, und mit Hilfe der S-Phones sollten die Abwürfe von Agenten und Vorräten koordiniert werden, ohne dass die Nazis etwas davon mitbekamen.

»Was ist passiert?«, fragte Anja.

»Jemand hat Mitglieder der Widerstandsgruppe bei der Gestapo denunziert. Es gab eine Razzia, bei der sie gefasst wurde. Man hat alle hingerichtet«, sagte Angus knapp und sachlich, aber seine Miene verriet seine Trauer.

»Eine verdammte Tragödie.« Harry presste sich die Fingerspitzen gegen die Augen, weil ihn der Verlust einer Gefährtin tief traf und ihn dieser Rückschlag nach ihren langwierigen Vorbereitungen frustrierte.

»Dann mache ich es stattdessen.« Ella zögerte nicht, ihre Stimme klang fest. Sie sprach ruhig und vollkommen entschlossen.

»Nein, Ella. Das geht nicht. Wir müssen mit anderen Agenten in Frankreich Verbindung aufnehmen und sehen, ob wir jemanden von dort einsetzen können. Oder soll ich es selbst machen?«, fragte Angus und wandte sich zu Harry.

»Sie wissen doch, dass das nicht geht«, erwiderte Harry. »Es muss eine Frau sein, sonst schöpfen die Grenzwachen Verdacht.«

»Ich mache es«, wiederholte Ella. »Ich kenne mich mit dem Gerät aus und spreche fließend Französisch. Ich kann reingehen, das S-Phone übergeben und wieder raus sein, bevor irgendjemand etwas bemerkt. Das ist die beste Lösung, denn wenn sie denken, sie hätten eine Widerstandsgruppe in dieser Gegend ausgelöscht, werden sie so schnell niemand Neuen erwarten. Wir müssen uns an den ursprünglichen Zeitplan halten. Sie wissen doch, wie wichtig unsere Unterstützung in Frankreich ist.«

»Ella, es dauert Monate, einen Agenten auszubilden«, wandte Angus ein. »Was Sie hier in den wenigen Wochen gelernt haben, ist nur die Spitze des Eisbergs. Es wäre zu gefährlich. Auf gar keinen Fall wollen wir, dass das S-Phone unseren Feinden in die Hände fällt, bevor wir es überhaupt nutzen konnten.«

»Ja, aber man muss abwägen, nicht wahr? Risiken gibt es immer. Ich mache es.«

Als Angus wieder den Kopf schüttelte, erklärte Harry: »Die Sache ist die, Ella, als Agent braucht man eine bestimmte Mentalität und einen bestimmten Hintergrund. Man muss in der Lage sein, wirklich heikle Entscheidungen zu treffen, wenn es hart auf hart kommt. Würden Sie es sich zutrauen, das Gerät zu zerstören und eine Selbstmordpille zu schlucken, wenn Sie erwischt werden? Tut mir leid, das ist eine brutale Frage, aber dazu könnte es kommen. Manchmal müssen Agenten bereit sein, ihr eigenes Leben zugunsten der größeren Sache zu opfern. Ich habe Sie schon immer bewundert und tatsächlich gedacht, Sie würden eine ausgezeichnete Agentin abgeben, aber es muss einen Grund geben, warum man Sie nicht gefragt hat, denn sonst wäre das sicher schon längst geschehen. Möglicherweise sind Sie durch Familie oder irgendwas anderes gebunden, sonst würde man nicht daran zweifeln, dass Sie im Notfall die richtigen Entscheidungen treffen könnten.«

Ella verbannte jeden Gedanken an ihre Eltern – sie wären entsetzt, wenn sie wüssten, was ihre Tochter gerade vorschlug – und schüttelte den Kopf. »Hören Sie, ich weiß doch, wie das hier funktioniert. Ich bin nicht dumm und habe genug Zeit hier verbracht, um zu wissen, was diese Aufgabe bedeuten könnte. Aber ich bin die naheliegendste Person für diesen Abwurf, und das wissen wir alle. Bis dahin sind es noch zwei Tage, also können Sie mir noch das erforderliche Training zukommen lassen, und dann machen wir es einfach.«

Harry sah Angus an. »Sie wissen, dass sie recht hat. Glauben Sie, das könnte klappen?«

Angus wollte schon wieder protestieren, aber da stand Ella auf und legte ihm die Hand auf den Arm. »Angus.« Sie sah ihm direkt in die Augen, und es war ein Blick fester Entschlossenheit. »Bitte. Ich mache es.«

~

Das Flugzeug schwankte in der dichten, schützenden Wolkendecke, während der Pilot über dem Gebiet kreiste und versuchte, die Abwurfzone zu finden und Gefahr auszuschließen. Der ursprüngliche Plan war gewesen, mit dem Fallschirm abzuspringen, aber es war nicht genug Zeit geblieben, Ella zu trainieren. Also hatte Angus entschieden, dass die einzige Möglichkeit darin bestand, mit dem Flugzeug – kurz und in der nicht besetzten Zone – zu landen, obwohl sich das Risiko dadurch für die gesamte Operation vergrößerte.

Wieder schwankte das Flugzeug gefährlich. *Genau das wird das Gerät in Zukunft verhindern*, dachte Ella, während sie im Flugzeugrumpf kauerte und ihr Magen und ihr Herz einen Satz nach dem anderen machten, wegen der Turbulenzen, aber auch vor Nervosität. Sie hielt den S-Phone-Empfänger fest, der an ihr festgeschnallt und unter dem Mantel verborgen war. Dabei streiften ihre Finger den Mantelknopf, in dem die Selbstmordpille versteckt war. Angus hatte ihr nicht in die Augen blicken können, als er ihr erklärt hatte, wie sie funktionierte.

»Tut mir leid, Ella, aber ich muss Ihnen die geben. Wir können es nicht riskieren, dass Sie aufgegriffen und gefoltert werden. Sie wissen einfach zu viel über dieses Projekt. Aber ich versichere Ihnen, es ist nur eine Vorsichtsmaßnahme. Sie werden wieder ausgeflogen, sobald Sie das Gerät in einem sicheren Unterschlupf übergeben haben. Das chiffrierte Handbuch dazu ist hier im Futter eingenäht, sehen Sie? Und hier ist Ihr Messer. Ich hoffe, dass Sie auch das nicht benutzen müssen. Aber für alle Fälle …« Sie hatte das Armeemesser an ihrem Gürtel befestigt.

Er war mit zum Flugzeug gekommen, um sich von ihr zu verabschieden. Während der Pilot die letzten Kontrollen vornahm, zog Angus sie an sich, schlang seine Arme um ihren dicken Mantel und tastete, bis er ihre schmale Taille umfasst hatte und ihre Wärme noch einmal spüren konnte.

»Kommen Sie unversehrt zurück, Ella. Gehen Sie keinerlei Risiken ein.«

Sie mussten beide über seine Wortwahl lächeln. Genau das würde sie bei diesem Auftrag tun müssen – Risiken eingehen. Das wussten sie nur zu gut.

Als das Flugzeug in Schräglage die Wolkendecke durchbrach, klammerte sie sich krampfhaft an ihrem Gurt fest und spürte, wie sich ihr Magen zusammenzog, obwohl sie versuchte, jetzt nicht an diese Risiken oder die Pille zu denken, die im dritten Knopf ihres Mantels versteckt war. Sie brauchte einen klaren Kopf, um sich vollkommen auf ihre Instruktionen zu konzentrieren. Jeder Fehler könnte nicht nur ihr eigenes Leben gefährden, sondern auch das der anderen.

Auf einer winzigen Rollbahn in einem Wald irgendwo im Süden des Loiretals legte der Pilot eine steile und holprige Landung hin. Ella musste an das Château von Chambord denken, wo sie ein paar Jahre zuvor ebenfalls etwas Kostbares überbracht hatten. Wo war das Gemälde jetzt? Hoffentlich irgendwo in Sicherheit.

Als sie aus dem Flugzeug kletterte, wünschte der Pilot ihr leise viel Glück. Sie nickte, zeigte mit ihrem Daumen nach oben und rannte gebückt zu den Bäumen, wo das schwache kreisende Licht einer Taschenlampe sie näher winkte. Sie warf einen Blick zurück. Das Flugzeug wendete, richtete sich aus, raste die kurze Rollbahn entlang und hob mit steil nach oben gerichteter Nase ab, um den Bäumen auszuweichen. Ella kämpfte gegen die Panik an, die bei diesem Anblick in ihr aufstieg, drehte sich um und rannte weiter auf den Lichtpunkt zu.

Der Mann war jung, fast noch ein Halbwüchsiger. Er drückte sich einen Finger an die Lippen und bedeutete ihr, ihm zu folgen. Sie hielt sich dicht hinter ihm und bemühte sich, in der Dunkelheit des Waldes einen Pfad zu erkennen. Zwar bewegten sie sich so schnell wie möglich, doch der Boden war uneben, von Baumwurzeln durchzogen, und hin und wieder brachten Steine sie ins Straucheln, einmal so heftig, dass sie umknickte und vor Schmerz aufkeuchte. Danach bemühte sie sich, noch mehr aufzupassen, denn eine Verletzung konnte ihren ganzen Plan in Gefahr bringen. Sie versuchte, so locker wie möglich zu gehen, damit der Schmerz nachließ, und war erleichtert, dass es wohl keine Verstauchung war.

Schließlich kamen sie an eine Stelle, an der der dunkle Wald sich zu einer Lichtung öffnete, und dann sah sie das geisterhafte Licht des Mondes, das von einem träge vorbeifließenden Fluss reflektiert wurde. Ihr Begleiter drehte sich zu ihr um und flüsterte: »Le Cher.« Wieder hielt er sich den Zeigefinger an die Lippen.

Sie nickte, dankbar für das Licht, erkannte aber im selben Moment, dass sie dadurch auch angreifbarer wurden. Dieser Nebenfluss der Loire war die Demarkationslinie zwischen der besetzten und der nicht besetzten Zone, und direkt am gegenüberliegenden Ufer gab es sicherlich Patrouillen der Nazis.

Sie verschwanden wieder im Schatten der Bäume und folgten weiterhin einem schmalen Pfad am südlichen Ufer. Schließlich gelangten sie zu einer Stelle, an der vor nicht allzu langer Zeit alter Baumbestand gefällt worden war und riesige Stämme wild durcheinander zwischen duftenden Sägemehlhaufen lagen. »*Les Boches*«, sagte der Junge und gab ihr mit Gesten zu verstehen, dass die Nazis dafür verantwortlich waren. Daher ging Ella davon aus, dass sie sich dem Grenzübertritt näherten, denn die Deutschen hatten wohl den Wald gerodet, weil sie verdächtige Bewegungen in dieser Gegend vermuteten. Als sie um eine Biegung kamen, tauchte am gegenüberliegenden Ufer, hell erleuchtet vom Mondlicht, das durch die Wolkendecke brach, ein schönes Château mit weißen Türmen auf. Sie schaute genauer hin.

Das Château nahm nicht nur die gesamte Breite des Flusses ein, sondern stand in dessen Mitte und war durch einen Turm mit dem nördlichen Ufer und durch eine überdachte Galerie, die auf hohen Steinbögen ruhte, mit dem südlichen Ufer verbunden.

»Chenonceau«, flüsterte ihr Begleiter. Er suchte mit den Augen das gegenüberliegende Ufer ab und hielt offensichtlich nach etwas Ausschau. Dann schüttelte er den Kopf und drückte sich wieder den Finger an die Lippen. »Es ist noch nicht sicher.« Er bedeutete ihr, ihm zu folgen und sich mit ihm dicht an einen der riesigen gefällten Baumstämme zu setzen. Dann erklärte er: »Sobald die deutsche Patrouille weg ist, gibt es ein Signal. Es besteht aus einer Decke, die wie zum Lüften aus einem der Fenster gehängt wird. Dann können Sie los.«

Als sie auf dem leicht feuchten, moosigen Boden saßen, kam ihr ein Satz in den Kopf: *Am dunkelsten ist es kurz vor Morgengrauen.* Woher kannte sie das?, fragte sie sich, erschauerte leicht und war froh über ihren dicken Mantel, den sie noch fester um sich zog, um sich vor der Kälte zu schützen, die von der Erde aufstieg und ihr in die Knochen drang. Sie warf einen Blick auf ihre Uhr. Dazu musste sie das Ziffernblatt schräg halten, um im Licht des Mondes etwas zu erkennen. Bis zum Sonnenaufgang würde es noch eine Weile dauern. Sie war dankbar für den Schutz der Dunkelheit, aber damit würde es bald vorbei sein, denn der neue Tag überzog den Himmel über den bleichen Spitzen der Türme allmählich mit einem kaum wahrnehmbaren silbrigen Schimmer.

Sie ging im Stillen noch einmal alle Instruktionen durch

und stellte sich jeden einzelnen Schritt der Operation vor. Sie musste das Schloss betreten und die Galerie überqueren. Eine Kontaktperson würde sie drinnen erwarten und ihr ein Kopftuch und einen Korb überreichen. Zusammen würden sie, sobald der Morgen anbrach, hinaus ins Dorf gehen und den Anschein erwecken, als wollten sie einkaufen.

Sie würde zu einem geheimen Unterschlupf gehen, wo ein Mitglied der Résistance schon auf sie wartete, und dort würde sie das Empfangsgerät und die Bedienungsanleitung übergeben und so viele zusätzliche Instruktionen wie möglich erteilen. Danach würde der Kontakt vom Château sie abholen und gemeinsam mit ihr und ihren Einkaufskörben wieder zurückgehen. Im Château Chenonceau würde sie sich bis zum Einbruch der Dunkelheit verstecken und dann durch den Wald zurücklaufen. Ein anderer Begleiter – vielleicht aber auch dieser Junge – sollte auf sie warten und sie zur Rollbahn bringen, und das Flugzeug würde sie im Schutz der Dunkelheit einsammeln.

»Rein und wieder raus, auf direktem Weg. Wir haben den Plan so weit wie möglich vereinfacht«, hatte Angus erklärt. »Sobald unser Kontaktmann von der Résistance diesen ersten Empfänger in Betrieb genommen hat, können wir noch mehr Geräte abwerfen, die dann weiterverteilt werden.«

Ihre Aufgabe bestand nur aus diesen wenigen, einfachen Schritten, und doch barg jeder von ihnen ein Risiko. Als sie spürte, wie ihr Herz immer schneller schlug, atmete sie ein paarmal tief durch, um sich zu beruhigen. Wichtig war jetzt, einen kühlen Kopf zu behalten und nicht in Panik zu geraten, ganz gleich, was geschah. Ihre Fähigkeit, logisch zu denken und unter Druck die richtigen Entscheidungen zu treffen, würde sie sicher nach Schottland zurückbringen. Zu ihren Eltern. Zu Angus.

Keine Ablenkungen, ermahnte sie sich. Sie konzentrierte sich darauf, an Caroline zu denken, und wünschte, sie könnte ihrer Freundin mitteilen, dass sie hier war, auf französischem Boden, um Hilfe zu bringen und ihren Teil dazu beizutragen, dass der Krieg schneller zu Ende ging.

Langsam atmete sie immer weiter, um ihre gereizten Nerven zu beruhigen und alle Sinne zu schärfen.

Als sie ihre Fingerspitzen auf den moosbedeckten Boden drückte, erschauerte sie erneut und schluckte, denn sie musste daran denken, dass Christophes schöner, vom Krieg zerschmetterter Körper viele Meilen entfernt in genau diesem kühlen Boden begraben war. Kalte Wut stieg plötzlich in ihr auf und half ihr, ihre Gefühle zu der festen Entschlossenheit zu bündeln, diese Mission erfolgreich zu Ende zu führen.

Hin und wieder spähte ihr Begleiter über den schützenden Baumstamm hinweg, bis er schließlich aufstand und ihr bedeutete, es ihm gleichzutun. Sie erhob sich unbeholfen und bemühte sich, ihre kalten, steifen Beine zu lockern. Im ersten Licht der Morgendämmerung war eine Decke an einem der oberen Fenster des Château erschienen. Der Junge zeigte auf die Tür am Ende der Galerie und bedeutete ihr, dass sie dort viermal klopfen solle.

Sie nickte und setzte sich in Bewegung, rannte über die freie Fläche. Sie kam sich völlig schutzlos vor, als sie plötzlich spürte, dass sie beobachtet wurde. Sie schickte ein Stoßgebet zum Himmel, dass die Blicke, die gerade ihrem Weg folgten, freundliche waren und aus dem Château kamen.

Mit hämmerndem Herzen erreichte sie die hölzerne Zugbrücke und überquerte sie bis zu der massiven Tür, wo sie wie angewiesen viermal klopfte. Schweigen folgte, nur unterbrochen vom ersten zaghaften Zwitschern eines Vogels im Wald hinter ihr und dem Rauschen des Bluts in ihren Ohren. Und dann hätte sie fast ein Wimmern von sich gegeben vor lauter Erleichterung, denn ein Riegel wurde zurückgeschoben, ein Schlüssel drehte sich im Schloss, und die Tür ging einen Spaltbreit auf. Sie schlüpfte hindurch und fand sich am Ende eines langen Gangs wieder. Die Fenster waren mit dichtem Stoff verdunkelt, aber als die Tür hinter ihr geschlossen war, flammte eine Laterne auf und blendete sie, bis ihre Augen sich an die plötzliche Helligkeit gewöhnt hatten.

Ella holte tief Luft, um ihren rasenden Puls zu beruhigen, und blinzelte erneut, diesmal vor Überraschung. Wenn sie sich in Arisaig gefühlt hatte wie Alice im Wunderland, so war sie hier höchstwahrscheinlich durch die Spiegel getreten. Denn sie befand sich in einer langen, prachtvollen Galerie mit schwarzen und weißen Bodenfliesen, deren diamantförmiges Muster ihr vor den Augen zu verschwimmen schien. Die weiß getünchten Wände der Galerie waren nackt und nur von einer Reihe hoher, bogenförmiger Nischen unterbrochen. Dort könnte sich ohne weiteres jemand verstecken, und als sie der Frau folgte, die die Laterne trug, warf sie unwillkürlich nervöse Blicke in diese Nischen. Am Ende des Ganges befand sich ein großer steinerner Kamin, der auf beiden Seiten von einer kleinen Holztür gesäumt wurde. Sie gingen durch eine der Türen und folgten dann einem gewundenen Gang, bis Ella klarwurde, dass sie den Fluss überquert haben mussten und sich im Hauptgebäude des Schlosses befanden.

Nachdem sie eine Treppe hinuntergelaufen waren, öffneten sie eine weitere Tür, und mit einem Mal standen sie in einer riesigen Küche, deren gewölbte Decke mit Hilfe steinerner Säulen das Château darüber stützte. In einem Kamin brannte ein gemütliches Feuer, und ein riesiger, schmiedeeiserner Ofen sorgte mit seiner stetigen Hitze dafür, dass es in der Küche angenehm warm war. Im Schein der Laterne blitzten kupferne Töpfe und Pfannen an der Wand auf, und plötzlich spürte Ella, dass sie völlig ausgehungert war.

»Willkommen im Château Chenonceau.« Die Frau, die sie hierhergeführt hatte, streckte ihr die Hand entgegen. »Ich halte es für besser, dass wir uns nicht namentlich vorstellen, *n'est-ce pas?* Sie können sich hier hinsetzen und aufwärmen. Ich hole Ihnen etwas zu essen, während wir warten.«

Ella bekam einen harten Kanten Brot, der aus Kastanien bestand, weil die Deutschen ihnen das Getreide wegnähmen, wie die Frau Ella erklärte. Der Kaffee sei aus Zichorien, wegen der Nazis müssten sie sich ernähren wie die Tiere.

Das Brot war nur dank der Pflaumenmarmelade essbar, aber immerhin spürte Ella, wie ihre Kräfte zurückkehrten. Als die Sonne aufging, stieß die Frau einen Fensterladen in einem der schmalen Küchenfenster auf, und der ganze Raum wurde von Sonnenlicht geflutet, das der Fluss reflektierte. Ella wünschte, sie hätte das Château besichtigen können – es wirkte faszinierend schön –, aber das war unmöglich. Sie musste sich zurückhalten, damit nur so wenige

Menschen wie möglich von einer zusätzlichen Hilfskraft beim Personal wussten. Von der Wärme des Ofens wurde sie müde, zumal eine schlaflose Nacht hinter ihr lag, und sie fühlte sich in diesem prächtigen Schloss sicher genug, um für ein paar Minuten die Augen zu schließen und zu dösen.

Das Öffnen einer Tür und Schritte, die laut auf dem Steinboden hallten, weckten sie. Ella öffnete die Augen, und eine andere Frau erschien vor ihr und gab ihr mit ernster Miene die Hand. Wortlos reichte sie ihr ein leuchtend rotes Kopftuch mit unverwechselbarem Paisleymuster, das sie sich um die Haare schlang und unter dem Kinn verknotete. Sie nahm den Weidenkorb, den die Frau auf dem Boden abgestellt hatte, und zeigte mit einem Nicken, dass sie bereit war. Die Laternenträgerin führte sie wieder die Treppe hinauf und dann durch die eleganten Räumlichkeiten des Schlosses zum Haupttor am Nordeingang. Sie gingen zwar zügig, aber nicht so schnell, dass sie Aufmerksamkeit erregt hätten – sie waren nur zwei Frauen, die zum Einkaufen ins Dorf wollten. Obwohl Ella versucht war, sich die schön gestalteten Gärten und die Statuen anzusehen, hielt sie den Blick vorsichtshalber gesenkt, als wäre sie an die Umgebung gewöhnt. Man hatte sie gewarnt, dass sich Nazis auf dem Gelände aufhielten, weil sie einige der Nebengebäude von Chenonceau besetzt hatten, und tatsächlich entdeckte sie beim Überqueren der letzten schmalen Brücke zum nördlichen Ufer ein paar der charakteristischen Uniformen. Allerdings gehörte diese Morgenpatrouille eindeutig zur normalen Routine auf dem Schloss, denn die Wachsoldaten würdigten die Frauen kaum eines Blickes, abgesehen von einem Soldaten, der sogar grüßend die Hand hob.

Die Frau begleitete Ella ins Dorf, wo sie von der Hauptstraße in eine Seitengasse abbogen. Sie zeigte auf ein Haus mit einer blauen Tür und flüsterte: »In einer Stunde hole ich Sie wieder ab.« Ella warf einen Blick auf ihre Uhr und nickte.

Als sie näher kam, wurde die Tür von einer Frau geöffnet, die sie wohl hinter der dichten Spitzengardine aus einem der Fenster beobachtet hatte. Sie wurde in ein kleines Wohnzimmer im hinteren Teil des Hauses geführt, das auf einen von hohen Mauern umgebenen Hof hinausging, so dass sie vor Blicken abgeschirmt waren. Als sie das Zimmer betrat, erhob sich ein Mann und gab ihr die Hand. Seine Haut war hart und ledrig wie ein Handschuh. Wieder fielen keine Namen und wurden keine Begrüßungsfloskeln ausgetauscht. Ella streifte sich ihren Mantel ab und machte sich daran, das darunter verborgene S-Phone abzuschnallen. Der Mann prüfte interessiert die Einzelteile und nickte anerkennend. Leise und möglichst rasch, da jede Minute zählte, zeigte sie ihm, wie der Empfänger funktionierte, wie die Antenne angeschlossen und direkt auf das Gerät gerichtet werden musste. Mit Hilfe ihres Messers löste sie die Nähte des Mantelfutters und gab dem Mann die Quadrate aus Seide, auf denen chiffriert die Bedienungsanleitung stand. Wieder nickte er, mit einem breiten Grinsen im Gesicht, und küsste sie herzlich auf beide Wangen. »Mademoiselle, es war sehr mutig von Ihnen, uns das zu bringen. Ihre Freunde in Frankreich sind Ihnen sehr dankbar.«

»Nutzen Sie es klug«, erwiderte sie lächelnd. »Ich hoffe, es wird viele Menschenleben retten.« Sie hielt kurz inne, weil sie an die Freunde und Gefährten dieses Mannes denken musste, die er kurz zuvor bei einer Razzia der Gestapo verloren hatte. »Und ich bete dafür, dass dieser Krieg sehr bald zu Ende ist.«

Die Frau, die an ihrem Platz hinter den Vorhängen Wache gehalten hatte, machte ihr ein Zeichen, dass es Zeit war aufzubrechen. Ella zog ihren Mantel an, knöpfte ihn zu, damit man nicht sehen konnte, dass ein Teil des Futters sich gelöst hatte, und band sich das leuchtende Tuch um den Kopf. Die Frau vom Château wartete schon auf der Türschwelle und legte schnell ein paar ihrer Einkäufe in Ellas Korb.

Als sie das Schlossgelände erreicht hatten, hielten zwei deutsche Wachsoldaten sie auf.

»Was konnten Sie denn heute kaufen?«, fragt der eine in stockendem Französisch.

Ella zeigte ihm ihren Korb, und er nahm ein Päckchen heraus, roch daran und verzog das Gesicht. »Ich weiß nicht, wie ihr Franzosen derart stinkenden Käse essen könnt.« Er warf das Päckchen wieder in den Korb.

Ella hielt den Blick gesenkt, lächelte aber. »Er passt gut zu *Soupe à l'oignon*«, antwortete sie und war selbst überrascht, wie ruhig ihre Stimme klang, obwohl ihr Herz vor lauter Angst hart gegen die Knöpfe ihres Mantels hämmerte. Sie wies nickend zum Korb der anderen Frau, in dem mehrere große braune Zwiebeln lagen.

Die Deutschen winkten sie durch, und sie betraten das Schloss. Erst als sie in der sicheren Zuflucht der warmen Küche waren, holte Ella tief Luft, weil sie merkte, dass sie seit dem Verlassen des Hauses kaum zu atmen gewagt hatte.

Sie hatte es geschafft! Das erste S-Phone war nun sicher in den Händen der Résistance. Bei dem Gedanken durchströmte sie reine Freude, doch sofort rief sie sich zur Ordnung, denn Angus hatte sie gewarnt: »Seien Sie keinen Augenblick unkonzentriert, bis Sie sicher im Flugzeug und nicht mehr auf feindlichem Gebiet sind. Vergessen Sie nie, dass die Aufgabe erst erledigt ist, wenn Sie wieder zu Hause sind.«

Still setzte sie sich in eine Ecke und sah zu, wie die beiden Frauen ihren täglichen Pflichten nachgingen. Sie sprach wenig, aß, was man ihr anbot, um bei Kräften zu bleiben, und versuchte, sich auf den nahenden Abend zu konzentrieren.

Als es dämmerte, durchquerten sie das verdunkelte Château bis zurück zur Galerie über dem Fluss. Die Frau deckte ihre Laterne ab, bevor sie die Riegel der Tür zurückschob und sie einen Spalt öffnete. Ella schlüpfte hinaus in die Dunkelheit und verspürte, ganz kurz nur, den Wunsch, einfach im warmen Schloss zu bleiben, unter dem Schutz dieser Menschen, die ihr Leben für sie aufs Spiel setzten. Doch sie zwang sich, sich in Bewegung zu setzen, und als sie über die Zugbrücke ging und auf die freie Fläche mit den gefällten Bäumen trat, hämmerte ihr Herz wieder unter ihrem schweren Mantel. Geduckt eilte sie über die Lichtung in die Deckung des Waldes und hielt dann inne, um sich zu beruhigen und einen Blick auf ihre Uhr zu werfen. Ihr Begleiter hätte inzwischen schon da sein sollen. Sie ließ ihren Blick über die Bäume schweifen und hielt angestrengt nach dem Licht einer Taschenlampe Ausschau. Aber sie sah nur Dunkelheit und Schatten. Außer dem leisen Plätschern des Flusses hinter ihr hörte sie nichts.

Mit einem Mal fühlte sie sich sehr einsam. Sie versuchte, so leise wie möglich zu atmen, und unterdrückte die Panik, die in ihr aufwallte. Sie versuchte, sich damit zu beruhigen, dass ihr Begleiter nur etwas zu spät käme. Es blieb noch mehr als genug Zeit, um zu dem kleinen Rollfeld zurückzukehren, bevor das Flugzeug sie abholen würde. Sie stand da und lehnte sich gegen den beruhigend massiven Stamm einer alten Eiche. Dann bückte sie sich, um eine der am Boden liegenden Eicheln aufzuheben, und rieb mit dem Daumen über die raue Kappe, während sie versuchte, die Fassung zu bewahren.

Die Minuten verstrichen. Nach einer knappen Stunde wurde ihr klar, dass sie jetzt aufbrechen musste, wenn sie es noch rechtzeitig zum Treffpunkt schaffen wollte. Verzweifelt ließ sie ein letztes Mal den Blick über die Bäume und die Lichtung schweifen. Jenseits des Flusses erstrahlte das weiße Märchenschloss im Mondlicht und erschien ihr wie ein mythischer Hort der Geborgenheit, der für sie unerreichbar war.

Sie musste sich konzentrieren und durfte sich nicht durch die Vorstellung von dunklen Gestalten in den pechschwarzen Schatten zwischen den Bäumen ablenken und in Panik versetzen lassen.

Ihr blieb keine andere Wahl: Sie musste allein gehen.

Sie orientierte sich am Fluss und am Mond, entschied sich für eine Richtung und versuchte, sich auf dem Weg Besonderheiten zu merken, falls sie sich verirrte und den Weg zurückgehen musste. Aber das war im dunklen Wald sehr schwierig, und als sie erst einmal den vom Mondlicht bestrahlten Fluss hinter sich gelassen hatte, fühlte sie sich desorientiert zwischen all den Bäumen, die immer näher an sie heranrückten. Sie folgte dem schmalen Pfad, von dem sie dachte, auf ihm wären sie in der Nacht zuvor gekommen, aber das gesamte Wäldchen war von einem Netz verschlungener Wege durchzogen, von denen manche von Menschen, andere von Tieren gebahnt worden waren. Hin und wieder blieb sie stehen und verharrte ruhig, um etwa das Knacken eines Zweiges zu hören oder eine abgeblendete Taschenlampe zwischen den Bäumen zu sehen, doch da war nichts.

Als der Mondschein durch das Blätterdach der Bäume fiel, hob sie ihr Handgelenk, um einen Blick auf ihre Uhr zu werfen. Noch zehn Minuten bis zur Landung des Flugzeugs. Sie musste das Rollfeld finden, und zwar schnell. Sie schrak zusammen, als irgendwo über ihr eine Eule schrie. War das wirklich eine Eule? Oder ein Signal? Sie zögerte für ein paar kostbare Augenblicke und lauschte hoffnungsvoll, aber dann entdeckte sie den Vogel, der sich lautlos auf blassen Schwingen in die Dunkelheit erhob. In welche Richtung musste sie jetzt gehen? Sie hatte vollkommen die Orientierung verloren, und der Mond war wieder verschwunden. Fast blindlings lief sie los und spürte, wie die Panik wie eine Trommel gegen ihre Brust schlug.

Und dann hörte sie es. Das unverkennbare Brummen eines Flugzeugmotors. Sie wandte sich in Richtung des Geräuschs. Jetzt blieb ihr nicht mehr viel Zeit, sie musste schnell zum Treffpunkt gelangen, doch sie war vom Kurs abgekommen. Angus hatte sie gewarnt: »Der Pilot kann nicht warten, das ist zu gefährlich. Nicht vergessen: Rein und wieder raus. Wenn Sie nicht da sind ...« Dann war er verstummt.

Schließlich hatte er leise hinzugefügt: »Seien Sie einfach da, Ella.«

Jetzt rannte sie, stolperte über Baumwurzeln und konnte nur noch stoßartig atmen, so sehr brannte ihre Lunge. Das Motorengeräusch wurde ohrenbetäubend laut, als das Flugzeug direkt über sie hinwegflog und auf die Rollbahn herabsank.

»Ich bin hier!«, schrie sie in Gedanken.

Verzweifelt rannte sie in die Richtung, aus der das Dröhnen des Motors zu hören war, das Flugzeug musste sich bereits auf Bodenhöhe befinden. Dann verstummte es plötzlich, weil das Flugzeug angehalten hatte und der Motor im Leerlauf tuckerte. Sie rannte so schnell, dass sie stolperte und stürzte, mit dem Kopf auf dem Boden aufschlug und sich die Hände aufschrammte. Sofort rappelte sie sich wieder auf, denn es war keine Zeit, den Schaden zu begutachten, und rannte weiter.

Und dann wurde das Motorengeräusch plötzlich wieder lauter, als das Flugzeug wendete und sich für den Start ausrichtete. »Nein! Ich bin hier! Komm zurück!«, schrie sie in ihrem Kopf.

Sie kämpfte sich durch die Bäume, und vor ihr tauchte endlich das Rollfeld auf, doch als das Dröhnen der Motoren noch lauter wurde, wusste sie, dass der Pilot sich zum Start bereitmachte. Sie erreichte die Lichtung in dem Moment, als das Flugzeug am hinteren Ende der Rollbahn vom Boden abhob und steil in den nächtlichen Himmel stieg.

Langsam ließ sie sich an einem Baumstamm zu Boden gleiten und versuchte, tief Luft zu holen, doch heraus kam ein langer, verzweifelter Schluchzer.

Ihre Handflächen brannten und pochten, und sie sah, dass sie einen tiefen Schnitt direkt über dem Daumenballen hatte, aus dem Blut quoll. Sie wollte gerade ein Taschentuch aus ihrer Manteltasche ziehen, um die Wunde zu verbinden, da erstarrte sie. Zu ihrer Rechten bemerkte sie zwischen den Bäumen ein helles Licht, das hin und her schwankte. Sie wurde ganz still, wich in den Schatten zurück und lauschte angestrengt mit jeder Faser ihres Körpers.

Und dann hörte sie Stimmen. Zwei Männer. Sie sprachen deutsch.

Sie mussten das Flugzeug bemerkt haben. Gott sei Dank war es noch rechtzeitig entkommen. Aber die Rollbahn war jetzt entdeckt, und sie selbst befand sich in furchtbarer Gefahr.

Mit einem Mal überkam Ella eine tödliche Ruhe. Die Panik, die sie gerade noch durchströmt hatte, war verschwunden. Sie wartete und beobachtete das näher kommende Licht. Lautlos zog sie das Messer aus der Hülle an ihrer Taille. Dann schraubte sie rasch den Knopf an ihrem Mantel auf und tastete nach dem kleinen Gegenstand darin. Ohne auch nur eine Sekunde zu zögern, nahm sie die Kapsel zwischen ihre Finger. Sie wusste, was sie zu tun hatte. Sie wartete.

In diesem Augenblick, der sich zu einer kleinen Ewigkeit auszudehnen schien, wurde ihr bewusst, dass sie keine Angst vor dem Tod hatte. Sie würde an jenen Ort gelangen, an dem Christophe bereits war.

Für eine Sekunde schloss sie die Augen und versuchte, sich sein Gesicht vorzustellen, sah zu ihrer Überraschung aber Marianne vor sich, die sie tröstend anlächelte und ihr damit zu verstehen gab, dass sie doch nicht so allein war, wie sie sich fühlte.

Die deutschen Soldaten erreichten das andere Ende der Lichtung und leuchteten mit ihren Taschenlampen über den Boden, um die Rollbahn zu begutachten. Der Lichtkegel flog über die Stelle hinweg, wo Ella stand. Sie presste sich noch enger gegen die vom Rollfeld abgewandte Seite des Baums, betete, dass man sie nicht gesehen hatte, und presste Daumen und Zeigefinger noch fester um die Kapsel.

Aus dem Augenwinkel sah sie, wie einer der Männer im Schein der Taschenlampe seines Begleiters auf die Lichtung trat und in ihre Richtung kam. Mit eisiger Ruhe hob Ella die Kapsel an ihre Lippen.

Doch plötzlich geschah etwas Merkwürdiges.

Der Lichtkegel der Taschenlampe wurde in einem weiten Bogen hochgerissen, als der deutsche Soldat lautlos zu Boden sank. Der andere drehte sich um, rief laut eine Frage – und in derselben Sekunde ertönte ein einzelner Schuss.

Verständnislos ließ Ella die Hand mit der Kapsel wieder sinken. Jemand hob die Taschenlampe der Deutschen auf, trat auf die Lichtung und rief ihren Namen.

»Angus!«, schluchzte sie, taumelte auf die freie Fläche und spürte, wie ihre Knie weich wurden. Doch da streckte er schon die Hand nach ihr aus und stützte sie.

Er kniete vor ihr und redete beruhigend auf sie ein. »Du bist in Sicherheit, Ella. Du bist in Sicherheit.«

Weinend klammerte sie sich an ihn, den Mann, der sie vom drohenden Abgrund zurückgerissen hatte, und schluchzte: »Du bist gekommen, um mich zu suchen. Ich war verloren, und du hast mich gefunden.«

Er musste sie fast in die Schatten zwischen den Bäumen tragen und nahm ihre Hände in seine.

»Bleib hier, Ella. Setz dich einfach hierhin.« Er löste die verkrampften Finger ihrer rechten Hand und sah, dass sie die Selbstmordpille umklammert hielt. Behutsam nahm er sie ihr ab und steckte sie in seine Tasche. »Die wirst du nicht mehr brauchen.«

Dann rannte er zu der Leiche des zweiten Deutschen, die gekrümmt neben dem Rollfeld lag, und schleifte sie in den Wald zu der Stelle, wo er den anderen mit einem lautlosen Messerstich getötet hatte. Er bedeckte beide Leichen mit Ästen und Laub und kam dann zurück auf die Lichtung. Ella sah, wie er stehen blieb, in die Richtung blickte, in die das Flugzeug geflogen war, und seinen Mantel öffnete. Er steckte eine Antenne in das S-Phone, das er sich um den Leib geschnallt hatte, und rief den Piloten zurück.

»Ich habe sie. Die Bahn ist gesichert. Rückkehr ungefährlich. Ich wiederhole: Rückkehr ungefährlich.«

2014
EDINBURGH

Das Geißblatt steht nicht mehr auf Ellas Nachttisch, aber ich arrangiere stattdessen einen Strauß weißer Lilien in einer Vase und hoffe, sie werden sie an den Abend erinnern, an dem sie glücklich mit Christophe tanzte und noch nichts von den Schrecken wusste, die sich bereits drohend am Horizont abzeichneten.

Als ich die Vase auf dem Nachttisch abstelle, wirft sie mir einen scharfen Blick zu. Heute sind ihre Augen klar und strahlend. Obwohl ich Make-up aufgetragen habe, spüre ich, wie sie die dunklen Ringe unter meinen Augen mustert. Mit einem Mal wird mir bewusst, dass ich mal wieder meine Haare waschen müsste. Ich verschütte ein wenig Wasser, da meine Hände leicht zittern, wie so oft an Tagen, an denen mich Sorge und Erschöpfung überwältigen. Als ich nach ein paar Papiertüchern greife, um es wieder aufzuwischen, lässt sie mich nicht aus den Augen.

Verlegen greife ich in meine Tasche und hole etwas hervor, um von der Situation abzulenken. »Schau mal, Granny, ich habe heute eines der Fotoalben mitgebracht.«

Es stammt aus dem Jahr 1945, der Zeit danach.

Von Ella gibt es keine Fotos aus dem Krieg, abgesehen von zwei Schnappschüssen: Das eine zeigt sie auf der RAF Gulford, wo sie grinsend in Vickys Kamera blickt und neben einer Hurricane eine riesige Ölkanne schwenkt. Das andere ist eine offizielle Aufnahme von ihr in WAAF-Uniform.

»Was hast du danach gemacht, Granny? Nach deinem Auftrag in Frankreich? Hast du das Fallschirmspringen gelernt und weitere Missionen übernommen?«

Lachend schüttelt sie den Kopf. »Nein, Liebes. Andere Missionen übernahm ich nicht. Ich fürchte, die restliche Zeit bei der Air Force war wesentlich langweiliger. Ich wäre zu mehr bereit gewesen, aber irgendwer an höherer Stelle war immer noch der Ansicht, dass ich nicht ›für den Feldeinsatz geeignet‹ war und dass meine Französischkenntnisse nicht mehr vor Ort gebraucht wurden. Daher versetzte man mich wieder in die Nähe von Edinburgh, zu einer Ausbildungsstätte für SOE-Funker. Den Rest des Krieges verbrachte ich damit, mir Propagandasendungen der Nazis in Frankreich anzuhören und sie zu übersetzen. Hin und wieder sendeten wir Spottlieder von Spike Jones, um es ihnen heimzuzahlen, oder auch Funksprüche ohne jeden Inhalt, die die Deutschen für verschlüsselte Nachrichten halten sollten. Mir gefiel immer der Gedanke, dass sie kostbare Zeit und Mittel darauf verschwendeten, diese Funksprüche zu entschlüsseln. Das Ganze waren Ablenkungsmanöver von den echten Nachrichten, die wir an die Résistance sendeten. Und dann fing ich auf Bellhaven Hill selbst an, auszubilden, und zeigte anderen SOE-Funkern, wie man besondere drahtlose Übertragungsgeräte benutzen konnte. Dabei lernte ich viele Frauen kennen, die wesentlich mutiger waren als ich.«

»Und Grandad?«

»Oh ja, der fuhr mit seiner Arbeit fort. Die meiste Zeit wusste ich gar nicht, was er gerade machte, weil es top-secret war. Er blieb in Arisaig, kam aber nach Edinburgh, wann immer er konnte, und dann trafen wir uns zum Tanztee im North British Hotel. Selbstverständlich stellte ich ihn auch meinen Eltern vor, die ihn wunderbar fanden. Wir gingen miteinander aus und hatten viel Spaß. Das Leben ging weiter, trotz des Krieges. In gewisser Hinsicht fühlte es sich sogar intensiver an wegen all der Risiken und Bedrohungen, die uns umgaben. Ich liebte Angus sehr. Und das nicht nur, weil er mir das Leben gerettet hatte. Ich liebte ihn, weil er mutig und witzig war. Und natürlich sah er hervorragend aus.« Sie tätschelt mir die Hand. »Ohne ihn würde es weder deine Mutter und Robbie geben noch dich oder Finn. Also war es eine wunderbare Sache.«

Ich blättere durch die Seiten des Albums, das auf meinem Schoß liegt, bis ich zu ihrem Hochzeitsfoto komme. Ella betrachtet die Lilien in der Vase neben ihr und streicht über die Blätter. »An diesem Tag hatte ich auch Lilien in meinem Brautstrauß, siehst du? Oh, dieser Duft weckt so viele Erinnerungen …«

1945
EDINBURGH

An einem sonnigen Samstag Ende Mai, nur wenige Wochen nach dem Ende des Weltkrieges, heirateten Angus und Ella in der Kirche in Holy Corner, die die Familie schon immer besucht hatte. Es herrschte eine Atmosphäre, als würde das ganze Land feiern, als wäre ihre Hochzeit ein weiterer Ausdruck der unbändigen Freude über die bedingungslose Kapitulation der Nazis. Als sie aus der Kirche traten, bewarfen Freunde und Verwandte sie mit einer Wolke aus Konfetti, die sich wie vom Winde verwehte Blütenblätter auf Ellas Spitzenkleid und ihren Schleier senkte.

Im Wagen, der sie zum Hochzeitsbrunch brachte, strich sie etwas Konfetti von Angus' khakifarbener Uniform und küsste ihn auf die Lippen. Er nahm ihre Hand in seine.

»Bereit, Mrs. Dalrymple?«

»Mehr als bereit.« Sie lächelte und drückte seine Hand.

»Du siehst wunderschön aus, meine süße Ella. Danke, dass du mich zum glücklichsten Mann der Welt machst. Und zum stolzesten.«

Als der Wagen vor dem North British Hotel hielt, stieg er aus und reichte ihr seine Hand. Der Beifall von Passanten empfing sie, die stehen geblieben waren, um den Anblick des Brautpaars an einem sonnigen Frühlingstag zu genießen.

Ella hakte sich bei Angus unter, und als sie die Schwelle des Hotels überschritten, salutierte der Portier.

»Da wären wir also wieder, Mr. Brown. Bei meinem Vorstellungsgespräch hättest du dir wohl nicht gedacht, dass du mir einmal das Leben retten und mich dann heiraten würdest«, sagte Ella scherzend.

»Eigentlich doch«, erwiderte er und blickte lächelnd auf sie herab. »Zumindest, dass ich dich heiraten würde, kam mir zugegebenermaßen schon in den Sinn.«

»Das nenne ich aber wirklich beeindruckende Vorausplanung! Allerdings war das schon immer eine deiner Stärken.«

»Bereit?«, fragte er sie noch einmal und wies mit dem Kopf zum Palm Court, wo die Hochzeitsgesellschaft sie erwartete.

»Bereit«, erwiderte sie. Und dann traten sie gemeinsam in einen Saal voller jubelnder Gäste.

~

Die Flitterwochen verbrachten sie in Arisaig in einem der Cottages, das vorübergehend leer stand, weil das Ausbildungszentrum aufgelöst worden war.

Diese zwei Wochen gehörten zu den glücklichsten in Ellas Leben. Vor dem idyllischen Panorama der Hebriden machten sie lange Spaziergänge an endlosen weißen Sandstränden. Sie nahmen sich ein Boot, um die stillen Buchten unter den aufragenden Hügeln der Insel Rum zu erkunden, beobachteten Rotwild auf den Hängen und Adler am strahlend blauen Himmel und segelten mit der untergehenden

Sonne im Rücken und einmal sogar in Begleitung einiger Schweinswale zurück. Angus angelte Makrelen, die Ella auf dem Torfofen im Cottage briet, und dann saßen sie bis spät in den Abend zusammen und lasen und redeten. Und nachts lagen sie eng umschlungen in ihrem Bett und schwelgten in Träumen von einer Zukunft voller Hoffnung und Liebe, nun, da der Krieg in Europa endlich vorbei war.

»Ich möchte gerne zwei Kinder mit dir haben«, flüsterte Ella ihm in der Dunkelheit zu und schmiegte ihren Kopf in die perfekte Kuhle zwischen Schulter und Brust. »Einen Jungen und ein Mädchen.«

Sie spürte, wie er nickte. »Und sie werden beide so klug und schön wie ihre Mutter«, flüsterte er und wandte sich ihr zu.

An ihrem letzten Tag blieben sie auf dem Weg zum Strand an dem roten Briefkasten am Straßenrand stehen, weil Ella eine Postkarte für Caroline, die noch auf der Île de Ré war, einwerfen wollte. Die Karte zeigte den Strand von Arisaig, und auf die Rückseite hatte sie geschrieben: *Grüße aus den Flitterwochen! Hier ist unsere neue Adresse. Hoffe, bald von euch zu hören. In Liebe, Ella (Dalrymple!)*

»Dass die Post wieder funktioniert, ist wirklich eine solche Erleichterung«, bemerkte Ella. Noch am Befreiungstag hatte sie Caroline einen langen Brief geschrieben, und sie hatte es unendlich genossen, ihrer Freundin alle Neuigkeiten der vergangenen Jahre zu erzählen und zu wissen, dass der Brief sie tatsächlich auf der Île de Ré erreichen würde. Zwar hatte sie bislang noch keine Antwort bekommen, aber vielleicht wartete nach ihrer Rückkehr schon ein Brief in Edinburgh auf sie. Sie hoffte nur, dass er gute Neuigkeiten über Marianne enthielt und dass die drei Martets zusammen auf der Insel waren. Vielleicht erwartete sie auch die Nachricht, dass die Familie endlich gemeinsam Christophes Grab besuchen konnte, das so weit von der Insel entfernt am anderen Ende von Frankreich lag, um dort Blumen abzulegen und zu trauern. Ella versuchte, alle Zweifel zu verdrängen – die Erinnerung an Mariannes Gesicht, das in jener Nacht aufgetaucht war, als sie sich in Frankreich im Wald verlaufen hatte, die grauenerregenden Geschichten über das, was die Alliierten in Polen vorgefunden hatten, als sie die so genannten Arbeitslager befreiten. Die sanfte, schöne Marianne konnte unmöglich in einem dieser furchtbaren Lager gelandet sein, oder?

Am Strand war Ella völlig in Gedanken versunken, während sie am Wassersaum entlangschlenderten und hin und wieder über den Tang stiegen, den die Flut ans Ufer gespült hatte.

Angus blieb stehen, um etwas aufzuheben. »Schau mal. Ein Andenken an zwei perfekte Wochen.« Er legte eine weiße Muschel, deren Hälften noch aneinanderhingen, in ihre Hand.

»Ella? Alles in Ordnung?«

Sie schüttelte lächelnd den Kopf, vertrieb mit einem Blinzeln die Tränen, die plötzlich in ihr aufgestiegen waren, und ließ sie vom Wind auf ihren Wangen trocknen. »Tut mir leid. Ich musste an etwas denken.« Sie strich mit dem Finger über die Muschel, drehte sie um und bewunderte die seidig glatte Innenfläche. »Jemand hat mir einmal gesagt, diese Muscheln nenne man Neptuns Medaillons.«

Er betrachtete forschend ihr Gesicht und entdeckte den

Anflug von Schmerz in ihren grünen Augen, die Traurigkeit, die ihr Lächeln kaum überdecken konnte.

Nachdem er eine ganze Weile geschwiegen hatte, räusperte er sich und fragte: »Willst du über ihn reden?«

Sie zögerte, war hin und her gerissen und nahm seine Hand in ihre. Als sie sich wieder in Bewegung setzten, waren ihre Finger fest um die Muschel geschlossen, die er ihr geschenkt hatte. Und während sie gingen, erzählte sie ihm von ihrer ersten großen Liebe, die auf einer Insel in einem leuchtenden Meer entstanden war; auf einer Insel, wo sie Freiheit und Schönheit entdeckt und eine Ahnung davon bekommen hatte, was auf dieser Welt wirklich wichtig war.

Als sie am Ende verstummte, wandte er sich ihr zu. Mit seiner freien Hand strich er ihr eine Strähne zurück, die der Wind ihr ins Gesicht geweht hatte, und küsste sie sanft auf die Stirn.

»Ich verstehe. Es tut mir leid. Und jetzt kann ich alles etwas besser verstehen.« Er berührte die Muschel, die sie immer noch in der Hand hielt. »Also … Neptuns Medaillon.«

Er legte ihr den Zeigefinger unters Kinn und hob ihren Kopf, so dass er ihr tief in die Augen blicken konnte, als suchte er darin die Wahrheit.

»Glaubst du, in deinem Herzen ist noch Platz für mich? Denn das wünsche ich mir, Ella, mehr als alles andere. Ich will erst gar nicht versuchen, ihn zu ersetzen – wie könnte ich denn mit einem Mann konkurrieren, der dir die *Mona Lisa* geschenkt hat?« Ein Lächeln umspielte seine Augen, bevor er wieder ernst wurde. »Aber glaubst du, es gibt vielleicht auch für mich einen Platz in deinem Herzen? Neben deinen Erinnerungen an ihn?«

Da stellte sie sich auf die Zehenspitzen und küsste ihn auf den Mund. »Aber ja, Angus. Den hast du doch schon längst.«

Und doch, als sie kehrtmachten und zu dem kleinen weißen Cottage zurückwanderten, wurde ihr bewusst, dass sie den Blick gesenkt hatte, als sie das sagte, und dass sie nach Süden geblickt hatte, wo tausend Meilen entfernt eine kleine Insel im Meer lag.

~

Stolz und gleichzeitig nervös fuhr Ella mit dem Staubwedel über den Kaminsims und begutachtete ein letztes Mal das Zimmer, um sich zu vergewissern, dass alles sauber und ordentlich war für den ersten Besuch ihrer Eltern in der Wohnung, die sie und Angus nach ihrer Rückkehr bezogen hatten. Ihr Vater hatte ihnen beim Kauf geholfen. Sie lag in Marchmont mit Blick auf den Park The Meadows. Ella und Angus hatten den ganzen Sommer damit verbracht, an den Abenden, wenn Angus von der Arbeit nach Hause kam, die verblichenen, abblätternden Tapeten durch moderne zu ersetzen und die alten Holzbalken glänzend weiß zu streichen. Nach monatelanger Arbeit war die Wohnung jetzt bereit für den prüfenden Blick der Eltern, und Ella war etwas aufgeregt, weil sie nicht sicher war, ob sie die moderne Einrichtung gutheißen würden.

Was Angus betraf, hatte sie keinerlei Bedenken. Ihre Eltern liebten ihn wie einen eigenen Sohn. »Dabei wissen sie noch nicht mal, dass du mir das Leben gerettet hast«, lachte Ella. Über Details darüber, was ihnen im Krieg widerfahren war, hatten sie nie gesprochen. Ella wusste, dass es noch vieles gab, was Angus selbst vor ihr geheim halten musste, und sie akzeptierte das, weil es einfach Teil seiner Arbeit war. Wenn jemand fragte, wie sie sich kennengelernt hatten, sagten sie einfach: »Wir haben im Krieg zusammengearbeitet.«

Angus schälte gerade in der Küche Kartoffeln. Als sie ihm einen Kuss auf die Wange drückte, griff er mit der nassen Hand nach ihr, zog sie zu sich und streichelte über die leichte Rundung ihres Bauchs, die sich unter der Schürze abzeichnete. »Was glaubst du, wird das Baby sich beim Besuch seiner Großeltern benehmen?«

»Das hoffe ich doch! Die Übelkeit hat seit zwei Tagen etwas nachgelassen, so kann ich mich ausnahmsweise mal auf ein großes Sonntagsessen freuen.«

»Na dann, die Kartoffeln sind ordnungsgemäß geschält und bereit zum Backen, Ma'am.«

»Danke. In diesem Fall kannst du jetzt abtreten. Ich glaube, den Rest der Mahlzeit habe ich unter Kontrolle. Ich muss sie nur noch in den Ofen schieben, wenn sie gekocht sind ... Oh! Das werden sie sein.«

»Ich öffne die Tür, und du machst hier alles fertig. Keine Angst, Mrs. Dalrymple, sie werden mit allem zufrieden sein, was du hier vollbracht hast.«

Ella zog ihre Schürze aus, hängte sie an einen Haken an der Speisekammer und strich sich über das Haar, während sie durch das Wohnzimmer eilte.

Ihre Eltern umarmten sie und bewunderten dann die Gestaltung des Zimmers, das sie mit modernen Möbeln eingerichtet hatten. Angus reichte den Eltern Sherry und

Ella Limonade, und dann erhoben sie alle ihr Glas. »Auf eure Zukunft in diesem neuen Heim und auf den Familienzuwachs«, sagte Mr. Lennox.

»Ach Ella, das hätte ich bei all der Aufregung fast vergessen«, rief Mrs. Lennox und wühlte in ihrer Handtasche. »Es ist endlich ein Brief von Caroline angekommen. Als sie den abschickte, hatte sie deine neue Adresse noch nicht.« Mit leicht zusammengekniffenen Augen musterte sie den verschmierten Poststempel. »Es sieht so aus, als wäre er im Mai aufgegeben worden. Er war Monate unterwegs! Ich nehme an, in Frankreich wird es einfach noch eine Weile dauern, bis alles seinen normalen Gang geht.«

»Na endlich!« Ellas Augen leuchteten auf. Dies waren seit dem Krieg die ersten Neuigkeiten ihrer Freundin. Erleichterung durchströmte sie. Sie hatte allmählich das Schlimmste befürchtet, weil sie so viele Monate nichts von den Martets gehört hatte, obwohl der Krieg doch vorbei war und langsam wieder Normalität einkehrte. Einmal hatte sie sogar versucht, sie in Paris anzurufen, aber die Vermittlung hatte ihr erklärt, die Nummer existiere nicht mehr. Daher war ihr nur die Hoffnung geblieben, dass die Briefe, die sie auf die Île de Ré geschickt hatte, Caroline irgendwann erreichen würden, wo auch immer sie sich momentan befinden mochte.

»Na, dann lies ihn doch. Ich weiß, du kannst es kaum abwarten. Ich zeige deinen Eltern so lange den Rest der Wohnung.« Ella sah ihn dankbar an, und Angus strich ihr kurz übers Haar und führte ihre Eltern aus dem Zimmer.

Als sie zurückkehrten, saß Ella stocksteif da und starrte blicklos aus dem Erkerfenster auf die Bäume, deren Blätter bereits die ersten goldenen Flecken zeigten und damit das bevorstehende Ende des Sommers verkündeten. Der Brief lag ordentlich gefaltet vor ihr auf dem Tisch.

»Ella? Geht es dir nicht gut?«, fragte ihre Mutter besorgt.

Als sie sich wie betäubt zu ihnen umwandte, ging Angus zu ihr, kniete sich vor sie und nahm ihre Hände. »Was ist denn?«

Langsam schärfte sich ihr Blick, und sie nahm sein Gesicht wieder wahr, als wäre sie in Gedanken weit weg von ihrem Wohnzimmer in Edinburgh gewesen. Sie nickte mechanisch, und ihre Miene zeigte eine merkwürdige, unlesbare Mischung aus Gefühlen. Dann holte sie tief Luft.

»Marianne ist tot. Sie wurde in eines der Lager geschickt und kam nie zurück.«

»Oh, Ella. Das tut mir so leid. Damit ist unsere größte Angst wahr geworden. Meine liebe Marianne. Und Caroline und ihr Vater, die Armen … Sie haben so viel verloren …«

Ella nickte benommen.

»Aber da ist noch etwas … Es gibt auch gute Nachrichten. Christophe lebt. Er ist nicht gefallen, sondern wurde verwundet und als Kriegsgefangener in einem deutschen Lager festgehalten. Er wird zu ihnen zurückkommen.«

Und damit brach Ella in herzzerreißendes Schluchzen aus, überwältigt von den widerstrebenden Gefühlen, die der Brief in ihr ausgelöst hatte.

Ste Marie de Ré
26. mai 1945

Liebste Ella,
endlich ist der Alptraum dieses Krieges vorbei, und ich kann Dir schreiben, was uns widerfahren ist. Ich weiß kaum, wo ich beginnen soll. Papa und ich haben uns immer noch nicht von dem Schock darüber erholt, was wir in den letzten Wochen begreifen mussten, und dabei kennen wir noch nicht mal alle Fakten. So viel Schmerz mussten wir erdulden … Aber inmitten unserer furchtbaren Trauer gibt es auch große Freude. Unser friedliches Leben hier auf der Insel wurde von einem Ansturm schockierender Nachrichten aufgewirbelt, und wir hatten kaum Zeit, alles zu verdauen. Also verzeih mir bitte, wenn dieser Brief ein wirres Durcheinander ist, aber dies spiegelt genau unser Leben wider. Absurderweise ist unser Leben nach dem Krieg noch viel zerrissener, weil der Friede uns solche Neuigkeiten beschert hat …

Zuerst muss ich Dir von unserer furchtbaren Trauer erzählen. Maman ist tot. Auch während ich das schreibe, kann ich es immer noch kaum glauben und starre fassungslos auf die Buchstaben. Das Rote Kreuz hat eine Liste all derer veröffentlicht, die von Drancy in eines der Lager in Polen deportiert wurden, und darauf steht der Name Marianne Martet. Sie wurde in jenem Sommer in einem der ersten Konvois nach Auschwitz gebracht, und zwar kurz nach ihrer Ankunft in Drancy, genau wie Agnès, Albert und Béatrice. Keiner von ihnen hat überlebt. Wir können uns das Leid, das sie erdulden mussten, nicht einmal vorstellen, und alles, was uns bleibt, ist, zu hoffen, dass sie zu-

sammenbleiben und sich bis zum Ende gegenseitig stützen konnten. Die Vorstellung löst solche Wut und Verzweiflung in mir aus: Meine sanfte, schöne Mutter, gefangen und eingesperrt wie ein Tier, und schließlich ermordet, einzig und allein wegen des Glaubens ihrer Vorfahren. Gott sei Dank sind diese unmenschlichen bösen Mächte jetzt besiegt, denn ich glaube nicht, dass ich in einer Welt weiterleben könnte, in der sie an der Herrschaft wären.

Ich weiß, Du wirst nachempfinden, wie sehr uns diese Neuigkeit getroffen hat. Mein Vater ist ein gebrochener Mann, und es schmerzt mich zutiefst, ihn so zu sehen. Ich habe Angst um sein Herz. Es war nie sonderlich stark, und jetzt gibt es Tage, an denen ich mich fragen muss, wie lange er noch durchhalten kann, wie viel von der Zeit, die ihm noch bleibt, er das Unerträgliche aushalten kann. Ich weiß doch, dass er viel lieber dort wäre, wo sie jetzt ist.

Ich dachte schon, ich würde auch ihn bald verlieren, da erreichte uns eine weitere Nachricht, die ihm doch einen Grund gab, für den es sich zu leben lohnt. Wir erhielten einen Brief aus einem Krankenhaus im Elsass. Obwohl uns die Schrift vertraut vorkam, konnten wir sie zuerst nicht zuordnen. Doch dann erkannten wir: Christophe! Er lebt, liebste Ella, kannst Du das glauben? Denn mir selbst gelingt es kaum! Er ist nicht gefallen, an jenem Tag im Mai vor fünf Jahren. Zwar wurde er bei einem Bombenangriff in den Ardennen, als die Panzerdivisionen auf die Maginot-Linie vorrückten, schwer verwundet. Seine Beine sind zerschmettert. Aber da seine Kameraden wussten, dass die Panzer kommen würden, tauschte einer der Offiziere seine Uniformjacke und seine Erkennungsmarken mit Chris-

tophes. Er wusste, dass sie ihn zurücklassen mussten, und als Kriegsgefangener würde er von den Nazis wahrscheinlich besser behandelt, wenn sie ihn für einen Offizier hielten. Christophe kritzelte unsere Adresse auf ein Blatt, das er aus seinem Skizzenbuch gerissen hatte, und bat den Mann, uns darüber zu informieren, was mit ihm geschehen war. Aber sein Kamerad war derjenige, der an jenem Tag in Sedan fiel, und so wurde sein Tod fälschlicherweise Christophe zugeschrieben.

Also war mein Bruder all die Jahre in einem Kriegsgefangenenlager in Deutschland. Die ganze Zeit musste er sich als Offizier ausgeben, aber er behauptet, man habe sie nicht schlecht behandelt. Man versorgte zwar seine Verletzungen, aber dennoch hat er immer noch Probleme, wegen deren er jetzt in einem Krankenhaus im Elsass operiert werden muss. Sobald er kann, kommt er hierher auf die Insel zurück. Wir bereiten uns gerade darauf vor, ihn abzuholen. Wir sehnen uns so sehr danach, ihn in die Arme zu schließen und ihm zu helfen, wieder zu Kräften zu kommen. Ihn nach Hause zu bringen. Allerdings haben wir ihm noch nicht von Maman erzählt, weil wir befürchten, dass er für diese Nachricht noch zu schwach ist. Das muss warten, bis wir bei ihm sind. Er hat nach Dir gefragt, Ella. Und ich hoffe, dass Du mir schon bald, nachdem Du meinen Brief erhalten hast, antwortest und uns erzählst, wie es Dir ergangen ist. Ich habe zwar nach der langen Zeit ohne Nachricht von Dir kein Recht, darauf zu hoffen, aber vielleicht kannst Du irgendwann nach Frankreich zurückkehren, so wie wir es uns erträumt hatten, und dann setzen wir gemeinsam unsere Leben fort, wie wir es geplant hatten, bevor das Schicksal uns für so lange Zeit all unsere Träume raubte.

Ich muss jetzt aufhören, denn ich möchte diesen Brief noch zur Post bringen, bevor wir heute Nachmittag ins Elsass aufbrechen. Wir haben eine lange Reise vor uns, in jeglicher Hinsicht, doch jetzt gibt es Licht in der Finsternis. Schreibe uns bald, liebste Ella!

Mit all meiner Liebe
Caroline xxx

2014
EDINBURGH

Ich halte den Brief näher an die Lampe, um ein paar Wörter zu entziffern, die etwas verschmiert sind. Der Brief lag ganz unten in einer Schuhschachtel voller anderer Briefe, von denen einen Großteil Caroline geschrieben hat. Aber dieser hier und ein paar andere stammen von Christophe. Ich streiche mit den Fingern über das Papier und stelle mir vor, wie er den Stift in der Hand hielt, die Worte schrieb, das Briefpapier faltete und es in einen Umschlag steckte. Wie schwer muss ihm ums Herz gewesen sein. Und wie hin und her gerissen muss Ella sich gefühlt haben, als sie ihn mit zitternden Fingern öffnete, um die Worte eines Geistes zu lesen, von dem sie sich doch längst verabschiedet zu haben glaubte.

Ste Marie de Ré
31. Oktober 1945

Liebe Ella,
ich bin zum Strand gegangen, um diesen Brief zu schreiben. Ich sitze nun an eine Düne gelehnt und bade mein Gesicht in der Sonne, die nach all den Monaten in einem Krankenhausbett so guttut. Während ich nach Worten suche, zerrt der Wind an diesem Papier und erschwert mir mein Vorhaben nur noch mehr.

Ich habe so viele Briefe an Dich angefangen und dann zerrissen, weil es mir unmöglich scheint, all das, was ich Dir sagen will, zu Papier zu bringen. Aber gleichzeitig habe ich das Gefühl, ich muss Dir schreiben, selbst wenn mein Brief uns beiden Kummer bereitet, denn das Schweigen zwischen uns ist unerträglich.

Allerdings möchte ich Dir zuerst zu Deiner Hochzeit gratulieren und dazu, dass Du bald Mutter wirst. Bitte glaube mir, wenn ich Dir versichere, dass ich Dir wirklich von Herzen alles Gute wünsche. Dein Mann kann sich glücklich schätzen. Du verdienst alle Freude und alle Liebe dieser Welt.

Während ich die Wellen betrachte, die ans Ufer rauschen, überkommen mich Erinnerungen an Dich. Diese Erinnerungen sind mit das Kostbarste, was ich noch habe. Sie haben mich am Leben gehalten, als alles verloren schien. Dafür bin ich unendlich dankbar. Du solltest wissen, liebe Ella, dass Du mir geholfen hast, die Schrecken des Krieges zu überleben und selbst in den finstersten Momenten die Gewissheit nicht zu verlieren, dass am Ende die Wahrheit und Schönheit triumphieren würden, schließlich trug ich sie unantastbar in meinem Herzen. Du warst bei mir und halfst mir, alles Leid zu ertragen …

Der Tag, an dem es geschah – der Tag, der mein Leben für immer veränderte –, war ein sonniger Tag im Mai, und ich weiß noch, dass ich Vögel in den frischen grünen Blättern der Bäume zwitschern hörte, als ich auf meinem Posten stand. Ich stellte mein Gewehr beiseite und nahm mein Skizzenbuch. Ich wollte die Schönheit dieses Ortes festhalten und sie Dir in meinem nächsten Brief schicken …

und Du würdest beim Öffnen des Briefes lächeln, weil Du wüsstest, dass ich immer noch der alte Christophe war, der Schönheit in den alltäglichsten Dingen fand. Ich wollte zeichnen, wie das Sonnenlicht durch die Blätter auf die moosbedeckten Steine am Fluss fiel …

»Seltsam«, dachte ich geistesabwesend und ganz in meine Aufgabe vertieft. »Die Vögel zwitschern gar nicht mehr.«

Ich warf einen Blick zu dem Weg, der zwischen den Bäumen zum Hügel hinaufführte, hinter dem an diesem Morgen die Sonne aufgegangen war. Und dann hörte ich es. Den Grund, warum kein Vogel mehr in den grünen Zweigen über mir sang.

Nach dem Dröhnen und Krachen der Panzer, die durchs Unterholz rollten, erinnere ich mich nicht mehr an viel. Der Hauptmann meines Bataillons kam zum Bombenkrater, in dem ich lag. Meine Beine waren schwer verwundet, und er wusste, dass meine Überlebenschancen besser stünden, wenn die Deutschen mich gefangen nähmen. Er wusste auch, dass ich als Offizier besser behandelt würde, daher tauschte er seine Jacke, seinen Mantel und seine Erkennungsmarken gegen meine. So wurde ich für den Rest des Krieges zu Hauptmann Fabien Dumas. Ich kam mit anderen Offizieren ins Gefangenenlager Stalag Luft VIII-A, nachdem man zu dem Schluss gekommen war, dass ich überleben würde und meine Verletzungen in einem deutschen Lazarett behandelt wurden.

Du warst damals bei mir, Ella, in den Zeichnungen, die ich aus meiner Erinnerung anfertigte und die mich daran erinnerten, dass kein Gefängnis der Welt mir die Freiheit meines Herzens nehmen konnte.

Jetzt spüre ich mit jedem Tag mehr, wie meine Kräfte zurückkehren – dank der Seeluft, des guten Essens und Carolines unermüdlicher Fürsorge. Meine Beine heilen nach den Operationen gut. Es gibt viel, für das ich dankbar sein kann, auch wenn ich so viel verloren habe.

Außerdem hat all das, was wir durchmachen mussten, mich und meinen Vater näher zusammengebracht. Der Verlust meiner Mutter hat ihn schwer getroffen. Ella, es würde Dir das Herz brechen, ihn zu sehen. Aber er hat jetzt wieder zwei Kinder an seiner Seite, und ich bete, dass auch er wieder zu Kräften kommt. Am meisten Sorge bereitet mir, dass er nichts mehr gegen meine Kunst hat! Ich hätte nie gedacht, dass ich die Zeiten vermissen würde, in denen er mich nur entmutigt hat, aber so ist es. Es ist erstaunlich, wie die Zeit uns verändert.

So muss ich auch meine Sicht auf Dich verändern.

Ella-aus-Edinburgh, ich wünsche Dir viel Glück und Liebe. Möge Deine Familie wachsen und gedeihen.

Christophe

1955
EDINBURGH

»Komm schon, Robbie, du willst doch nicht zu spät kommen.« Ella hob ihren sechsjährigen Sohn auf die Bank und setzte sich hinter ihn, während sie die Schnürsenkel seiner neuen Schuhe zuband. Am Anfang der Woche waren sie noch brandneu gewesen, und ihr schwarzes Leder hatte geglänzt, doch jetzt waren sie vorne schon verschrammt und die Schnürsenkel verknotet und ausgefranst. Sie vergrub ihre Nase in seinem warmen, weichen Nacken und gab ihm einen Kuss, der ihm wahrscheinlich schon bald peinlich sein würde.

Die drei Jahre ältere Rhona, die bereits mit zugeknöpftem Mantel und Schulranzen über der Schulter an der Tür stand, sah ihnen zu. Sie war ein ordentliches, fleißiges Mädchen, das die Neigung ihres kleinen Bruders, Lärm und Chaos zu verbreiten, missbilligte, vor allem morgens. So seufzte sie auch jetzt ungeduldig, als er sich vom Schoß seiner Mutter herunterwand und nach einem seiner Turnschuhe suchte, der unerklärlicherweise nicht mehr in seinem Sportbeutel war. Doch dann wurde er durch einen Spielzeuglaster von seiner Suche abgelenkt und fing an, ihn unter lautem Gebrumm auf die Garage zuzufahren, die sein Daddy für ihn gebaut hatte.

»Na los, Robbie, wegen dir kommen wir alle zu spät.«

Rhona riss der Geduldsfaden. Sie marschierte zu ihm, entriss ihm das Auto und stellte es absichtlich auf ein hohes Regal, das er nicht erreichen konnte.

»Hey«, protestierte er, »gib das zurück! Mummy!«, quengelte er. »Sie ist gemein zu mir.«

Ella lag auf dem Boden und streckte so weit wie möglich einen Arm unter Robbies Bett. Als sie wieder auftauchte, hielt sie triumphierend den fehlenden Turnschuh in der Hand und zupfte sich dann ihre Frisur zurecht. »So, Robbie, zieh dir den Mantel an, und du, Rhona, sei nicht so fies. Hier«, sie nahm den Laster vom Regal und stellte ihn neben die Garage, »der wartet auf dich, bis du nach Hause kommst. Und jetzt lasst uns gehen, sonst verpassen wir die Bahn.«

Mit den Kindern an der Hand ging sie zur Bahnhaltestelle. Nach Robbies Geburt waren sie aus der Wohnung in Marchmont in ihr erstes eigenes Haus in Fairmilehead gezogen. Es war eines der letzten Häuser am Südrand der Innenstadt, neu gebaut, mit Blick auf die Pentland Hills und einem großen Garten, in dem die Kinder spielen konnten. Zwar mussten sie dafür mit der Straßenbahn zur Schule fahren, aber das machte Ella nichts aus, da sie jede Minute mit ihren Kindern genoss. Manchmal brachte Angus sie auch mit dem Wagen, obwohl er normalerweise früher ins Büro aufbrach. Er hatte angefangen, in der Versicherung von Ellas Vater zu arbeiten, und schließlich nach Mr. Lennox' Pensionierung die Leitung übernommen. Und nun schmiedete er ehrgeizige Pläne zu expandieren.

Ihr Leben war geordnet und komfortabel. Und selbst wenn Ella sich hin und wieder als Hausfrau langweilte, entschädigten die Kinder sie für alles. Da weder Angus noch Ella die Schrecken der jüngsten Vergangenheit vergessen hatten, genossen sie ihre Sicherheit und Freiheit. Sie hatten ein behagliches Zuhause, konnten sich einen Wagen und die neuesten Elektrogeräte leisten: einen Fernseher, einen kugelförmigen Staubsauger von Hoover, der die Reinigung ihrer neuen Teppichböden so viel einfacher machte, und einen glänzend neuen Elektroherd. Viele aus ihrem großen Freundeskreis beneideten sie. Einige Mitglieder ihrer Familie wohnten nahe genug, um mit Rat zur Seite zu stehen, ob dieser nun erwünscht war oder nicht. Ella und Angus waren das perfekte Paar mit einem perfekten Leben. Und beide liebten ihre Kinder abgöttisch.

Und doch war da etwas. Etwas, das sonst niemand bemerkte. Etwas, das direkt unter der Oberfläche lag und sie veranlasste, besonders vorsichtig miteinander umzugehen.

Seit jenem Tag, als Carolines Brief eintraf, war alles anders. Zwar konnte man nicht genau sagen, inwiefern ihre Beziehung sich verändert hatte, aber der Grund dafür lag auf der Hand: Christophe lebte und war zurück in Frankreich, ein Phantom, das sie beide nicht losließ. Er war da, wenn Ella beim Wäscheaufhängen innehielt und nach Süden blickte, über die mit Ginster bewachsenen Hügel hinweg, und vor ihrem inneren Auge eine weit entfernte Insel sah, die in helleres, wärmeres Licht getaucht war. Er war da, wenn sie die Glasschale abstaubte, die auf dem Fensterbrett im Bad stand und die Muscheln von Angus und den Kindern enthielt, die sie in den Ferien an der Westküste gesammelt hatten. Und er war auch dann noch da, als sie ein paar seiner Liebesbriefe, die sie in der Zigarrenkiste in der hintersten Ecke ihres Schranks aufbewahrte, ins Feuer warf, als Zeichen ihres unausgesprochenen Versprechens, ihrem Mann die beste Ehefrau zu sein, die sie sein konnte.

Das Fundament ihrer Beziehung war erschüttert und hatte Risse bekommen. Die Familie, die sie auf diesem Fundament gründeten, konnte leicht ins Wanken geraten und zerbrechen, wenn sie nicht ihr Bestes gab, um ihren Zusammenhalt zu stärken. Also lebte Ella in einem ständigen Zustand der Wachsamkeit, war vorsichtig und hielt unentwegt Ausschau nach allem, was Angus' Vertrauen in sie untergraben konnte, um es dann zu umgehen. Wie konnte sie ihm vermitteln, dass ihre Liebe zu ihm ebenbürtig mit der war, die sie vor ihm verloren hatte?

Am meisten jedoch machte sie sich um Angus selbst Sorgen. Seit dem Tag, an dem Carolines Brief sie erreicht hatte, hatte es eine kaum merkliche Verschiebung gegeben, und obwohl ihr Mann so stark und zuversichtlich wie immer wirkte, spürte Ella sein kaum wahrnehmbares Zögern, wann immer er sie in den Arm nahm, und hin und wieder ertappte sie ihn dabei, wie er sie mit seinen klaren, blauen Augen zweifelnd anblickte.

Caroline schrieb immer noch hin und wieder, und Ella achtete sorgfältig darauf, diese Briefe auch Angus lesen zu lassen, damit er wusste, dass sie nichts, was Christophe betraf, vor ihm geheim hielt. Allerdings erwähnte Caroline ihren Bruder ohnehin nur selten und flüchtig, und dann in einer Art und Weise, als wäre ihr sehr wohl bewusst, wie heikel die Situation sein musste.

Monsieur Martet war 1946 gestorben, wenige Monate nach Christophes Rückkehr. Caroline hatte geschrieben, sie sei nur dankbar, dass er seinen Sohn noch nach Hause habe bringen können, aber sein Herz habe die Trauer um Marianne nicht mehr verkraften können, so dass er eines Nachts einfach die Augen geschlossen habe und zu seiner Frau gegangen sei. Der Tod hatte ihm endlich den Frieden gebracht, der ihm in seinem Leben genommen worden war.

Jetzt lebte Caroline allein in dem weißen Haus mit den hellblauen Fensterläden, da sie lieber auf der Insel bleiben wollte, anstatt in ihr Haus in Paris zurückzukehren. Sie schrieb, sie hätte in Sainte Marie eine kleine Galerie eröffnet, in der sie die Bilder einiger auf der Insel ansässiger Künstler ausstellte. Allmählich stellte sich auch Erfolg ein, da immer mehr Sommerfrischler ein Andenken an die Ruhe und Freiheit mitnehmen wollten, die sie hier gefunden hatten. Christophe, so schrieb sie, sei nach Paris zurückgegangen und male dort. Und auch seine Arbeit habe langsam Erfolg, in Paris und darüber hinaus.

Doch all das war von Ellas Alltag so weit entfernt, dass sie beim Lesen von Carolines Briefen das Gefühl hatte, einen Roman vor sich zu haben, eine Geschichte über Menschen und Orte, die in der Realität nicht existierten.

Sie war hier, verankert in ihrem Alltag mit Mann und Kindern, die sie jeden Tag in diesem Leben festhielten.

Ella wuschelte Robbie durchs Haar, und schon stürmte er ohne einen Blick zurück durch den Jungeneingang der Schule auf eine Gruppe Freunde zu und schleifte dabei den Turnbeutel hinter sich her.

»Vergiss nicht, den Zettel mit unserer Erlaubnis für den Ausflug in den Botanischen Garten abzugeben, ja?« Sie drückte Rhona fest an sich, weil sie wusste, dass Mädchen das nicht als so peinlich empfanden.

»Ja, Mummy. Bis heute Nachmittag.«

Ella blieb am Tor stehen und sah ihr nach. Rhona drehte sich, wie ihre Mutter es gewusst hatte, einmal um. Sie winkte ihrer Tochter aufmunternd zu und blies einen letzten Luftkuss in ihre Richtung, bevor sie sich abwandte, um Einkäufe zu erledigen und dann in die Geborgenheit und Sicherheit ihres Zuhauses zurückzukehren.

~

»Hattest du einen schönen Tag?«, fragte Ella ihre Tochter.

»Er war ganz gut. In Mathematik habe ich eine Eins bekommen. Und mein Bild vom Strand wurde aufgehängt.«

»Gut gemacht! Und wie war's bei dir, Robbie? Wie war dein Tag?«

Ihr Sohn zuckte nur die Achseln und wurde immer langsamer, während sie zur Haltestelle gingen. »Okay«, antwortete er einsilbig. Als Ella ihn prüfend anschaute, fand sie, dass er ein bisschen blass aussah.

»Du bist bestimmt müde, nach deiner ersten Schulwoche nach den Ferien. Aber jetzt kommt ja schon das Wochenende, und zum Abendessen gibt's deine Lieblingswürstchen mit Kartoffelbrei. Dann gehst du heute besser mal früh zu Bett.«

Glücklicherweise war die erste Schulwoche verkürzt, dachte sie. Es war schon erschreckend, wie viel in der Schule gefordert wurde, vor allem, wenn man sich nach den langen Sommerferien erst mal wieder daran gewöhnen musste.

Als Ella Robbie an diesem Abend ins Bett brachte und ihm einen Kuss gab, sagte sie: »Fühlst du dich jetzt besser?« Er hatte beim Abendessen fast aufgegessen und danach zufrieden auf dem Teppich seines Zimmers mit seinen Autos gespielt. Jetzt nickte er. »Dann ist es ja gut. Morgen darfst du ausschlafen, und danach bist du wieder putzmunter.« Sie lächelte, weil sie wusste, dass er wie an jedem Samstag schon früh wach sein würde, weil er keine Sekunde des Wochenendes verschwenden wollte. Im Haus der Dalrymples wurde schon lange nicht mehr ausgeschlafen.

Später am Abend drehte sie sich im Bett zu Angus, legte seinen Arm um sich und versuchte, den winzigen Stich zu ignorieren, weil er sie nicht mehr wie früher automatisch in seine Arme schloss. Etwas abwesend drückte er ihr einen Kuss auf die Stirn.

»Ist alles in Ordnung?«, fragte sie bemüht unbekümmert.

Da lächelte er sie an, als hätte er sie gerade erst richtig wahrgenommen. »Oh ja, alles gut, ich hab nur momentan viel zu tun. Und du? Geht es dir gut?«

»Ja, schon. Ich bin nur froh, dass endlich Wochenende ist. Nach den Ferien scheint es immer noch schwerer als sonst zu sein, seine Routine wiederzufinden.«

Angus streckte den Arm aus, schaltete die Nachttischlampe aus und wandte sich ihr wieder zu. »Egal. Jetzt beginnt das Wochenende«, sagte er und küsste sie richtig – inniger und bewusster –, und sie entspannte sich beruhigt in seinen Armen und überließ sich dem Augenblick.

~

Am nächsten Morgen weckte sie ein leises Klopfen an der Schlafzimmertür. »Daddy? Mummy? Ich habe euch Tee gemacht.« Rhona öffnete die Tür und trug vorsichtig ein Tablett mit zwei Tassen und Untertassen herein. Das Geschirr klapperte ein wenig, als sie näher kam und sich darauf konzentrierte, nichts zu verschütten.

»Danke, Schätzchen.« Angus nahm eine Tasse Tee entgegen und schloss sie in seine Arme. »Das ist mein Mädchen.«

»Was für eine schöne Überraschung. Vielen Dank! Ist Robbie denn brav?«

»Ja, aber nur, weil er noch schläft.« Rhona strich sich ihre ordentlich gekämmten Haare zurück, die wie die ihrer Mutter honigblond waren (obwohl ihre Augen so blau waren wie die ihres Vaters), und genoss das Lob ihrer Eltern und die seltene Gelegenheit, sie einmal ganz für sich zu haben.

»Ist mir auch schon aufgefallen, dass es sehr ruhig ist.« Angus warf einen Blick auf die Uhr. »Fast neun! Das grenzt ja an ein Wunder!« Er streckte sich gähnend, tauschte über Rhona hinweg einen Blick mit Ella und bezog sie in ihre Familienumarmung ein. »Eine Tasse Tee und seine Lieblingsfrauen: Was kann sich ein Mann mehr wünschen?«

Da unterbrach ein schwaches Wimmern den friedlichen Augenblick. »Ich wusste, dass es zu schön ist, um wahr zu sein! Ihr zwei bleibt hier, ich sehe nach ihm.« Ella stand auf und warf sich ihren Morgenmantel übers Nachthemd. »Schon gut, Robbie, ich komme«, rief sie und knotete den Gürtel zu.

Das Zimmer ihres Sohnes war immer noch dunkel, da die zugezogenen Vorhänge das graue Licht des Samstagmorgens aussperrten. Es roch muffig, nach Schlaf und einer Nacht voller wilder Träume. Als sie den süßlichen, schwitzigen Geruch wahrnahm, rümpfte sie leicht die Nase.

Sie ging zum Bett, wo Robbie reglos unter seiner zerwühlten Bettdecke lag. Sie beugte sich zu ihm, um ihm einen Kuss zu geben, und legte ihm ihre kühle Hand auf die Stirn. »Was ist denn, mein Schatz, geht es dir nicht gut?«, fragte sie. »Oh, Robbie, ich glaube, du hast Fieber.«

Er wimmerte nur schwach, und seine Augen wirkten glasig, als wäre sein Blick nach innen gewandt.

Mit einem Mal überkam Ella eine Welle aus Angst, und sie nahm ihren Sohn an den Schultern, um ihn aufzurichten, doch sein Körper fühlte sich schwer und schlaff an. Als er gegen sie sank, schloss sie ihre Arme um ihn und drückte ihn fest an sich, so als könnte sie das, was ihm so zusetzte, aus ihm herausziehen und stattdessen in sich aufnehmen.

»Mummy«, murmelte er mühsam, »ich kann meine Beine nicht bewegen.«

Als Angus Ellas Schrei hörte, war er sofort bei ihr.

»Ruf einen Krankenwagen! Schnell! Oh, Robbie, mein kleiner Junge!« Sie hielt den schmalen, zerbrechlichen Körper ihres Sohnes fest in den Armen und wiegte ihn sanft.

»Ella, was ist denn?«, fragte Angus. Vor lauter Sorge klang seine Stimme gepresst.

Ihr Gesicht war tränenüberströmt, als sie sich ihm zuwandte. Und dann flüsterte sie den Satz, vor dem Eltern zu jener Zeit am meisten Angst hatten: »Er ist gelähmt.«

~

Die Polio-Abteilung im Kinderkrankenhaus ist der schrecklichste Ort der Welt, dachte Ella. Lieber hätte sie eine weitere Nacht ganz allein in einem fremden, gefährlichen Wald verbracht, als vor dieser verschlossenen Tür zu stehen und ihr Gesicht gegen die viereckige, drahtverstärkte Scheibe zu drücken, um einen Blick auf ihren Sohn zu erhaschen. In der hell erleuchteten, sterilen Abteilung eilten Krankenschwestern hin und her und kümmerten sich um die in Reihen angeordneten eisernen Lungen, die großen weißen Zylinder, die je ein kleines Kind mit Luft versorgten. Ella konnte durch die Tür hindurch das mechanische Saugen und Pusten der Maschinen hören, die Luft in die sich hebenden Lungen pressten und damit die Lähmung umgingen, die die kleinen Brustkörbe sonst wohl für immer hätte stillstehen lassen.

Die Krankenschwestern ignorierten Ella. Sie waren verzweifelte Eltern, die weder eintreten noch ihre Kinder berühren durften, denn ihre kleinen Körper kämpften gegen den tödlichen Virus, der sie befallen hatte. Ella hatte die Oberschwester angefleht, sie zu Robbie zu lassen, nur ganz kurz, so dass er spürte, dass sie da war. »So leid es mir tut, Mrs. Dalrymple, aber das ist nicht gestattet. Unter keinen Umständen. Wir wissen, es ist schwer für Sie, aber wenn wir nur eine Ausnahme machen, müssen wir es allen Eltern erlauben. Stellen Sie sich nur vor, wie sehr das die anderen Kinder stören würde. Außerdem würde sich dadurch das Risiko einer weiteren Ansteckung vergrößern. Denken Sie an Ihre Tochter. Die müssen Sie doch auch schützen.«

Daher blieb Ella nichts anderes übrig, als hier zu stehen und Robbie auf der anderen Seite der Tür anzustarren, während ihr das Herz aus der Brust gerissen wurde. Sie lächelte und winkte, in der Hoffnung, dass er sie sehen konnte. Ihre Angst würde sie überspielen, bis sie den Gang hinunterginge und nicht mehr in Sichtweite wäre.

Mehrere Wochen lang pilgerte Ella täglich zum Krankenhaus, um an der Tür Wache zu halten, und sie ertrug die steinernen Blicke der Krankenschwestern, die die Belästigung von Eltern, welche sich nicht an die offiziellen Besuchszeiten halten wollten, zutiefst missbilligten.

Abends, wenn Rhona ihre Hausaufgaben machte oder still eines ihrer geliebten *Dolly*-Bücher las, durchforstete Ella Fachbücher und Zeitschriften nach neuen Informationen zur Behandlung von Polio oder schrieb Briefe, die sie jeder aus der Abteilung auftauchenden Krankenschwester mit der Bitte in die Hand drückte, sie Robbie vorzulesen.

Nach mehr als einer Ewigkeit erklärte schließlich der Arzt, Robbie befinde sich außer Lebensgefahr, und man entfernte ihn von der eisernen Lunge. Ella war überglücklich, als sie ihn endlich besuchen durfte, und überschüttete ihn mit Küssen und Zärtlichkeiten, die sich so lange in ihr aufgestaut hatten. Er konnte seine Beine immer noch nicht bewegen, und als sie sie zum ersten Mal sah, musste sie sich abwenden, denn seine Muskeln waren so verkümmert, dass die Beine aussahen wie zwei dünne Zweige, die beim kleinsten Luftzug zerbrechen konnten. Sie steckten in Metallprothesen, die in schweren Stiefeln endeten. Robbies Gesicht war bleich, und er litt unter der ständigen Angst, dass die Krankheit wiederkommen und ihn für immer mitnehmen könnte. Die Schwestern teilten Ella mit, dass er Alpträume habe, aus denen er schreiend und nach Luft schnappend erwache. Er träumte, dass seine Atmung ohne die Maschine aussetzen würde.

Daraufhin verlangte Ella, mit dem Arzt zu sprechen, was die Oberschwester erneut zutiefst missbilligte. Sie wollte, dass Robbie heiße Kompressen und zusätzliche Krankengymnastik bekam, damit Robbies Muskeln, die nach der wochenlangen Unbeweglichkeit dennoch nicht ganz geschwunden waren, wieder aufgebaut wurden. Sie hielt dem Arzt einen Zeitungsartikel vor die Nase. »Ja, Mrs. Dalrymple, ich bin mit der Arbeit von Schwester Elizabeth Kenny wohl vertraut, und tatsächlich wenden wir hier auch einige ihrer Techniken an. Aber wir haben schlicht und einfach nicht die Möglichkeiten, uns jedem einzelnen Patienten derart ausgiebig zu widmen.«

»Dann möchte ich es selbst übernehmen«, bat Ella. »Ich kann jeden Tag kommen und Übungen mit seinen Beinen machen. Zeigen Sie mir nur, worauf ich achten muss.«

»Ich fürchte, das wäre vollkommen gegen die Klinikregeln, daher kann ich das nicht dulden. Meine Krankenschwestern würden streiken, wenn zu jeder Tages- und Nachtzeit Eltern in der Abteilung herumliefen. Aber ...«, er hob die Hand, um Ellas Einwände abzuwehren, »sollten Sie Robbie während der Besuchszeit bei seinen Übungen unterstützen wollen, wäre das wohl ein annehmbarer Kompromiss. Doch ich muss darauf bestehen, dass Sie sich an die Besuchszeiten halten.«

Und so nahm Ella, wann immer sie konnte, Robbies verkümmerte Beine in ihre starken Hände und bewegte sie vor und zurück, beugte und streckte die knubbeligen Gelenke mit ihren hervorstehenden Knochen und versuchte, die Muskeln wieder zum Wachstum anzuregen. Gleichzeitig sang sie ihrem Sohn vor oder erzählte ihm Geschichten, um ihn zum Lachen zu bringen, damit er ein paar Minuten lang vergessen konnte, dass er in einem Krankenhaus lag und vielleicht nie wieder würde laufen können.

Die ganze Familie sehnte den Tag herbei, an dem Robbie endlich die Klinik verlassen konnte. Dann wollte sie viel intensiver mit ihm arbeiten, damit seine Beine sich irgendwann wieder aus eigener Kraft bewegen konnten. Ella wusste, dass ihr Sohn zu Hause schneller gesund werden konnte, mit viel frischer Luft und gesundem Essen. Sie klammerte sich an die Überzeugung, dass sie ihn durch reine Willenskraft und Disziplin wieder auf die Beine bringen konnte.

Die letzten Blätter der Bäume im Park waren schon vom kalten Ostwind heruntergerissen worden, als sie Robbie endlich in einem Rollstuhl aus dem Krankenhaus schieben und mit ihm nach Hause fahren konnten.

Fasziniert starrte er aus dem Wagenfenster auf die Welt, an der er endlich wieder teilnehmen konnte. »Es ist ja schon Winter«, sagte er und schüttelte ungläubig den Kopf. »Ich habe den ganzen Herbst verpasst, Mummy.«

Ella, die sich immer wieder zu ihm umdrehen musste, weil sie es kaum fassen konnte, dass er endlich nach Hause kam, staunte ebenfalls, als ihr die nackten Bäume in den Gärten der Vorstadt auffielen. Sie war in den letzten Monaten so mit ihren Sorgen beschäftigt gewesen, dass auch sie den Wechsel der Jahreszeit kaum wahrgenommen hatte, und jetzt konnte sie, zum ersten Mal, seit der Krankenwagen ihren Sohn abgeholt hatte, die Welt um sich herum wieder betrachten. »Ich weiß, mein Schatz, aber ärgere dich nicht. Das Wichtigste ist doch, dass du rechtzeitig zu Weihnachten zurück bist. Dies wird das beste Weihnachten aller Zeiten! Wir müssen schon langsam mit dem Dekorieren anfangen. Glaubst du, du kannst die längste Papierkette der Welt basteln? Ich wette ja!«

Angus löste kurz eine Hand vom Steuer und drückte Ellas Finger. Sie wusste, dass er hoffte, von nun an wäre alles besser. Ihre Kinder brauchten ihre Mutter – Rhona genauso wie Robbie. Und Angus brauchte sie auch. Sie hatte das Gefühl, dass sie sich allmählich auseinanderlebten, dass der Poliovirus ihre Ehe infiziert hatte und die ganze Familie lähmte, weil die Krankheit ihre gesamte Energie und Aufmerksamkeit forderte.

Aber als Robbie erst mal zu Hause war, kümmerte Ella sich noch hingebungsvoller um ihn. Sie war entschlossen, ihm an jedem freien Augenblick des Tages dabei zu helfen, wieder zu laufen. Sie wickelte heiße Kompressen um seine Beine, um seine Blutzirkulation anzuregen, und machte stundenlang Gymnastik mit ihm, damit er beweglicher wurde. Sie besuchten regelmäßig die Nachsorge des Kinderkrankenhauses, und wenn Robbie sich auf zwei Handläufen vorwärtsstemmte und seine Beine in den steifen, klappernden Prothesen hinter sich herzog, feuerte sie ihn an. Er konnte immer noch nicht frei stehen, doch sie beharrte darauf, dass er so oft wie möglich seine Beine benutzte, anstatt im Rollstuhl zu fahren. Dadurch brauchten sie allerdings eine Ewigkeit, wenn sie irgendwohin wollten, und oft gingen Angus und Rhona allein einkaufen oder machten an den Wochenenden einen Ausflug, während Ella zu Hause blieb und mit Robbie übte. Die einzige Aktivität, die sie immer noch gemeinsam genießen konnten, war der Besuch im Schwimmbad, wo Ella Robbie im Wasser stützte und bei der Unterwassergymnastik half, während Rhona allein planschte oder ihre Schwimmtechnik verbesserte.

Als der Frühling den Winter ablöste und auf den Hügeln rund um die Stadt der gelbe Ginster erblühte, hatten sie ihre Rollen, ohne es zu merken, neu verteilt, und Robbie sagte eines Tages, als seine Mutter ihm zum tausendsten Mal die Beine beugte und streckte: »Ich bin dein Junge, nicht wahr, Mummy? Und Rhona ist Daddys Mädchen.«

Ella versuchte, die Schuldgefühle zu verdrängen, die bei den Worten ihres Sohnes in ihr aufstiegen. Sie gab ihr Bestes, und Rhona war viel robuster als ihr kleiner Bruder. Solange Robbie sie brauchte, musste sie ihm einfach all ihre Zeit und Energie widmen. Sie nahm ihn in die Arme und versuchte, ihm die Prothesen anzuschnallen.

»Nun, dann ist es doch schön, dass jeder einen ganz für sich allein hat, oder? Aber jetzt wollen wir mal sehen, ob du in den Garten gehen kannst, wenn ich dich an den Händen halte. Es ist so ein schöner Tag, wir könnten heute Morgen draußen in der Sonne *Der Wind in den Weiden* weiterlesen.«

Ganz langsam kam Robbie wieder zu Kräften. Und eines Tages empfing Rhona ihren Vater, als er von der Arbeit zurückkam, schon an der Tür und verkündete mit vor Aufregung geröteten Wangen: »Weißt du was, Daddy? Robbie hat es geschafft! Er konnte ganz allein laufen!«

Als Angus zusah, wie sein Sohn, immer noch mit den schweren Prothesen, ein paar unbeholfene Schritte machte, stiegen ihm Tränen in die Augen. Ella wusste, das ihn dieselben widerstrebenden Gefühle heimsuchten wie sie selbst: Erleichterung und Schmerz, Freude und Traurigkeit, Liebe und pure Erschöpfung. Er zog Ella an sich und umarmte sie fest. »Gut gemacht«, flüsterte er und küsste sie. »Ohne dich hätte er das nicht geschafft.«

Im Sommer fuhren sie wieder nach Arisaig, und die zwei Wochen Seeluft und ihre Tage am Strand bewirkten bei ihnen allen Wunder. »Ich bin überzeugt, dies ist die allerbeste Medizin«, bemerkte Ella, als sie und Angus auf ihrer Picknickdecke saßen und Rhona und Robbie dabei zusahen, wie sie in den Wellen spielten und ihre Eimer mit nassem Sand füllten, um eine Burg zu bauen, während weit draußen auf dem Meer eine neugierige Robbe zu ihnen herüberblickte. »Im Herbst wird er stark genug sein, um wieder in die Schule zu gehen.«

In dieser Nacht, als die Kinder schon schliefen, drehte sich Angus im Bett zu seiner Frau und zog sie an sich. Aber sie umfasste seine Hände und unterband wortlos seine Annäherungsversuche. Sie war einfach zu müde und immer noch besorgt.

Von ihm abgewandt schlief sie rasch ein, während Angus noch stundenlang wach lag und in die Dunkelheit starrte.

2014
EDINBURGH

Als ich Ella heute im Pflegeheim besuche, liegt sie wieder im Bett. Im Schlaf hat sie das Gesicht der Muschelschale zugewandt, und ihre Haare liegen auf dem Kissen ausgebreitet. Eine Pflegerin platzt herein und verkündet, sie müsse Ella ohnehin wecken, um ihr Medikamente zu geben.

Ich möchte Ella nicht anstrengen, habe aber Fragen, auf die ich eine Antwort brauche. Über ihre Ehe, darüber, wie sie diese Zeit durchgestanden hat. Und ob sie und mein Großvater wieder zueinanderfinden konnten. Diese Gewissheit könnte mir Hoffnung geben, dass auch meine eigene Ehe weiterbestehen kann, dass es eine Chance für Dan und mich gibt, obwohl im Moment alles ein einziger Kampf ist.

Ella runzelt die Stirn, als hätte sie Mühe, sich zu erinnern, aber dann konzentriert sich ihr Blick offenbar auf das Bild mit dem Segelboot, und sie nickt, fährt mit der Zungenspitze über die trockenen Lippen und sagt so leise, dass ich mich nahe zu ihr beugen muss: »Als wir Christophe noch für tot hielten, war es leichter für Angus. Aber da er lebte, überlappte sich plötzlich meine Liebe zu ihm mit der zu Angus, zumindest dachte Angus das. Ich wusste, dass die zarte Balance unserer Ehe gefährdet war. Sie hatte Schaden genommen, wir waren geschwächt. Es war schwer für uns beide.«

»Und dann kam noch Robbies Kinderlähmung hinzu«, ergänze ich, »die eurer Ehe doch ebenfalls zusetzte, oder?«

Sie nickt. »Du weißt wahrscheinlich besser als ich, dass das Leben einem manchmal böse Überraschungen bereiten kann. Man gibt sein Bestes, aber es ist schwer. Obwohl ich finde, dass das Leben einem kaum eine Aufgabe bescheren kann, die vergleichbar angsteinflößend, überwältigend und frustrierend ist, aber auch so erfüllend, wie Kinder aufzuziehen.« Sie wirft mir einen forschenden Blick zu. »Allerdings war es damals leichter. Wir hatten viele Möglichkeiten und wenige Erwartungen, während es heutzutage eher umgekehrt ist. Meiner Meinung nach hat deine Generation das Schlechteste aus beiden Welten abbekommen: zu hohe Erwartungen und viel weniger Möglichkeiten. Das ist eine schlechte Kombination. Aber du und Dan werdet einen Weg finden, damit umzugehen.«

»Wir haben auch keine andere Wahl.« Ihre Bemerkung, wir hätten zu hohe Erwartungen, kränkt mich etwas. Schließlich haben Dan und ich so viel verloren. Es ist schwer, das zu verkraften, aber wir bemühen uns beide, jeder auf seine Art.

»Kann sein. Aber vielleicht habt ihr die Wahl, ob ihr die Situation annehmt. Diese Wahl bleibt uns immer.«

Ich blicke mich im Zimmer um, das nun ihre ganze Welt geworden ist, diese vier blassrosa Wände und die nach Desinfektionsmittel riechende Heizungsluft. Sehnt sich Ella nicht nach der Freiheit ihrer Jugend? Nach den Buchten voll weißem Sand und dem Meer, das sich vor ihr bis in die Unendlichkeit erstreckt? Nach der Aussicht auf ein aufregendes Leben, das von Liebe erfüllt ist? Oder reichen ihr die Erinnerungen an ein gutes Leben? Vielleicht verlaufen unsere Leben immer so: Erst schwingt man sich voller Hoffnung und Träume hinauf bis zum Höhepunkt, um dann mit der wehmütigen Akzeptanz des Alters wieder herabzusinken.

»Hättest du gerne etwas anders gemacht?«, frage ich sie.

»Selbstverständlich. Im Rückblick ist uns alles viel klarer. Aber während unser Leben gerade an uns vorbeizieht, versuchen wir einfach, die bestmöglichen Entscheidungen zu treffen, und machen doch ständig Fehler. Ich glaube, mein größter Fehler war es, nicht zu erkennen, dass es viele verschiedene Arten von Liebe gibt. Und dass für alle Platz ist. Dass keine Liebe eine andere ausschließt.«

Ich warte und beobachte, wie ihre Miene weicher wird, während sie sich erinnert.

Doch plötzlich durchbohrt sie mich mit einem Blick, der bis auf den Grund meiner Seele zu dringen scheint. »Verstehst du, Kendra? Ich dachte, meine Liebe wäre begrenzt. Und meine Liebe würde nur für meine Kinder ausreichen. Und ich war der Ansicht, dass Robbie den Löwenanteil davon brauchte. Das waren meine größten Fehler. Jetzt weiß ich es besser, aus der Rückschau ist es klarer.«

Sie greift nach dem Glas Wasser, das die Schwester ihr hingestellt hat, und nippt daran.

»Die Liebe zu den eigenen Kindern ist die einzige, die rein und so einfach ist. Sie ist überwältigend, bedingungslos und instinktiv. Aber sie besteht neben der Liebe, die man für seinen Partner empfindet und die etwas ganz anderes ist. Diese Liebe ist alles andere als einfach, im Gegenteil, sie ist kompliziert. Dabei entscheiden wir uns bewusst für diese Art von Liebe, daher sollte sie doch eigentlich am einfachsten sein.« Sie lächelt leise, als ihre Gedanken wieder in die Vergangenheit wandern. »Ich weiß noch, wie Rhona Angus einmal fragte, was ›Unendlichkeit‹ bedeute. Und er sagte zu ihr: ›Denk dir die größte Zahl, die du dir vorstellen kannst. Und dann füge eine Eins hinzu. Und noch eine. Und noch eine …‹ Rhonas Gesicht leuchtete auf, als sie begriff, dass man immer so weitermachen und immer noch eine Eins hinzufügen kann. Genau so verhält es sich auch mit der Liebe. Man kann immer noch etwas hinzufügen. Bis in die Unendlichkeit.«

Ich denke an Dan. An die Kluft zwischen uns, daran, dass wir in letzter Zeit kaum noch miteinander reden. Geschweige denn, uns berühren. Aber ich rufe mir auch in Erinnerung, wie wir uns füreinander entschieden haben und wie leicht uns diese Wahl fiel, weil sie sich so richtig anfühlte. Ellas Worte treffen es genau. Ich denke daran, wie sehr Dan unseren Sohn liebt und wie geduldig und verständnisvoll er für ihn sorgt. In letzter Zeit wirkt er glücklicher, denn das Gartenprojekt und der Schrebergarten geben ihm eine Aufgabe und tun ihm damit genauso gut wie Finn. Meine Aufgabe ist es, Ellas Geschichte aufzuschreiben. Zwar soll ich das eigentlich für meine Mutter tun, aber ich habe das Gefühl, dass ich es auch für mich mache. Meine Granny Ella ist ein ziemlich schlauer Fuchs.

Da ich ihr ansehe, wie erschöpft sie ist, stehe ich auf und will mich zum Gehen bereitmachen, doch sie legt mir die Hand auf den Arm. »Es ist nie zu spät, Kendra. Auch das darfst du nicht vergessen.«

Sie zeigt auf die blaue Schale neben ihrem Bett.

»Es ist nie zu spät, zumindest für den Versuch, das zu reparieren, was zerbrochen ist.«

1957
EDINBURGH

Robbie hatte mit der Schule zu kämpfen. Da ihm ein ganzes Jahr fehlte, wurde er zurückversetzt. Seine Freunde waren nun eine Klasse über ihm und seine Schwester vier. In seiner neuen Klasse wurde er gehänselt, weil er älter war und nur mühsam und roboterartig gehen konnte und dann auch noch mit einer Prothese. Beim Sport musste er am Rand sitzen und seinen Klassenkameraden beim Rennen, Springen und Spielen zusehen, was ihm schmerzlich bewusst machte, dass er nicht mehr wie früher der beliebteste Schüler und beste Fußballspieler der Klasse war. Er fühlte sich wie ein verkrüppelter Niemand. Es zerriss Ella jeden Tag das Herz, wenn sie vom Schultor aus beobachtete, wie er auf dem Schulhof seinen stärkeren, schnelleren, lauteren und selbstbewussteren Freunden hinterherhinkte und nur noch ein Schatten seines früheren Selbst war.

Deshalb entwickelte sie weiterhin neue Methoden, um seine Muskeln zu kräftigen, sein Hinken zu verringern, sein Selbstbewusstsein zu stärken und ihm zu zeigen, wer er wirklich war: ein kluger, begabter, liebevoller und mutiger Junge, der sich nicht von seiner Krankheit einschränken lassen sollte.

Der Sommer drohte eintönig grau zu werden, da an den seltenen Tagen, an denen die dichte Wolkendecke aufriss, um einen Sonnenstrahl hindurchzulassen, der aus Osten kommende Nebel vom Meer sie wieder blockierte. In der letzten Woche hatte es jeden Tag geregnet, obwohl es bereits Mitte Juni war, und der Ginster auf den Hügeln wirkte geknickt und zerrupft. *Ein bisschen wie ich*, dachte Ella, als sie beim Aufhängen der Wäsche innehielt. Sie hatte versucht, die Regenpause zu nutzen und die längst überfällige Wäsche zu waschen. Nun setzte sie sich kurz auf eine Gartenbank und hielt ihr Gesicht in die Sonne, die sich durch eine Lücke in der Wolkendecke gemogelt hatte. Als sie eine Haarsträhne zurück in das Haargummi steckte, das ihren losen Pferdeschwanz zusammenhielt, fiel ihr ein, dass sie eigentlich längst mal wieder zum Friseur müsste, doch irgendwie entglitten ihr die Tage, ohne dass sie wirklich etwas schaffte. Eigentlich hätte es nun doch leichter werden sollen, da Robbie wieder zur Schule ging, doch offenbar hatte sie ihre ganze Energie dabei verbraucht, ihn wieder auf die Beine zu bringen, und jetzt hatte sie kaum noch genug Antrieb, um die Tage zu überstehen.

Als sie das Klappern des Briefschlitzes hörte, erhob sie sich seufzend, um die Post von der Türmatte aufzuheben. Zwischen den üblichen grauen Umschlägen entdeckte sie einen Brief in vornehmem Cremeweiß mit mehreren französischen Briefmarken aufblitzen und spürte, wie ihre Lebensgeister sofort erwachten. Sie machte sich eine Tasse Tee und ließ sich wieder auf der Gartenbank nieder, um Carolines Brief zu lesen. Als sie den Briefbogen auffaltete, fiel ihr eine weiße, rechteckige Karte in den Schoß.

Sainte Marie de Ré
5. juni 1957

Ma chère Ella,
wie geht es Robbie? Ich denke jeden Tag an Dich und hoffe, dass er immer mehr zu Kräften kommt. In Deinem letzten Brief klangst Du so traurig, und ich kann mir vorstellen, dass es nicht leicht ist, eines seiner Kinder leiden zu sehen. Also möchte ich Dir mit diesem Brief zwei Vorschläge machen.

Der erste soll Dich für kurze Zeit aus Deinem Alltag entführen, um Dich aufzuheitern. Schon bald werden einige von Christophes Bildern in Edinburgh ausgestellt. Sie waren zuerst in meiner kleinen Galerie hier auf der Insel zu sehen und wurden danach in Paris und in London gezeigt. Kannst Du Dir das vorstellen?! Und jetzt werden sie im Rahmen einer Sommerausstellung in der Royal Scottish Academy zu sehen sein. Daher schicke ich Dir eine Einladung zu der privaten Vernissage und hoffe, Angus und Du könnt daran teilnehmen. Bitte schreibe mir hinterher, was Du von den Bildern hältst und wie sie in Schottland aufgenommen werden. Bitte gehe hin! Wie Du siehst, würdest Du mir damit auch einen Gefallen tun, weil Du meine Augen und Ohren sein sollst.

Und nun komme ich zum zweiten Vorschlag, der eine etwas größere Reise als nur die in die Stadt erfordert: Ich möchte, dass Du diesen Sommer zu mir auf die Île de Ré kommst. Bring Angus und die Kinder mit und bleib, solange Du kannst – wenn Du möchtest, die gesamten Schulferien. Stell Dir nur vor, wie gut Robbie die Sonne und die Seeluft tun werden (erinnerst Du Dich noch an die Kinder, die früher vor dem Préventorium auf ihren Liegen in der Sonne lagen? Du weißt doch, wie heilsam unser Klima ist.) Es wird ihm – und Dir – sehr guttun. Und ich möchte Deine Familie schon so lange kennenlernen! Christophe verbringt die meiste Zeit in Paris, da er mittlerweile ein gefragter Künstler ist, daher bin ich ganz allein in meinem großen Haus mit den vielen Zimmern, die nur darauf warten, von meiner liebsten Freundin und ihrer Familie mit Leben erfüllt zu werden. Bitte sag ja, liebe Ella.

Ich warte ungeduldig auf Deine Antwort.

Alles Liebe, auch für Deine Familie

Caroline xxx

Ella las den Brief zu Ende und warf einen prüfenden Blick auf die Einladung. Die private Vernissage fand an diesem Freitag statt. Sie blickte zu den Hügeln hinüber. Es sah aus, als würden die Wolken sich auflösen, und die Sonne schien ein bisschen stärker, so dass die Landschaft plötzlich in unzähligen Nuancen von Licht und Schatten aufleuchtete, anstatt wie in den letzten verregneten Wochen nur mattes Grün und Grau zu zeigen.

Einen Augenblick lang schloss sie die Augen und ließ ihr Gesicht wärmen. Dann schob sie den Brief in den Umschlag zurück, stand auf, ging hinein zum Telefon und vereinbarte für Freitagmorgen einen Termin beim Friseur.

~

»Du siehst sehr schön aus, Liebes«, bemerkte Ellas Mutter und nickte anerkennend, als ihre Tochter in einem hellblauen Etuikleid herunterkam, das ihre schlanke Figur umschmeichelte. »Mir gefällt auch deine neue Frisur. Aber jetzt vergiss mal alle Pflichten, mach dir keine Sorgen und bleib, solange du willst. Die Kinder und ich werden es uns hier gemütlich machen, nicht wahr, Rhona?«

»Danke.« Ella zog die zum Kleid passende Jacke an und gab Rhona einen Kuss auf die Wange. »Aber ich werde nicht spät zurückkommen. Ohne Angus werfe ich nur kurz einen Blick auf die Bilder und mache mich wieder auf den Heimweg. Ich rechne nicht damit, jemand Bekannten zu treffen.«

»Es ist wirklich schade, dass Angus dich heute Abend nicht begleiten kann«, erwiderte Mrs. Lennox. »Ihr beiden scheint in letzter Zeit kaum Gelegenheit zu haben, miteinander auszugehen, und wenn du mich fragst, solltet ihr das wirklich ändern.«

Ella seufzte. Diesen Abend hatte sie sich wirklich einmal Mühe mit ihrem Aussehen gegeben, und ausgerechnet heute musste Angus länger im Büro bleiben. Allerdings konnte das auch eine Ausrede sein – wahrscheinlich war ihm nicht wohl dabei, Christophes Bilder zu sehen, und er drückte sich davor mit Arbeit. Zumindest hatte sie Carolines Einladung, den Sommer in Frankreich zu verbringen, abgelehnt. Es war vernünftiger so, denn damit hätte sie eindeutig zu viel von Angus verlangt, selbst wenn Christophe nicht da wäre. Dennoch war es schade. Wahrscheinlich hätte es der ganzen Familie gutgetan. Andererseits würde das bessere Wetter vielleicht bis zu ihrem Familienurlaub in Arisaig anhalten, und das müsste dann reichen.

Ella drehte sich noch einmal um, winkte Rhona und Robbie zu, die ihr an der Haustür nachschauten, und eilte dann mit klackernden Absätzen ihrer Pumps die Straße entlang, um die Bahn in die Stadt zu nehmen.

Das Castle von Edinburgh schwebte hoch über den Parkanlagen auf der Princess Street, die im Licht des frühen Abends noch voller Menschen waren. Sie nutzten den ungewöhnlich milden Freitagabend, um spazieren zu gehen, auf einer Bank zu plaudern oder in einer der Bars etwas zu trinken, bevor sie den Heimweg antraten. Ella zupfte leicht nervös am Revers ihrer Jacke, als sie sich der kleinen Besucherschar anschloss, die die Royal Scottish Academy betrat. Auf einem Banner war der Ausstellungstitel zu lesen: *Insellandschaften*. Sie zeigte dem Museumswärter ihre Einladung und wurde hineingewunken.

Und dann, mit einem Mal, war sie nicht mehr nervös, weil sie allein hier war, denn das erste Bild, das sie sah, zeigte eine vertraute Szene. Sie vergewisserte sich im Programm, das sie am Eingang mitgenommen hatte: »*Der Strand von Sainte Marie (1953)*. Christophe Martets Landschaften fangen das kaum zu beschreibende Licht seiner Heimat auf der Île de Ré ein. Der Künstler ist außerdem bekannt für seine Porträts und stellt oft in Paris und London aus.«

Gebannt ging sie von Bild zu Bild und erkannte Szenen aus den Sommern, die sie vor einer Ewigkeit auf der Insel erlebt hatte: ein Kirchturm, der sich zwischen den Baumwipfeln erhob, Salzpfannen, die in der Sonne grellweiß leuchteten, Strandgräser, die sich im Sommerwind bogen, und hinter den Dünen das Meer in allen Schattierungen von Blau und Grün. Sie beugte sich näher zu seinem letzten Bild, um zu erkennen, welche Farbe er für das tiefe Meer ganz hinten am Horizont gewählt hatte. Sie lächelte, als die Erinnerung zurückkam.

»Wundervoll, nicht wahr?« Eine Stimme neben ihr riss Ella aus ihrer Versunkenheit. »Sie sind doch Robbie Dalrymples Mutter, nicht wahr?« Als sie sich umdrehte, sah sie ein Paar, das sie mit einem erwartungsvollen Lächeln anblickte. »John und Heather Wilcox. Wir sind die Eltern von Hamish. Aus der Schule?«

»Ach ja, natürlich. Verzeihung, ich war völlig versunken.« Ella erkannte sie wieder und gab ihnen die Hand.

»Das liegt an den Gemälden. Ist das nicht eine wunderbare Ausstellung? Mir gefallen alle seine Bilder. Er fängt die Atmosphäre dieser Insel besonders gut ein. Man meint fast, man wäre in den Ferien und könnte das Meer riechen.«

Ella nickte. »Ich habe mir die anderen Bilder noch nicht genauer angesehen, aber ich finde diese hier auch wunderschön.«

»Da drüben scheint es Sherry zu geben.« John zeigte auf einen Tisch in einer Ecke des Ausstellungsraums. »Darf ich euch einen holen?«

Mit dem Glas in der Hand entspannte sich Ella allmählich und fing sogar an, den Abend zu genießen, während sie sich über die Bilder und ihre Kinder unterhielten.

»Hamish hat gefragt, ob wir Robbie in den Ferien nicht mal zum Spielen einladen können«, bemerkte Heather. »Wo genau wohnen Sie eigentlich? ... Ach, das ist ja nur einen Katzensprung von uns entfernt!«

John warf einen Blick auf seine Uhr und stellte sein halbleeres Glas ab. »Wir haben unseren Wagen ganz in der Nähe geparkt und würden Sie gerne nach Hause bringen. Oder besser noch: Wie wäre es mit einem Schlummertrunk im Café Royal, bevor wir heimfahren?«

Auch Ella blickte auf ihre Uhr. Es war noch früh, und der Gedanke, nach Hause gefahren zu werden, war sehr verlockend. Ihre hohen Schuhe fingen langsam an zu drücken. »Vielen Dank! Das wäre sehr nett.«

In der Bar war es zwar voll, aber Heather und Ella ergatterten einen Platz auf einer der Lederbänke, während John sich einen Weg durch die Menge bahnte, um die Getränke zu holen. Ella war schon seit Ewigkeiten nicht mehr im Café Royal gewesen – oder überhaupt in einer Bar –, und sie schaute sich zufrieden um und nahm die viktorianische Pracht in sich auf. Sie mussten nahezu schreien, um sich über den Lärm der Menge hinweg zu unterhalten, der von der raffiniert gestalteten Decke und der Mahagonibalustrade der Galerie widerhallte, wo die Gäste an edel eingedeckten Tischen ihr Essen genossen.

Als auf der Galerie plötzlich Lachen und Applaus aufbrandete, blickte Ella auf. Jemand hatte Geburtstag, und der Kellner brachte gerade einen mit einer Kerze geschmückten Kuchen an einen der Tische.

Und dann erstarrte Ella, und ihr Glas verharrte auf halbem Weg zum Mund. Das Licht der Kerze war kurz über eines der Gesichter gehuscht. Sie hatte die Züge ihres Mannes erkannt. Und noch während sie hochschaute, neigte sich Angus vor und drückte der Frau einen Kuss auf die Hand.

Wie betäubt setzte Ella ihr Glas auf dem Tisch ab. Der Tumult in der Bar rückte einen Moment in den Hintergrund von Ellas Wahrnehmung, weil er dem Schmerz wich, der wie krachende Wellen in ihren Ohren dröhnte.

»Ella? Geht es Ihnen nicht gut?« Heathers vorsichtige Berührung riss sie in die Realität zurück. »Sie sind ja plötzlich leichenblass!«

Mit unmenschlicher Anstrengung riss Ella sich zusammen. »Äh ... Verzeihung. Es ist nur etwas heiß hier. Vielleicht bin ich es auch nicht mehr gewohnt, so lang wachzubleiben«, versuchte sie zu scherzen und war dankbar für die Benommenheit, die ihren Schock dämpfte und es ihr ermöglichte, weiter zu funktionieren. Sie nippte versuchsweise an ihrem Getränk, schluckte gegen die aufsteigende Übelkeit an und sehnte sich nur noch danach, hier rauszukommen, zurück in die Sicherheit ihres Zuhauses. Doch dann fiel ihr ein, dass es dort nicht mehr sicher war, dass sich etwas verändert hatte. Ihr Zuhause war nicht länger das, wofür sie es gehalten hatte. Ihr Zuhause, ihre Ehe, ihre Familie waren nur Fassade. Jetzt zitterte ihre Hand so heftig, dass sie etwas von ihrem Sherry verschüttete und ein Fleck, so dunkel wie Blut, sich auf ihrem Kleid.

John Wilcox stellte sein Bier ab. »Ich bin auch der Meinung, dass es hier zu voll ist. Ich hole mal den Wagen, und dann bringen wir Sie nach Hause, ja?«

Dankbar nahm Ella ihre Jacke und ihre Tasche. Sie wollte unbedingt die Bar verlassen, bevor Angus sie sah. »Wieso gehen wir nicht gleich zusammen? Ein bisschen frische Luft würde uns doch guttun.«

Doch als sie aufstand, bemerkte sie, dass Angus einen Blick nach unten warf und erstarrte, weil er sie erkannte. Sie wandte ihm den Rücken zu, kämpfte mit einem Ärmel der Jacke und ließ dabei ihre Handtasche fallen, so aufgebracht war sie.

John bückte sich und hob die Tasche auf. »Kommen Sie, Ella. Ich habe den Eindruck, es geht Ihnen nicht gut. Bringen wir Sie nach Hause.« Heather ergriff besorgt ihren Arm und führte sie hinaus ins Freie, weg von dem Lärm der Gäste und Angus' entsetzter Miene.

Er beteuerte, es habe nichts zu bedeuten, die Frau sei ihm gar nicht wichtig, er habe nur in einem Augenblick der Unvernunft der Versuchung nachgegeben, weil er sich so von Ella zurückgewiesen gefühlt habe. Doch Ella konnte nur vollkommen aufgelöst den Kopf schütteln und umklammerte mit verschränkten Armen ihre Ellbogen, als wollte sie den Schmerz zurückhalten, der sie von innen zu zerreißen drohte.

Als sie endlich wieder sprechen konnte, brachte sie nur hervor: »Ich muss hier weg. Ich nehme die Kinder mit. Ich muss hier weg …«

»Bitte, tu das nicht, Ella.«

Da zischte sie voller Verbitterung: »Du hast kein Recht, irgendetwas von mir zu verlangen, Angus Dalrymple. Ich muss weg von dir. Ich kann nicht mehr vernünftig denken. Vielleicht wird mir die Distanz helfen, etwas Klarheit zu gewinnen. Und du hast Zeit, zu entscheiden, was du wirklich willst.«

»Dazu brauche ich keine Zeit. Ich weiß, was ich will. Ich habe immer gewusst, was ich wollte, Ella, und das bist du. Und unsere Kinder. Die Affäre ist vorbei, das verspreche ich. Sie ist vorbei, und so etwas wird nie wieder vorkommen. Aber ich brauche dich hier, Ella. Du warst schon seit langer Zeit nicht mehr wirklich bei mir, bei unserer Ehe. Wir müssen uns beide Mühe geben.«

Ihr verletzter Blick traf ihn bis ins Mark. »Ich habe mir solche Mühe gegeben«, flüsterte sie, »dass mir jetzt nichts mehr bleibt.«

Darauf folgte eine entsetzliche Stille, in der wortlose Vorwürfe und Schuldzuweisungen lagen.

Da blickte er ihr lange und resigniert in die Augen und sagte: »Nun gut. Vielleicht solltest du doch den Sommer in Frankreich verbringen. Denn offenbar brauchst *du* Zeit, um zu entscheiden, was du wirklich willst.«

~

Caroline bestand darauf, sie an der Fährstation auf dem Festland abzuholen. »Keine Sorge. Ich muss ohnehin einiges für die Galerie einkaufen, weil ich in größere Räumlichkeiten umgezogen bin, nach Saint Martin, direkt an den Hafen. Die Lage ist besser, es kommen mehr Touristen vorbei als in Sainte Marie, und ich habe mehr Platz. Außerdem möchte ich nicht, dass du und die Kinder das ganze Gepäck vom Zug bis zur Fähre schleppen müsst. Wenn ich mit dem Wagen komme, ist es auch aufregender für die Kinder.«

Als Ella ihre alte Freundin am Bahnsteig stehen sah, wäre sie fast in Tränen ausgebrochen. Sie half Robbie aus dem Zug, während Rhona sich mit dem Gepäck abmühte. Caroline schloss sie in ihre Arme, und auch da konnte Ella ihre Tränen nur mühsam unterdrücken, so vertraut und doch so fremd fühlte sich ihre Umarmung an.

Der Schock über Angus' Affäre und die Anstrengungen der letzten Monate hatten ihr zugesetzt. Den Kindern zuliebe hatten sie zwar die Fassade aufrechterhalten, aber Rhona, die schon immer ein Gespür für die Stimmungen in der Beziehung ihrer Eltern hatte, war noch ängstlicher als sonst geworden. Sie hatte jeden ihrer Schritte mit großen ernsten Augen verfolgt, um die von Schmerz und Zorn erfüllte Atmosphäre zu ergründen, die wie der Geruch von etwas Verbranntem in der Luft hing. »Du sollst auch mitkommen, Daddy«, hatte sie gebettelt und sich an ihn geklammert, als er sie an der Waverly Station zum Zug brachte.

»Ach, komm schon, Rhona. Mummy braucht jetzt deine Hilfe. Außerdem schickst du mir doch jede Woche eine Postkarte, schon vergessen? Und macht viele Fotos für mich. Wenn ihr zurückkommt, warte ich hier auf euch.« Bei diesem letzten Satz ruhte sein Blick auf Ella, und die Bedeutung dieser Botschaft strafte seinen beiläufigen Ton Lügen. Dann küsste er seine Frau verlegen auf die Wange und sah zu, wie sie mit den Kindern in den Zug stieg, der sie für einen ganzen Sommer entführen würde.

Ella fühlte sich ziemlich aus dem Gleichgewicht gebracht, und das nicht nur wegen ihrer langen Reise. Nachdem sie ihr Gepäck im Kofferraum von Carolines Wagen verstaut und die kurze Strecke zur Fährstation zurückgelegt hatten, überwältigte sie beim Anblick der Île de Ré eine Flut von Gefühlen. Die Kinder hüpften aufgeregt auf dem Rücksitz, als sie die Fähre näher kommen sahen. Unwillkürlich musste Ella an den Tag denken, als sie genau an dieser Stelle gestanden und das herannahende Boot beobachtet hatte, das sie zur Insel bringen sollte.

Erinnerungen bestürmten sie, an Eindrücke und Gefühl, an die Stimmen der Eltern Martet, die nun beide tot waren. Erinnerungen an Christophe. Sie fragte sich, wie sein Leben in Paris wohl jetzt aussah, aber danach konnte sie sich später bei Caroline erkundigen. Sie lehnte sich auf dem Beifahrersitz zurück, um ihren Rücken zu entlasten, der von der langen Zugreise ganz steif war. Als sie tief die Seeluft einatmete, spürte sie schon, wie ihre Schultern sich ein wenig entspannten. Es kam ihr so vor, als hätte sie sich lange Zeit nur vorsichtig bewegt, um ja Haltung zu bewahren und nicht in tausend winzige Stücke zu zerspringen, sobald sie sich einmal entspannte. Aber jetzt war sie weit weg von zu Hause, weg von Angus' verletztem, schuldbewusstem Blick, und der Sommer breitete sich endlos lang vor ihr aus. Sie freute sich darauf, ihren Kindern in den kommenden Wochen die Insel zu zeigen, und sie hoffte, die Zeit werde alle Wunden heilen, damit sie einen Weg fand, irgendwie das Leben weiterzuführen, das plötzlich in einer Sackgasse gelandet war.

»Wie kommt denn das Auto auf das Schiff?«, erkundigte sich Robbie und beugte sich zwischen die Vordersitze, um nicht zu verpassen, wie die Fähre am Kai anlegte. Durch die offenen Fenster des Wagens drang die warme Seeluft herein, vermischt mit dem Geruch nach Diesel.

»Da, schau zu«, sagte Caroline und zeigte zum Kai. »Dort werden Rampen aufgestellt. Und wenn alle Autos die Fähre verlassen haben, können wir hineinfahren.«

»Können wir davon ein Foto machen? Ich will Daddy zeigen, wie wir auf die Fähre gefahren sind.«

»Hier, gib mir den Fotoapparat, dann mache ich eine

Aufnahme von euch dreien. Rückt ein bisschen näher zusammen. So ist gut, und jetzt: Lächeln!« Caroline gab Ella die Kamera zurück und half Robbie, wieder in den Wagen zu steigen. »Aber jetzt los! Wir wollen doch nicht zurückgelassen werden. Bis zur Insel ist es nur ein Katzensprung.«

~

Ella gesellte sich zu Caroline auf die Terrasse. Während sie die Kinder oben zu Bett brachte, war der Tisch abgeräumt worden, und jetzt standen dort nur noch die Flasche Weißwein, den sie zum Essen getrunken hatten, ihre beiden Gläser und ein Krug mit weißen Rosen, die im Licht der Laterne leuchteten.

»Hier.« Caroline füllte Ellas Glas und schob es zu ihr. »Ist mit den Kindern alles in Ordnung?«

Ella nickte. »Ich weiß nicht, ob ihre Aufregung oder ihre Erschöpfung überwiegt. Robbie ist jedenfalls sofort eingeschlafen. Er fragte mich, wann wir uns das Boot ansehen können, in dem wir segeln wollen, hat die Antwort aber gar nicht mehr gehört. Und Rhona kann zwar kaum noch die Augen offen halten, ist aber wild entschlossen, noch ein Kapitel ihres Buchs zu lesen, bevor sie das Licht löscht. Sie liebt ihr Zimmer, vor allem die Blumen auf der Kommode. Und beide vergöttern dich. Aber das wusste ich schon vorher.«

»Tja, das beruht auf Gegenseitigkeit, kann ich dir versichern. Und da es immer unwahrscheinlicher wird, dass ich je eigene Kinder bekommen werde, leihe ich mir wohl einfach deine aus.«

»Hast du denn noch niemanden kennengelernt?«

»Es gibt einen Künstler, mit dem ich mich treffe, wenn es uns beiden passt. Aber er ist eindeutig kein Familienmensch.« Caroline schwieg und nippte an ihrem Wein. Dann sagte sie: »Und ehrlich gesagt, weiß ich nicht, ob ich die Kraft habe, Kinder in eine Welt zu bringen, in der Menschen anderen etwas so Schreckliches antun können wie meiner Mutter. Und Agnès und ihren Kindern. Nein, ich bin mit meiner Arbeit verheiratet, und das ist auch gut so. Es ist meine freie Entscheidung. Also kein Mitleid, bitte. Ich bin zufrieden und erfüllt. Und ich werde es sehr genießen, für Rhona und Robbie eine Art Tante zu sein.«

Caroline umfasste kurz Ellas Hand und ließ sie wieder los, um erneut an ihrem Wein zu nippen.

»So. Wir haben mehrere Wochen, um uns auf den neuesten Stand zu bringen, obwohl die nach all den Jahren vielleicht nicht mal reichen. Aber vielleicht sollten wir bei dir anfangen. Möchtest du mir erzählen, warum du deine Meinung geändert hast und doch den Sommer auf der Insel verbringen willst?« Sie warf Ella einen durchdringenden Blick zu. »Ich schätze, was auch immer es war, ist auch für die dunklen Ringe unter deinen Augen verantwortlich.«

Sie redeten bis tief in die Nacht und bemerkten kaum, als die Kerze in der Laterne niederbrannte und dann in ihrem eigenen Wachs ertrank. Noch zweimal flackerte sie, bevor sie zum Bedauern der Motten, die am Glas der Laterne klebten, endgültig verlosch.

»Oh Ella, es tut mir so leid, dass du solchen Kummer hast.« Caroline nahm ein Blütenblatt, das lautlos von einer der Rosen auf die Tischplatte gefallen war, und strich mit dem Finger über die seidige Glätte. »Ich habe dich oft um deinen Mann und deine Familie beneidet. Aber ich sehe schon, dass nicht immer alles heiter und ungetrübt ist. Ich weiß noch, dass meine Mutter einmal sagte, als wir mit der *Bijou* draußen waren, eine gute Ehe zu führen ähnle sehr dem Segeln mit einem Boot: Bei zu vielen Ankern und zu wenigen Segeln fühle man sich gefesselt, aber bei zu vielen Segeln und zu wenig Ankern würde es auch nicht funktionieren. Man müsse die Balance zwischen beidem finden und dann einen Kurs fahren, der aufrichtig ist. Und das, sagte sie, könne man mit dem Kompass der Moral und dem Ruder der Seele.«

Ella lächelte. »Klingt kompliziert. Andererseits *ist* die Ehe auch kompliziert, wie ich erfahren habe.«

»Nun, ich hoffe, du bekommst in diesem Sommer Zeit und Raum, sie wieder auf Kurs zu bringen.«

Sie verstummte kurz, hielt sich das Rosenblatt vor die Nase und atmete seinen süßen Duft ein.

»Allerdings muss ich dir etwas sagen, Ella. Als ich dich hierher einlud, schrieb ich doch, Christophe sei in Paris. Nun, er hat seine Pläne geändert, bevor wir erfuhren, dass du dich umentschieden hast. Er ist hier auf der Insel.«

Ella hielt den Blick gesenkt und strich mit der Fingerspitze über den Rand ihres Weinglases. Doch da ihre Hand zitterte, legte sie sie in ihren Schoß und hoffte, Caroline hätte es nicht bemerkt.

»Wo ist er denn?«

»Keine Angst. Er wird nicht hierherkommen, wenn du es nicht möchtest. Er bleibt in der neuen Galerie in Saint Martin, in der Wohnung, die dazugehört. Dort hat er alles, was er braucht, genug Platz zum Arbeiten, und die *Bijou* liegt im Hafen direkt vor der Galerie vor Anker, also ist es ideal für ihn. Wir haben über deinen Besuch gesprochen. Ihm ist klar, dass es unangenehm für dich sein könnte, wo doch die Kinder hier sind … und wir haben uns auch gefragt, ob Angus nicht vielleicht doch noch kommt, zumindest für ein paar Tage. Obwohl ich nicht weiß, ob es dadurch nicht noch komplizierter würde. Christophe würde dich sehr gerne sehen, aber nur, wenn du das auch möchtest.«

Eine ganze Weile sagte Ella nichts. Als sie sich dann Caroline zuwandte, war ihr Gesichtsausdruck in der Dunkelheit nicht zu deuten. »Selbstverständlich würde ich ihn gern sehen. Und ich fände es schön, wenn die Kinder ihn auch kennenlernten. Ich habe ihnen alles über die Familie Martet erzählt, sie wissen, dass ihr seit meinem ersten Besuch hier vor fast zwanzig Jahren sehr enge Freunde seid. Ich wünschte nur, sie hätten auch eure Eltern kennenlernen können.«

Caroline nickte. »In Ordnung.«

Ihre Stimme klang beiläufig, aber etwas zu betont.

Irgendetwas schien sich verändert zu haben. Was genau, war schwer zu sagen. Vielleicht lag es an dem plötzlich aufkommenden Wind, der die Rosen im Krug mit einem heftigen Stoß von ihren Blättern befreite; vielleicht lag es auch an dem zarten Licht, das mit einem Mal den Garten erfüllte, als der Vollmond über den Dünen und der weiß getünchten Mauer auftauchte.

Vielleicht war es aber auch etwas weniger Greifbares, eine Möglichkeit, die die beiden Frauen spürten, dass das Schicksal wie eine zitternde Kompassnadel plötzlich in eine andere Richtung zeigen könnte. Eine Richtung, die bis zu diesem Augenblick unvorstellbar gewesen war.

~

»Guten Morgen! Hallo? Wo seid ihr denn alle?« Als Ella am nächsten Morgen die Treppe hinunterkam, war das ganze Haus still und leer. Ausnahmsweise hatte sie einmal gut geschlafen, weil sie von der langen Reise erschöpft war. Und da sie die Fensterläden geschlossen hatte, war ihr nicht aufgefallen, wie spät es schon war.

Auf dem Küchentisch lag, beschwert von der Obstschale, ein Zettel: *Mummy, wir sind in einem Kaffe frühstücken gegangen. In Sang Martäng. Wir bringen dir ein Crossäng mit. Oder, Caroline sagt, du kannst mit dem Rad zur Galleri kommen. Alles Liebe von Robbie xxx*

Einen Augenblick lang spielte Ella mit der Idee, einfach hierzubleiben und die Ruhe zu genießen, während Caroline ihre Kinder beschäftigte. Aber dann konnte sie der Aussicht nicht widerstehen, sich zu ihnen zu gesellen, denn sie wollte die Aufregung der Kinder nicht verpassen. Und der Gedanke an ein Croissant und einen Café au Lait auf dem sonnigen Kai war einfach zu verlockend.

Sie war seit Jahren nicht mehr auf ein Rad gestiegen und fuhr leicht wackelig über den sandigen Weg zwischen den ordentlichen Weingärten. Aber schon bald gewann sie ihr Selbstvertrauen zurück und fuhr über die Straße, die zum Norden der Insel führte und gesäumt war von Wildblumen in Blau, Magenta und Silbergrau vor dem sienabraunen Hintergrund der verbrannten Gräser. Die allgegenwärtige

Meeresbrise ließ den Saum ihres Kleides um ihre Knie flattern, fuhr in ihre Haare und kühlte die glatte Haut ihres Nackens, während die Sonne ihr die Wangen und die Stirn wärmte.

»Ich werde Sommersprossen bekommen«, dachte sie und erinnerte sich lächelnd daran, welch Sorgen sie sich als Siebzehnjährige darüber gemacht hatte.

In Saint Martin ratterte sie über das Kopfsteinpflaster an der Place de la République und bog dann in eine der steilen Gassen ein, die zwischen mit Stockrosen geschmückten, weiß getünchten Häusern zum Hafen hinunterführten. In den Läden und Cafés tummelten sich schon die Feriengäste. Sie stieg vom Rad und schob es weiter, während sie den schmalen, vollen Hafen betrachtete und nach Caroline und den Kindern Ausschau hielt, die vor einem der Cafés sitzen konnten. Die Galerie war leicht zu finden, sie blickte ihr von der anderen Seite der beiden mit einer Brücke überspannten Hafenbecken entgegen, und Carolines Name stand auf der Markise, die die Schaufenster überschattete. Und dann stockte ihr kurz der Atem, denn die *Bijou* ankerte direkt davor, genau wie Caroline gesagt hatte.

Ella lehnte das Rad gegen einen der Eisenpfeiler, die den Hafen mit Ketten umspannten, und betrat die kühle Galerie. Als sie die Schwelle überschritt, klingelte ein leises Glöckchen aus einem der hinteren Räume.

Sie hielt abrupt inne und starrte auf die Bilder an den Wänden. Sie stammten alle unverkennbar von Christophe: Landschaften mit Meer und Strand, Porträts von Fischern, eine Frau, die einen Esel führte, Arbeiter in den Salzpfannen. In einer Ecke sah sie ein paar schöne Keramikarbeiten neben den Werken eines Bildhauers, der laut Katalog aus der Gegend stammte.

Sie drehte sich wieder um und betrachtete eines der Bilder genauer: vom Wind gepeitschte Gräser in den Dünen, darüber Wolken, die über einen Sommerhimmel huschten.

Und plötzlich spürte sie, dass sie nicht mehr allein im Raum war. Die Stille wirkte plötzlich so, als hielte jemand den Atem an. Ella fühlte sich beobachtet. Sie drehte sich um.

Da stand er. In dem Türbogen, der zu einem der hinteren Räume führte. Er betrachtete sie.

Ohne ein Wort zu sagen, durchschritt sie rasch den Raum, der sie trennte, und schlang ihre Arme um ihn. Er zögerte. Dann spürte sie seine Umarmung.

Als sie ihre Worte wiederfand, trat sie einen Schritt zurück, um ihn richtig sehen zu können, und blinzelte, um ihre Tränen zu vertreiben. »Da bist du ja. Der Mann, der aus dem Reich der Toten zurückgekehrt ist.«

Sein Gesicht war jetzt schmaler und von feinen Linien durchzogen, und sein Haar hatte silberne Sprenkel. Seine Augen waren so dunkel wie das tiefe Meer und kaum zu deuten.

Er lächelte, aber ein so trauriges Lächeln hatte Ella noch nie gesehen. »Ella. Du bist mit den Jahren noch schöner geworden. Wie sehr habe ich mich nach diesem Augenblick gesehnt, und wie sehr habe ich mich davor gefürchtet. Ich wusste, dass es im Grunde gleichermaßen unmöglich ist, dich wiederzusehen und dich nicht wiederzusehen.«

»Manchmal denke ich, das Leben selbst ist unmöglich«, erwiderte sie und drückte zitternd eine Hand auf ihre Brust, als wollte sie ihr rasend pochendes Herz beruhigen.

Dann fielen ihr die Bilder hinter dem Türbogen im hinteren Ausstellungsraum auf. Es waren Porträts, und als sie auf einem Marianne erkannte, stockte ihr erneut der Atem. Sie trat zu dem Bild. »Das ist wunderbar, Christophe«, sagte sie leise. »Du hast ihr Wesen genau getroffen.«

Jetzt breitete sich eine andere Art von Stille zwischen ihnen aus, in der die Trauer deutlich spürbar war.

Das leise Klingeln der Glocke und Stimmen an der Eingangstür der Galerie brachen den Bann.

»*Coucou*, wir sind wieder da!«, rief Caroline.

»Mummy, da bist du ja! Bist du mit dem Rad gefahren? Wir haben in einem Café gefrühstückt, und danach gab es direkt ein Eis. Es war aus salzigem Karamell, was nicht besonders lecker klingt, aber es schmeckte so gut!«

Ella beugte sich zu ihrem Sohn und umarmte ihn. »Aber Robbie, du hast ja gar nicht deine Prothese an!«

»Ich glaub, die brauche ich in den Ferien nicht. Hier auf der Insel ist das Laufen leichter, weil alles so flach ist. Und Caroline hat gesagt, Eiscreme ist sehr gut, um Kraft aufzubauen. Ich glaube, ich brauche jetzt jeden Tag ein Eis.«

»Ach wirklich?«, sagte Ella und lachte. »Tja, wenn eine so kluge Frau wie Caroline das sagt, dann muss das wohl stimmen.«

»Wir haben dir ein Croissant mitgebracht, Mummy.« Rhona reichte ihr eine zerknitterte Papiertüte. »Und wir haben Seife gekauft. Caroline sagt, damit wird die Haut schön weich.«

»Die Seife stammt von einem Esel. Und damit meine ich nicht das Schimpfwort, das darf ich ja nicht sagen, sondern wirklich und in echt von einem Esel, von seiner Milch, nicht wahr, Caroline? Aus Eselsmilch.« Robbie genoss eindeutig seine neuen Freiheiten hier auf der Insel.

»Du meine Güte, was für ein Abenteuer, und dabei ist doch erst der erste Ferienmorgen. Es tut mir leid, dass ich verschlafen und dadurch alles verpasst habe.«

»Ist schon gut. Wir haben noch ein paar Abenteuer für dich aufgehoben. Segeln, zum Beispiel. Das Boot heißt *Bijou* und ist eine Sie.«

»Das stimmt, Robbie«, sagte Caroline lächelnd. »Und jetzt möchte ich euch den Kapitän vorstellen. Dies ist Christophe, mein Bruder.«

»Hallo.« Robbie schüttelte Christophe die Hand. Von Mann zu Mann. »Ich bin Robbie Dalrymple, und das ist meine Schwester Rhona.«

Christophe nickte, und das Leuchten seiner Augen strafte seine ernste Miene Lügen. »Ich habe schon viel von euch beiden gehört und freue mich sehr, euch kennenzulernen.« Als er zu Rhona ging, um ihr die Hand zu geben, sah man, dass er hinkte. Robbie musterte ihn prüfend.

»Hattest du auch Polio?«

»Nein, Robbie. Eines schönen Morgens traf mich eine deutsche Granate. Und dann verbrachte ich mehrere Jahre in einem Gefangenenlager, was die Sache auch nicht besser machte.«

»Was? Das ist ja aufregend! Kannst du mir davon erzählen?«

Genau in diesem Moment ertönte wieder das Glöckchen, und ein Touristenpärchen betrat die Galerie.

»Das sollten wir uns besser für später aufsparen«, griff Ella sanft ein. »Ich glaube, wir lassen Caroline und Christophe mal eine Weile in Ruhe arbeiten. Was ich jetzt brauche, ist ein Kaffee und mein Frühstück.« Sie hielt die Papiertüte in die Höhe. »Und dann können wir zur Markthalle gehen und ein paar Sachen fürs Mittagessen einkaufen.«

»Ist gut.« Robbie hob die Hand und salutierte. »Dann bis bald, Caroline. Christophe, kommst du auch zum Essen? Und Mummy, wir können dir die Eisdiele zeigen.«

~

Die Insel verzauberte sie alle auf ihre besondere Art. Im Laufe der kommenden Wochen wurde Robbie dank der Sonne und der Seeluft immer kräftiger – und vielleicht half auch sein tägliches *caramel au beurre salé*. Seine ungenutzte Prothese verstaubte in einer Ecke seines Zimmers, während er mit dem Rad fuhr, schwamm und durch die Dünen rannte, um aus dem feuchten Sand Burgen zu bauen. Sein Lieblingsspiel bestand darin, das Kriegsgefangenenlager Stalag Luft VIII-A nachzubauen, von dem Christophe ihm so viel erzählt hatte, und dann mit einer Muschelschale Tunnel zu graben, die den eingekerkerten Einsiedlerkrebsen die Flucht ins Meer ermöglichten.

Rhonas Wangen wurden rosig und bekamen Sommersprossen, genau wie die ihrer Mutter. Der Wind wellte ihr sandfarbenes Haar und löste es immer wieder aus ihrem strengen Haarreif, so dass es sich sanft um ihr Gesicht lockte. Sie folgte Caroline wie ein Schatten und liebte es, in der Galerie mitzuarbeiten, was ihr Selbstbewusstsein so förderte, dass sie sogar ein paar Worte auf Französisch mit den Kunden wechseln konnte, die auf der Flucht vor der Hitze in die kühlen Räume kamen, um sich die Kunstwerke anzusehen.

Ella gewöhnte sich wieder an den gemächlichen Rhythmus auf der Île de Ré, und in der Urlaubsatmosphäre der Insel verblassten die Eile und die Taktung ihres Lebens in Edinburgh. Langsam, aber sicher fühlte sie sich gelöster, und ihre Anspannung und Verzweiflung ließen nach. Wieder einmal wurde die schmale Wasserstraße zwischen der Insel und dem Festland zu einer so breiten Kluft, dass das wirkliche Leben außer Sicht geriet. Edinburgh war so weit weg. Ella wusste, es war nur eine kurze Atempause, so flüchtig wie ihre sonnendurchfluteten Träume, aber sie erlaubte sich, immer tiefer in ihrem Sommerglück zu versinken, die Schönheit des Ortes auszukosten, sich von den wunderbaren Erinnerungen an früher trösten zu lassen, und mied jeden Gedanken an die Rückkehr in ihr normales Leben, das sie in nur wenigen Wochen wieder erwartete. Bewusst schob sie alle Traurigkeit beiseite und entschied sich stattdessen für die Freude, entdeckte ein weiteres Mal die Schönheit inmitten von Kummer und Sorgen.

Am glücklichsten war sie, wenn sie mit einem Picknickkorb in die *Bijou* stiegen und durch die hohen Hafenmauern von Saint Martin ins offene Meer hinaussegelten.

Eines Tages, als der Sommer sich schon dem Ende zuneigte, zeigte Christophe den Kindern, wie man segelte. Er ließ Robbie die Segel reffen und Rhona das Ruder ergreifen, während sie bei kräftigem Wind auf die hintere Spitze der Insel zukreuzten. Dabei warfen Ella und Christophe einander über die Köpfe der Kinder hinweg einen Blick zu, und Ella zeigte ihm mit einem Lächeln ihre Dankbarkeit. Als sie zum Mittagessen in den *Fier d'Ars* vor Anker gingen, einer flachen Lagune vor den Salzpfannen, holte er einen Skizzenblock hervor und riss für jedes Kind einen Bogen Papier ab. »So, wir werden jetzt was zeichnen. Was wollt ihr festhalten?«

»Zeichnen wir doch Mummy!« Robbie zeigte auf Ella, die ihren Kopf an die Tür zur Kajüte gelehnt hatte und sie beobachtete.

Ella wurde rot. »Ach, malt doch lieber was anderes … den Strand vielleicht?« Der Gedanke, Christophe zu drängen, sie derart intensiv anzusehen, war ihr unangenehm. Zwischen ihnen herrschte immer noch eine gewisse Steifheit, das Gefühl, dass sie einander nicht zu nahe kommen sollten.

»Nein, das ist viel zu schwer, Mummy. Wir zeichnen dich, also musst du ganz still sitzen.«

»Ja, Ella, bitte sitz ganz still.« Jetzt zog Christophe sie auf. Er spürte ihre Verlegenheit und wollte, dass sie sich entspannte. Nachdem er jedem Kind einen Stift gegeben hatte, fingen sie an.

»Nicht radieren, Rhona«, sagte er, als sie ärgerlich die Zunge schnalzte und nach seinem Stiftebehälter griff. »Benutz die Linie, die du bereits gezeichnet hast, und korrigiere sie. Siehst du? So. Du kannst mehrere, ganz leichte Linien andeuten, bevor du anfängst, die endgültige Form aufzubauen. Genau, das ist gut. Jetzt fahr diese hier nach und mach sie ein bisschen kräftiger …«

Caroline hatte sie an diesem Tag nicht begleitet, weil sie in der Galerie bleiben und alles für den kleinen Empfang vorbereiten musste, der an diesem Abend anlässlich der Ausstellung von Christophes neuesten Werken stattfinden sollte. Sie hatten ihr versprochen, frühzeitig zurückzukommen und ihr beim Polieren der Gläser und dem Falten der Servietten zu helfen. Mit einem Mal fühlte Ella sich ohne ihre Anstandsdame unbehaglich. *Albern*, dachte sie, *als wäre ich wieder siebzehn. Dabei kann doch gar nichts zwischen Christophe und mir passieren.* Wie befohlen saß sie ganz still da und blickte aufs Meer, während ihr mehr als bewusst war, wie sein Blick beim Zeichnen über ihre Augen, ihre Lippen und ihren Hals huschte.

Später zeigten sie ihr ihre Werke. »Sehr gut. Eine tolle Zeichnung, Robbie. Und deine, Rhona, ist wirklich ganz ausgezeichnet.«

»Ich bewahre sie auf und schicke sie Daddy.« Rhona steckte ihr Bild in die Strandtasche zu den Sonnenhüten und Sandalen.

Ella gab auch die beiden anderen Zeichnungen zurück und bemerkte, dass Christophe seine zwischen die Seiten seines Skizzenblocks schob, bevor er das Picknick auspackte. Würde er sie behalten? Oder einfach wegwerfen, wenn sie wieder zu Hause waren?

Und warum war ihr das plötzlich wichtig?

~

»Verzeihung, wurden wir einander schon vorgestellt? Ach, das seid ja *ihr*, Rhona und Robbie! Ich hab euch in den schicken Kleidern gar nicht erkannt!« Caroline, die mit ihrem schwarzen Cocktailkleid und dem losen Dutt auf dem Kopf ebenfalls sehr elegant aussah, umarmte die Kinder.

»Hier kommt die Verstärkung und meldet sich zum Dienst.« Ella salutierte scherzhaft. »Wir erwarten deine Befehle.«

»Robbie, könntest du Christophe oben zur Hand gehen? Er füllt gerade die Behälter mit Eis, um den Wein zu kühlen, und ich glaube, er könnte Hilfe dabei brauchen, den Eisblock mit Hammer und Meißel zu bearbeiten. Sorg dafür, dass er weder sich selbst noch der Küche bleibenden Schaden zufügt. Und Rhona, könntest du bitte diese Kataloge falten – so – und dann hier und da ein paar auslegen?«

»Es sieht alles ganz wunderbar aus, Caroline.« Ella bewunderte die neuen Ausstellungsstücke.

Caroline nickte. »Seine Arbeiten werden immer besser, findest du nicht auch? Ich hoffe, sie werden gut aufgenommen. Heute Abend kommen einige meiner Kunden aus Paris – neuerdings ist die Insel ein gefragter Ferienort. Wenn ihnen gefällt, was sie sehen, könnte das positive Auswirkungen auf Christophes Erfolg in der Pariser Kunstwelt haben. Langsam kann er für seine Bilder selbst hier Preise wie in Paris verlangen.«

Als die Abendschatten langsam über das Kopfsteinpflaster krochen, trudelten die ersten Gäste ein.

Die Kinder reichten zum Entzücken und unter Beifall der Besucher Gläser mit gekühltem Sancerre herum. Die beiden Ausstellungsräume füllten sich rasch mit eleganten, kultivierten Gästen, und Ella drehte eine Runde, um die anerkennenden Kommentare und bewundernden Bemerkungen über den Künstler und seine Arbeit aufzuschnappen. Caroline stellte ihr einen ehemaligen Kollegen aus dem Louvre vor, der ihr Anekdoten von den Kriegszeiten im Museum erzählte und ihr versicherte, dass alle Kunstwerke, die in Frankreich an sicheren Orten versteckt worden waren, nun sicher und wohlbehalten in ihr rechtmäßiges Heim zurückgekehrt seien.

Als Ella sich näher zu dem Mann beugte, um ihn inmitten des zunehmenden Lärms besser zu verstehen, bemerkte sie, dass Christophe weniger dem Gespräch der Menschen um ihn herum folgte, sondern sie beobachtete.

Dann kamen ihre Kinder zu ihr, und auch während sie sie vorstellte, ließ Christophe sie nicht aus den Augen. Sie bemerkte einen schmerzlichen Ausdruck über sein Gesicht huschen, als sie ihre Kinder an sich zog, und sie fragte sich, ob es nicht doch ein Fehler gewesen war, auf die Île de Ré zurückzukehren. Vielleicht hätte sie alles auf sich beruhen und ihre Freundschaft langsam einschlafen lassen sollen, anstatt über die Jahre hinweg daran festzuhalten. Obwohl der Himmel über den Dächern von Saint Martin, wo Schwalben hinter dem Kirchturm quer über den Hafen segelten, ganz klar war, hatte sie plötzlich eine Vorahnung, so drückend wie ein nahendes Gewitter. Was würde in einer Woche geschehen, wenn die Ferien zu Ende waren und sie auf die Fähre steigen mussten, die sie in ihr Leben in Edinburgh zurückbringen würde? Es schien ihr unmöglich, das zu tun. Es war aber auch unmöglich, es nicht zu tun.

~

»Komm, ich nehme ihn dir ab.« Christophe trug Robbie die Treppe hinauf und legte ihn sanft aufs Bett, um ihn nicht aufzuwecken.

»Danke«, flüsterte Ella. Er sah ihr von der Schlafzimmertür aus zu, wie sie ihrem Sohn die Schuhe abstreifte, ihn zudeckte, ihm eine Haarsträhne aus der Stirn strich und einen Kuss darauf drückte. Dann wandte er sich ab und ging wortlos wieder nach unten, und sein Humpeln war auf den Stufen deutlich zu hören.

»Gute Nacht.« Ella gab auch Rhona einen Kuss, deckte sie zu und ging durchs Zimmer, um die Fensterläden zu schließen. Der Nachtwind fuhr durch die Vorhänge, so sanft wie ein Atemhauch. »Du hast uns heute Abend ganz wunderbar geholfen, mein großes Mädchen.«

»Danke. Und Mummy?«

»Ja, Rhona?«

»Es ist doch nur noch eine Woche, bis wir Daddy wiedersehen, nicht?«

Ella nickte.

»Das ist gut. Er vermisst uns bestimmt. Glaubst du nicht auch?«

Wieder nickte Ella. »Schlaf jetzt. Gute Nacht.«

Rhona gähnte, drehte sich auf die Seite, stopfte sich das Kissen unter den Kopf und brachte sich in eine bequemere Lage. Ihre Mutter wartete noch einen Moment und sah zu, wie sich Rhonas Augen schlossen, wie ihre Wimpern so zart wie Schmetterlingsflügel auf ihren rosigen Wangen flatterten. Und dann drehte sie sich um und verließ das Zimmer.

Christophe saß auf der Terrasse und betrachtete mit zurückgelegtem Kopf die Sterne. Sie nahm auf dem Stuhl neben ihm Platz und blickte ebenfalls zum Nachthimmel.

Caroline war am Ende des Abends mit ihrem Künstler nach Hause gegangen. »Bist du sicher, dass du zurechtkommst?«, hatte sie Ella gefragt, sie auf Armeslänge von sich geschoben und prüfend gemustert. »Ich kann ihn ohne weiteres auf ein anderes Mal vertrösten.«

Ella hatte gelacht. »Aber nicht doch! Wir kommen schon zurecht. Ich möchte doch nicht deinem Liebesleben im Weg stehen. Ich habe ohnehin schon das Gefühl, dich in der Hinsicht etwas eingeschränkt zu haben.«

Sie hatte Robbie hinter Carolines Schreibtisch gefunden, wo er sich zusammengerollt hatte und fest schlief. »Warte«, hatte Christophe angeboten. »Ich trage ihn zum Auto und fahre euch.«

Also waren sie jetzt allein. Ella fragte sich kurz, ob das arrangiert worden war. Und wenn ja, von wem? Caroline? Christophe? Oder gar von ihr selbst, die sein Angebot doch ohne weiteres hätte ablehnen und die Kinder selbst nach Hause fahren können? Oder waren sie drei es gemeinsam gewesen, hatten sich verschworen? Konnte sie es vielleicht auf etwas anderes schieben? Auf Angus' Affäre? Oder war es einfach nur Schicksal?

Über ihnen zog sich die Milchstraße wie ein Strom aus Licht durch die dunkle Nacht. Als Ella sie betrachtete, hatte sie plötzlich das Gefühl, in diesen Strom hineingezogen und mitgerissen zu werden, ohne dass sie sich dagegen wehren konnte.

Und dann wusste sie mit absoluter Gewissheit, dass sie es nicht schaffen würde, Christophe noch einmal zu verlassen. In einem Leben voller Unmöglichkeiten war dies die einzige Sicherheit, die zählte. Sie und die Kinder würden hier auf der Insel bleiben, und zusammen mit ihm würden sie sich ein Leben aufbauen.

Ohne ein Wort stand sie auf und streckte ihm ihre Hand entgegen. Er blickte zu ihr hoch und schüttelte voller Schmerz den Kopf, Zweifel waren in seinen Augen lesbar.

Sie umfasste seine Hand, nickte, ohne den Blick von ihm zu lösen, und lächelte voller Ruhe und innerer Klarheit.

Nachdem sie ihn hochgezogen hatte, gingen sie Hand in Hand zu den Dünen, die wie schon einmal ihre heimlichen Umarmungen abschirmten und ihnen in einer aus den Fugen geratenen Welt einen Zufluchtsort boten, wo ihre Liebe die einzige Gewissheit war.

Sie wachte auf, als gerade das pudrig bläuliche Licht der Morgendämmerung über den Strand kroch. Christophe lag nicht mehr neben ihr. Verschlafen drehte sie sich um, und da sah sie ihn. Sein Stift fuhr mit leisem Kratzen über seinen Skizzenblock, während er sie zeichnete. Als er ihr einen Blick zuwarf, lächelte sie ihn an.

»Dies wird mein Meisterwerk, Ella. All die Jahre hat es darauf gewartet, erschaffen zu werden. Und jetzt ist seine Zeit gekommen.« Er zeichnete noch ein paar Linien, klappte dann sorgfältig den Skizzenblock zu, stand auf und streckte ihr die Hand entgegen.

Sie klopften sich den Sand von den Kleidern und gingen, immer noch Hand in Hand, zurück zum Haus, bevor die Kinder aufwachten.

~

Offenbar hatte Caroline schon in dem Augenblick etwas geahnt, als sie sie zusammen sah. Sie brachte Christophe nach dem Mittagessen zur Wohnung über der Galerie zurück und schlug bei ihrer Rückkehr vor, am Strand Muscheln zu suchen.

Dann saß sie mit Ella an eine Düne gelehnt und sah Rhona und Robbie zu, wie sie fleißig wie Wasserläufer am Ufer entlangeilten und ihre Eimerchen füllten.

»Ella«, sage Caroline, ohne den Blick vom Meer zu lösen, da sie ihrer Freundin nicht in die Augen schauen konnte. »Ich weiß Bescheid. Christophe hat mir erzählt, dass du gestern Abend beschlossen hast, Angus zu verlassen. Bitte sag mir, dass du es dir jetzt, im hellen Licht des Tages, anders überlegt hast.«

Ella schüttelte den Kopf. »Nein. Wenn überhaupt, dann bin ich noch entschlossener als zuvor. Auf dieser Insel gibt es so viel mehr für mich: ein Leben mit Christophe und die Möglichkeit, glücklich zu sein und frei. Zu Hause in Edinburgh gibt es das alles nicht.«

»Ich weiß, es ist schwer, Ella. Aber denk an die Kinder. Was soll denn aus ihnen werden?«

»Ich behalte sie bei mir. Du hast selbst bemerkt, wie gesund und glücklich sie hier sind. Ich weiß, es wird für sie eine große Umstellung, aber sie werden sich daran gewöhnen. Kinder können das.«

»Und Angus? Außerdem wird Rhona dir das nie verzeihen. Sie spricht ständig von ihrem Daddy. Sie wird schrecklich hin und her gerissen sein.«

»Das hätte sich Angus überlegen können, bevor er sich auf diese Affäre einließ«, stieß Ella zornig hervor, weil sie sich trotz allem schuldig fühlte. »Er ist es doch, der all das hier ausgelöst hat. Daher ist er für die Konsequenzen genauso verantwortlich wie ich.« Heftig wischte sie die Zornestränen weg, die ihr plötzlich die Sicht auf die beiden kleinen Gestalten am Wassersaum trübten, die mit gesenktem Kopf ihre neuesten Funde begutachteten.

»Aber zwei falsche Entscheidungen ergeben noch keine richtige! Das weißt du auch, Ella.« Carolines Stimme war sanft und bemüht sachlich. »Angus wird seine Kinder nicht kampflos aufgeben. Bist *du* denn bereit, sie aufzugeben? Denn dazu könnte es kommen. Wenn du dich entscheidest, deine Ehe zu beenden, könnten die Kinder dem Vater zugesprochen werden. Außerdem kennst du die Île de Ré nur im Sommer. Im Winter, wenn die Stürme vom Atlantik die Insel heimsuchen, ist es ganz anders hier. Wo sollen die Kinder zur Schule gehen? Was ist, wenn Robbie weiterhin medizinische Betreuung braucht? All diese Fragen müssen berücksichtigt werden, wenn ein Richter entscheiden soll, ob du Rhona und Robbie behalten kannst. Es wird dich innerlich zerreißen, Ella. Es wird *sie* innerlich zerreißen.«

»Nein. Du irrst dich, Caroline. Hier kann man auch ein ganz normales Leben führen und Kinder aufziehen. Und das werde ich. Eine Zeitlang wird es weh tun, aber wenn Angus erst sieht, wie stark Robbie geworden ist, wie gesund die beiden aussehen, wird er zugeben müssen, dass dies hier der beste Ort für sie ist.« Sie hob die Hand, um Carolines nächsten Einwand zu unterbinden. »Bitte, mach es mir nicht noch schwerer. Ich brauche dich jetzt als Unterstützung und nicht, damit du es mir ausredest.«

Ella stand auf und wischte sich den Sand vom Rock. Dann ging sie hinunter zum Strand, zu ihren Kindern.

Am nächsten Morgen kam Christophe, um sie alle in seinen Wagen zu laden. »Kommt, heute fahre ich euch zu einem der wilden Strände. Ich möchte malen, und es gibt ziemlich beeindruckende Wellen dort.« Er zog einen Sonnenschirm und ein schweres Surfbrett aus Holz von den Dachsparren des Schuppens. »Das nehmen wir mit.«

»Toll! Ist das deins?«, fragte Robbie.

»Nein, es gehört einem Freund von mir. Er ist Amerikaner, und ich bewahre es für ihn auf, solange er in Paris ist.«

»Kannst du darauf stehen?«

Christophe lachte. »Nein, Robbie, nicht mit meinem lahmen Bein. Aber wenn ihr wollt, bringe ich euch bei, wie man darauf liegen kann, das macht richtig Spaß.«

Sie fuhren an der Südseite der Insel entlang und bogen dann in einen Feldweg zu einem Strandabschnitt mit goldenem Sand ein, der etwa eine Meile schnurgerade verlief, bevor er sich in weiter Ferne krümmte wie ein Angelhaken. Die Brandung rollte mit schäumender Gischt ans Ufer.

»An diesem Strand ist es wichtig«, erklärte Christophe den Kindern, »auf die Wellenform zu achten. Wenn wir hierbleiben, wo die Wellen schäumen, ist alles in Ordnung. Hier ist es flacher. Aber passt auf, denn da drüben wird es plötzlich tiefer, seht ihr, wo die Wellen noch ungebrochen heranrollen. Da ist der Ärmelkanal.«

»Aber hier ist es ganz bestimmt sicher?«, fragte Rhona ängstlich.

»Ja, keine Angst. Im Moment herrscht Flut, daher ist es vollkommen sicher. Und ich bin die ganze Zeit bei euch im Wasser.«

Schon bald tollten sie glücklich herum, sprangen in die

Gischt und jubelten, während sie auf dem Surfbrett ans Ufer getragen wurden.

Ella verließ als Erste das Wasser, weil sie trotz der heißen Sonne zitterte. Der Atlantik war, milde ausgedrückt, recht frisch, aber als sie sich auf ihrem Strandtuch in der Sonne aalte, wurde ihr schnell wieder warm. Dann kam Rhona tropfnass zu ihr gerannt. »Das macht solchen Spaß«, rief sie, atemlos vor Begeisterung. »Ich gehe gleich wieder rein!«

»Ist gut. Aber sag Christophe und Robbie, in zehn Minuten ist es Zeit zum Mittagessen.«

Da sie alle Riesenhunger bekommen hatten, verschlangen sie im Nu die Baguettes, die Christophe eingepackt hatte. Als er zum Nachtisch Pfirsiche aus einer Papiertüte zog, lief ihnen schon bald der Saft übers Kinn.

»Können wir wieder ins Wasser? Bitte, Mummy?« Robbie konnte es kaum abwarten, wieder in den Wellen zu spielen.

»Nein, wir müssen erst mal mindestens eine Stunde warten. Das weißt du doch, Robbie. Ruh dich aus. Oder such noch ein paar Muscheln für deine Sammlung.«

Murrend rollte er sich auf seinem Handtuch zusammen und schlief schon fünf Minuten später tief und fest. Behutsam drehte Ella den Sonnenschirm so, dass sein Gesicht vor der Sonne geschützt war. Rhona legte sich ebenfalls hin, schläfrig vom Essen und der Sonne und erschöpft vom Spiel mit den mächtigen Wellen.

So wird es für immer sein, dachte Ella. *Tage wie diese, wir vier, glücklich und zufrieden.* Sie lächelte Christophe zu und legte sich zu ihren schlafenden Kindern.

Er beugte sich über sie. »Ich geh mal etwas weiter da rüber, um zu zeichnen.« Sie nickte schläfrig. »Bin gleich wieder zurück.«

Rhonas Schrei riss Ella aus dem Schlaf. Als sie erkannte, was passiert war, sprang sie im Bruchteil einer Sekunde auf und rannte zum Wasser. Hinter der weißen Gischt war Robbie gerade noch zu sehen. Er lag auf dem Surfbrett und versuchte vergeblich, das Ufer zu erreichen. Aber während sie geschlafen hatten, hatte die Ebbe eingesetzt und zog ihn jetzt unerbittlich hinaus aufs Meer.

Ohne auch nur einen Augenblick zu zögern, rannte Ella ins Meer. Von fern hörte sie undeutliche Rufe, darunter Christophes Stimme. Doch sie hatte nur Augen für ihren Sohn, dessen neugewonnene Kraft beim Kampf gegen das übermächtige Meer rasch schwand.

Ella spürte, wie die Strömung auch sie ergriff und hinaus Richtung Ärmelkanal zog. Aber in diesem Moment kam ihr das gelegen, denn so wurde sie näher zu Robbie getrieben. Sie musste ihn erreichen, bevor er vom Board fiel und in den Wellen versank. Sie schwamm mit kräftigen Zügen und nutzte den Sog der Strömung.

Als sie das Surfbrett erreichte, rief sie: »Halt dich fest, Robbie! Ich hab dich, aber du musst auf dem Brett bleiben, verstanden?« Er nickte, aber sein Gesicht war unter der Sonnenbräune bleich vor Panik und Erschöpfung. Sie griff nach dem hinteren Ende des Surfboards und versuchte, mit den Füßen paddelnd, aus dem Sog der Strömung zu kommen. Doch das Brett wackelte gefährlich, die Strömung wollte sie nicht aus ihrem Griff lassen, und Robbie schrie auf, weil er fast ins Wasser fiel. Kleinere Wellen überspülten sie, und sie schluckte Salzwasser, hustete und keuchte, während sie das Brett wieder in die Strömung richtete. Als sie zurück zum Strand blickte, merkte sie, dass sie sich viel zu schnell vom Ufer entfernten und die Gestalten immer kleiner wurden. Sie hoffte nur, dass Christophe Rhona davon abhielt, ihnen nachzuschwimmen.

Verzweifelt klammerte sie sich ans Ende des Bretts und versuchte, Wasser zu treten, damit sie das Board nicht zusätzlich belastete und Robbie herunterfiel. Plötzlich spürte sie ihre Beine nicht mehr. Das eisige Wasser des tiefen Meeres entzog ihrem Körper alle Wärme und nahm ihr jede Kraft.

Wieder versuchte sie, das Brett aus der Strömung zu drehen, aber wieder kippte es fast. Ihr blieb nichts anderes übrig, als sich von der Strömung noch weiter nach draußen tragen zu lassen. Sie klammerte sich an die Hoffnung, dass sie irgendwann nachlassen würde, so dass sie das Board wenden konnte. Aber würde sie dann noch die Kraft haben, es ans Ufer zurückzubringen?

Krampfhaft klammerte sie sich fest. *Bitte, Gott.* Ihre Stimme hallte laut in ihrem Kopf, lauter noch als das Rauschen des Windes und das Klatschen der Wellen. *Bitte, Gott, lass ihn nicht sterben.* Als die Strömung sie immer weiter hinauszog, senkte sich eine gefährliche Ruhe über sie, als würde die Taubheit ihrer Beine auch ihr Gehirn erreichen.

Und mit einem Mal sah sie alles ganz klar vor sich. Wie diese Strömung übte auch ihr Vorhaben, auf der Île de Ré zu bleiben, eine schrecklich zerstörerische Macht auf sie und ihre Kinder aus, die sie aus dem Leben reißen würde, das sie bis jetzt gelebt hatten.

Der Plan war Wahnsinn. Sie würde ihre Kinder verlieren. Sie würde das Leben ihrer Kinder ruinieren. Und wie sollte ihr eigenes davon unversehrt bleiben? Sie würde untergehen, und sie würde Angus, Robbie und Rhona – und auch Christophe – mit sich in die Tiefe ziehen.

Während sie und ihr kleiner geschwächter Sohn immer weiter hinausgetrieben wurden, fing sie aus Verzweiflung an, mit einem Gott zu feilschen, an den sie eigentlich kaum glaubte. *Bitte, Gott. Lass uns weiterleben. Dann kehre ich zurück. Ich verspreche es. Ich werde nicht auf der Insel bleiben. Lass uns nur weiterleben.* Mittlerweile waren ihre Finger taub, und sie spürte, dass ihre Hände das Board nicht mehr lange festhalten konnten.

»Mummy?« Kaum hörte sie Robbies schwächer werdende Stimme, fuhr neue Kraft heiß durch ihre Adern.

»Halt dich, so fest du kannst, am Brett fest, Robbie!« Mit aller Kraft, die sie noch aufbieten konnte, paddelte sie mit den Beinen. Und mit einem Mal entließ die Strömung sie aus ihrem Griff, und das Board drehte langsam und schwerfällig ab. Wie durch ein Wunder tauchte plötzlich eine Landspitze vor ihr auf, gebogen wie ein Angelhaken. Christophe hinkte, so schnell er konnte, über den Strandabschnitt und winkte laut rufend, um ihre Aufmerksamkeit auf sich zu ziehen. Und dann stürzte er sich selbst in die Wellen, schwamm zu ihnen heraus und griff gerade rechtzeitig nach Robbie, als er entkräftet vom Brett rutschte.

»Schaffst du es?«, brüllte er über die Wellen zu ihr.

»Ja«, keuchte sie, weil sie jetzt das Board unter sich ziehen und darauf gestützt kräftiger paddeln konnte. »Bring ihn nur in Sicherheit!«

Und dann griffen starke Arme nach ihr und zogen sie an den Strand. Ein trockenes Handtuch wurde ihr um die Schultern gelegt. Rhona klammerte sich schluchzend an sie. Robbie, bleich und zitternd vor Schock, wurde in mehrere Badetücher gewickelt.

Und dann Christophes Blick, als er ihre erschöpfte Miene sah, und auch er erkannte, was Ella jetzt mit absoluter Sicherheit wusste: Ihre Kinder würden immer, *immer* an erster Stelle stehen.

2014
EDINBURGH

Eigentlich wollten wir ins *Balmoral* gehen, wie das North British Hotel heute heißt, um dort Tee im Palm Court zu trinken. Das sollte mein Weihnachtsgeschenk für Ella sein. Aber sie hat nicht die Kraft dazu. Die Schwestern sagen, dass sie in letzter Zeit oft tagelang das Bett nicht mehr verlässt. Bei manchen meiner Besuche finde ich sie schlafend vor, sie scheint immer weiter von dieser Welt wegzudriften, als zöge die Ebbe sie mit sich und ließe nur vereinzelte Erinnerungen und ein paar weiße Muscheln zurück.

Also bringe ich ihr heute ihren Weihnachtstee ins Seniorenheim. Sie sitzt auf mehrere Kissen gestützt in ihrem Bett und drückt mir strahlend die Hand, als ich das Tablett vor ihr abstelle. »Was für eine wunderbare Idee, meine liebe Kendra.« Ich sehe ihr an, wie müde sie ist, aber sie gibt sich mir zuliebe Mühe.

»Nun, wir haben sowohl den Ferienbeginn als auch Weihnachten zu feiern. Zwei meiner liebsten Anlässe. Finn hat bei den Mince Pies geholfen und die Sterne für die Verzierung ausgestochen. Außerdem hat er dir diese Karte gebastelt. Und Dan lässt dich ganz herzlich grüßen.«

Ella hält die Karte näher ans Licht, um sie zu begutachten, und lächelt breit.

»Ich weiß«, sage ich, »nicht gerade weihnachtlich.« Finn

hat den Schuppen vom Schrebergarten gemalt, bis ins kleinste Detail. Und wenn man ganz genau hinsieht, erkennt man, dass das Geißblatt, das sich an der Schuppenwand hochwindet, in voller Blüte steht und jedes Blütenblatt hellgelb ausgemalt ist.

»Mir gefällt es. Und ich verstehe, was er mir damit sagen will. Euer wunderbarer Junge tut meinem alten Herzen so gut. Außerdem ist es ein sehr gutes Bild, er hat Talent.«

Nachdem ich den Tee eingeschenkt habe, nehme ich auf einem Stuhl neben ihrem Bett Platz.

Ich bin verlegen und etwas ratlos, weil ich meiner Großmutter hundert Fragen stellen möchte und gleichzeitig nicht zu neugierig wirken will, was in jenem entscheidenden Sommer von 1957 zwischen ihr und Christophe – und zwischen ihr und meinem Großvater – vorgefallen ist. Ich frage mich auch, ob meine Mutter von alldem wusste. War ihr damals bewusst, in welch fragiler Situation sie sich als Familie befanden? Konnte sie die Gefahren spüren, die ihnen drohten? Die Untiefen, die direkt unter der Oberfläche ihres Familienlebens lauerten? Will sie deshalb nichts mehr mit ihrer Mutter zu tun haben?

Als könnte Ella meine Gedanken lesen, tupft sie sich den Mund mit einer weihnachtlichen Papierserviette ab und bemerkt: »Rhona und Robbie hatten von alldem keine Ahnung. Natürlich waren sie von dem Vorfall am Strand zutiefst erschüttert. Aber sie wussten nicht, wie kurz ich davor war, Angus zu verlassen. Schadensbegrenzung. Wie du selbst weißt, versuchen wir, unsere Kinder immer zu schützen.«

»Aber es muss sehr schwer gewesen sein, die Insel am

Ende des Sommers zu verlassen. Ich kann mir gar nicht vorstellen, wie du dich gefühlt haben musst.«

Sie nickt. »Auf der Heimreise habe ich viel nachgedacht. Aber ich habe dennoch nie zurückgeblickt. Ich wusste, was ich zu tun hatte, und habe es eben getan. Ich glaube, eine ganze Weile fühlte ich nicht besonders viel, aber schließlich, als mein Herz langsam wieder auftaute, empfand ich vor allem Schuldgefühle. Weil ich Angus nicht stark genug geliebt hatte, weil ich ihn betrogen hatte – schon lange bevor er mich betrog –, und zwar jedes Mal, wenn ich in Gedanken bei Christophe war. Und das war ich jedes Mal, wenn die Anforderungen an mich als Mutter, Hausfrau und Ehefrau an meinen Nerven zerrten. Aber wenn man sich in Tagträume flüchtet, ist die Wirklichkeit wohl noch schwerer zu ertragen.«

Sie verstummt und trinkt einen Schluck Tee. »Weißt du, ich glaube, mein schlimmster Fehler war es, nicht zu erkennen, dass die unvollkommene Wirklichkeit viel mehr wert ist als ein perfekter Traum.«

Ich nicke langsam, während ich darüber nachdenke. »Also ist es falsch, von Dingen zu träumen, die man nicht erreichen kann?«

»Nein, mein Schatz, gib niemals deine Träume auf. Aber achte darauf, dass sie dich nicht von den guten Dingen deines alltäglichen Lebens ablenken, selbst wenn es ganz und gar nicht perfekt ist. Denn es gibt *immer* gute Dinge.« Sie nimmt noch einmal Finns Weihnachtskarte mit dem Geißblatt zur Hand. »Manchmal muss man sich einfach ein wenig konzentrieren, um sie zu erkennen.«

DRITTER TEIL

1970
EDINBURGH

Ella nahm ihren Platz neben Angus in der prächtig gestalteten McEwan Hall ein und fischte ihre Brille aus der Tasche, um Robbies Namen in der Liste all derer zu finden, die an diesem Tag ihren Abschluss feierten.

»Hier.« Sie reichte Angus ihre Strickjacke. »Leg die auf den Stuhl neben dir, um Rhona einen Platz frei zu halten.«

Er lächelte sie an. »Das ist schon toll, zwei Kinder mit Schulabschluss zu haben. Endlich. Das war alles ziemlich anstrengend.«

Ella nickte lächelnd, obwohl es ihr gerade jetzt so vorkam, als wären die Jahre viel zu schnell an ihr vorbeigeflogen. In ein paar Tagen würde Robbie mit zwei Freunden nach Spanien aufbrechen und das Beste aus seinen letzten Wochen Freiheit machen. Wenn er zurückkäme, hätte er gerade genug Zeit, um seine Sachen zu packen und nach London zu ziehen, um seinen Job in der City anzufangen. Glücklicherweise wohnte Rhona noch bei ihnen zu Hause, sonst wäre ihr kein Kind mehr geblieben. Allerdings bekam sie ihre Tochter in letzter Zeit kaum noch zu sehen. Rhona kehrte oft gerade mal lange genug von der Arbeit zurück, um sich umzuziehen und dann mit ihrer Clique in die Stadt oder mit ihrem festen Freund ins Kino zu gehen.

Wo war nur die Zeit geblieben? Nach jenem Sommer auf

der Île de Ré war sie ohne ein Wort der Erklärung zu Angus zurückgekehrt. Er hatte auch keinerlei Erklärung verlangt, war nur erleichtert gewesen, sie wieder bei sich zu haben. Und er hatte ihr nie Fragen über die Wochen gestellt, in denen sie getrennt gewesen waren.

Die Kinder, die keine Ahnung hatten, dass ihre Familie in jenem Sommer fast zerbrochen wäre, hatten voller Freude ihrem Vater erzählt, wie sie ihre Tage am Strand verbracht, mit Christophe Ausflüge gemacht, Caroline in der Galerie geholfen und ungeheure Mengen an Eiscreme verschlungen hatten. Angus hatte bemerkt, dass Robbie wieder zu Kräften gekommen war und jetzt fast ohne zu humpeln laufen konnte. Er hatte festgestellt, dass Rhona den Sommer über mindestens fünf Zentimeter gewachsen war, und ihr das sonnengebleichte Haar verwuschelt. Er hatte ihre Muschelsammlung begutachtet und mit ihnen die Fotos betrachtet. Rhonas Bild von Ella auf dem Boot fand einen Platz auf seinem Schreibtisch.

Erst als Robbie erzählte, wie er auf dem Surfbrett ins offene Meer getrieben war und Ella ihn gerettet hatte, blickte Angus seiner Frau direkt in die Augen. »Eure Mutter ist außerordentlich mutig, mutig und stark. Zum Glück für uns alle.«

Ella hingegen verschwendete nie auch nur eine Minute damit, ihre Entscheidung zu bereuen. Mehr noch: Sie erlaubte sich nur sehr selten, überhaupt darüber nachzudenken. Es war sicherer, ihre Erinnerung an jene Wochen auf der Insel nicht wieder heraufzubeschwören. Sie hielt sie fest verschlossen in einem Teil ihres Gedächtnisses, den sie nicht aufsuchen wollte – nicht aufsuchen konnte. In dem

Zug, der sie nach Hause gebracht hatte, während die Île de Ré immer weiter in der Ferne verschwand, war sie zu dem Schluss gekommen, dass sie zwei Möglichkeiten hatte: Entweder ließ sie ihre Verlustängste und ihre Verbitterung von nun an ihre Ehe bestimmen, Groll und Selbstmitleid an ihrem Herzen nagen, bis sie nur noch ein Schatten ihrer selbst war – oder sie stürzte sich mit ganzem Herzen in das Leben, für das sie sich entschieden hatte, kämpfte darum, im Licht zu bleiben, statt sich von ihrer Erinnerung in die Dunkelheit ziehen zu lassen.

Sie wusste, nach allem, was Angus und sie durchgemacht hatten, musste sie ihre ganze Kraft und Entschiedenheit aufbieten, damit ihre Ehe funktionierte. Obwohl sie schon so viele Herausforderungen gemeistert hatten, war dies vielleicht die schwerste Prüfung. Sie hoffte nur, dass sie es über sich bringen und versuchen konnte, Angus wieder zu lieben, obwohl ihr Herz in tausend Stücke zersprungen war.

Sie und Angus waren behutsam miteinander umgegangen, besonnen und rücksichtsvoll, weil ihnen bewusst war, dass ihr schwaches Vertrauen zueinander täglich gepflegt werden musste, um nicht wieder zu zerbrechen. Jeder von ihnen übernahm seinen Teil der Verantwortung als Eltern und Ehepartner. Doch obwohl sich Ella wieder auf die Beziehung einließ, schafften sie es doch nie, jene Nähe wiederzufinden, die vor ihrer Hochzeit und in den kostbaren Wochen danach zwischen ihnen bestanden hatte, bevor Carolines Brief alles veränderte.

Als Ella jetzt in der prächtigen Halle der Universität saß, spürte sie kurz einen Anflug von Angst: Was würde geschehen, wenn beide Kinder das Haus verlassen hätten? Wie würde es sein, wenn nur noch sie zwei übrigblieben, ohne die willkommenen Ablenkungen, die Robbie und Rhona in ihr Leben brachten und die das Schweigen und die Kluft zwischen ihnen füllten?

Achselzuckend schob sie diese Gedanken beiseite. Selbst wenn ihre Ehe nicht völlig problemlos verlaufen war, herrschte zwischen ihnen doch tiefe Freundschaft und gegenseitiger Respekt. Das Aufkommen von Flower Power und freier Liebe in den sechziger Jahren hatte die Ehen einiger ihrer Freunde zerbrechen lassen. Wenigstens war es ihr und Angus gelungen, ihre Probleme von den Kindern fernzuhalten. Und sie war Angus dankbar, dass er so gut für sie sorgte. Vor zehn Jahren waren sie nach Morningside gezogen, weil es näher bei den Schulen, Angus' Arbeitsplatz und bei Ellas Eltern lag. Ella fühlte sich, als hätte sich damit der Kreis geschlossen.

Als ihre Kinder flügge wurden, hatte sie sich jedoch nicht damit begnügt, untätig zu Hause zu bleiben, sondern damit begonnen, ehrenamtlich Spenden für das Krankenhaus zu sammeln, das während Robbies Krankheit so wichtig für sie gewesen war, und mittlerweile war sie Vorsitzende des Spendenkomitees. Als sie jetzt den Blick zu dem farbenprächtigen Deckengewölbe über ihr hob, sprach sie in Gedanken ein kleines Dankgebet für all das, was sie hatte. Und wieder einmal verdrängte sie jeden Gedanken an das andere Leben, das sie hätte führen können.

»Hallo, Mum, Dad.« Rhona zwängte sich auf ihren Platz neben Angus und küsste ihn auf die Wange. »Puh, gerade noch rechtzeitig. Es war nicht ganz leicht, aus dem Büro wegzukommen.«

Als die Orgel *Gaudeamus Igitur* anstimmte und die Absolventen einzogen, hielt Ella nach Robbie Ausschau. Angus stieß sie an und zeigte in die Menge der schwarzen Talare. Und mit einem Mal musste Ella nach einem Taschentuch tasten, da ihr angesichts der ungeheuren Leistung die Tränen kamen: nicht darüber, dass ihr Sohn seinen Abschluss geschafft hatte, sondern dass sie alle vier noch zusammen waren.

~

Es war Anfang September, und wie immer wurde das Wetter gerade zum Ferienende gut, als alle wieder in der Schule oder im Büro festsaßen.

Ella arbeitete im Garten, schnitt verwelkte Rosen und kürzte alles Verblühte in den Rabatten. Nachdem sie die ersten Blätter vom Rasen im Vorgarten geharkt hatte, stieß sie das Gartentörchen auf, um die Schubkarre mit dem feuchten, nach Erde riechenden Haufen zum Kompost im hinteren Teil des Grundstücks zu manövrieren.

Angus bot sich ein friedlicher Anblick, als er nach Hause kam und seine Frau zwischen den Blumenbeeten sah. Und doch spürte er ihren inneren Aufruhr, noch bevor er sie begrüßte.

Er stellte seine Aktentasche auf dem Gartenpfad ab und sah zu, wie sie die letzte Ladung Blätter mit Wut auskippte, die die Atmosphäre geradezu elektrisch aufzuladen schien.

Als sie sich zu ihm umdrehte, war ihr Gesicht schmerzverzerrt, und ihr strömten Tränen aus den geröteten Augen. Sie wischte sich mit dem Ärmel, der schon silbrig glänzende

Spuren aufwies wie die von den Schnecken auf den Steinplatten, über Mund und Nase. Ihr Kummer hing drückend in der Herbstluft und vermischte sich mit dem Rauch des Feuers aus einem der Nachbargärten.

Wortlos ging er zu ihr und nahm sie in die Arme. Er wartete, als sie ihr nasses Gesicht in seine Anzugjacke schmiegte.

Schließlich, als sie sich etwas beruhigt hatte und sprechen konnte, löste sie sich aus seiner Umarmung und wandte ihm unter dem Vorwand den Rücken zu, eine auf dem Boden liegende Harke aufheben zu müssen.

»Er stirbt.« Sie schleuderte die Harke in die Schubkarre, weil sie wusste, dass sie sich immer weiter bewegen musste, denn sonst wäre sie unter der Last der Trauer zerbrochen.

Angus stand einfach nur da, weil sie sich ihm entzog, ihn von ihrem Kummer ausschloss. Aber wie hätte er sie auch trösten können?

Wieder wischte sie sich mit dem Ärmel über die Nase und zog dann einen gefalteten Brief aus der Tasche ihrer Strickjacke. »Caroline hat geschrieben. Die Ärzte sagen, Christophe hätte nur noch ein paar Wochen zu leben.«

»Was wirst du tun?« Vor lauter Anspannung konnte Angus nur flüstern, so zugeschnürt war seine Kehle. Er war immer ein Mann gewesen, der die Dinge in Angriff nahm, der Probleme mit Vernunft und Pragmatismus löste. Daher wusste sie, wie sehr ihn Gefühlsverwirrungen überforderten.

Sie blieb ihm die Antwort schuldig.

»Was wirst du tun?«, wiederholte er, diesmal lauter und mit einem scharfen Unterton aus Bitterkeit und Furcht.

Keiner von beiden bemerkte Rhona, die durch die offene Gartenpforte gekommen war, weil sie Stimmen hinter dem Haus gehört hatte. Wie erstarrt beobachtete sie die Szene zwischen ihren Eltern, die zornig gebeugte Haltung ihrer Mutter, die verzweifelte Geste ihres Vaters, als er diese Frage stellte.

»Ich gehe zu ihm. Versuche nicht, mich aufzuhalten. All die Jahre habe ich mich von ihm ferngehalten. Aber jetzt muss ich zu ihm, ein letztes Mal.«

Und dann hörte Ella ihre Tochter. Ihren Laut des Entsetzens. Ihr Wimmern, wie das eines Tieres, das Schmerzen leidet.

Angus wollte zu ihr, aber sie wehrte ihn mit erhobenen Händen ab, machte auf dem Absatz kehrt, rannte zum Haus und ließ ihre Eltern dort stehen, in der Dämmerung und umhüllt vom Rauchgeruch, der wie nach der Explosion dieser Wahrheit in der Luft hing.

Auch Ella wandte sich um und ging langsam zur Hintertür des Hauses. Vorsichtig und benommen von der Trauer um all das, was jetzt verloren war, stieg sie die Treppe zu ihrem Schlafzimmer hinauf und fing an zu packen.

Plötzlich stand Rhona in der Tür, und ihr Gesicht war vor lauter Wut wie eine weiße Maske. »Jetzt wird mir alles klar«, zischte sie, und ihre Stimme zitterte vor Zorn. »Eigentlich warst du nie wirklich bei uns, oder? In meiner Kindheit hatte ich das Gefühl, nie deine Aufmerksamkeit zu bekommen. Ich schob es auf Robbies Krankheit, erfand tausend Gründe dafür, schob mir selbst die Schuld zu, hielt mich für nicht liebenswert … Ich dachte, es läge an mir. Aber jetzt erkenne ich den wahren Grund. In jenem Sommer in Frankreich hattest du eine Affäre mit ihm, stimmt's? Mit diesem Mann?« Sie brachte es nicht über sich, seinen Namen auszusprechen. »Jetzt ergibt alles einen Sinn. Wie konntest du uns nur so hintergehen? Wie konntest du Dad betrügen?«

Ella stand einfach nur da, mit der Bluse in der Hand, die sie hatte falten wollen, und sah Rhona müde an. Sie wusste, es hatte keinen Sinn, ihr von Angus' Affäre zu erzählen. Damit würde sie Rhonas Schmerz nur vergrößern, sie wäre am Ende nur von beiden Elternteilen enttäuscht. Es wäre grausam, an dem Bild zu kratzen, das sie von ihrem Vater hatte, den sie so abgöttisch liebte. Jegliche Erklärungen, Vorwürfe und Schuldzuweisungen erschienen ihr sinnlos, sie würden nur noch mehr zerstören.

All die Jahre hatte sie ihre Kinder beschützt, und jetzt blieb ihr nichts anderes übrig, als es weiterhin zu versuchen. Also schwieg sie und sah ihre Tochter nur an.

»Es tut mir leid.«

»Mehr hast du dazu nicht zu sagen?« Ungläubig riss Rhona die Augen auf. »Tja, dann tut's mir auch leid. Es tut mir leid, dass du mir keine bessere Mutter sein konntest. Du hast dich immer nur um Robbie gekümmert, nie um mich.« Nun, da der Damm gebrochen war, strömten all der Schmerz und Groll aus ihr heraus.

Ella versuchte zu erklären: »Aber doch nur, weil du die Stärkere warst. Du bist wie ich, Rhona! Du hattest die Stärke und Widerstandskraft, alles zu überstehen. Robbie brauchte mich mehr als du.«

»Da irrst du dich! Ich habe mich immer danach gesehnt, von dir so umsorgt und geliebt zu werden wie er. Ich war doch noch ein Kind! Du hast von mir viel zu viel erwartet und von ihm immer zu wenig. Vielleicht hast du mir dafür beigebracht, auch zu viel von dir zu erwarten. Aber das ist jetzt vorbei. Rechne nicht damit, dass ich noch hier bin, wenn du wieder angekrochen kommst – falls du das überhaupt tust. Ich will dich nie wieder sehen!«

~

Ella nahm sich, nachdem die Fähre angelegt hatte, ein Taxi und bat den Fahrer, sie zur Galerie in Saint Martin zu bringen. Sie wusste, dass Caroline dort sein würde. Und Christophe vielleicht auch? Sie hatte keine Ahnung, ob er noch Kraft genug hatte, um zu arbeiten.

Als Ella auf der Türschwelle erschien, erhob Caroline sich von ihrem Schreibtisch.

»Du bist hier! Ich wusste nicht, ob du kommen würdest!«

Die beiden Frauen umarmten sich und klammerten sich aneinander.

»Erzähl mir alles«, sagte Ella.

Caroline schüttelte den Kopf. »Es steht nicht gut um ihn, Ella. Ich muss dich warnen. Es wird jetzt ganz schnell gehen. Sandrines Tochter kümmert sich um ihn, wenn ich nicht da bin. Es ist alles urplötzlich gekommen. An dem einen Tag war er noch wohlauf – nur ein bisschen müde –, und am nächsten krümmte er sich schon vor Schmerzen. Der Arzt sagt, der Krebs scheint sich schnell ausgebreitet zu haben. Er sitzt in den Knochen, und Christophe hat große Schmerzen. Da die Ärzte nichts mehr für ihn tun können, durfte er die Klinik verlassen und nach Hause kommen. Er wird sich freuen, dich zu sehen. Lass mich hier nur noch kurz meine Arbeit beenden, dann gehen wir zu ihm.«

Ella sank auf einen Stuhl und wartete. Ihr Blick fiel auf eine blaue Schale, die in einer Wandnische stand. Die zarte Keramikschüssel sah aus, als wäre sie in mehrere Stücke zerbrochen und dann wieder gekittet worden, aber mit purem Gold, das durch das Porzellan schoss wie ein Blitz durch einen mitternachtsblauen Himmel. Sie streckte einen Finger aus und berührte den Rand. Die Schale war perfekt zusammengefügt worden. Sie spürte dort, wo das Gold unsichtbar mit dem Ton verschmolz, kaum eine Erhebung.

Caroline, die sich gerade ihre Jacke anzog, stellte sich neben sie. »Schön, nicht wahr? Dies ist *Kintsukuroi,* eine japanische Technik, obwohl dieses Artefakt von einem Töpfer aus der Gegend stammt. Mir gefällt der Gedanke, der dahintersteckt, dass etwas Einmaliges, Unersetzliches es wert ist, mit purem Gold gekittet zu werden, so dass die Risse und Makel selbst Teil der Schönheit werden.«

Ella nickte mit einem Kloß im Hals.

»Und hast du das hier gesehen?« Caroline fasste sie sanft am Ellbogen und drehte sie so, dass ihr Blick auf die hintere Wand der Galerie fiel.

Ella erstarrte.

An der Wand hing ein einzelnes Gemälde von Christophe, das größer war als all seine anderen Werke. Man sah eine schlafende Frau in den Sanddünen, die in völliger Hingabe einen Arm über den Kopf gestreckt hatte. Ihr goldglänzendes Haar vermischte sich mit dem Strandgras, das sich in der Meeresbrise wiegte. Ein kaum merkliches Lächeln umspielte die Lippen der Frau. In der anderen Hand hielt sie lose eine weiße Muschel, deren Hälften noch zusammenhingen.

»Das Bild heißt *Neptuns Medaillon*«, erklärte Caroline. »Jeder Betrachter fragt: ›Wovon träumt sie wohl? Ihr Lächeln ist genauso geheimnisvoll und rätselhaft wie das der *Mona Lisa*. Gleichzeitig sieht sie aber eher aus wie eine von Botticellis Musen. Schon viele Besucher haben mich nach dem Preis gefragt, aber es ist nicht zu verkaufen. Mittlerweile ist es fast schon berühmt. Manche kommen sogar zur Île de Ré, nur um das Bild zu sehen. Sie fragen, warum ich es nicht in eine Galerie in Paris bringe. Aber Christophe will das nicht. Es soll hierbleiben, wo er es sehen kann und wo ich ein Auge darauf habe. Aber jetzt wisch dir die Tränen ab.« Caroline reichte Ella ein Taschentuch. »Du musst stark und fröhlich sein, für Christophe. Dass du hier bist, ist die beste Medizin für ihn.« Sie schloss die Tür ab und zog sorgfältig die Gitterrollladen herunter.

Im Schlafzimmer war es dunkel, weil die Fensterläden geschlossen waren und nur einen Lichtstrahl hindurchließen. Die Gardinen bewegten sich sacht im Abendwind, doch unter dem salzigen Duft der Meeresbrise roch Ella die Krankheit, die Medikamente und Desinfektionsmittel. Caroline legte ihren Zeigefinger an die Lippen und bedeutete Ella, näher ans Bett zu treten. Christophe lag dort gestützt auf mehrere Kissen, und sein ausgezehrtes Gesicht wirkte friedlich, zumindest für den Augenblick. Zuerst wirkte es sogar fast so, als würde er ganz normal atmen. Doch als Ella genauer lauschte, nahm sie mehrfach ein Stocken oder ein leichtes Pfeifen wahr, die von der Anstrengung zeugten.

Caroline wollte schon nach seiner Hand greifen und

ihn wecken, doch Ella hielt sie auf. Jede Minute, in der er schlief, bliebe ihm der Schmerz erspart, der seinen ausgemergelten Körper heimsuchte. Sie wies auf einen Stuhl neben seinem Bett und stellte ihr mit hochgezogenen Augenbrauen eine stumme Frage. Caroline nickte und ließ Ella allein, damit sie warten konnte, bis er von selbst aufwachte.

Irgendwann dann flatterten Christophes Augenlider, und sein Gesicht verzerrte sich, weil eine neue Welle des Schmerzes ihn überkam. Da nahm sie seine Hand. Er öffnete die Augen und konzentrierte sich mühsam.

Als er sich mit der Zungenspitze über die gesprungenen Lippen fuhr, neigte sie sich zu ihm, um ihn besser zu verstehen: »Entweder träume ich, oder ich bin schon tot und im Himmel.«

Lächelnd schüttelte Ella den Kopf und drückte seine Hand. »Weder noch. Ich bin hier. Und ich lasse dich nicht mehr allein.«

»In diesem Fall«, sagte er, mühsam lächelnd, »habe ich vor, so lange wie möglich durchzuhalten.«

Darauf verstummte er wieder, und sie saß nur da, hielt seine Hand und versuchte, ihm so viel wie möglich von ihrer Stärke zu geben.

»Erinnerst du dich noch an die Nacht in der Pension? An die *Mona Lisa*, die das triste Zimmer mit ihrem Glanz erfüllte?«

Sie lachte. »Selbstverständlich! Wie könnte ich das je vergessen?«

»Im Gefangenenlager hatte ich eine Zeichnung von dir unter meinem Kopfkissen. Das war dasselbe Prinzip. Du warst meine *Mona Lisa*, die Erinnerung daran, dass Wahrheit und Schönheit sogar an diesem düsteren Ort zu finden waren. Und jetzt bist du wieder hier, in der Stunde meiner Not. Diesmal nicht nur in Gedanken. Ich kann mich wirklich glücklich schätzen.«

Sie neigte sich über ihn und küsste ihn auf die Stirn, während er, mit einem leisen Lächeln auf den Lippen, wieder einschlief.

~

»Es tut ihm eindeutig gut, dass du hier bist«, sagte Caroline, als sie mit einem Tablett in die Küche geeilt kam. »Er hat am Morgen etwas gegessen und behauptet, gut geschlafen zu haben. Heute wirkt er auch etwas kräftiger.«

Die beiden Frauen halfen ihm aus dem Bett, legten ihm einen Morgenmantel über die Schultern und brachten ihn vorsichtig die Treppe hinunter in den Garten. Sie setzten ihn auf eine Chaiselongue mit vielen Kissen, unter einen Jasmin, der die letzten Blüten wie Sterne auf ihn herabrieseln ließ. Christophe hob das Gesicht zur Sonne und seufzte: »Ich spüre schon, wie gut mir das tut.«

Das Spätsommerlicht schenkte den letzten Rosen so viel Wärme, dass sie noch einmal ihren süßen Duft verströmten. Es kam Ella so vor, als würde sie jede Knospe, jede blutrote Blüte und jedes dunkelgrüne Blatt bewusst wahrnehmen, da sie jeden dieser kostbaren Augenblicke mit allen Sinnen spüren und festhalten musste, bevor er ihr für immer entglitt. Sie setzte sich neben Christophe und las ihm aus einem Buch mit französischer Lyrik vor, aber immer nur einen Vers, um ihn nicht zu ermüden.

Caroline arbeitete still im Hintergrund, nutzte die Gelegenheit, sein Zimmer zu lüften und sein Bett neu zu beziehen, und brachte ihm hin und wieder seine Schmerztabletten oder ein Glas frisches Wasser. Er ergriff ihre Hand.

»*Merci, ma sœur.* Du warst die beste Schwester der Welt, Caroline. Meine zweite Hälfte, mein Zwilling.«

Im Laufe des Tages nickte er immer wieder ein, aber wenn er aufwachte, saß stets eine der beiden Frauen an seiner Seite. Die Zeit verlangsamte sich, und als das Licht weicher wurde und die Schatten im Garten länger, empfanden alle drei ein Gefühl von tiefem Frieden.

Ella stellte fest, dass das genug war: hier im Garten zu sein, alle drei wiedervereint, und endlich in ihrer eigenen, kleinen Welt, weit weg vom Alltagsgeschehen. Am Leben zu sein. Das war alles. Ihren inneren Frieden konnten weder die Gedanken an ihre Familie oder Angus stören noch die Gedanken an eine Welt jenseits der Insel. Die Festung, die Caroline und sie errichtet hatten, um Christophes letzte Stunden zu schützen, war unüberwindlich.

~

»Ein perfekter Tag«, bemerkte Christophe und hob sein Gesicht, um Ellas Kuss zu empfangen. »Weißt du, ich glaube, ich bin heute Morgen wirklich etwas kräftiger. Fahren wir doch mit der *Bijou* raus. Der Wind ist gerade richtig. Wenn wir von Saint Martin aus aufbrechen, können wir westwärts segeln, und die Rückfahrt wird dann ganz einfach.«

Ella warf einen Blick zu Caroline, die kaum merklich den Kopf schüttelte. »Wollen wir nicht abwarten, wie du dich morgen fühlst?«, fragte sie und strich ihm sanft eine Haarsträhne aus der Stirn.

»Wie bitte? Das gute Wetter wird sicher nicht mehr lange anhalten. Dies könnte die letzte Chance in diesem Jahr sein, noch mal mit ihr rauszufahren.«

Seine Worte schwebten trügerisch leicht in der Luft, aber Ella spürte, was er eigentlich sagen wollte. Es war sein letzter Sommer. Sein letzter Ausflug … sein letzter Segeltörn.

Wieder blickte sie zu Caroline, die resigniert die Achseln zuckte.

»Na dann, eine gute Idee«, sagte Ella betont beiläufig. »Wenn du dich wirklich gut fühlst? Es ist tatsächlich prächtiges Wetter. Ein richtig schöner Nachsommertag. Komm, Caroline, ich helfe dir, den Picknickkorb zu packen.«

Sie fuhren ihn zum Hafen hinunter, und Caroline brachte das Boot zu einer Stelle, an der er relativ mühelos an Bord steigen konnte. Ella wickelte ihn in eine Decke und stopfte Kissen in seinen Rücken, damit er gut gestützt saß. »Ich komme mir vor wie eine deiner kostbaren Skulpturen, die für den Transport dick eingepackt wird.« Er lächelte seiner Schwester zu, die das Boot bereitmachte und vom Kai ablegte.

Ella fand, dass er an diesem Tag wirklich besser aussah. Vielleicht halfen die frische Luft und die Sonne, die er im Garten genossen hatte, das Fortschreiten der Krankheit aufzuhalten, und gaben seinem geschwächten Körper die Kraft, gegen sie anzukämpfen. Vielleicht würde er sich sogar ein wenig erholen, so dass sie heute doch nicht zum letzten Mal segelten. Hoffnung regte sich in ihrem Herzen, und ihre Stimmung hellte sich auf.

Der Wind war sanft und weich wie eine zarte Liebkosung, als wolle er dazu beitragen, dass sie diesen Tag auskosten, jeden Moment genießen konnten, während sie an der Küste entlang zur Lagune der *Fier d'Ars* segelten. Ihnen begegneten nur wenige Boote, da die Touristen längst in ihr geschäftiges Leben in den Städten zurückgekehrt waren und das Meer den Einheimischen überlassen hatten. Die Fischerboote waren schon viel früher am Morgen aufgebrochen, um das unerwartet gute Wetter zu nutzen, möglichst weit hinauszufahren, wo reichere Fischgründe zu finden waren.

»Es fühlt sich so an, als wäre dieser Tag nur für uns erschaffen worden«, bemerkte Ella lächelnd und drückte sanft Christophes Hand.

Als er ihr Lächeln erwiderte, stockte ihr kurz das Herz, denn sie sah noch einmal den Jungen vor sich, den sie vor all den Jahren am Kai kennengelernt hatte: Seine dunklen Augen blitzten verschmitzt und lebenslustig, und seine hohen Wangenknochen betonten die markanten Züge seines gutgeschnittenen Gesichts.

»Genau hier und jetzt bin ich vollkommen glücklich«, erwiderte er. »Wie froh ich darüber sein kann, einen solchen Tag geschenkt zu bekommen!«

Caroline machte eine letzte perfekte Wende und steuerte die *Bijou* in die flache, von hellgoldenen Dünen umgebene Lagune. Das Wasser war spiegelglatt, als sie die Segel refften und den Anker warfen, so dass das Boot kaum schaukelte. Die milde Spätsommersonne wärmte die Luft. Christophe lag auf seinen Kissen und beobachtete, wie die letzten Schwalben über den Himmel schwirrten und sich auf den langen Flug vorbereiteten, der sie südwärts führte, der Sonne nach.

Sie aßen nur wenig, da keiner viel Appetit auf die Leckereien im Picknickkorb hatte. Ella gab Christophe Weintrauben und half ihm, Wasser aus einer Tasse zu nippen, die sie ihm an die gesprungenen Lippen hielt. Als sie fertig gegessen hatten, packten die Frauen ihre Sachen zusammen, und dann hielten sie schweigend Wache, während er schlief, weil der stille Nachmittag und das sanfte Schaukeln des Boots seinem schmerzenden Körper kurzzeitig Frieden schenkte.

Sie ließen ihn schlafen, ersparten ihm das Wachsein und lauschten seinem leisen Atem, der wie das Wellenrauschen an einem weit entfernten Ufer klang.

Die Luft war noch warm, als sie die Segel setzten und die *Bijou* heimwärts steuerten. Ihr eleganter Rumpf schnitt so sauber durch die kristallklare Wasseroberfläche, dass kaum eine Kielwelle anzeigte, wo sie gewesen waren.

Als der Wagen vor dem Haus mit den hellblauen Fensterläden hielt, wandte sich Christophe zu Ella. »Es ist so ein milder Abend, ich bleibe noch ein wenig draußen. Komm und setz dich mit mir in den Garten.«

Ella holte ein paar Decken gegen die Abendkühle und half ihm, sich gemütlich auf die *Chaiselongue* zu betten. Der zarte Duft der weißen Rosen vermischte sich mit dem Jasmin, den Marianne gepflanzt hatte, und einen Augenblick lang schien es fast, als wäre sie da und tröstete sie, genauso wie in jenem heiklen Moment vor vielen Jahren, als Ella sich im Wald bereitgemacht hatte, um mit der Selbstmordpille ihr Leben zu beenden.

Ein echter Erntemond, voll und prall, erhob sich hinter der dunklen Silhouette der Dünen über ihnen am Nachthimmel.

Als Christophe etwas murmelte, neigte sich Ella näher zu ihm. Er fuhr mit der Zungenspitze über seine Lippen. »Bring mich in die Dünen.«

Ohne zu widersprechen – welchen Zweck hätte das jetzt noch gehabt? –, half sie ihm auf die Beine. Sie schlang ihm eine Decke um die Schultern und stützte ihn, während sie im Licht der Mondlaterne den weichen sandigen Pfad entlanggingen, der sich durch den Strandhafer schlängelte. Am höchsten Punkt, wo die Dünen hinaus aufs Meer blickten, half sie ihm, sich in eine Mulde zu setzen, häufte Sand zu einem Kopfkissen auf, bettete seinen Kopf darauf und breitete eine Decke über ihm aus.

Sie legte sich neben ihn, schmiegte sich in seine Arme und spürte das sanfte Heben und Senken seiner Brust.

Sanft drückte er ihr einen Kuss auf den Kopf. »Es war perfekt, nicht wahr, Ella? Du und ich. Unsere Liebe.«

Sie nickte und schloss die Augen, ließ die heißen Tränen über ihre pochenden Schläfen laufen.

»Aber weißt du«, fuhr er fort, »es konnte nur deshalb perfekt sein, weil es nie von der Wirklichkeit getrübt wurde. Stell dir mal vor, wir hätten geheiratet, und du hättest mit mir in Paris oder hier auf der Insel gelebt. Dann hätte sich alles geändert, durch die tausend Herausforderungen des richtigen Lebens, durch Geldsorgen und Sorgen um die Kinder. Vielleicht wäre unsere Liebe zueinander sogar durch die Liebe zu unseren Kindern gemindert worden. Durch all das, was du und Angus in eurer Beziehung überstanden habt.«

»Ich glaube nicht, dass wir noch eine Beziehung haben«, sagte sie leise. »Ich glaube, ich habe sie beendet, als ich hierherkam.«

Sie spürte, wie Christophe den Kopf schüttelte. »Da irrst du dich«, sagte er. »Er liebt dich doch, genau wie ich dich geliebt habe. Vielleicht sogar mehr als ich, schließlich hat er dich trotz all der Schwierigkeiten in eurer Ehe immer weitergeliebt. Ich mag zwar deine erste große Liebe gewesen sein, aber er ist die Liebe deines Lebens. Sei tapfer, Ella, so tapfer, wie ich dich kenne, und kehre zu ihm zurück, wenn ich nicht mehr da bin. Bitte ihn um Verzeihung. Und verzeih du auch ihm. Euren Kindern zuliebe, aber vor allem euch selbst zuliebe. Ihr habt es beide verdient. Das weiß ich, weil ich seine Kinder kennengelernt habe. Ich erinnere mich genau daran, wie Rhona ihn liebte und immer verteidigte. Wenn er kein guter und liebevoller Ehemann gewesen wäre, Ella, dann hättest du es nicht so schwer gehabt, dich zwischen uns zu entscheiden. Gib deine Ehe jetzt nicht auf, auch wenn du momentan das Gefühl hast, sie wäre zerbrochen. Sie ist es immer noch wert, gerettet zu werden.«

Er hustete, und sein Gesicht verzerrte sich plötzlich vor Schmerz, als eine eiserne Faust sich um sein Herz zusammenzog.

»Nicht mehr sprechen«, flüsterte Ella. »Versuch, ganz still zu sein.«

»Versprichst du mir, zu ihm zurückzugehen, Ella? Es noch mal mit ihm zu versuchen?«

Statt einer Antwort küsste sie ihn sanft, um ihn zu beruhigen, aber auch, um ihm nicht noch einmal sagen zu müssen, dass sie ihre Familie wohl endgültig zerstört hatte, als sie zu ihm kam.

Er verstummte erschöpft. Und nun hörte man nur noch das Seufzen der Wellen am Strand und den fernen Klageruf eines Brachvogels. Seine geschlossenen Lider flatterten. Sie wusste nicht, ob er noch wach war. Doch dann flüsterte er: »Sprich mit mir, Ella. Erzähle mir von der Schönheit der Welt.«

Sie zögerte, und ihr Herz stockte kurz vor Angst, er könnte ihr entgleiten, einen Weg einschlagen, auf dem sie ihm nicht folgen konnte. Dann holte sie tief Luft und beruhigte sich damit, dass ihre Worte ihm Sicherheit geben würden wie ein Anker.

»Ich erinnere mich noch an unseren ersten Abend hier, als wir unten am Strand tanzten. Du hast mich in deinen Armen gehalten und gesagt, du würdest lieber mit mir als mit dem Meer tanzen. Der Mond hatte einen Pfad aus Licht auf das Wasser gezeichnet, und ich sagte, wir könnten darauf treten und bis zum fernen Horizont tanzen.«

Sie spürte, wie er sich in ihren Armen entspannte und sein Atem ruhiger und tiefer wurde.

»Ich erinnere mich noch an die zweite Nacht, als wir nach unserem Abenteuer mit der *Mona Lisa* in die Dünen verschwanden. Diese beiden Nächte waren etwas ganz Besonderes. Damals gabst du mir die Fähigkeit, im Alltäglichen das Schöne zu sehen. Die Wunder, die im ganz normalen Leben zu entdecken sind, wenn wir nur die Augen dafür öffnen.«

Sein Lächeln war das einzige Zeichen, dass er noch nicht eingeschlafen war.

»Und ich erinnere mich an meine dritte Nacht hier mit dir in den Dünen«, flüsterte sie. »Als ich aufwachte, zeichnetest du mich gerade. Und mit Hilfe dieser Zeichnung hast du das Bild gemalt, das die ganze Welt nun bewundern kann …«

Sie verstummte, als sein Atem noch langsamer und tiefer wurde und der wohltuende Schlaf ihn in seine Obhut nahm. Und während die Wellen unten am Ufer seufzten und wisperten, hielt sie ihn fest in ihren Armen.

Noch vor Sonnenaufgang, als der Morgenstern am Himmel stand, wachte sie auf und merkte, wie still es war. Sie spürte es, noch bevor sie einen Blick auf Christophe warf, der in eine Decke gewickelt neben ihr lag.

Etwas fehlte.

Sie drückte seinen kalten Körper an ihren.

Da war sie, die dunkelste Stunde.

Als die ersten warmen Sonnenstrahlen über den Strand strichen, lag sie noch immer vollkommen reglos da, hielt seinen leblosen Körper in den Armen und sah zu, wie die Wellen ans Ufer rauschten.

~

Caroline fand sie. Sie ging vor ihnen in die Knie, umarmte sie beide und weinte heiße Tränen in Ellas Haare.

Aber Ella konnte nicht weinen. Ihre Tränen waren irgendwo tief in ihr zu Eis erstarrt. Denn sie wusste, würde sie je zu weinen anfangen, könnte sie vielleicht nie mehr damit aufhören. Sie hatte alles verloren. Christophe, Angus, ihre Kinder, ihr Zuhause – denn wie sollte sie jetzt noch zurückgehen, nachdem sie ihre Wahl getroffen hatte, mit Christophe zusammenzusein? Rhonas letzte Worte hallten noch in ihr nach: »Rechne nicht damit, dass ich noch hier bin, wenn du wieder angekrochen kommst – falls du das überhaupt tust. Ich will dich nie wiedersehen!« Würde Angus das auch denken, wenn sie zurückkäme? Dass sie ihn benutzte, dass sie sich nach Hause zurückschlich, weil Christophe tot war und ihr keine andere Zuflucht blieb?

Mit einem Mal fühlte sie sich unendlich müde. Geschlagen. Trauer umhüllte sie wie eine dicke, schwere Decke, wie dichter Nebel, der ihren Körper und ihren Geist mit einem dumpfen Schmerz betäubte. Sie trauerte nicht nur um Christophe und die Beziehung, die ihnen immer verwehrt geblieben war, sondern auch um Angus: Er hatte so viel auf sich genommen, weil er sie liebte, jahrelang hatte er gelitten, weil er ihr Ehemann war und doch wusste, dass sie ihn, solange Christophe lebte, nie ganz und aus vollem Herzen lieben konnte, so wie er es verdiente. Er war ein guter, mutiger, liebevoller Mann, doch sie wusste, sie hatte ihm schreckliche Schmerzen zugefügt. Und so beschwerten Schuldgefühle ihre Trauer noch zusätzlich, bis sie es einfach nicht mehr aushalten konnte. Sie war verzweifelt und leer.

Verloren.

Nach der Beerdigung, als Christophes Sarg in die Erde hinabgelassen wurde, verweilte Ella noch, um die Inschrift auf dem Gedenkstein neben dem frisch ausgehobenen Grab zu lesen.

In liebender Erinnerung an Philippe Christophe Martet und seine geliebte Frau Marianne. ›Lève-toi, mon amie, ma belle, et viens!‹

»Woher stammt das Zitat?«, fragte sie Caroline, die zwei Rosen aus dem Strauß zupfte, den sie für Christophes Sarg im Garten gepflückt hatte, und neben den Grabstein ihrer Eltern legte.

»Aus dem *Cantique des Cantiques.* Salomons Hohelied der Liebe. Es ist der erste Vers aus dem Lieblingsgedicht meiner Mutter. Übersetzt würde er etwa lauten: *Steh auf, meine Freundin, und komm, meine Schöne, komm!* Und obwohl Maman nicht hier liegt, wollten wir sie so in Erinnerung behalten, neben Papa.«

»Es passt perfekt zu ihnen.« Ella strich mit der Hand über das weiche Moos, das eine Ecke des Steins überzogen hatte. »Ich bin froh, dass er hier neben ihnen liegt.« Sie wies nickend auf Christophes Grab.

Doch da schüttelte Caroline plötzlich heftig den Kopf. »Aber hier ist er doch gar nicht wirklich!« Sie nahm den Blumenstrauß, den sie zur Seite gelegt hatte, um ihn auf Christophes Grab zu legen. »Komm, Ella. Gehen wir ein letztes Mal mit ihm segeln. Das soll unser Abschied sein, nicht hier zwischen Erde und Stein, sondern draußen auf dem Meer, wo er sich am lebendigsten fühlte.«

Sie zog sich den Hut vom Kopf, so dass ihre Locken über den Kragen ihres schwarzen Mantels fielen, dann ergriff sie Ellas Hand, und die beiden liefen, etwas wackelig in ihren unbequemen Schuhen, an der kleinen Trauerschar vorbei, die langsam zum Friedhofstor strömte, wo der Wagen wartete.

Ella und Caroline fuhren direkt zum Hafen, ohne sich vorher im Haus umzuziehen. In Saint Martin ernteten sie hier und da verwirrte Blicke, als sie in ihrer Trauerkleidung an Bord der *Bijou* kletterten, Caroline in einem langen schwarzen Mantel mit filigranen Silberknöpfen und Ella in einem schwarzen Etuikleid mit passender Jacke, die sie für diesen Tag von einer Freundin geliehen hatte. Sie lösten die Leinen, und Ella stieß sie vom Kai ab. Caroline manövrierte das kleine Boot durch den Hafeneingang, doch anstatt wie üblich westwärts zu steuern, um die Küstenlinie der Insel entlangzufahren, segelte sie geradewegs ins offene Meer.

Der Wind trieb über ihren geblähten Segeln Wolken über den Himmel, und die Wellen umtanzten den Rumpf und besprühten sie mit glitzernder Gischt. Die Septembersonne schien ihnen ins Gesicht und überzog die Landschaft mit einem weichen Licht, in dem jeder Wassertropfen, jede schaumbekrönte Welle und jede Konturlinie der zurückweichenden Insel in atemberaubender Klarheit erschien.

Ella wandte sich staunend zu Caroline. »Du hattest recht. Er war nicht dort im Grab. Aber hier kann ich ihn spüren, überall um uns herum.«

Als Caroline nickte, entspannten sich ihre vom Kummer gezeichneten Züge fast zu ihrer normalen, ruhigen Miene. »Wir segeln mit ihm, ein allerletztes Mal. So wollte er von uns Abschied nehmen. Nicht in einem traurigen Erdloch im Boden, und auch nicht schwach und ausgezehrt im Bett. Sondern genau so, hier und jetzt. Die Schönheit des Lebens feiernd, die Freiheit des Meers. Die Liebe.«

Als sie so weit draußen waren, dass das Wasser um sie herum dunkelgrün schimmerte und die Wellen sie weicher und gemächlicher umspülten, holten sie die Segel ein und ließen die *Bijou* treiben. Caroline löste das Band, das den Blumenstrauß aus dem Garten zusammenhielt, und reichte die Hälfte der Blumen Ella. »Komm, wir verstreuen sie hier für ihn.«

So warfen die beiden Frauen die letzten Sommerblumen aus Mariannes Garten ins Meer, während das kleine Boot auf den Wellen schaukelte. Und als Ella die letzten weißen Rosenblätter in den Wind fliegen ließ, hatte sie das Gefühl, Christophe an die See zurückzugeben, an seine wunderschöne Tanzpartnerin, an die andere Liebe seines Lebens, die ihn in ihre Arme zog.

2015
EDINBURGH

Heute muss Ella unbedingt wach sein, aber sie schläft tief und fest. Ihr Atem ist leicht, und das Laken über ihrer Brust hebt und senkt sich unmerklich, so dass ich mich prüfend über sie beuge.

»Komm zurück«, flüstere ich. Ich möchte meinen Kopf auf das frische weiße Laken legen und meine Tränen trocknen lassen. »Lass mich nicht allein.« Aber sie segelt schon weit draußen auf dem tiefen Meer. Ich frage mich, ob sie von Angus und Christophe träumt und noch einmal die Erinnerungen durchlebt, die sich in ihren flüchtigen, wachen Momenten immer mehr entziehen. Ich denke an die beiden Männer, stelle mir Christophes Jugend und Lebhaftigkeit vor und dann die Ruhe und Stärke meines Großvaters.

Jetzt weiß ich es also. Jetzt verstehe ich, warum meine Mutter nichts mehr mit meiner Großmutter zu tun haben will und ihr nicht verzeihen kann. Aber ich verstehe auch, warum die ganze Geschichte erzählt werden muss: Nur so kann Ella ihrer Tochter endlich zeigen, wie sehr sie sie geliebt hat, wie sie sie all die Jahre geschützt hat, so dass ihr am Ende doch noch verziehen werden kann.

1970
ÎLE DE RÉ

Caroline versank in Arbeit. Nach der Bekanntgabe von Christophes Tod interessierte sich die Kunstwelt noch mehr für seine Werke, und in der Galerie in Saint Martin wurde sie überhäuft mit Anfragen unzähliger Sammler und Kunstgalerien aus aller Welt, die unbedingt ein Original von Christophe Martet an ihrer Wand hängen haben wollten.

»*Non*«, sprach sie immer wieder in den Hörer ihres unaufhörlich klingelnden Telefons, »*je suis désolée*. Aber *Neptuns Medaillon* ist unverkäuflich. Ich schicke Ihnen jedoch einen Katalog mit Werken, die zum Verkauf stehen.«

Ella blieb allein im Haus zurück und kam sich vor wie Treibgut, das nach Christophes Tod von einer Flut an Emotionen angespült und dann zurückgelassen worden war: gestrandet, nutzlos und ungeliebt.

Sie wanderte durch die leeren Räume des weißen Hauses mit den nebelblauen Fensterläden und suchte Trost in Mariannes Möbeln und Christophes Bildern, in Familienfotos und dem vertrauten Knacken der Bodendielen. Aber sie spürte keinerlei Anzeichen der Geister, die sie in der Leere des Hauses suchte. Die Gardinen hingen schlaff an den Fenstern und regten sich nur hier und da im schwachen Luftzug, der durch die Ritzen der von Sommersonne und Salzluft gesprungenen Holzrahmen drang. Mariannes Garten wirkte nackt und verwaist, alle Blumen waren verwelkt, und die Blätter fielen in wildem Gestöber zur Erde, als der Atlantik die kleine Insel mit ersten Winterstürmen attackierte und die kreischenden Seevögel vor sich her trieb, bis sie abtauchten, um irgendwo anders Zuflucht zu suchen. Die nackten, grotesk verzerrten Weinstöcke am Haus spiegelten genau wider, wie sie sich fühlte: verdorrt, vertrocknet und zu einem harten, leblosen Knoten erstarrt.

Wenn sie von ihrem endlosen Herumtigern erschöpft war, wickelte sie sich in eine Decke und ließ sich auf ein Sofa im Wohnzimmer sinken oder lag reglos auf ihrem Bett und starrte stundenlang an die Decke. Ihr Herz und ihr Kopf erschienen ihr so leer wie das Haus und boten nur Raum für Traurigkeit und den dumpfen Schmerz über ihren Verlust.

Dann fuhr Caroline für eine Woche nach Paris, um persönlich an Christophes Testamentseröffnung teilzunehmen und eine Lieferung von Gemälden zu begleiten.

Bei ihrer Rückkehr entdeckte sie schockiert und betroffen, dass Ella einen Zusammenbruch erlitten hatte. Sie hatte während Carolines Abwesenheit kaum etwas gegessen, und ihre Haare hingen ihr in schlaffen, fettigen Strähnen um ihr bleiches Gesicht. Ihre Augen wirkten wie tot und lagen tief eingesunken in den von dunklen Ringen umgebenen Höhlen.

»Du musst versuchen, etwas zu essen«, drängte Caroline sie, als sie an jenem Abend am Esstisch saßen. »Bitte, Ella, nur ein wenig, mir zuliebe.«

Aber Caroline konnte keine Lebensgeister in ihrer eigentlich so lebensfrohen Freundin wecken, und mit einem Anflug von Panik wurde ihr klar, wie tief Ellas Verzweiflung war. Daher tätigte sie am nächsten Tag von der Galerie aus einen Anruf.

~

Ella saß in den Dünen, während der Wind durch den Strandhafer peitschte und an ihren Haaren zog, und starrte hinaus aufs Meer. Von Westen her kamen riesige Wogen mit Schaumkronen angerollt, krachten ans Ufer, zogen sich wieder zurück und hinterließen dunkle Tangspuren.

Ella stellte sich vor, sie würde ihnen entgegentreten, sich von ihnen mitreißen und davontragen lassen, von ihrer betäubenden Kälte allen Kummer wegspülen lassen, bis sie gar nichts mehr fühlte. Sie sah es förmlich vor sich, wie die Wellen sie mit ihrer eisigen Umarmung umfingen, konnte aber nicht die Energie aufbringen, aufzustehen und die wenigen Schritte zum ewigen Vergessen hinter sich zu bringen. Das Donnern des Meeres und den eisigen Wind, der ihr in die erstarrten Glieder drang, nahm sie kaum wahr, so viel stärker waren das Rauschen des Schmerzes in ihrem Innern und die steinerne Kälte des Verlusts.

Daher hörte sie Angus erst, als er neben ihr stand.

Ohne ein Wort nahm er sie in die Arme und presste sie fest an sich, wärmte sie mit seinem Körper und strich ihr das Haar aus den Augen, so dass er ihre heißen Tränen wegküssen konnte, die mit einem Mal über ihre Wangen strömten. Er wiegte sie so sanft wie eine Mutter ihr Baby und ließ es einfach zu, dass sie weinte, lautlos erst, aber dann mit immer lauterem Schluchzen, das direkt aus dem tiefsten Innern ihres zerbrochenen Herzens zu kommen schien.

Nach einer Ewigkeit verstummte sie, weil alle Tränen versiegt waren. Ganz still hielt er sie in seinen Armen, und gemeinsam lagen sie im Schutz der Dünen, während Wind und Meer um sie herum rauschten. Aber nun, in den Armen ihres Mannes, fühlte Ella sich warm und geborgen, und das Blut in ihren Adern begann wieder zu strömen wie Bäche nach einem langen Winter.

Als ihre trockenen Lippen sich bewegten, lehnte er sich näher zu ihr, um ihr Flüstern zu verstehen. Und er lächelte, als er hörte, wie sie staunend die Worte wiederholte, die sie vor so vielen Jahren in einem dunklen, fremden Wald gesagt hatte:

»Du bist gekommen, um mich zu suchen. Ich war verloren, und du hast mich gefunden.«

2015
EDINBURGH

Als ich die letzten Worte vorlese, die ich geschrieben habe, nickt meine Großmutter und schließt die Augen. Ein Lächeln breitet sich auf ihrem Gesicht aus, dessen Haut ebenso weich und zart wirkt wie die hellblaue Strickjacke über ihren Schultern. Als ich ihr eine neue kaufen wollte, lachte sie nur und sagte: »Das wäre Geldverschwendung, meine liebe Kendra. Diese altvertraute Freundin wird mich bis zum Ende begleiten.«

Im Laufe des Winters habe ich Woche für Woche Ellas Geschichte niedergeschrieben, zusammengesetzt aus ihren Erinnerungen, aus den Kassetten, Fotos und Briefen. Zu Anfang dachte ich, es würde ganz einfach sein, die Worte so zu formulieren, wie Ella sie auf Band gesprochen hatte. Doch je länger ich ihr zuhörte und je tiefer ich mich in ihre Fotos und die Briefe von Christophe und Caroline vergrub, desto mehr zog mich ihre Geschichte in den Bann, bis ich schließlich alles durch ihre Augen sehen konnte. Und dann schien die Geschichte sich selbst zu schreiben und mich mit sich zu reißen, so dass auch ich mich in die Orte und Menschen verliebte, die Ellas Leben täglich mit kleinen Wundern erfüllt hatten.

In diesen letzten Monaten bin ich ihr viel näher gekommen, und die anfänglichen Pflichtbesuche sind mir zur liebsten Gewohnheit geworden. Sie boten eine Zuflucht vor meinem eigenen Alltag, den anstrengenden Anforderungen meines Berufs und den Sorgen um meinen Sohn und meinen Mann. Aber das ist noch nicht alles. Nun, da ich Ellas Geschichte kenne, sehe ich sie mit anderen Augen. Ihre Vergangenheit ist zum Leben erwacht und zeigt mir, was wirklich zählt. Ich bin stolz, ihre Enkelin zu sein, und hoffe nur, etwas von ihrem Mut und ihrem Sinn für Schönheit geerbt zu haben.

Während die Geschichte, die ich ihr gerade vorgelesen habe, noch in der Luft zu schweben scheint, streichle ich Ellas zarte Hand mit der papierdünnen Haut. Nun sehe ich jedes Muttermal, jede Schwiele, jede Falte mit anderen Augen. Die vielen dunklen Flecken, die die Franzosen *Blumen des Todes* nennen, sind Andenken an die Sommer auf einer sonnigen Insel mitten im Meer, wo eine junge Frau zum ersten Mal Freiheit und Liebe entdeckte. Die Schwielen zeugen von Bootstouren über schaumbekrönte Wellen, wenn man die Segel ganz dicht halten musste, weil der Wind das Boot hinein in das perfekte Blau des Meeres und des Himmels jagt. Ihre Hände erzählen eine Geschichte von Arbeit, von Mutterliebe und einem ganz besonderen Leben. Aber sie mussten auch lernen loszulassen, so wie auch ich schon bald diese zerbrechlichen Finger loslassen muss, die ich gerade halte.

Da klopft es an der Tür. Eine Pflegerin steckt ihren Kopf herein, und als ich mich umdrehe und sie höflich anlächle, erwidert sie mein Lächeln knapp und professionell.

»Alles in Ordnung hier?«, erkundigt sie sich, und ihre Stimme klingt sanfter als sonst, aus Respekt vor dem bereits spürbaren Tod in unserem Zimmer. Durch die Türöffnung dringt der typische Geruch des Pflegeheims herein, der künstliche Duft eines Lufterfrischers, der den Gestank von Urin und Desinfektionsmitteln übertünchen soll. Er vermischt sich mit dem Duft der weißen Lilien, die auf einer Kommode in der Ecke des Zimmers stehen. Bei meinem letzten Besuch habe ich wieder einen Strauß mitgebracht. Allerdings haben die Blumen ihre besten Tage hinter sich, und ihre weißen Blüten verwelken langsam zu gelblichem Pergament.

Ich nicke lächelnd und wende mich wieder meiner Großmutter zu. Ellas Atem ist flach, sie holt nur intervallartig und ganz schwach Luft. Kaum merklich atmet sie ein, dann folgt eine erschreckend lange Pause, bevor sie seufzend wieder ausatmet.

Ich wünschte, ich hätte Ellas Geschichte schon früher gekannt, dann hätte ich ihr eine bessere Enkelin sein können. Aber wenigstens habe ich alles erfahren, bevor es zu spät ist. Zumindest kann ich ihre Geschichte nun weitererzählen. Ich hoffe, meine Mutter wird sie auch hören wollen und verstehen, was sie bedeutet, bevor es zu spät ist, Frieden mit ihrer Mutter zu schließen.

Ich war nervös, nachdem ich sie zu Ende geschrieben hatte, und brachte Ella noch am gleichen Tag das Manuskript. Was würde sie dazu sagen? War ich ihr gerecht geworden?

Ella war zwar wach gewesen, hatte mich jedoch gebeten, ihr die Geschichte laut vorzulesen. »Ich bin mittlerweile viel zu schwach«, sagte sie. »Meine Augen sind zu schlecht und meine Gedanken schweifen ab, sobald ich etwas lesen will. Aber man sagt ja, dass der Gehörsinn der letzte ist, der schwindet. Also lies es mir vor, Liebes. Lass mich ein letztes Mal meine Geschichte hören.«

In diesen letzten Tagen liegt eine gewisse Dringlichkeit. Jedes Mal, wenn ich kam, um ihr ein neues Kapitel vorzulesen, war sie schon etwas weiter weggedriftet. Manchmal schlief sie ein, während ich las, und dann markierte ich die Stelle und schlich mich fort, in der Hoffnung, sie würde von der Île de Ré träumen oder vom Strand in Arisaig und von den beiden Männern, die sie so liebten, wie Ella sie liebte.

An diesem Tag nun sitze ich, nachdem ich die letzten Worte gelesen habe, schweigend da und betrachte ihr Gesicht, während sie mit geschlossenen Augen lächelt. Und mir schwillt das Herz vor Freude, dass ich ihrer Geschichte gerecht geworden bin – und gleichzeitig spüre ich tiefe Traurigkeit, dass nun ein weiteres Ende spürbar ist in dem überwärmten, künstlich riechenden Zimmer.

Ich frage mich, ob ich sie allein lassen soll, damit sie schlafen kann, aber da öffnete sie weit die Augen, und sie leuchten noch immer in der Farbe des tiefsten Ozeans.

»Ich danke dir, Kendra«, sagt sie. »Ich wusste, dass du meine Geschichte gut erzählen könntest, dass du mich verstehen und die Wahrheit aufschreiben würdest.«

»Ich gebe es Mum zu lesen«, erwidere ich. »Ich weiß, wenn sie erst mal die ganze Wahrheit gelesen hat, wird sie anders darüber denken.«

Ella nickt und streckt ihre Hand zum Nachttisch, auf dem die blaue Keramikschüssel mit einer blitzförmigen Ader aus reinstem Gold steht.

»Das ist doch die *Kintsukuroi*-Schale, nicht wahr, Granny?«

»Caroline hat sie mir geschenkt, als Angus und ich die Insel verließen.« Jetzt flüstert sie so leise, dass ich mich näher zu ihr beugen muss, um sie zu verstehen. »Sie bat uns, vor unserer Abreise noch mal in der Galerie vorbeizuschauen. Als Angus das Gemälde erblickte, *Neptuns Medaillon*, betrachtete er es eine Ewigkeit. Schließlich nickte er und sagte: ›Er liebte dich so, wie ich dich liebe: aus ganzem Herzen.‹ Es fühlte sich an, als hätte er in diesem Moment das Phantom verabschiedet, das ihn während unserer gesamten Ehe immer wieder heimgesucht hatte. Es war wohl eine Art Abschluss. Aber dann meinte Caroline, sie habe uns etwas mitzuteilen. Christophe hat mir das Bild hinterlassen.« Sie runzelt die Stirn vor Anstrengung darüber, sich zu erinnern.

»Als Angus das hörte, veränderte sich seine Miene – kaum merklich nur, aber es entging mir nicht. In diesem Augenblick begriff ich, dass sein Zugeständnis ihm Mut und Großzügigkeit abverlangt hatte, doch es wäre zu viel gewesen, selbst für ihn, das Bild die ganze Zeit sehen zu müssen. Daher erklärte ich Caroline, über dem Kamin in unserem Haus in Edinburgh sei einfach nicht genug Platz dafür. Ich sagte also zu Caroline, das Bild gehöre in die Galerie, wo viele Menschen es sehen könnten. Und als ich Angus' erleichterte Miene sah, wusste ich, dass es richtig war. Doch dann verkündete er: ›Wir werden jeden Sommer hierherkommen, damit du es ansehen und mir die Insel zeigen kannst, die eine weitere Liebe deines Lebens ist.‹ Und genau das haben wir auch gemacht.«

»Wo ist das Bild denn jetzt, Granny?«

»Es ist noch dort, Kendra!« Ella strahlt. »Caroline lebt noch, auf der Île de Ré. Natürlich hat sie Unterstützung.

Erinnerst du dich noch an Sandrine und Benoît, die früher im Haus der Martets halfen? Deren Tochter sich um Christophe kümmerte, als er krank war? Nun, sie sind zwar leider schon verstorben, aber ihre Enkelin führt die Galerie in Saint Martin für Caroline. Und Caroline selbst geht noch fast jeden Tag hin, um ein Auge auf alles zu haben, trotz ihres hohen Alters. Sie ist in der Kunstwelt ziemlich berühmt und hat immer noch ein sehr gutes Auge für Schönheit.«

Ella verstummt, und ihre Augen fallen kurz zu, als ihre Gedanken abschweifen. Doch dann schlägt sie sie wieder auf und konzentriert sich mühsam auf mein Gesicht. Ich merke, dass es sie sehr anstrengt.

»Wie auch immer, wo war ich? Ach ja, bei der Schale. Also, wir standen damals in der Galerie und wollten nach Edinburgh abreisen. Da nahm Caroline diese Schale von ihrer Säule und fragte: ›Weißt du noch, was ich zu dir sagte? Dass alles eine einzigartige Schönheit hat, die nicht zerstört werden kann? Dass es das wert ist, gekittet zu werden, auch wenn es zerbrochen ist, und dass die Brüche und Narben ebenfalls schön sind und das Ganze noch kostbarer machen?‹ Und dann sagte sie: ›Dein Herz muss heilen, Ella. Lass dir von Angus dabei helfen. Kitte deine Ehe mit Gold und mache sie damit schöner und stärker als zuvor.‹ Und genau das taten wir. Denn weißt du, Kendra, ich verliebte mich noch mal neu in deinen Großvater. Caroline hatte recht, unsere Liebe war es wert, gekittet zu werden. Am Ende trugen unsere Narben zur Schönheit unserer Ehe bei.«

Sie verstummt und erinnert sich lächelnd. Als sie fortfährt, klingt ihre Stimme etwas kräftiger: »Und Christophe hatte ebenfalls recht. Er war zwar meine erste große Liebe, aber Angus war die Liebe meines Lebens. Ich hatte immer angenommen, ich hätte eine zweite Chance mit Christophe verdient und das Leben hätte mich darum betrogen. Aber dann bekam ich eine zweite Chance mit Angus. Wie glücklich ich mich schätzen kann, zwei so wunderbare Männer geliebt zu haben und von ihnen wiedergeliebt worden zu sein.«

Eine Weile scheint sie in ihren Gedanken versunken und lässt ihren Geist wandern, wohin ihre Erinnerungen ihn führen.

Aber mit erneuter Anstrengung richtet sie ihre Aufmerksamkeit wieder auf den Nachttisch. »Wenn du Rhona das Manuskript gibst, gib ihr auch diese Schale. Sag ihr, es tue mir leid, welchen Schaden ich angerichtet habe, aber versuch, ihr damit zu zeigen, dass er wieder repariert werden kann. Sag ihr, davon sei ich überzeugt, auch wenn es erst geschieht, wenn ich schon nicht mehr da bin.«

Behutsam nehme ich die Schale und fahre mit dem Finger durch die Sammlung weißer Muscheln darin.

»Und die Muscheln, Granny? Ist die Muschel, die Christophe dir gegeben hat, dabei?«

Wieder lächelt sie. »Aber ja! Und die von Angus auch. Außerdem viele Muscheln, die ich als Andenken an perfekte Tage am Strand gesammelt habe. Und die, die meine Kinder mir geschenkt haben, welche für mich zu den kostbarsten gehören. Souvenirs. Andenken. Ich bin so reich beschenkt …«

Wieder wird ihre Stimme leiser, und ihre Augen verschleiern sich genau wie ihr Geist. Ich neige mich noch näher zu ihr, um ihr Flüstern zu verstehen.

»Bewahre sie für mich auf, Kendra. Die Muscheln. Füge sie deiner eigenen Sammlung von Andenken und Erinnerungen hinzu. Zusammen mit Dan und Finn. Damit ihr nie vergesst, die Schönheit in eurem Leben zu suchen, selbst in den schwersten Zeiten.«

»Das werde ich. Und ich komme morgen wieder, Granny«, verspreche ich. Bevor ich gehe, drücke ich ihr einen letzten Kuss auf die Stirn und streiche ihr die feinen, weißen Haare zurück – Haare, die einst die gleiche Farbe hatten wie der Strandhafer zwischen den Dünen der windumtosten Île de Ré. Dann flüstere ich meiner Großmutter noch ein weiteres Versprechen ins Ohr.

»Ich werde es ihr erzählen, Granny. Ich werde Mum deine Geschichte erzählen und dafür sorgen, dass sie sie versteht.«

Ich stehe auf und nehme das Manuskript und die Muschelschale, die ich zur Sicherheit in meinen Winterschal einwickle.

Auf der Schwelle ihrer Tür zögere ich einen Moment und lausche auf ihren leisen Atem. Er wird immer langsamer. Ich kann sie nun nicht mehr erreichen, mit jedem Atemzug entfernt sie sich von mir. Ich hoffe, sie ist bei denen, die schon vor ihr gegangen sind. Mit der Gewissheit, dass sie Ella endlich wieder in ihre Arme schließen, kann ich sie vielleicht loslassen.

2015
ÎLE DE RÉ

Es gibt keinerlei Hinweis auf das, was uns erwartet, als wir La Rochelle umfahren, vorbei an einem undurchschaubaren Schilderwald voller hässlicher Plakate für die Sonderangebote der Supermärkte, die die Umgehungsstraße säumen. Aber dann bemerke ich doch kaum wahrnehmbare Veränderungen um uns herum, eine gewisse Frische in der Luft, als Dan das Fenster herunterkurbelt, um die Wärme des Frühsommers ins Auto zu lassen. Eine andere Vegetation, denn nun wird die Straße von knorrigen Pinien und Büschen mit silbrigen Blättern gesäumt, die zäh genug sind, um im salzigen Wind zu gedeihen. Und mit einem Mal ist auch das Licht ganz anders – so klar, dass die Farben der Tamarisken mit ihren rosa Blüten und die samtigen braunen Köpfe der Rohrkolben, die am Straßenrand im Luftzug der vorbeifahrenden Wagen schwanken, besonders leuchtend wirken.

Wir fahren über einen Kreisverkehr und bezahlen die Maut für die Brücke. Dann fahren wir auf einen aufragenden Betonbogen, der neuerdings den Kanal überspannt, welcher die Île de Ré vom Festland trennt. Kurz regt sich Bedauern in mir, dass wir nicht die Fähre genommen haben. Ich hätte es sehr genossen, den Spuren meiner Großmutter zu folgen. Ich frage mich, ob die Brücke etwas verändert hat. Hat die Insel durch diese Verbindung zum Festland ihre Atmosphäre verloren, die einem das Gefühl gab, man sei vom Rand der Erde in die Welt des Meeres gesprungen?

Links von uns bemerke ich die vielen Kräne im geschäftigen Hafen von La Rochelle, die hinter dem Gewimmel weißer Segelyachten Wache stehen.

»Schau mal, Finn, kannst du die Boote sehen?« Ich versuche, meinen Sohn abzulenken, damit er aufhört, vor und zurück zu schaukeln. Es war eine lange, anstrengende Reise für ihn, und in fremder Umgebung fühlt er sich immer unwohl.

Doch als ich dann einen Blick nach rechts werfe, stockt mir der Atem. Denn dort liegt der Atlantik vor mir, ein breiter, blaugrüner Bogen mit goldenen Sprenkeln hinter flachen Sandbänken, so wie Ella ihn wohl beim ersten Mal gesehen hat. Und weit draußen am Horizont sehe ich einen Streifen in einer dunkleren, schwer zu beschreibenden Farbe. »Die Stelle, an der der Ozean am tiefsten ist«, murmle ich.

Meine Sorge war unbegründet. Die Île de Ré, die sich in all den Jahren sicher verändert hat, ist immer noch eine Insel. Das spüre ich sofort. Obwohl angeblich *tout Paris* hier in den hübschen kleinen Orten und an den wunderschönen Stränden Urlaub macht, kann dieses flache Fleckchen Erde mit seinen Salzmarschen und den Sanddünen nicht gezähmt werden: Es wird immer eher zum Meer als zum Festland gehören.

Wir fahren vorbei an Feldern, auf denen unzählige Kornblumen, Klatschmohn und Wilde Möhren in bunten Farben leuchten und Bienenschwärme summen. Das üppige Grün der Weingärten ist durchsetzt mit dem Mattgold der Kornfelder, dazwischen rote Tupfen von noch mehr Mohn. Die Erde am Straßenrand ist sandig und wird nur von wilden Weinranken festgehalten, die den eingrenzenden Spalieren der Weingärten entkommen sind und sich ungehindert zwischen den silbernen Stachelköpfen der Stranddisteln und dem Zypressenkraut ausbreiten, die in der salzigen Luft gedeihen.

Wir folgen Carolines Richtungsangaben und biegen von der Hauptstraße nach Sainte-Marie-de-Ré ab, wo Dan den Wagen vorsichtig durch die schmalen Gassen manövriert, die von weiß getünchten Cottages gesäumt sind. Und von Stockrosen. Sie sind immer noch da, genau wie Ella sie beschrieben hat. Hochaufragende Stauden mit papierdünnen Blüten in Himbeerrot, Apricot, Creme und Purpur.

Ich werfe noch einmal einen Blick auf Carolines Brief.

Biegt nach links ab und folgt den Schildern zum Campingplatz. Direkt hinter dem Weingarten auf der rechten Seite seht ihr das Haus. Sandrine wird einen Schlüssel unter einem blauen Keramiktopf mit Geranien auf der Terrasse hinterlegen. Fühlt euch wie zu Hause! Ich wohne in dem Appartement über der Galerie in Saint Martin und freue mich schon sehr, euch alle am Tag nach eurer Ankunft kennenzulernen. Kommt gegen Mittag zur Galerie, dann essen wir zusammen und schmieden Pläne.«

Ich bin hier, weil Ella mich darum gebeten hat. Als Robbie und seine Frau kamen, um ihre persönlichen Sachen aus dem Zimmer im Pflegeheim zu holen, entdeckten sie in der Schublade ihres Nachttischs einen an mich adressierten Brief.

Einige sehr aufwühlende Tage liegen hinter mir. Zuerst erhielt ich einen Anruf von Robbie, der mir mitteilte, dass Ella gestorben war, und dann folgte das Gespräch mit meiner Mutter, bei dem ich ihr von dem Manuskript erzählte. Sie meldete sich wie üblich mit einem knappen »Hier Rhona Mitchell« am Telefon. Zwar wurde ihr Ton etwas sanfter, als sie hörte, dass ich es war, und sie erkundigte sich wie immer liebevoll nach Finn und Dan. Doch als ich die Sprache auf Ellas Beerdigung brachte, verschloss sie sich wieder.

»Ich weiß nicht, ob ich kommen kann«, sagte sie. »Der Zeitpunkt ist recht ungünstig. Möglicherweise kann ich mich nicht loseisen.« Das klang so endgültig, dass keinerlei Raum für Widerspruch blieb, also ließ ich ihre Worte einfach so stehen, gewichtig wie ein Grabstein.

»Ist gut, Mum, aber hör mal, ich will dir etwas geben. Wenn du also wirklich nicht zur Beerdigung kommen kannst, muss ich es dir schicken. Aber du musst mir versprechen, es auch zu lesen. Ja?«

»Was ist es denn?« Jetzt klang sie misstrauisch. »Etwas, das deine Großmutter angezettelt hat?«

»Bitte, Mum, lies es einfach. Wir können hinterher darüber reden.«

Sie schnaubte leise, und ich wusste nicht, ob dies ihre Missbilligung zeigen sollte oder der Versuch war, ihr Weinen vor mir zu verbergen.

»Alles in Ordnung?«

»Selbstverständlich. Wieso auch nicht?« Es folgte eine Pause, dann sagte sie: »Du musst dir nicht die Mühe machen, es zu schicken, was auch immer es ist. Selbstverständlich werde ich da sein. Wir übernachten bei Robbie. Es ist auch eine gute Gelegenheit, euch alle mal wiederzusehen.«

»Ich freue mich darauf, dich zu sehen.« Ich legte auf und berührte ganz kurz die *Kintsukuroi*-Schale, die auf der Küchenanrichte stand und das Manuskript mit Ellas Geschichte beschwerte. Sanft fuhr ich mit dem Finger über den Rand und spürte kaum merklich die Ader aus Gold, die die beiden dunkelblauen Porzellanteile miteinander verbindet.

»Sie kommt«, flüsterte ich. Dabei war ich allein in meiner leeren Küche.

Dann nahm ich den Brief, den Ella in ihrer zittrigen Handschrift geschrieben hatte, und las ihn noch einmal.

Meine liebste Kendra,
Du warst meine treue Verbündete und hast meine Geschichte niedergeschrieben, damit Rhona mich endlich verstehen kann. Ich hoffe, sie wird mir verzeihen, obwohl mir klar ist, dass ich damit vielleicht zu viel verlange. Aber es reicht mir schon, wenn sie begriffe, wie es wirklich war. Und somit hast Du mir jetzt schon Seelenfrieden geschenkt, und dafür danke ich Dir.

Du hast mir bereits so sehr geholfen, dass ich zögere, Dich um noch mehr zu bitten. Dennoch habe ich einen letzten Wunsch. Ich möchte, dass Du zur Île de Ré fährst, irgendwann, wenn Du es in Deinem Leben mit den vielen Anforderungen und Pflichten einrichten kannst. Würdest Du das für mich tun? Fahre zur Insel und besuche Caroline. Sie ist über meine letzten Wünsche im Bilde.

Ich finde den Gedanken wunderbar, dass Du sie kennenlernen könntest. Vielleicht gefällt es Dir ja auch, diesen Ort persönlich aufzusuchen, denn ich habe gespürt, er ist Dir beim Schreiben ans Herz gewachsen. Ich hoffe, Du wirst etwas von der Freiheit und dem Frieden finden, die ich im Laufe der Jahre auf dieser Insel erlangen konnte.

Ich danke Dir, dass Du mir eine so wunderbare Enkelin warst. Und ich danke Dir von Herzen, dass Du meine Geschichte erzählt hast.

Deine Dich liebende Großmutter Ella

~

Meine Mutter kam zur Beerdigung nach Schottland, und wir alle umarmten einander und weinten gemeinsam, als Ella neben Angus, der Liebe ihres Lebens, zur letzten Ruhe gebettet wurde.

Ich gab meiner Mutter einen großen Umschlag mit dem Manuskript und eine Schachtel mit der Schale. »Öffne die Schachtel erst, wenn du das hier gelesen hast«, bat ich sie.

Sie nickte knapp und verstaute beides ohne einen weiteren Blick darauf in der riesigen Tasche, in der sie Geschenke für Finn mitgebracht hatte. Ich habe seit vierzehn Tagen nichts mehr von ihr gehört und weiß nicht, ob sie angefangen hat, Ellas Geschichte zu lesen. Oder ob sie gar schon fertig ist und beschlossen hat, nicht darüber zu sprechen. Mir ist klar, dass sie Zeit braucht. Es dauert eine Weile, den Mut zu fassen, der Wahrheit ins Gesicht zu blicken, zu erkennen, dass mehr hinter der Geschichte ihrer Mutter steckte – und der ihres Vaters. Und es dauert noch viel länger, die Schutzmauern aus Wut und Stolz einzureißen.

Finn wird auf dem Rücksitz immer unruhiger. Er hat

noch nie eine so lange Reise unternommen, und wir haben uns Sorgen darüber gemacht, wie er in einer fremden Umgebung reagieren wird. Normalerweise bleiben wir in den Ferien zu Hause, damit er in seiner vertrauten Umgebung sein und an seiner normalen Routine festhalten kann. Jegliche Veränderung könnte ihn aufregen, obwohl sein letzter Zusammenbruch schon eine ganze Weile her ist.

Aber Dan und ich haben entschieden, dass Urlaub uns gerade jetzt guttun würde, und Carolines Angebot, das Haus zu nutzen, war einfach zu verlockend.

Ich weiß, dass es Dan nicht gutgeht, ganz gleich, wie tapfer er es vor mir zu verbergen versucht. Das Gemeinschaftsprojekt ist beendet, weil die Gelder gekürzt wurden und es nicht mehr finanziert werden kann. Das war wohl der letzte Schlag gegen sein Selbstvertrauen. Er hat immer noch keine feste Stelle gefunden, sondern erledigt hin und wieder die Buchhaltung für ein paar kleine Geschäfte im Umkreis – allerdings erst am Abend, wenn ich von meiner Arbeit zu Hause bin und mich um Finn kümmern kann. Ich weiß, wie schwer es für ihn ist und wie dringend er eine Pause braucht – in jeglicher Hinsicht.

»Geht es dir gut, dahinten?« Dan wirft einen besorgten Blick in den Rückspiegel.

»Wir sind fast da, Finn«, sage ich tröstend. »Du warst so ein tapferer Junge. Nur noch ein paar Minuten.« Als ich ihm seine Decke reiche, ein fadenscheiniges Stück Stoff, das noch aus seinem Babybettchen stammt, bemerke ich, dass er angespannt auf seinen Lippen kaut und sie an manchen Stellen schon bluten. Er umklammert die Decke und drückt sie ans Gesicht, um den vertrauten Geruch einzuatmen.

»Guck mal, hier! Das muss das Haus sein. Siehst du, Finn? Das weiße Haus mit den hellblauen Fensterläden.«

Dan hält am sandigen Straßenrand, direkt neben der weiß getünchten Mauer, die das Haus und den Garten umgibt. Ich rechne schon halb damit, enttäuscht zu werden, weil das Haus heruntergekommen und der Garten zugewuchert oder, noch schlimmer, zu einer pflegeleichten Rasenfläche eingeebnet sein könnte. Aber Caroline und ihre Assistentin Sandrine – die Enkelin von Sandrine und Benoît – haben sich all die Jahre liebevoll um das Anwesen gekümmert. Erleichtert stelle ich fest, dass alles genau so ist, wie Ella es beschrieben hat.

~

Ich halte den Atem an, als Finn endlich aus dem Wagen steigt. Da er sich zuerst weigerte, haben wir ihn auf seinem Rücksitz warten lassen, während wir ins Haus gingen und anfingen, das Gepäck auszuladen. Er saß mit seiner Decke da und summte vor sich hin, was ihn beruhigt, wenn er Angst oder Stress hat. Dan und ich haben einen besorgten Blick gewechselt, weil wir uns beide fragten, ob dies ein weiterer Punkt auf der Liste von Urlauben war, die wir abbrechen mussten, bevor wir es irgendwann ganz aufgaben.

Ich tue so, als wühlte ich in einer der Reisetaschen, während Finn den Weg zum Haus hinaufgeht und auf der Schwelle stehen bleibt. Sonnenlicht fällt auf seine schmale Gestalt. Eine leichte Brise fährt durch die weißen Gardinen an der Flügeltür in der Küche, und sie blähen sich wie die Segel eines Boots. Automatisch verkrampfe ich mich und mache mich auf den schrillen Schrei gefasst, den Finn in ungewohnten Situationen panisch ausstößt. Aber zu meiner Verblüffung und Erleichterung fängt er an zu lachen. Ich spüre, wie meine Schultern sich wieder entspannen, und muss auch lachen, so sehr freue ich mich über seine unerwartete Reaktion. Denn Finn ist oft so ernst, dass sein Lachen unendlich kostbar ist.

Er zeigt auf die Gardinen. »Guck mal, Mummy, Geister. Freundliche Geister, wie Casper.«

Eine Sekunde lang frage ich mich, ob Finn tatsächlich Gespenster sehen kann, ob er einen Blick auf die Welt hat, wie wir sie nicht sehen können. Das halte ich nicht für ausgeschlossen, denn das Haus ist nun mal wirklich voller freundlicher Geister. Es fühlt sich bereits vertraut und heimisch an, obwohl wir es gerade erst betreten haben. Es ist erfüllt mit Mariannes Sanftmut und Monsieur Martets Liebe zu seiner Familie und Christophes ausgeprägtem Gespür für Schönheit. Finns Blick folgt entzückt dem munteren Spiel der Gardinen in der Meeresbrise.

»Komm mit nach oben, lass uns mal dein Zimmer ansehen. Ich glaube, es hat auch solche Gardinen.«

Ruhig nimmt er meine Hand – was selten vorkommt –, und gemeinsam gehen wir die Treppe hinauf.

»Ich mag Ferien, Mummy«, erklärt er, als er auf dem bunten Flickenteppich in seinem Zimmer steht und mir dabei zusieht, wie ich die Fensterläden öffne und das helle Sonnenlicht hereinlasse. Am liebsten würde ich ihn jetzt in die Arme schließen und fest an mich drücken, weiß aber, dass das zu viel für ihn wäre. Stattdessen hebe ich meine Hand mit weit gespreizten Fingern hoch, und er drückt seine kleine Seesternhand gegen meine. Dies ist die Geste, auf die wir uns geeinigt haben, um Liebe auszudrücken.

Ich nicke lächelnd und blicke ihm in die großen grünen Augen, die denen seiner Urgroßmutter in jungen Jahren sehr ähneln. »Ich mag Ferien auch.«

Nach dem Abendessen kuschelt er sich widerstandslos in die Decke des fremden Betts. Ich schließe die Fensterläden, lasse aber das Fenster geöffnet und ziehe die Gardinen zu. »Sieh mal«, flüstere ich, »die freundlichen Geister leisten dir Gesellschaft.«

Er nickt, so ernst wie immer, und breitet seine Babydecke über das Kopfkissen, damit der vertraute Geruch von zu Hause die Schrecken der Nacht fernhält.

»Gute Nacht, Finn. Schlaf gut.«

Auf Zehenspitzen gehe ich nach unten in die Küche, wo Dan Wasser in die Spüle laufen lässt, um den Abwasch zu machen. »Lass doch«, sage ich und gebe ihm ein Küchentuch, damit er sich die Hände abtrocknen kann. »Setzen wir uns lieber auf die Terrasse und trinken unseren Wein aus.«

Als er mich an sich zieht, schmiege ich mein Gesicht an seine tröstlich breite Brust. Wir hatten schon seit Ewigkeiten keinen solchen Augenblick mehr für uns. Es fühlt sich gut an, zusammen zu sein.

Ohne den Arm von meiner Taille zu lösen, führt er mich zurück in den Garten, wo wir am Tisch Platz nehmen und von dem Käse und den glänzenden Kirschen naschen, die Caroline uns als Willkommensgruß geschenkt hat. Wir nippen an dem tiefroten Wein, und Dan stößt mit mir an.

»Auf Ella, die uns hierhergebracht hat. Welch ein Paradies!«

»Auf Ella«, sage ich ebenfalls. Lächelnd greife ich nach seiner Hand und verschränke meine Finger mit seinen. Schweigend sitzen wir eine Weile da und sehen zu, wie immer mehr Sterne aufleuchten und eine Mondsichel, so zart wie ein Wimpernkranz, über das dunkle Firmament zieht. Ich atme den süßen Duft des Geißblatts ein und muss an Marianne denken.

Ich weiß nicht, ob es am Wein liegt oder an der seltenen Gelegenheit, an einem warmen Abend draußen zu sitzen, oder vielleicht auch daran, dass uns fast schwindelig ist vor Erleichterung – und Fassungslosigkeit –, weil Finn so entspannt wirkt und uns endlich ein Familienurlaub vergönnt ist. Aber mit einem Mal fühle ich mich Dan näher als schon seit langer Zeit, seit all den Jahren nach Finns Geburt.

Während ich hier neben meinem Mann sitze und seine Hand halte in dem sanften Licht, das durch die Ritzen der Fensterläden aus Finns Zimmer dringt und ihn vor den Schrecken der Nacht schützt, ist mir wieder einmal bewusst, wie viel all das Dan und mir abverlangt hat. Aber die Île de Ré lässt schon jetzt ihren feinen Zauber auf uns wirken, genau wie bei Ella und Christophe vor vielen Jahren, und verbindet uns wieder miteinander, erinnert mich daran, wie sehr ich diesen Mann liebe, der mir in dem täglichen Versuch, unseren Sohn zu verstehen und für ihn zu sorgen, treu zur Seite steht. Ich erinnere mich an Ellas Entschiedenheit, Robbie in seinem Kampf gegen die Kinderlähmung zu helfen und bei den zuständigen Stellen die richtige Behandlung zu erwirken. Offenbar habe ich diesen Zug von ihr geerbt, und der Gedanke, dass sie in gewisser Hinsicht immer ein Teil von mir sein wird, bestärkt mich in meiner eigenen Entschlossenheit, immer für meinen Sohn zu kämpfen, was die Zukunft auch bringen mag. Die Probleme, die noch auf uns zukommen werden, machen mir dennoch Angst. Wie können wir eine Umgebung für ihn schaffen, in der er sich sicher fühlt? Was wird geschehen, wenn er zu alt für die Sonderschule wird, auf der schon jetzt die Mittel und Möglichkeiten für ihn begrenzt sind? Wird er je in der Lage sein zu arbeiten? Für seinen Lebensunterhalt zu sorgen? Und über alldem schwebt immer die Sorge, die mich in den schlimmsten Nächten stundenlang wach hält: Was wird aus ihm, wenn wir nicht mehr da sind?

Dan drückt meine Hand, als hätte er meine Gedanken gelesen. Lächelnd sehe ich ihn an.

»Es war ganz schön hart, nicht wahr? Aber du warst immer mein leuchtendes Vorbild, Kendra. Du hast immer weitergemacht, während ich untätig zu Hause sitzen musste.«

»Es war ja nicht deine Schuld, dass du den Job verloren hast. Außerdem sitzt du niemals untätig zu Hause. Ich weiß doch, wie schwer es mit Finn ist. Du leistest phantastische Arbeit. Er genießt es, dass du dich um ihn kümmerst. Denk nur daran, wie gut es ihm während des Gartenprojekts ging und wie sehr er es liebt, mit dir im Schrebergarten zu arbeiten.«

Dan nickt. »Ja, oder? Ich bin ziemlich stolz auf unser Gemüsebeet. Einmal, als wir in Edinburgh in der City Farm waren, hat er gesagt, dass das Gemüsebeet wachsen soll und wir vielleicht Hühner halten könnten.«

Ich lache. »Kannst du dir vorstellen, was die Nachbarn dazu sagen würden?« Unser handtuchgroßer Schrebergarten ist leider kein Kleinbauernhof.

»Aber wäre es nicht großartig, eines Tages aufs Land zu ziehen? Finn jedenfalls scheint es in ländlicher Umgebung eindeutig leichter zu fallen, sich zu entspannen. Sieh dir nur an, wie gut er sich hier eingewöhnt hat. Wir könnten einen richtigen Gemüsegarten haben, und vielleicht sogar einen Obstgarten wie diesen hier«, er weist mit seinem Weinglas in Richtung der Bäume, die hinter dem kleinen Tor am hinteren Ende des Gartens gerade so sichtbar sind, »Finn könnte noch mehr über Gartenbau lernen und vielleicht irgendwann sogar einen Job in einer Baumschule bekommen, oder auf einer Farm …«

»Glaubst du, das würde dir gefallen? Das Leben in der Stadt aufzugeben und aufs Land zu ziehen?«

Darüber denkt er ein paar Minuten schweigend nach. »Ich glaube schon. Es würde mir gefallen, mein eigener Herr zu sein, etwas Eigenes aufzubauen, irgendwas Kreatives, an dem Finn sich beteiligen könnte. Einmal selbst für mein Schicksal verantwortlich zu sein, anstatt immer nur den Lohn von anderen zu bekommen. Oder eben nicht zu bekommen …«

In dem schwachen Licht sehe ich, wie er die Mundwinkel nach unten zieht und ein Anflug von Verzweiflung seine Miene verzerrt. Aber dann reißt er sich wie immer zusammen und bewahrt mich vor seiner Traurigkeit und Frustration, vor seinem Gefühl, ein Versager zu sein.

»Was ist denn mit dir?«, fragt er und drückt sanft meine Hand. »Was würdest du tun, wenn wir im Lotto gewinnen würden?«

Wieder lache ich. »Dazu müssten wir erst mal Lose kaufen!« Dann sage ich ernster: »Mir würde es auch gefallen, auf dem Land zu leben. Ich könnte schreiben, Zeit mit Finn verbringen, die Eier im Hühnerstall einsammeln und euch beiden köstliche Mahlzeiten aus unserem eigenen Gemüse und Obst zubereiten.« Ich nippe an meinem Wein. »Ist es nicht eine Schande, dass man nur in der Stadt Jobs findet? Das ist der Haken an unserem schlauen Plan.«

Dan streckt sich, lehnt sich auf seinem Stuhl zurück und wendet sein Gesicht dem Sternenhimmel über uns zu. Frustriert seufzt er auf. Dann sieht er mich wieder an und küsst mich. »Wenigstens haben wir Träume. Das ist doch schon mal ein Fortschritt. Mir wird gerade bewusst, dass ich schon lange nicht mehr zu träumen gewagt habe. Es ist höchste Zeit, dass wir wieder damit anfangen. Das Leben ist so doch viel schöner.«

Ich lächle, weil ich mich an die Worte meiner Großmutter erinnere. »Ella hat auch einmal so was gesagt.«

Da lässt er meine Hand los und streicht mir liebevoll über die Wange. »Dein Gesicht hat dieselbe Form wie ihres. Das habe ich erst bemerkt, als ich Fotos von ihr als junger Frau gesehen habe. Wie viel Glück ich doch mit dir habe! Ich liebe dich, Kendra.«

In diesem Augenblick spüre ich, dass Dan meine erste große Liebe und gleichzeitig die Liebe meines Lebens ist. Wir sind Finns Eltern. Wir werden es schaffen, ganz egal, was das Leben für uns vorgesehen hat. Und mit einem Mal wird mir klar, dass nur das wichtig ist.

Seine Augen sind strahlend blau wie ein Sommerhimmel. Die Traurigkeit, die Angst, die Schuldgefühle und der Schmerz, die sie in letzter Zeit so oft trübten, sind verflogen. Sein Blick ist unmissverständlich.

Das Meer umhüllt uns mit seinem beruhigenden Rauschen, als wir aufstehen und Arm in Arm ins Haus gehen. Dan führt mich die leise knarrende Treppe zu unserem Schlafzimmer hinauf, wo die hellen Gardinen sich in der nächtlichen Brise bewegen. Im Licht des Mondes und zum gedämpften Geräusch der Wellen drängen wir uns aneinander und halten uns fest, über uns das Bild von einem Boot, das frei über das von der Sommersonne gesprenkelte Meer gleitet. Und wir wissen, dass wir gerettet sind.

»Das muss an der Seeluft liegen«, bemerkt Dan am nächsten Morgen.

Finn hat die ganze Nacht durchgeschlafen und vertilgt mittlerweile sein zweites Croissant, das dick mit französischer Butter und hausgemachter Kirschmarmelade bestrichen ist. Er hält einen Moment inne, leckt sich die Krümel von den Fingern und erklärt: »Frühstück im Garten finde ich toll.« Dann konzentriert er sich darauf, einen weiteren Löffel Marmelade auf seinen Teller zu häufen.

»Ich auch«, grinst Dan. Ich bemerke, dass er die Hand hebt, als wollte er seinem Sohn durch die Haare fahren, sich aber rechtzeitig beherrscht und die Hand zwischen sich und ihm auf den Tisch legt. Dieser Tag wird Finn ohnehin herausfordern. Wir wollen ihn nicht zusätzlich aufregen.

Manchmal, an seltenen kostbaren Tagen, lässt er sich von uns berühren, erlaubt uns, dass wir seine Hand halten oder ihm beim Anziehen helfen. Aber wir müssen auf solche Gelegenheiten warten, auf die Zeichen achten und ihn auf uns zukommen lassen, sonst besteht die Gefahr eines weiteren Wut- oder Panikanfalls, der unsere zerbrechliche kleine Familie erneut belastet und in Trümmer sprengt, uns alle auslaugt.

Aber heute ist ein guter Tag, und bislang hat sich das Risiko des Urlaub gelohnt. Also gehen wir behutsam vor, unternehmen winzige vorsichtige Schritte in dieses Neuland und hoffen mit angehaltenem Atem auf Fortschritte.

Betont beiläufig sage ich: »Heute wird Mummy sich mit einer Freundin treffen, ganz in der Nähe. Es ist die Dame, der dieses Haus gehört. In diesem Ort gibt es auch Boote, und ich habe mich gefragt, ob du wohl Lust hättest, sie zu sehen, Finn?«

Er ignoriert mich und tupft weiterhin mit dem Finger die fettigen Blätterteigbrösel auf, die seinen Teller sprenkeln, weil er keinen Krümel verschwenden will. Aus Erfahrung weiß ich, dass ich ihn nicht drängen darf. Also sitzen wir schweigend da, und Dan und ich nippen nur an unserem Kaffee.

Als auch der letzte Krümel gegessen ist, betrachtet Finn mit unbewegter Miene seinen vollkommen sauberen Teller. »Ich würde die Dame gerne sehen«, verkündet er. »Und vielleicht auch die Boote.«

~

Gegen Mittag steht die heiße Sonne hoch am Himmel und lässt unsere Schatten zu schwarzen Pfützen unter unseren Füßen schrumpfen. Glücklicherweise ist es in Saint Martin nicht allzu voll, da die Hauptsaison noch nicht begonnen hat. Im Stillen danke ich dem schottischen Schulsystem, dass die Ferien bei uns viel früher anfangen als im Rest von

Europa. Dan und ich haben Finn in unsere Mitte genommen und schirmen ihn von einer Welt ab, die ihn verwirren und ihm Angst machen kann. Wir versuchen immer, seine Reaktionen vorherzusehen, obwohl uns das so gut wie nie gelingt. Ein Psychiater hat uns einmal erklärt: »Finns Verstand deutet die Welt nicht falsch, sondern nur anders. Und man könnte sich fragen, ob nicht er recht hat und wir unrecht. Seine Reaktionen ergeben für ihn Sinn. Wir müssen nur versuchen, alles durch seine Augen zu sehen.«

Ich werfe ihm einen Blick zu, weil ich mir Sorgen mache, dass der plötzliche Ansturm von Geräuschen, Farben und Menschen im betriebsamen Hafen ihn in Panik versetzen könnte. Aber er nutzt eine seiner Beruhigungstechniken und konzentriert sich auf seine Füße und die Muster im Kopfsteinpflaster. Jedes andere Kind in seinem Alter würde sich umsehen und in Begeisterung ausbrechen über die vor Anker liegenden Boote, die Eisdiele, die Cafés mit ihren bunten Schirmen und den Geruch von heißem Zucker, der vom Crêpe-Stand am Kai zu uns dringt. Aber Finn weiß, wenn er konzentriert bleibt, können die Dämonen, die in diesen neuen Eindrücken und Geräuschen lauern, nicht zu ihm dringen. Also trottet er einfach geradeaus, beißt sich auf die Lippen, während er mit seinen Sandalen vorsichtig auf die Steine tritt, die ihm sicher erscheinen. Er blickt nicht nach rechts und links, bis wir die Brücke überquert haben, die die beiden Hafenseiten verbindet, und vor der Galerie landen.

Wir betreten den vorderen Ausstellungsraum, wo einige abstrakte Gemälde in leuchtenden Farben an mattgrauen Wänden ausgestellt sind und von einer Markise vor den

Strahlen der Sonne geschützt werden. Finn betrachtet mit ernster Miene die Bilder. Dann breitet sich plötzlich ein Grinsen auf seinem Gesicht aus. »Guck mal, Mummy, da sind die Boote.« Und er hat recht, das erkenne ich erst jetzt. Was wie abstrakte geometrische Formen aussieht, löst sich, mit seinen Augen gesehen, in eine Regatta auf, bei der die Segelboote durchs glitzernde Meer fahren.

»Da hast du vollkommen recht, mein Kind.« In dem Türbogen, der zum hinteren Ausstellungsraum führt, erscheint eine Frau. Sie ist sehr alt, ihre weißen Haare sind zu einem weichen Chignon gebunden und ihre dunklen Augen halb von schweren Lidern verdeckt. Und doch hält sie sich sehr gerade, und ihre Gesichtszüge wirken trotz ihres Alters elegant. »Das sind tatsächlich Boote. Aber das kann nicht jeder sehen. Du hast eindeutig einen Blick für Kunst.«

Finn sieht sie mit großen Augen ernst an. »Bist du die Dame?«

»Das muss ich wohl sein. Caroline Martet, sehr erfreut, dich kennenzulernen. Und ich glaube, du bist Finn, *n'est-ce pas?*«

Als sie ihm die Hand entgegenstreckt, verkrampfe ich mich innerlich, weil ich schon damit rechne, dass er entweder davor zurückzuckt oder sie gar wegschlägt, wie das bei anderen Fremden schon passiert ist. Zu meiner Verblüffung und Erleichterung jedoch gibt er ihr ebenfalls die Hand.

»Hast du die Bilder mit den Booten gemalt?«

»Nein, ich wünschte, das hätte ich, aber dieses Talent wurde mir nicht gegeben. Mein Bruder war der Künstler in unserer Familie. Aber diese Bilder hier sind von einem Freund.«

»Welche hat denn dein Bruder gemalt? Darf ich sie sehen?«

»Ich habe nur noch eins von ihm hier in der Galerie. Die anderen sind alle schon verkauft. Aber im Haus sind dir vielleicht schon die Bilder aufgefallen?« Finn nickt. »Nun, die meisten davon hat er gemalt.«

Finn starrt sie weiterhin ernst an, aber während die meisten Menschen davon irritiert wären, erwidert sie gelassen und besonnen seinen Blick, was ihn zu beruhigen scheint. »Mir gefällt das von dem Boot auf dem Wasser am besten. Es hängt im Schlafzimmer von Mummy und Daddy.«

»Ich weiß, welches du meinst«, erwidert Caroline lächelnd. »Das ist tatsächlich von ihm. Es war auch eines der Lieblingsbilder deiner Urgroßmutter. Sie hatte ein ähnliches Bild von ihm in ihrem Haus in Edinburgh, daher erinnert es dich vielleicht daran. Du bist eindeutig ein junger Mann mit gutem Geschmack, Finn. Und dies sind wohl deine Eltern, nicht wahr?«

Sie umarmt mich herzlich und hält mich auf Armeslänge von sich. »Kendra. Wie schön, dich endlich kennenzulernen. Du hast Ellas Teint … und auch ihre Gesichtsform.« Sanft berührt sie mit ihren arthritischen Fingern mein Gesicht. »Aber du, Finn«, sie wendet sich wieder zu ihm, »hast ihre Augen.«

»Können wir das Bild sehen?«, fragt er. »Das, das von deinem Bruder noch da ist?«

»Komm«, sie winkt ihm. »Es hängt hier hinten.«

Dan und ich folgen dem ungleichen kunstinteressierten Paar in den hinteren Ausstellungsraum. Und dann stockt mir der Atem, und Tränen schießen mir in die Augen.

Mein kleiner Sohn steht wie erstarrt da und blickt zum Bild hinauf. Er wirkt wie ein Zwerg vor dem riesigen Gemälde, das fast eine ganze Wand einnimmt und von einem einzelnen Strahler beleuchtet wird. Seine glatten Haare mit den goldenen Sprenkeln haben genau die gleiche Farbe wie die Haare der Frau auf dem Bild. Es ist die Farbe von Strandhafer, der im Wind weht. Die Augen der Frau sind geschlossen und folgen den Träumen, die der Schlaf ihr schenkt, aber ich weiß, wären sie geöffnet, hätten sie auch dieselbe Farbe wie Finns Augen: die Farbe des tiefen Ozeans, ganz weit draußen. Sie besitzt die gleiche ätherische Schönheit wie er. Eine Botticelli-*Venus* mit dem Lächeln der *Mona Lisa*.

Jetzt rinnen mir Tränen über die Wangen. Als Dan nach meiner Hand greift, weiß ich, dass er genauso ergriffen ist wie ich. Es liegt nicht nur an dem Aufeinandertreffen von Finn mit seiner jungen Urgroßmutter, sondern an der Erkenntnis, dass dies hier mehr ist als nur ein Gemälde …

In diesem Augenblick sehe ich meine Großmutter so, wie sie wirklich war: ein Mensch voller Schönheit, Liebe, Freude und Barmherzigkeit. Das ist alles, was zählt. Wenn auch ich versuche, mein Leben in dieser Haltung zu leben, dann werde ich glücklich sein, was auch kommen mag und welche Herausforderungen mich noch erwarten.

»Gefällt dir das Bild, Finn?«, fragt Caroline sanft.

»Ich finde es sehr schön.«

»Und warum?«

»Weil sie aussieht, als hätte sie einen schönen Traum. Keinen fiesen Alptraum mit Monstern, die dich jagen und dich zu jemand anderem machen wollen, als du bist.«

»Du hast recht, Finn. Sie wirkt sehr friedlich und vollkommen zufrieden. Genau wie wir es alle sein sollten.«

Er nickt und sagt dann: »Ich glaube, ich möchte mir jetzt die echten Boote anschauen.«

»Nun, das können wir gerne machen. Ich glaube sogar, dass es Zeit zum Mittagessen ist, wie wäre es also, wenn wir uns einen Tisch mit Blick auf den Hafen suchen? So können wir gleichzeitig die Boote anschauen und essen.«

Caroline schließt die Galerie und führt uns am Kai entlang in ein ruhiges Eckchen, wo weniger Leute sind. Wir nehmen an einem Tisch mit großem Sonnenschirm Platz, wo man einen guten Blick auf die Boote hat, und bestellen *moules-frites* und eine Flasche gekühlten Sancerre.

»Hier, Finn, nimm schon mal ein Stück Brot, während wir warten.« Caroline bietet ihm den Korb mit knusprigem Baguette an. »*Et voilà,* deine Orangina. Das sollte gegen den schlimmsten Hunger wirken, bis unser Essen kommt.«

Finn saugt gierig an seinem weißen Strohhalm und schwingt dabei rhythmisch seine Füße unter dem Stuhl, während er wie gebannt die Boote betrachtet, die im ruhigen Hafen sicher vor Anker liegen.

»*Santé*!« Caroline erhebt ihr Glas. »Ich freue mich sehr, Ellas Familie bei mir zu haben. Es tut mir in der Seele gut, euch zu sehen. Ihr habt doch im Haus alles gefunden, was ihr braucht, oder?«

»Ja, es ist perfekt, danke, Caroline. Ich kann verstehen, warum Ella diesen Ort so liebte. Alles ist ganz genau so, wie sie es beschrieben hat. Und heute Morgen auch noch das Bild zu sehen, war etwas ganz Besonderes.«

»Es freut mich sehr, dass dir das Bild so gefällt.« Caroline zögert kurz und nippt an ihrem Glas. »Wirklich, ich freue mich ganz besonders. Denn das Bild gehört dir, Kendra. Ich habe hier einen Brief für dich, von deiner Großmutter. Deshalb wollte sie, dass du hierherkommst. Nicht nur, um in Erinnerung an sie die Île de Ré zu besuchen, sondern um dein Erbe zu sehen.«

Wie in Zeitlupe stelle ich mein Glas zurück auf den Tisch. Ich merke, dass mir vor lauter Verblüffung der Mund offen steht, und ich klappe ihn schnell wieder zu. Dan und ich starren Caroline an, weil wir kaum glauben können, was sie so beiläufig erwähnt hat, während Finn, der von allem nichts mitbekommt, weiterhin mit seinen Sandalen unter dem Stuhl schaukelt, sich vor und zurück wiegt und dabei leise die vielen Bootsmaste im Hafen zählt.

Caroline greift in ihre große Handtasche und holt einen Umschlag hervor. »Hier.«

Ich reiße ihn mit bebenden Händen auf. Ellas zittrige Schrift verschwimmt vor meinen Augen.

Meine liebe Kendra,
nun hast Du es endlich auf die Insel geschafft, und ich hoffe, sie entspricht Deinen Erwartungen. Es tut mir leid, dass ich nicht mit Dir dort bin. Aber mir gefällt die Vorstellung, dass die Insel für Dich und Deine Familie vielleicht auch ein Ort zauberhafter Erinnerungen wird wie für mich, zuerst mit Christophe und dann mit Angus.

Wie Caroline Dir schon mitgeteilt haben wird, gehört Dir Neptuns Medaillon. *Ich will Dir dafür danken, dass Du meine Geschichte erzählt hast. Damit hast Du mir an meinen letzten Tagen meine Erinnerungen zurückgege-*

ben – und die Hoffnung, dass Rhona mir am Ende doch noch vergeben wird. Diese beiden Geschenke sind mehr, als ich je hätte verlangen können. Du hast mir am Ende meines Lebens Frieden geschenkt.

Dafür möchte ich Dir ebenfalls etwas Ruhe in Deinem Leben schenken. Du sollst die Freiheit haben, Entscheidungen zu treffen, und die Freiheit finanzieller Sicherheit, vor allem aber die Gewissheit, dass euer wunderbarer Sohn abgesichert ist, was auch immer er in seinem Leben brauchen wird. Caroline wird euch dabei helfen, einen passenden Käufer für das Bild zu finden. Ich vermute, dass sie bereits einige ihrer Kontakte informiert hat. Es würde mir gefallen, wenn es in einer Porträtgalerie in London, Paris oder Edinburgh ausgestellt würde – damit Du es vielleicht hin und wieder besuchen kannst. Aber es soll auch einem größeren Publikum zugänglich gemacht werden. Christophes Meisterwerk hat das verdient.

Nutze das Geld, um eine Zukunft für Dich, Dan und Finn zu schaffen. Nutze es, um ein Leben in Schönheit und Frieden zu führen – das ist das Beste für Euer Kind. Die Vorstellung bereitet mir große Freude.

Mit all meiner Liebe

Ella

Meine Hand zittert noch heftiger, als ich vom Brief aufschaue. Dan legt seine Hand auf meine, um mir etwas von seiner beruhigenden Kraft abzugeben, die immer da war, selbst in den schlimmsten Zeiten während der letzten schwierigen Monate, wo er doch so oft mit seiner eigenen Verzweiflung zu kämpfen hatte.

Ich umklammere seine Hand und werfe einen Blick auf unseren Sohn, der immer noch schaukelnd und zählend an seinem Strohhalm nuckelt.

Im hellen Sonnenlicht, das auf dem Wasser glitzert und Finns Gesicht aufleuchten lässt, wage ich plötzlich, von einer Zukunft zu träumen, die nicht mehr mit Angst und Ungewissheit erfüllt ist, sondern mit Hoffnung und Freude. Ich sehe ein Häuschen auf dem Land, wo wir Gemüse anbauen und Hühner halten können, wo Finn Ruhe und Sicherheit hat, wo ich schreiben kann und Dan seine Selbstachtung wiederfindet, weil er sein eigener Herr ist.

Und ich sehe unzählige Sommer vor mir, in denen die ganze Familie auf die Île de Ré fährt, die mitten in einem Meer aus Licht liegt.

Ich wende mich zu meinem Mann, und ich kann meine Tränen angesichts des Wunders dieses Lebens nicht mehr zurückhalten.

Es ist ein Wunder, das uns jeden Tag aufs Neue begegnet. Liebe.

ANMERKUNG DER AUTORIN

Danke, dass Sie diesen Roman gelesen haben. Ich hoffe sehr, Ihnen hat Ellas Geschichte gefallen. Wo immer es ging, habe ich mich so genau wie möglich an die historischen Fakten gehalten und mich an den wichtigsten Daten und Ereignissen des Zweiten Weltkriegs orientiert. Dennoch habe ich mir hin und wieder literarische Freiheiten erlaubt und bin damit Mark Twains Rat gefolgt, dass die Wahrheit einer guten Geschichte nicht im Weg stehen dürfe. Ich hoffe daher, meine Leser werden mir verzeihen.

Sollte Ihnen dieses Buch gefallen haben, würde ich mich über Ihre Meinung freuen. Ich liebe es, die Eindrücke meiner Leser zu erfahren.

Merci, et à bientôt
Fiona

DANK

Ich danke der Literaturagentur von Madeleine Milburn dafür, dass sie an mich geglaubt und mich ermutigt haben (vor allem Maddy und Hayley). Tief empfundenen Dank schulde ich außerdem dem Team von Amazon Publishing für die Unterstützung, vor allem Sammia Hamer, Victoria Pepe, Mike Jones, Marie Selwood und Bekah Graham.

Ich habe dieses Buch meiner schottischen Großmutter Milly Macdonald gewidmet. Einige Aspekte meiner Geschichte basieren auf ihren Lebenserinnerungen in Edinburgh. Sie ist zwar nicht Ella, aber mir gefällt die Vorstellung, sie wäre eine Nachbarin oder Freundin von ihr gewesen.

Mit all meiner Liebe möchte ich auch meinen Söhnen James und Alastair danken, die wie immer meine Helden sind, und allen Freunden, alten und neuen, die mich auf meinem Weg begleitet haben.